BASTEI
LÜBBE
TASCHENBUCH

Weitere Titel der Autorin:

Flammenzorn

Titel in der Regel auch als E-Book erhältlich

Über die Autorin:
Bevor sie Autorin wurde, war Laura Bickle in der Politik, Kriminologie und Technologie tätig. Heute schreibt sie Kurzgeschichten und Romane und lebt im Mittleren Westen der USA. *Feuersturm* ist ihr zweiter Roman über die Geisterjägerin Anya, die paranormalen Fällen nachgeht.

Laura Bickle

FEUER-STURM

Roman

Aus dem Amerikanischen von
Frauke Meier

BASTEI
LÜBBE
TASCHENBUCH

BASTEI LÜBBE TASCHENBUCH
Band 20 674

1. Auflage: Juli 2012

Vollständige Taschenbuchausgabe

Bastei Lübbe Taschenbuch in der Bastei Lübbe GmbH & Co. KG

Deutsche Erstausgabe

Für die Originalausgabe:

Titel der amerikanischen Originalausgabe: »Sparks«
Originalverlag: Pocket Books, a division of Simon & Schuster, Inc., New York

Für die deutschsprachige Ausgabe:

Textredaktion: Christina Neuhaus
Titelillustration: © Anke Koopmann, Guter Punkt, unter Verwendung von Motiven von shutterstock und Sylwia Makris
Umschlaggestaltung: Guter Punkt, München
Satz: Urban SatzKonzept, Düsseldorf
Gesetzt aus der Baskerville
Druck und Verarbeitung: CPI Ebner & Spiegel, Ulm
Printed in Germany
ISBN 987-3-404-20674-2

Sie finden uns im Internet unter
www.luebbe.de
Bitte beachten Sie auch
www.lesejury.de

Der Preis dieses Bandes versteht sich einschließlich der gesetzlichen Mehrwertsteuer.

DANKSAGUNG

Ich danke den Damen des Ohio Writers Network für die Schokolade und ihre Unterstützung: Michelle, Linda, Melissa, Lisa, Rachel, Faith, Tracy und Emily.

Vielen Dank auch meinem Ehemann, der klaglos seinen Dienst als Muse durchlitten hat.

Und ich danke meiner Redakteurin Paula Guran für die Chance, ihren Rat und ihr enzyklopädisches esoterisches Wissen.

KAPITEL EINS

Tod und dazu ein Tröpfchen Magie.

Anya rümpfte die Nase, als sich die Ausdünstungen brennend in ihren Nebenhöhlen bemerkbar machten. Unweigerlich weckten sie den urtümlichen Kampf-oder-Flucht-Impuls im primitivsten Teil ihres Gehirns. Sie musste sich förmlich dazu zwingen, einen Fuß vor den anderen zu setzen, und ihre verschwitzten Finger spannten sich um den Griff ihres Arbeitskoffers. Jedem normalen Menschen hätte es freigestanden, vor diesen Gerüchen zu fliehen, aber Anya hatte keine Wahl. Sie war kein normaler Mensch. Und das hier war ihr Job.

In diesem Messiehaus roch es nach verbranntem Schinken, fettig und abstoßend. Der Gestank klebte an den Zeitungsstapeln auf dem Küchentisch, den gebündelten Ausgaben der *National Geographic* und den Kartons, die sich an den Wänden auf dem schwarzweißen Linoleum stapelten. Im Abwaschbecken lag Geschirr, überzogen von eingetrocknetem Spülmittel mit Zitronenaroma; der Mülleimer roch nach Kaffeesatz ... doch all diese anderen Gerüche verblassten gegenüber dem Gestank, der durch die sich ablösenden Tapeten sickerte.

Ein Haufen Bullen drängelte sich an der Hintertür der Küche. Als hielte ein unsichtbares Hindernis sie davon ab, die Schwelle zu übertreten, verweilten die Uniformierten vor der Tür. Sie sprachen miteinander, leise und voller Anspannung. Von den gewohnten Witzeleien und dem üblichen Maulheldentum war nichts zu spüren. Sie schienen wie gelähmt, wollten den Tatort nicht verlassen, waren aber auch nicht bereit, das Haus zu betreten.

Jemand hatte das Fenster über der Küchenspüle einen Spalt weit geöffnet, sodass ein wenig Luft hereinkam. Anya streckte die Hand über dem Geschirr aus, um es weiter zu öffnen, in der Hoffnung, dass die hereindringende Luft den Gestank milderte. Ein schmieriger Belag auf der Scheibe verschleierte ihr Spiegelbild. Ihre latexumhüllten Finger hinterließen Streifen auf dem fettigen Glas. Trotz der Handschuhe erschauderte sie.

Anya legte den Kopf auf die Seite. Eine Strähne des kinnlangen, brünetten Haares rutschte über ihre bernsteinfarbenen Augen. Ihr Haar war vor einigen Monaten vollständig verbrannt und hatte nun das nervenaufreibende Stadium erreicht, in dem es noch nicht lang genug war, um es zu einem Pferdeschwanz zu binden. Mit der sauberen Hand strich sie es hinter ihr Ohr. Die Bewegung brachte einen kupfernen Halsring am Kragen ihres Schutzanzugs zum Vorschein. Der Metallsalamander ringelte sich um ihren Hals und hielt über ihrem Schlüsselbein seinen Schwanz umfangen, sodass seine beiden Enden ein V bildeten. Der Reif, pulsierend unter dem Einfluss seiner eigenen Präsenz, fühlte sich immer wärmer an als ihre Haut. In der Gegenwart des Todes war der Salamanderreif stets besonders aktiv; Anya war überzeugt, dass er den Tod ebenso deutlich witterte wie sie selbst. Für den Augenblick jedoch ignorierte sie ihn.

»Dachte mir, das würde Ihnen gefallen, Kalinczyk.« Captain Marsh stellte eine Kiste mit Werkzeug auf dem Küchentisch ab. Selbst in dieser erstickenden Enge trug ihr Vorgesetzter unter der offenen Jacke seiner Feuerwehruniform ein makellos gebügeltes weißes Hemd nebst Krawatte.

Anya zog die Brauen hoch. »Es stinkt, und sie denken automatisch an mich?«

Marshs mahagonibraune Züge verzogen sich zu einem schiefen Grinsen. »Hatte angenommen, dass es einige der anderen Brandermittler womöglich in Angst und Schrecken versetzt hätte.« Er verschränkte die Arme vor dem strahlend weißen Hemd.

»Aber im Ernst ... Wir dürfen bei dieser Sache kein Aufsehen erregen. Wir müssen Stillschweigen bewahren.«

Sie warf einen Blick auf die unordentliche, ärmliche Küche und runzelte die Stirn. An diesem Tatort deutete nichts darauf hin, dass Geheimhaltung geboten wäre. Trauer vielleicht ... aber keine Geheimhaltung. Und sie war sicher, dass von den anderen niemand den scharfen Geruch der Magie wahrnehmen konnte, der für sie so unverkennbar war wie Ozon. »Vorgeschichte?«, fragte sie.

»Das Haus gehört einem zweiundsiebzigjährigen Mann, Jasper Bernard. Eine Nachbarin hat den Notruf alarmiert, weil sie merkwürdige Lichter gesehen und geglaubt hat, es wären Einbrecher im Haus.«

Mit einer Kinnbewegung deutete Anya auf den Küchentisch und sah Marsh fragend an. »Besitzt er denn irgendetwas, das es wert wäre, gestohlen zu werden? Irgendetwas, das man in diesem Saustall überhaupt *finden* könnte?«

»Tja, nun.« Marsh breitete die Hände aus. »Schätze, sie hat einfach nur befürchtet, dass hier irgendwas nicht stimmt. Die Polizei hat's zunächst an der Vordertür versucht, aber ohne Erfolg. Alle Türen und Fenster waren verriegelt. Als sie dann mit den Taschenlampen durch eines der Fenster geschaut haben, erkannten sie Brandspuren im Wohnzimmer und sind eingedrungen.«

»Haben sie das Feuer gesehen?«

Marsh schüttelte den Kopf. »Nein, nur verkohlte Überreste und Asche. Das Feuer war längst ausgekühlt. Genau wie Bernard.«

»Woran ist Bernard gestorben? Rauchvergiftung?« Anya stellte sich den alten Mann tot auf seiner Couch vor, umgekommen durch ein Feuer, verursacht von einer vergessenen brennenden Zigarette. Unter all den Möglichkeiten zu sterben war das Ersticken im Schlaf nicht die schlechteste Art zu gehen. Anya hatte Schlimmeres gesehen. Wenn auch der offizielle Bericht des Leichenbeschauers, wie sie wusste, erst in einigen Tagen verfügbar sein würde, würden ihr doch ein paar vorläufige Informationen helfen, ihre eigenen Ermittlungen voranzutreiben.

Marsh rieb nervös mit der Handfläche an der Narbe, die sich über seinen kahlen Kopf zog. Der Mann zeigte sich selten beunruhigt, aber diese unbewusste Geste war Anya vertraut. »Nein.«

»Verbrennungen?« Anya zuckte innerlich zusammen. Es gab nur zwei Möglichkeiten, im Feuer zu sterben: Entweder man verbrannte oder man erstickte. Zu verbrennen war die schlechtere Wahl.

»Das sehen Sie sich besser selbst an.« Er zeigte mit dem Daumen auf die in sechs Füllungen unterteilte Kassettentür der Küche. Sie stand halb offen. Hinter ihr erstreckte sich nur kühler Schatten. »Da entlang.«

Der Lack hatte in der Hitze Blasen geworfen, die wie Pusteln unter ihren Fingerspitzen zerplatzten, als sie die Tür aufstieß und durchatmete, während sich ihre Augen an das Halbdunkel dahinter gewöhnten.

Das Wohnzimmer war eine echte Messiehöhle. An der Decke war die Glühbirne mit ihrem Sockel verschmolzen. Die mit von geschmolzenem Lack verklebten Fenster hatte man gewaltsam öffnen müssen. Graues Licht drang durch die schadhaften Jalousien herein und fiel auf Pressspanregalbretter, die sich bogen unter der Last unzähliger Bücher. Anya überflog die Titel, doch die meisten waren in für sie unverständlichem Latein geschrieben. Ein fleckiger, wollener Strukturteppichboden versank unter dem Dreck vieler Jahre, in denen er zu selten gesaugt worden war. Ungeöffnete Post lag in wirrem Durcheinander auf einem Buffet, und die Umschläge raschelten in der Zugluft, die doch nicht imstande war, den bitteren Gestank des Todes zu vertreiben.

So unordentlich der Raum auch erschien, aus forensischer Sicht war er erstaunlich intakt. Keine Brandspuren an den Wänden. Es war unwahrscheinlich, dass jemand in einem Raum, der so geringen Schaden genommen hatte, an Verbrennungen oder einer Rauchvergiftung zu Tode gekommen war. Nur an der Decke war ein wirbelförmiger Fleck, verursacht durch schwarzen Rauch, zu erkennen, der die geschmolzene Lampe über der Couch umgab.

Anya legte die Stirn in Falten. Vielleicht hatte der alte Mann einen Herzinfarkt erlitten. Vielleicht war er an Krebs gestorben. Oder an einer Arzneimittelüberdosis. Die Autopsie würde sicher eine Todesursache enthüllen, die nichts mit Verbrennungen oder Rauchvergiftung zu tun hatte. Eins war jedoch sicher: Hier hatte es schlicht kein Feuer gegeben, das groß genug gewesen wäre, um einen mobilen Erwachsenen ernsthaft zu verletzen.

Die abgewetzte Couch stand von Anya abgewandt vor dem offenen Kamin, dessen Verkleidung unter dem Gewicht einer wirren Sammlung verschiedenster Gegenstände abgesackt war: Ein Haufen Messingschlüssel hing wie Spinnenbeine über den Rand; ein Tiki-Gott überstrahlte sein vermülltes Reich; und da war noch ein stumpfes, angelaufenes Schwert mit einem kunstvoll verzierten, goldenen Heft. Rauch hatte eine Sammlung von Flaschen der verschiedensten Größen und Formen befleckt. Nun hatten sie alle die Farbe grauen Quarzkristalls, beinahe trüb genug, den Inhalt der Gefäße zu verbergen: schimmernde Knochen in einer Flüssigkeit.

Anya bekam eine Gänsehaut. Diese Gegenstände rochen nach Magie, nach Rost und Salz. Alte Magie. Anders als der frische Ozongeruch neu gewirkter Magie, den sie in der Küche wahrgenommen hatte.

Anya bahnte sich einen Weg zur Couch, um sich die Flaschen genauer anzusehen, und trat dabei fast auf die Überreste von Jasper Bernard.

Nicht, dass noch viel von ihm übrig gewesen wäre. Nur ein schmieriger schwarzer Brandfleck breitete sich vom mittleren

Sofakissen bis zum Boden aus. Auf dem versengten Stück Teppich stand ein Paar Füße in schwarzen Socken und blauen Pantoffeln. Sie kniff die Augen zusammen und erkannte ein paar Fingerknochen der rechten Hand am Rand des Brandflecks, doch darüber hinaus war nichts von Jasper Bernard geblieben. Das Feuer hatte sich durch den Teppich gefressen und weiße Asche auf einem unversehrten Hartholzboden zurückgelassen. Vor den Schuhen stand unbeschadet ein Fernsehtisch nebst einem Mikrowellengericht auf seinem Menüteller. Hackbraten und grüne Bohnen, wie es aussah.

Sie wippte auf den Fersen und hauchte: »Heilige Scheiße.« Das war kein natürliches Feuer gewesen. Es war nicht einmal ein *denkbares* Feuer gewesen. Menschliche Körper brannten nicht so, nicht einmal, wenn sie mit Benzin übergossen und in einem Auto in Brand gesteckt wurden. Irgendwas blieb immer übrig. Nichts verbrannte restlos, nicht einmal im Ofen eines Krematoriums. Krematorien mussten die Überbleibsel nach dem Verbrennungsvorgang gewaltsam pulverisieren, um sie in die Urnen zu bekommen …

Wohin zum Teufel waren Bernards Überreste verschwunden?

Anya ging in die Knie und starrte ungläubig auf Bernards Füße. Durch ein Loch in einer Socke konnte sie rosafarbene Haut erkennen. Die extreme Hitze, die seinen Körper zu Asche verbrannt hatte, hatte sogar die Fusseln unter seinem perfekt erhaltenen Zehennagel nicht im Geringsten in Mitleidenschaft gezogen.

Hinter ihr stob unter Marshs Schritten Staub vom Teppich auf. »Ist es das, was ich vermute?«

Wenn es so war, dann war dies der heilige Gral der Brandermittlung. Sie gab sich ausweichend. Noch hatte sie nicht genug gesehen, um sicher zu sein. »Ich weiß es nicht genau. Wir müssen mehr Beweise sichern, aber es deutet alles darauf hin.«

»Auf was?«, drang er in sie und lehnte sich in seinen nunmehr staubigen, vormals mit Spucke polierten Schuhen nach vorn. Er wollte nicht derjenige sein, der es zuerst aussprach, derjenige, der als Erster den Schritt über die Klippe zu einer irrationalen Erklärung tat.

Sie schluckte und sprach so leise, dass die angestrengt lauschenden Uniformierten jenseits der Tür sie nicht hören konnten: »Spontane menschliche Selbstentzündung.«

Die anschließende Stille zog sich hin, und Anya konnte nicht fassen, dass sie es tatsächlich ausgesprochen hatte.

Marsh deutete auf die offenen Fenster. »Das haben die Uniformierten auch gesagt. Und das würde auch die Presse sagen, wenn sie davon erfährt.« Er blickte auf das Loch im Teppich hinab, auf die Stelle, an der einmal ein Mensch gesessen und sich darauf gefreut hatte, sein Fertiggericht zu verspeisen. »Widerlegen Sie es. Finden Sie heraus, was wirklich passiert ist.«

Anya wippte wieder auf den Fersen. Ihre Kehle fühlte sich trocken an. Es war zu früh, auch nur Spekulationen anzustellen, und sie hasste es, gedrängt zu werden. »Sir, bisher habe ich noch nicht einmal angefangen, irgendeine Theorie zu entwickeln ...«

»Finden Sie eine vernünftige Erklärung für das hier. Nehmen Sie sich so viel Zeit und Mittel, wie Sie brauchen, aber sorgen Sie dafür, dass das verschwindet.« Sein Blick wanderte zum Fenster und hinaus zu der dunkel werdenden Skyline. Irgendwo dort draußen heulte eine Sirene. »Detroit braucht nicht noch mehr Gespenster.«

Marsh hatte recht. Anya aber starrte auf die Asche und dachte, dass Marsh nicht einmal ansatzweise wusste, was dort draußen alles ungesehen durch die Stadt streifte. Wenn irgendjemand wüsste, was sie wusste ... Sie unterdrückte ein Schaudern. Gewöhnliche Leute hatten keine Ahnung von dem, was sich hinter der Fassade Detroiter Normalität verbarg.

Anya gehörte nicht zu den gewöhnlichen Leuten, so sehr sie es sich auch wünschte.

Ihr Blick wanderte zurück zu Bernards Flaschensammlung. Wie es schien, hatte auch er nicht zu den gewöhnlichen Leuten gezählt.

Knatternde Stimmen kündeten von einem Streit an der Küchentür. Marsh lugte durch die schiefen Fensterläden hinaus. »Die Presse ist hier«, murmelte er.

»Jetzt schon?«

»Der Ü-Wagen ist gerade bei den Streifenwagen abgestellt worden. Jemand muss ihnen einen Tipp gegeben haben«, grollte Marsh und ging zur Tür. »Kümmern Sie sich um den Tatort. Ich befasse mich mit der Presse.«

Sie nahm ihre Kamera aus dem Koffer und richtete sie auf die Tür. Begleitet vom Geräusch des Verschlusses sammelte sie in dem Licht, das durch die Jalousien hereindrang, ihre Gedanken, während sie den Ort des Geschehens umkreiste. Sie schloss die Stimmen aus, die in den Raum hineinquollen, und lauschte auf das Knarren der von der Hitze verzogenen Bodenbretter unter ihren Füßen, während sie Jaspers Chaos näher in Augenschein nahm. Darauf bedacht, dass der Bildausschnitt jedes neuen Fotos sich mit dem des vorhergehenden überschnitt, verschlang das Objektiv ihrer Kamera die Bilder eines traurigen, gewöhnlichen Lebens: aufgestapelte Rechnungen; eine Wanduhr mit nachleuchtenden Ziffern, die leise tickend die Zeit herunterzählte; eine Rolle Briefmarken; ein Karton voller alter Schallplatten, deren Vinyl in der Hitze wellig geworden war.

Ganz zu schweigen von den außergewöhnlichen Dingen, die sie mit der Kamera verewigte. Anyas Blick wanderte über die kunstvoll emaillierte Terrakottafigur eines Foo-Hundes mit einer gebrochenen Pfote; über eine Reißverschlusstasche aus Plastik, die mit antiken Münzen gefüllt war. Ein Zauberstab aus Marienglas, so lang wie ihr Unterarm und so schmal wie ihr Finger, ruhte auf einem abgenutzten Schreibtisch und glitzerte im letzten Sonnenlicht. In einer filigranen silbernen Flasche, so groß wie ihre Hand, steckte ein Stopfen, der an einer angelaufenen Kette befestigt war. In Anyas geschultem Blick waberten diese Gegenstände unter ihrer Staubschicht, pulsierten unter den Mysterien der Äonen und der ihnen innewohnenden Magie.

Anya lugte durch die Lücke zwischen den Fensterläden. Auf der Straße konnte sie Marsh ausmachen, der sich drohend vor einem Mann mit einer Minicam aufgebaut hatte. Im Hintergrund spannten Polizisten ein gelbes Absperrband. Der Mann mit der Minicam gab sich unbeeindruckt, wenngleich Schweiß aus seinem gegelten Haar über seinen Nacken auf sein kostspieliges Jackett tropfte. Anya glaubte, in ihm einen der Sprecher der Abendnachrichten zu erkennen.

Der Reporter musterte die Jalousien wie ein Bluthund, der eine Bewegung erahnte. Anya zog sich in den Schatten des Raums zurück, doch erst, als die Jalousien über die Oberfläche des Fensterbretts scharrten.

In Häusern aus dieser Ära waren marmorne Fensterbretter noch weit verbreitet – weißer, von schwarzen Streifen durchzogener Stein. Aber etwas an dem Muster erregte ihre Aufmerksamkeit, und so zupfte sie sacht an der Schnur der Jalousie.

Eine dünne Salzspur war auf das Fensterbrett aufgebracht und von dem sanften Wind kaum berührt worden.

Anya setzte eine sorgenvolle Miene auf. Sie war keine Hexe, keine Magierin, aber sie erkannte einen Bann, wenn sie ihn vor sich sah. Bernard hatte sich davor gefürchtet, dass etwas Magisches in sein Haus eindrang … obwohl es *im* Haus bereits haufenweise magische Gegenstände gab.

Es würde eine Ewigkeit dauern, diesen Tatort zu untersuchen und eine Ahnung davon zu bekommen, welches dieser

Dinge sich Bernards Kontrolle entzogen haben mochte ... so weit entzogen, um seinen Tod herbeizuführen.

Das Objektiv auf die Decke gerichtet, schoss Anya ein Bild von der Glühbirne über der Couch. Die Glühbirne beunruhigte sie. Bei jedem normalen Feuer hätte die Hitze das Glas zum Platzen bringen oder es zumindest verformen müssen. Im Zuge einer Verformung hätte sich das Glas in die Richtung verdrehen müssen, in der die Hitze am stärksten war, die Richtung, in der sich der Zündpunkt des Feuers befand.

Aber diese Glühbirne hatte sich geradewegs abwärts in Richtung Couch verformt. Wie eine Schweißperle auf der Nase eines Läufers war ein Stück Glas mitten im Herabrinnen erstarrt und deutete nun direkt auf Bernards spärliche Überreste.

Doch dort konnte das Feuer nicht entstanden sein. Es konnte einfach nicht.

Anyas Finger verkrampfte sich über dem Auslöser der Kamera, während sie den schmierigen schwarzen Fleck aus allen erdenklichen Winkeln fotografierte. Die Decke besaß einen vagen Glanz, beinahe, als wäre sie frisch gestrichen, und Anya musterte sie aus zusammengekniffenen Augen. In dem ganzen Haus war seit Jahren nichts gestrichen worden. Konnten das Reste eines Brandbeschleunigers sein? Irgendeine exotische Chemikalie, die nicht so sauber verbrannt war, wie es Benzin oder Propan getan hätten?

Der gleiche Glanz fiel ihr auf der Unterseite des Fernsehtischs auf. Blinzelnd musterte sie die Stelle, berührte sie. Sie war noch warm und roch nach Kerzenwachs und rohem Fleisch. Einigermaßen verblüfft erkannte sie, dass dies die Quelle des außergewöhnlichen Geruchs war, den sie beim Betreten des Hauses wahrgenommen hatte. Dieselben Rückstände, die auch die Küchenfenster bedeckten und sich wie ein Film über die verputzten Wände gelegt hatten. Doch es war kein Brandbeschleuniger, jedenfalls nicht im üblichen Sinne.

Fett. Es war Bernards verbranntes Körperfett, das verdampft war und sich auf die Umgebung niedergeschlagen hatte.

Anyas Magen geriet in Aufruhr. Von derartigen Dingen hatte sie bisher nur in Lehrbüchern gelesen. Das Phänomen nannte sich »Dochteffekt« und besagte, dass ein menschlicher Körper theoretisch stundenlang brennen und das Feuer durch sein eigenes Fett speisen könnte. Theoretisch.

Aber wo war der erste Funke hergekommen? Was konnte den Mann überhaupt in Brand gesetzt haben?

Ihr Blick glitt über den Teller mit dem nicht angerührten Essen und weiter zum Kamin. Es war ein Gebot der Logik, diesen Ort genauer in Augenschein zu nehmen. Sie ließ sich auf alle viere herab und richtete ihre Taschenlampe auf den Feuerraum. Durch die Handschuhe fühlten sich die Steine des Kamins kälter an als der Fernsehtisch, der näher an den Überresten des Mannes stand.

Nein, der Kamin war nicht die Brandquelle. Aber sie roch die bitteren Ausdünstungen von Magie, stärker als bisher. Nachdem sie den Zustand von Feuerraum und Abzug sorgfältig mit der Kamera dokumentiert hatte, nahm sie eine Zange aus ihrem Koffer und stocherte in der schwarzen Asche am Boden der Feuerstelle herum.

Hier war haufenweise Papier verbrannt worden. Fragmente flatterten unwiederbringlich davon. Anya war erstaunt, dass Bernard überhaupt je etwas entsorgt hatte. Was immer es gewesen war, seine Zerstörung musste ihm wichtig gewesen sein. Sie zupfte die Ecke eines Umschlags vom Feuerrost und musterte sie nachdenklich. Wie es schien, hatte Bernard sogar seine Werbepost gehortet. Mit einer Pinzette befreite sie einen grünen Papierfetzen aus den Resten des Briefumschlags.

Ein Scheck. Das Wasserzeichen war unverkennbar. In der linken, oberen Ecke war ein Schriftzug zu sehen: *Wunder für die Massen*. Und eine Adresse, die im Lagerhausbezirk von Detroit lag.

Sie legte die Fetzen in eine leere Farbdose, um sie dem Labor zur Analyse zu übergeben, und stocherte weiter in der Asche herum. Die Zange schlug gegen etwas, und sie hörte ein Klirren: Glas.

Anya zog den Hals einer zerbrochenen Flasche vom Kaminrost. Er war kohlschwarz und kleiner als der einer Weinflasche und besaß einen kunstvollen, silbernen Verschluss. Was immer sich im Inneren verbarg, war unter der verkohlten Schicht Oberfläche nicht erkennbar. Anya hielt die Bruchstelle ins Licht.

Sie hatte mit einem leeren Gefäß für Wasser oder Wein gerechnet. Vielleicht auch mit einem gläsernen Gefängnis für konservierte Knochenfragmente wie jenen auf dem Kaminsims. Doch als sie hineinsah, war es, als blicke sie in eine Druse: funkelnde Quarzkristallzähne, vom Feuer obsidianschwarz eingefärbt, schimmerten vor ihren Augen.

Etwas zuckte an ihrer Kehle. Anyas Hand glitt hinauf zu dem Metallreif um ihren Hals. In dem Metall regte sich etwas Warmes, löste sich von ihrer Haut. Zierliche Amphibienzehen spreizten sich und marschierten über ihre Schulter, als das Metall knisternd ein lebendes Wesen freigab. Sodann sprang ein Elementarwesen in Form eines Salamanders zum Kamin hinunter und knurrte die magiegetränkte Flasche im Feuerraum an. Seine Zunge schoss in den schwarzen Kaminraum, und er erglühte in einem bernsteinfarbenen Licht.

»Sparky«, zischte sie. Sie musste nicht befürchten, dass Marsh oder irgendjemand anderes ihn sehen könnte. Für gewöhnliche Menschen war Sparky unsichtbar, und es gab nur drei Gelegenheiten, zu denen Sparky sich die Mühe machte, wach zu werden: wenn etwas seinen übernatürlichen Marotten entgegenkam, wenn Geister in der Nähe waren oder wenn Gefahr drohte.

Anya schluckte. Als hätte sie es mit radioaktivem Abfall zu tun, legte sie die Überreste der Flasche auf den Kaminsockel.

Sparky stolzierte auf sie zu, und seine fedrigen Kiemenwedel flatterten, während seine Zunge über die verkohlte Oberfläche schnellte.

Anya hielt den Atem an und beobachtete Sparkys Reaktion. Sie wusste, dass auch er die Magie witterte, aber sie wusste nicht, wie gefährlich diese zerbrochene Flasche tatsächlich war. Nach allem, was sie bisher herausgefunden hatte, mochte es sich um eine magische Zeitbombe handeln ... eine Bombe, die Jasper Bernard hochgejagt hatte. Eine Bombe, die immer noch aktiv sein mochte.

Sparky machte kehrt und präsentierte dem Ding das gefleckte Hinterteil. Herablassend scharrte er mit den Hinterpfoten in der Asche, beinahe, als wäre er eine Katze, die ihre Hinterlassenschaften im Katzenklo verscharren wollte.

Anya verdrehte die Augen. Der Salamander konnte nicht sprechen, doch er schaffte es mühelos, sich Ausdruck zu verleihen. Vielleicht ging von der Flasche gar keine Gefahr aus; vielleicht ging es dem Elementargeist lediglich darum, sich bemerkbar zu machen und ihr auf die Nerven zu fallen.

Oder ... Anya sah sich im Zimmer um, betrachtete erneut den öligen, schwarzen Fleck, der einmal Jasper Bernard gewesen war.

Dann sagte sie flüsternd: »Bist du immer noch hier, Bernard?«

Vielleicht hatte Sparky etwas ganz anderes wahrgenommen, das ihn aus dem Schlaf gerissen hatte. Vielleicht war Jasper Bernard nicht friedlich ins Jenseits übergetreten und hing immer noch hier herum. Sollte das der Fall sein, so könnte sie mit ihm reden und ihm die Wahrheit darüber entlocken, wie er es fertiggebracht hatte, sich in dieser Ebene der Existenz ganz einfach aufzulösen und nur seine Füße samt den Schuhen zurückzulassen.

Ein durchsichtiges Rund wallte in dem öligen Fleck auf: ein kahler Kopf mit bebrillten Augen. Anya bemerkte, dass die Brille auf einer Seite nur von einem Stück Isolierband zusammengehalten wurde.

»Jasper Bernard?«, fragte Anya mit leiser Stimme. Sie wollte ihn nicht erschrecken. Gerade erst Verstorbene waren gewöhnlich so schreckhaft wie Wildkatzen, und sie nahm an, dass Bernard da keine Ausnahme bildete. Sie fühlte, wie Sparky an der Rückseite ihrer Beine entlangglitt, und trat ihm auf den Schwanz, um ihn davon abzuhalten, auf den Geist zuzukriechen und ihn in die Flucht zu schlagen.

»Man nennt mich Bernie. Sie ... Sie können mich sehen?«

»Ja, ich kann Sie sehen.«

Die phosphoreszierenden Augen zuckten nach rechts und links, und Panik machte sich in seiner Stimme bemerkbar. *»Die Polizisten haben mich nicht gesehen. Die Feuerwehrleute haben mich nicht gesehen. Wieso können Sie mich sehen?«*

Anya kauerte sich neben dem Fleck auf den Boden, und ihr war bewusst, dass Sparky angespannt neben ihr verharrte. »Ich bin eine Art Medium. Ich kann Geister sehen und mit ihnen reden.«

Bernie musterte sie prüfend aus zusammengekniffenen Augen. *»Ich bin schon Medien begegnet. Sie sind mehr.«*

Anya nagte an ihrer Unterlippe. Sie sollte Bernie nicht in Panik versetzen, aber sie hatte auch keine Zeit, sich eine plausible Lüge einfallen zu lassen. »Ich bin eine Laterne. Geister werden von mir angezogen.« Den anderen Teil ließ sie bewusst aus, den Teil, der besagte, dass es sie kaum einen Atemzug kosten würde, die verbliebenen Reste seines Geistes zu vernichten. Geister kamen zu ihr wie Motten zum Licht, und wenn es nötig war, dann verbrannte Anya sie zu Asche.

Die furchtsamen Augen musterten den Salamander über den Rand der Bifokalgläser hinweg. *»Ist das das, was ich denke?«*

»Äh ... das ist Sparky. Er ist mein Freund.« *Und mein Freund würde dich gern zum Mittagessen verspeisen.*

Sparky knurrte den Geist an.

»Ein Salamander? Wie haben Sie es geschafft, so eine Kreatur zu zähmen?« Nun schlich sich ein neugieriger und leicht neiderfüllter Ton in die Stimme des Geistes.

»Ich, äh ... ich habe ihn schon seit meiner Kindheit.« Auch hier erzählte sie ihm nicht die ganze Wahrheit, aber die musste Bernard auch nicht erfahren. Außerdem konnte man Sparky nicht ernsthaft als »zahm« bezeichnen. Anya beäugte ihn argwöhnisch. »Was wissen Sie über Salamander?«

Bernies Finger erhoben sich über den öligen, schwarzen Rückständen. *»Ich bin so etwas wie ein Sammler.«*

Anya sah sich zu den Flaschen auf dem Kaminsims um. »Ein Sammler?«

»Ich handle mit magischen Artefakten.«

Beschützerisch schob Anya eine Hüfte vor Sparky. »Darum stinkt es hier so nach Magie.«

Hochmütige Brauen ruckten über der Brille aufwärts. *»Mein Haus stinkt nicht.«*

»Bernie.« Anya kauerte sich vor den Geist und achtete darauf, den öligen Fleck nicht mit den Knien zu berühren. Bernie hatte die Erkenntnis seines Todes möglicherweise noch nicht gänzlich verdaut, und sie wollte die Überreste seiner Persönlichkeit nicht ins Trudeln bringen, ehe sie ihm einige nützliche Informationen entlockt hatte. »Ist Ihnen so etwas zugestoßen? Schadmagie?«

»Ich erinnere mich an ... Feuer.« Bernies Unterlippe sackte herab und glitt allmählich von seinem Gesicht. Die Wucht der Erinnerung sorgte dafür, dass der Geist sich Stück für Stück auflöste.

Sie musste schnell handeln. »Erinnern Sie sich, was das Feuer ausgelöst hat?«, drang Anya in ihn. »Haben Sie etwas im Kamin verbrannt. Haben Sie geraucht?«

Trotz Bernies Beschäftigung mit magischen Objekten riet

Anyas Erfahrung ihr, zunächst nach einer banalen Erklärung zu suchen.

Der Geist schüttelte den Kopf. *»Das war nicht ich. Das war sie.«* Die Augen hinter der Brille verdrehten sich aufwärts. *»Moment. Wenn Sie mich sehen können, kann sie mich dann auch sehen?«*

»Wer?«

Geisterhafte Finger erschienen am Rand des Brandflecks, und Bernie blickte zur Decke hinauf. *»Oh, Scheiße ...«*

Die Decke öffnete sich, und ein Luftwirbel schraubte sich hinab, kalt wie der Odem des Winters. Der Wirbel berührte nichts von der physischen Umgebung, sondern griff direkt nach Bernie, so sicher wie ein Kind, das in einer Spielzeugkiste nach seinem Lieblingsteddy suchte. Wie eine Marionette an ihren Fäden wurde Bernies geisterhafter Leib aus dem Boden gezerrt. Sein geisterhafter Körper, angetan mit Pyjama und einem Chenillehausmantel, schlug um sich, wehrte sich gegen die unsichtbare Kraft.

Anya stürzte voran und griff instinktiv nach dem Geist. Sparky packte knurrend Bernies Hosenbein mit den Zähnen. Der Salamander zog mit aller Kraft an ihm, bemühte sich, Bernie auf dem ruinierten Boden festzuhalten. Aber der alte Mann stieg auf wie ein mit Helium gefüllter Ballon, und Anya wusste nicht, wie lange sie ihn noch würden halten können. Ein säuerlicher, magischer Geruch, der an verdorbene Milch erinnerte, löste einen Würgereiz in ihrer Kehle aus.

Bernie trat in der Luft um sich, und seine Finger verkohlten. Geisterhafte Flammen züngelten unter dem Kragen seines Hausmantels, und der Chenillestoff ging in Flammen auf.

»Lassen Sie nicht zu, dass sie das Gefäß findet!«, brüllte Bernie.

Der Artefakthändler wurde Sparkys Zähnen entrissen und verschwand zischend im Äther. Das Loch in der Decke schloss sich und hinterließ dröhnende Stille im Raum.

Anya landete verdattert mit dem Hintern auf dem fleckigen

Teppich. Eisige Luft entströmte ihrem Mund. Sie hatte in ihrem Leben schon Geister gesehen, die sich aufgrund eines Exorzismus aufgelöst hatten oder auch aus eigenem Antrieb, wenn sie beschlossen, ins Jenseits überzutreten. Aber etwas wie das, was soeben passiert war, etwas so Gewaltsames, hatte sie noch nie erlebt. Der Geist war verschluckt worden wie eine Ameise von einem Staubsauger, aber ... wohin?

»Bernie«, rief sie im Dämmerlicht des Raumes.

Niemand antwortete.

Sparky watschelte zu dem Fleck auf Bernies kaputtem Teppich, umkreiste ihn zweimal und begann, mit den Hinterpfoten zu scharren, als wollte er etwas Totes verbuddeln.

KAPITEL ZWEI

»Es sah aus wie ein Barsch an der Angel ... er hat gekämpft, wurde aber trotzdem einfach aus dem Wasser gezogen. Wohin weiß ich nicht.«

Anya starrte ihren Drink an. Auch in den milchigen Tiefen des White Russian sah sie immer noch die Bilder, wie Bernie in den Äther gerissen wurde.

Ihre Stimme hallte durch den Raum. Um diese Zeit war die Bar mit dem Namen *Devil's Bathtub* fast leer. Die Bar, die in der Zeit der Prohibition eine illegale Kneipe gewesen war, verströmte mit ihrem polierten Tresen, auf dessen Außenseite ein Handlauf angebracht war, dem Originalgebälk und der klauenfüßigen Badewanne voller Wunschmünzen, die in der Mitte des Raums auf dem verschrammten Holzboden ruhte, noch viel von ihrem Zwanzigerjahre-Charme. Die Badewanne selbst war allerdings kein Original; das war vor einigen Monaten im Zuge eines vermurksten Exorzismus zerstört worden, als Anya unter einem schlimmen Fall dämonischer Besessenheit gelitten hatte.

Das *Devil's Bathtub* barg auch heute noch gewisse Geheimnisse. Zwar gab es keine Schwarzbrenner mehr, die die Badewanne zur Herstellung von Gin missbrauchten, doch war das Lokal nun das Hauptquartier der »Detroit Area Ghost Researchers«, einer Gruppe paranormaler Ermittler, denen auch Anya angehörte, wenngleich nur widerwillig.

Sie waren an diesem Abend die einzigen Gäste. Jules, der derzeit hinter der Theke stand, führte die Gruppe mit gestrenger Autorität. Er trug noch immer die Uniform eines Zählerablesers aus seinem Brotjob. Auf seinem Kopf saß eine Baseballkappe der Detroit Tigers. Unter seinem Ärmel lugte ein tätowiertes Kreuz hervor. Seine ebenholzschwarzen Brauen zogen sich zusammen, als er Max, einen jungen Latino mit einer sackartigen Hose, beaufsichtigte, während dieser kleine Ballons mit Weihwasser aus einer Zwei-Liter-Flasche in Form einer Marienfigur befüllte.

»Lass die Finger von den heiligen Madonnenbrüsten.«

Max verdrehte die Augen und ließ die Finger auf den Brüsten. »Willst du, dass ich sie fallen lasse?«

»Erweise der heiligen Mutter Gottes ein wenig Respekt, ja?«

Max streckte die Zunge heraus und leckte an der Flasche. Jules versetzte ihm einen Schlag an den Hinterkopf, und der Junge jaulte auf.

»Entschuldige dich auf der Stelle bei der Madonna.«

»Tut mir wirklich leid, Madonna, dass ich deine heiligen Titten abgeleckt ...«

Katie, die es sich an einem Tisch bequem gemacht hatte, schlug die Hand vor den Mund, um ein Kichern zu verbergen. Ihr Hexenbuch der Schatten, vollgekritzelt mit Bannzaubern und den Rezepten magischer Trünke, lag aufgeschlagen vor ihr. Als moderne Hexe benutzte sie winzige, farbige Klebezettel, um bestimmte Seiten zu markieren. Einer davon hatte sich erfolgreich in den langen Vorhang blonden Haares über ihrer Schulter geschlichen.

»Das ist nicht hilfreich, Katie«, grollte Jules.

»Hey«, gab die Hexe zurück, »sie ist nicht *meine* Göttin. Meine hat Sinn für Humor.«

»Siehst du?« Max wich einem weiteren Klaps von Jules aus. »Hekate mag es, wenn man ihre Brüste leckt. Isis auch. Oder wen auch immer Katie diese Woche anbetet ... Hoffentlich ist es Isis. Hekate ist eine richtige Schreckschraube.«

Jules schnaubte verächtlich. Er war kein großer Freund von

Hexerei, aber er tolerierte Katie als Mitglied des Teams, weil sie erfolgreich war ... in jüngster Zeit sogar erfolgreicher als er mit seinen eigenen Methoden.

Katie warf einen Bierdeckel nach Max und erwischte ihn am Rücken.

»Au!«

»Hör auf, göttliche Damen zu beleidigen, die deinen dürren Arsch vor dem Bösen beschützen, oder ich verhexe dich. Dann sorge ich dafür, dass du bis zum Rentenalter für Frauen unattraktiv wirst«, beschied ihm Katie. Eine Hexe, mit der man sich nicht anlegen sollte.

»Die Hexe ist nicht so nachsichtig wie die Mutter Gottes.« Jules zog Max am Ohr und führte ihn zum Gläserspülen hinter den Tresen.

Die Weihwasserballons lagen am Ende der Theke wie verirrte Brustimplantate auf der Suche nach einem Heim. »Bereitet ihr euch auf einen Einsatz vor?«, fragte Anya.

»Ja.« Brian, Cheftechniker der DAGR, blickte von seiner Tastatur auf. In seiner Nische, umgeben von Kabeln und in das grüne Licht des Monitors getaucht, das sich in seinen Brillengläsern spiegelte, sah er eher wie eine Maschine aus als wie ein Mensch.

Aber Anya wusste es besser. Sie bewunderte seine Brustmuskeln, die in Bewegung gerieten, als er sich streckte. Sie und Brian waren die Sache langsam angegangen, doch manchmal reichte eine ganz absichtslose Geste wie diese, und ihr Herz tat einen Sprung.

Er sah, wie sie ihn musterte, und seine Lippen verzogen sich zu einem Grinsen.

Anya errötete und starrte wieder in ihr Glas.

»Ein typischer generischer Spuk, nehmen wir an«, erläuterte Brian. »Aber interessant, weil es sich um die vollständige Erscheinung einer Frau in moderner Kleidung handelt. Wir können keine Aufzeichnungen über irgendwelche verdächtigen Todesfälle in der Gegend finden ... furchtbar langweilige Geschichte. Die Erscheinung will nicht reden und verrät den Eigentümern nicht, wer sie ist. Sie schreitet nachts durch die Flure, interagiert aber mit niemandem.«

»Ein Restspuk?«, fragte Anya. Manche Spukerscheinungen waren wie übernatürliche Endlosbänder, die immer und immer wieder die spirituelle Erinnerung eines Gebäudes abspulten, ohne dass sich hinter dem Spuk ein Bewusstsein verbarg.

»Vielleicht. Wir werden es herausfinden, wenn wir hingehen. In ein paar Tagen. Da es kein gewaltsamer Spuk ist, ist der Fall auf der Prioritätenliste weit nach unten gerutscht.«

Anya runzelte die Stirn. Die DAGR hatten in letzter Zeit arg unter Druck gestanden. Jules hatte sogar schon überlegt, weitere Mitglieder anzuwerben. Detroit musste mehr erdulden als nur die weithin bekannte ökonomische Malaise und die gestiegene Verbrechensquote. Etwas Tiefergehendes lastete auf der Stadt und nährte sich von ihrer verzagten Psyche. Die Anzahl der gemeldeten Spukerscheinungen und übernatürlichen Geschehnisse war sprunghaft in die Höhe geschnellt. Die Kneipen waren voller Leute, die einfach nicht wahrhaben wollten, dass es mit der Stadt immer weiter abwärts ging. Die Gefängnisse waren voller Häftlinge, die die Kontrolle verloren und sich dem Bösen ergeben hatten. Die Kirchen waren voller Büßer, die versuchten, sich von der Verzweiflung freizuwaschen. Und die Kartei der DAGR war voller Leute, die überzeugt waren, dass sie jenseits von all dem noch etwas anderes gesehen hatten. Und das, was sie gesehen hatten, versetzte sie in Angst und Schrecken.

Sparky hockte vor der Registrierkasse der Bar und schlug nach den Knöpfen, was die Kasse mit allerlei elektronischem Gepiepse belohnte. Er gluckste und knickte verzückt den Schwanz zur Seite, drückte erneut einige Tasten in zufälliger Reihenfolge, woraufhin die Kasse einen Papierstreifen ausspuckte, der sich über den Rand des Tresens kräuselte. Das Einzige, worauf der Salamander Einfluss nehmen konnte, von Anya selbst abgesehen, waren Energiefelder. Der Salamander liebte es, mit elektronischen Gerätschaften herumzuspielen. Anya hingegen fürchtete die unkalkulierbaren Folgen seiner Eskapaden.

Jules starrte zu ihr herüber. »Ist ... ist *es* auf der Kasse?«

»Ja.« Anya wusste, dass außer ihr niemand ihn sehen konnte. Außer ihr und den Geistern. Und Tieren. Sparky jagte gern Katzen. Jules brachte allen nichtmenschlichen Wesen tiefe Abscheu entgegen. Dennoch bemühte er sich in jüngster Zeit, in Sparkys Gegenwart höflich zu bleiben, was Anya als Fortschritt in der Mensch-Salamander-Beziehung verbuchte.

»Du kannst ihn ruhig berühren, das macht ihm nichts.«

Jules strich vorsichtig mit der Hand über Sparkys Körper. Für die meisten Menschen war Sparkys Anwesenheit nur in Form eines veränderten Luftdrucks oder durch Temperaturschwankungen auszumachen.

Jules schüttelte den Kopf. »Ich spüre ihn nicht.«

»Ich zeig es dir.« Anya führte Jules kräftige Hand über Sparkys Brust. »Spürst du jetzt was?«

Jules runzelte die Stirn. »Nur ... nur ein Kribbeln.«

Sparky schnaubte verärgert, da man ihn von dem Klingeln und Pfeifen der Registrierkasse abgelenkt hatte. Sein Schwanz peitschte über die Vorderseite von Jules Hemd.

Plötzlich heulte Jules Mobiltelefon. Er zuckte zurück, riss das Telefon aus der Tasche seiner Uniform und schleuderte es auf den Tresen, als wäre es eine lebendige Schlange. Rauch stieg von dem Gerät auf, ein statisches Rauschen erklang, und das Telefon ging aus. Jules Hände zitterten, ob aus Zorn oder Furcht konnte Anya nicht erkennen.

Gepeinigt verzog sie das Gesicht. »Das tut mir leid. Ich bezahle es.«

Sparky watschelte über den Tresen zu dem Mobiltelefon und leckte daran. Ein elektrischer, blauer Bogen entströmte dem dunklen Display.

»Vergiss es. Die Gemahlin nörgelt ohnehin schon die ganze Zeit, dass ich endlich ein Neues kaufen soll. Eins mit GPS, damit sie mir ständig auf der Spur bleiben kann«, grollte Jules und wischte sich die Hände am Geschirrtuch ab, als hätte er etwas Schmutziges berührt. »Aber halt das Ding vom Fernseher fern, zumindest, solange die Lions spielen.«

Anya schnitt eine Grimasse, nahm Sparky auf den Arm und legte den sich windenden Salamander auf ihrem Schoß ab, wo sie ihm das runde Bäuchlein rieb. Der Kleine hatte in jüngster Zeit zugelegt. Vielleicht hatte er von ein paar Geistern zu viel genascht. Sie redete ihm gut zu, während sie die fahlen Flecken auf seiner bernsteinfarbenen Unterseite rieb, und er krümmte sich vor Wohlgefühl. Jules musterte sie mit einem schiefen Blick und kaum verhohlener Abscheu.

Brian näherte sich argwöhnisch und nahm das Handy vom Tresen. Binnen Sekunden hatte er die Frontplatte abgenommen und stocherte in den winzigen kupfernen Innereien herum. »Interessant. Der Akku ist völlig leer. Ich meine ... die Hauptplatine ist gebraten worden, aber das ist irgendwie cool ...«

»Ich dachte, Geister würden dann und wann Batterien leersaugen«, sagte Anya.

»Sie können es jedenfalls. Videorekorderbatterien, Kamerabatterien. Es ist nicht ungewöhnlich, dass ein vollständig geladener Akku im Zuge von Ermittlungen den Geist aufgibt.«

»Wie kommt das?«, fragte Max, der auf Zehenspitzen hinter Brian stand und ihm über die Schulter blickte. Der Junge hatte sein Interesse für Elektronik entdeckt, und Brian hatte ihn unter seine technischen Fittiche genommen.

»Tja, die Theorie besagt, dass Geister irgendwie Energie anzapfen müssen, um sich zu manifestieren. Darum sinkt auch die

Temperatur in Gegenwart von Geistern ... sie saugen die Energie aus der Luft. Bei den Batterien von elektrischen Geräten verhält es sich etwa genauso. Manche Medien oder mediale Vampire können sogar Uhrenbatterien aussaugen.«

»Was ist denn ein medialer Vampir?«, fragte Max.

»Das sind Menschen, die von den Energiefeldern anderer Leute zehren«, sagte Jules. »So was wie Blutegel.«

Anya schlang die Arme um Sparky, der sogleich behaglich an ihrem Ohr rülpste. Sie rümpfte die Nase. Sparkys Atem roch nach Schwefel. »Sparky ist kein medialer Vampir.«

»Behaupte ich ja nicht. Aber er könnte Überlebensmechanismen haben, von denen wir bisher gar nichts wissen. Ich meine, du weißt ja nicht mal genau, wo er herkommt«, gab Brian zu bedenken.

»Meine Mutter hat ihn mir geschenkt«, sagte sie trotzig. Sollte er nur weitermachen. Das war ein steiniges Terrain für Brian, und das wusste er.

»Aber wo hatte sie ihn her?« Brian zog sich einen Barhocker heran.

Anya ließ sich das Haar ins Gesicht fallen. Es reichte ihr bis zum Kinn und war damit gerade lang genug, um sich dahinter zu verstecken. »Keine Ahnung. Er war einfach immer da. Meine Mom hat mir erzählt, dass er sich immer in meinem Stubenwagen zusammengerollt hat, als ich noch ein Baby war.«

Jules, in sicherer Entfernung auf der anderen Seite des Tresens, schnaubte vernehmlich. »Und ich bin schon nervös geworden, als meine Frau nur die Katze bei unserer Tochter hat schlafen lassen ...«

»Kannst du deine Mutter nicht mal nach ihm fragen?«

Anyas Kiefermuskulatur spannte sich. Dieses Terrain hatte sie in der Beziehung bisher nicht betreten. Noch nicht. »Sie, äh, sie ist nicht mehr da.«

»Oh. Tut mir leid.« Brian musterte die feuchten Abdrücke,

die seine Fingerspitzen auf dem glänzenden Tresen hinterließen, und zeichnete die Umrisse seiner Hände nach.

»Nicht nötig. Das ist schon lange her.« Anya schob die Finger unter Sparkys Achseln. Brian meinte, sie würde Sparky auf vielfältige Weise als Schmusedecke benutzen. Vielleicht hatte er recht. Aber sie brauchte den kleinen Kerl. Sonst brauchte sie im Grunde niemanden – nicht die anderen DAGR-Mitglieder, nicht einmal Brian. Aber sie war bereit, sich einzugestehen, dass sie Sparky brauchte.

Ein Rollstuhl quietschte auf dem polierten Boden neben dem Tresen. Ciro, der Eigentümer des *Devil's Bathtub*, rollte an die Theke heran. Sein ebenholzschwarzes Gesicht war von Sorgenfalten geprägt. In seinen runzligen Händen hielt er ein Fotoalbum. Anya fiel auf, wie sehr diese Hände zitterten, als er ihr das Album reichte, dessen nach Mottenkugeln stinkende Seiten sich öffneten wie die Schwingen eines schweren Vogels.

»Das ist Bernie.« Ciro zeigte auf den verblassten Schnappschuss von einer Gruppe Männer in karierten Hosen und Hemden mit steifem Kragen. Nach dem Schnitt der Kleidung und dem Orangestich des Bildes zu urteilen, nahm sie an, dass die Aufnahme in den Siebzigern entstanden war. Im Hintergrund war eine Bowlingbahn zu sehen. Ciros zitternde Finger zeigten auf einen Mann mit langen Koteletten und einem kunstvoll getrimmten Schnauzbart. Schon damals hatte Bernie eine Brille getragen und eine Wampe vor sich hergeschleppt.

Anyas Blick wanderte über die anderen Gesichter auf dem Foto, und sie musste grinsen, als sie einen jüngeren Ciro neben dem Ballreiniger herumlungern sah. Anya fiel die angeberische Haltung auf – damals war er ein junger Mann gewesen, dem die ganze Welt zu den in Bowlingschuhen steckenden Füßen zu liegen schien. Und der junge Ciro hatte Haare. Haufenweise. Sein Afrolook, pingelig getrimmt wie eine Formschnitthecke, sprengte schier den Aufnahmewinkel.

»Hey, damals war das modern.« Eine Mischung aus Belustigung und Stolz flackerte in den Augen des alten Mannes.

»Das ist wieder modern, Ciro.«

Ciro rieb sich verlegen den kahlen Schädel und lächelte auf die attraktive Erscheinung seines jüngeren Selbst hinab. Den Bart trug er heute noch, aber die Afromähne war längst verschwunden. »Das Rad der Zeit und das Schwinden der Follikel hält niemand auf.«

»Hast du Bernie dort kennengelernt? In einer Bowlingliga?«

»Das war nicht irgendeine Bowlingliga. Das war die Liga der gewieften Ballkünstler. Drei Jahre lang waren wir die Champions der Liga, bis das halbe Team dann nach Vietnam geschickt wurde.«

»Habt ihr nach der Rückkehr auch noch gebowlt?« Anya wusste nicht, wie sie Ciro sonst entlocken sollte, wie viele von seinen Freunden überhaupt zurückgekehrt waren.

Der alte Mann zuckte mit den Schultern. »Ein paar von uns. Dann und wann. Aber es war nicht mehr das Gleiche.« Er tippte auf das Bild von Bernie. »Bernie war immer schon ein komischer Vogel, sogar damals. Obwohl das damals eine Zeit der ... na ja, schätze, man könnte es die Ära der spirituellen Erkundung nennen ...«

Max prustete los und tat, als rauche er einen Joint.

Ciro bedachte ihn mit einem giftigen Blick. »Das hab ich nicht gemeint. Ich meine, Bernie stand auf abgefahreneres Zeug als der Rest von uns. Und ich rede nicht nur von Drogen.«

»Wovon dann?« Anya beugte sich vor. Ciro war der Dämonologe der DAGR. Er hatte mehr Dämonennamen vergessen, als Anya je gekannt hatte. Wenn Ciro behauptete, jemand hätte auf abgefahrenere Dinge gestanden als er selbst, dann hatte das schon einiges zu sagen.

»Bernie war besessen von der Idee der Astralreisen. Außerkörperliche Erfahrungen. Er hat immer behauptet, er wäre schon überall auf der Welt gewesen.«

»Ich glaube nicht, dass Menschen auf die astrale Ebene vordringen können«, sagte Anya. »Ist das nicht das Gleiche wie das Jenseits?«

Ciro schüttelte den Kopf. »Du verwechselt den Weg und das Ziel. Das Jenseits ist ein Teil der astralen Ebenen, aber sie umfassen noch viel, viel mehr. Nicht jeder dieser Orte ist ein Paradies. Astralreisen führen uns zu Verbindungspunkten zwischen unserer Welt und jenen Ebenen ... Abkürzungen, sozusagen.« Der alte Mann seufzte. »Aber im Allgemeinen hast du recht. Menschen gelangen dort nicht hin. Nicht, ohne einen schrecklichen Preis dafür zu bezahlen.«

Anya erinnerte sich an Bernies angstvolle Miene, als sein Geist aus dem Raum gezerrt worden war. »Das kann ich mir vorstellen.«

»Als Bernie gesagt hat, er würde die Ebenen bereisen, dachten wir, er wäre auf 'nem Trip. Aber ein- oder zweimal ist es ihm gelungen, stoffliche Gegenstände von seinen Reisen mitzubringen.«

Anyas Brauen krochen in Richtung Haaransatz. »Wirklich?«

»Kleinigkeiten. Chinesische Münzen, Kruzifixe ... einmal tauchte er mit einem Stein wieder auf, von dem er behauptet hat, er stamme von einer archäologischen Ausgrabungsstätte in Ägypten. So ein Zeug eben. Diese Form des Apports ist in der metaphysischen Literatur nicht gänzlich unbekannt, aber fundierte Berichte sind heutzutage eine Seltenheit.«

»Er hatte einen Haufen Zeug in seinem Haus. Dinge, die nach Magie gerochen haben. Schwerter, Gläser mit Skeletten, Zauberbeutel ...«

Ciro nickte bekümmert. »Demnach hat er sich nicht sehr verändert. Er hat Anfang der Achtziger angefangen, mit magischen Artefakten zu handeln. Herkunft oder Geschichte der

Gegenstände haben ihn ebenso wenig interessiert wie die Leute, die sie kauften. Ihm ging es nur ums Geld. Manchmal hat er wirklich scheußliches Zeug angeschleppt … Einmal ist er mit einem Stück einer Rüstung aufgetaucht und hat geschworen, die hätte einmal einem Dämon gehört. Das Zeug hat nach dem Bösen *gestunken*. Ich hab ihm gesagt, er soll die Finger davon lassen, ehe er an etwas geriete, das seine Fähigkeiten übersteigt.«

»Wie hat er reagiert?«

»Er hat gesagt, er würde die Dinge, die er verkauft, schließlich nicht benutzen und hätte keine Beziehung zu ihnen, also könne ihm nichts passieren. Ich hab ihm gesagt, dass das nichts hilft. Manchmal stellen die Gegenstände selbst eine Beziehung her.«

Anyas Finger huschten zu dem Metallreif an ihrem Hals. Diese Art des Beziehungsaufbaus war ihr vertrauter als den meisten anderen Menschen.

Beziehungen waren, wie Anya inzwischen beschlossen hatte, nicht grundsätzlich eine schlechte Sache. Aber sie ging bei diesem Thema immer noch langsam und vorsichtig vor.

Zu vorsichtig, soweit es Brian betraf, was ihr durchaus bewusst war.

Brian steuerte seinen Van in die Auffahrt von Anyas winzigem, einstöckigem Haus. Es sah genauso aus wie alle Häuser an dieser Straße, abgesehen von dem mächtigen Ahornbaum im Vorgarten und der Tatsache, dass ihre Fensterläden grün waren. Alles andere war bei allen Häusern identisch, soweit das Auge die Straße entlangzublicken vermochte: ausgebleichte Verkleidungen, alternde Mauerziegel, schadhafte Dachschindeln und Rasenflächen von der Größe einer Briefmarke, beleuchtet vom Schein der Verandalampen. Das Frühjahr entlockte kantig geschnittenen Hecken und Bäumen ihre Blüten, doch es war noch zu früh im Jahr für den ersten Rasenschnitt.

Hier in Hamtramck, das im Stadtgebiet Detroits lag, lebte Anya schon seit ihrer Kindheit. Nicht in diesem Haus, aber das machte keinen großen Unterschied. Das Haus, in dem sie mit ihrer Mutter gelebt hatte, das Haus, in dem sie bei Onkel und Tante gewohnt hatte, und dieses besaßen allesamt die gleiche Aufteilung, sodass sie sich mit geschlossenen Augen hätte zurechtfinden können. Und sie alle standen im tröstlichen Schatten der mächtigen römisch-katholischen Kirche St. Florian. Dennoch waren die Dinge nicht mehr so wie in ihrer Kindheit. Heute trug der Wind mehr Müll zu den Maschendrahtzäunen, der nie wieder entfernt wurde. Mehr Feuerhydranten waren mit AUSSER BETRIEB-Schildern versehen. Keine Verkehrsströme führten mehr von und zu der inzwischen geschlossenen Autofabrik weiter unten an der Straße. Die Leute ließen ihre Verandabeleuchtung die ganze Nacht brennen, als könnte der schwache Lichtschein die Dunkelheit wenigstens teilweise in Schach halten. Als Anya klein gewesen war, hätte ihre Mutter dergleichen als Energieverschwendung betrachtet. Aber heute schien es irgendwie notwendig zu sein. Es war ein wirkungsloser Ausdruck der Hoffnung, wie Anya sehr gut wusste, dennoch war es eine instinkthafte Handlung. Menschen versammelten sich um das Licht wie um ein Lagerfeuer, um sich sicher zu fühlen.

Brians Atem beschlug die Scheiben des Vans. »Soll ich mit reinkommen?«

Anya dachte kurz über die Frage nach, und sie wusste, dass er ihr Zögern spürte. Das Pulsieren des Reifs an ihrem Hals fühlte sich träge an. Sparky schlief, also sagte sie: »Klar.«

Sie stieß die Tür auf, trat hinaus auf den rissigen Boden der Einfahrt und nahm ihre Schlüssel aus der Jackentasche. Brian ging zur Rückseite des Vans und wühlte in den Kabeln und Kisten seiner Geisterjägerausrüstung herum. Schließlich kam er mit einem Karton unter dem Arm um den Wagen gelaufen.

»Was hast du da?«, fragte sie.

»Ein Geschenk.« Er balancierte den Karton auf dem Oberschenkel, während sie die Tür entriegelte. »Eine Kleinigkeit für dein Haus.«

Anya runzelte die Stirn, auch wenn sie fand, dass ihre Raumdekoration durchaus verbesserungswürdig war. Verglichen mit Brians üblicher Umgebung, einem Vogelnest aus Kabeln und Elektroarkana, sah ihr Haus vermutlich recht spartanisch aus. Ausgestattet mit makellos sauberen Gebrauchtmöbeln war ihr Wohnzimmer der Inbegriff der Nützlichkeit. Anya gefiel es so. An den meisten Tagen kam sie aschebeschmutzt von der Arbeit nach Hause, und die Hartholzböden waren leicht zu reinigen. Sie war geradezu zwanghaft darauf bedacht, die Arbeit aus ihrer heimischen Zuflucht fernzuhalten, und Sauberkeit schuf die tröstliche Illusion von Ordnung, so wie die Verandabeleuchtung ihrer Nachbarn die Illusion von Sicherheit schuf.

Brian stellte den Karton vor dem Couchtisch ab.

»Was ist da drin?« Sie tänzelte zu ihm, und er legte den Arm um ihre Hüften.

»Ich hab ziemlich viel Zeit hier verbracht, daher …« Sein Kinn lag auf ihrem Kopf. »Ich hab mir die Freiheit genommen, dir einen Fernseher zu besorgen.«

Anya blinzelte. Dank Sparky hatte sie nur sehr wenige Elektrogeräte im Haus. Teufel auch, das kleine Wesen hatte ihre letzte Mikrowelle hochgejagt und vor ein paar Wochen einen elektrischen Dosenöffner in die ewigen Jagdgründe befördert. »Äh, ich hoffe, Sparky wird nicht …«

»Jagt er ihn hoch, jagt er ihn eben hoch.« Er küsste sie auf die Wange. »Aber in letzter Zeit hat er uns doch ziemlich in Ruhe gelassen.«

Anya lächelte, den Kopf an Brians Brust gelehnt. Ein bockiger Salamander konnte schon eine ernsthafte Herausforderung für eine Beziehung darstellen. Sparkys Bedürfnis nach Aufmerksamkeit, das sich meist in den unpassendsten Momenten zeigte, war in ihren früheren Beziehungen zu einem ernsten Problem geworden. Es war wirklich nicht einfach, in Stimmung zu kommen, während ein unsichtbarer Salamander maulend am Fuß des Betts hockte. Aber Sparky schien derzeit nicht gar so bedürftig zu sein. Letzte Woche hatte der Salamander Brian und Anya sogar gestattet, zusammengekuschelt auf der abgenutzten Samtcouch zu schlafen, ohne die beiden zu stören.

Anya war immer noch ein wenig unsicher, wenn es darum ging, sich auf einen anderen Menschen einzulassen. Jeder Mensch, den sie geliebt hatte, war aus ihrem Leben verschwunden. Und sie wollte nicht, dass es bei Brian auch so kam. Er war zu wichtig für sie, und sie hatte Angst, die Sache zu vermasseln.

Sie fühlte Brians Atem an ihrem Kopf, fühlte, wie seine Arme steif wurden und sein Kinn kaum wahrnehmbar zurückwich. Erst jetzt wurde ihr bewusst, dass sie immer noch nach Arbeit roch: nach Tod und Magie und dem fettigen Fleck auf Bernies Boden. Der übernatürliche Schmutz kribbelte auf ihrer Haut.

Sie wich zurück, stellte sich auf die Zehenspitzen und küsste Brians Oberlippe. An der linken Seite seines Mundes war eine kleine Narbe, nach deren Herkunft sie ihn nie gefragt hatte, die sie aber zu gern spürte. »Lass mir etwas Zeit, mich zu waschen.«

»Nur, wenn du versprichst, dass du zurückkommst.«

Sie löste sich von ihm und ging durch den dunklen, nach Zitronenholzpolitur riechenden Flur in das kalte Weiß des gefliesten Badezimmers. Ein Dutzend gelbe Entchen starrten sie aus ihren Cartoonaugen von einem Regalbrett aus an, als sie sich entkleidete. Der Salamanderreif blieb, wo er war; sie nahm ihn nie ab. Nicht einmal als Kind hatte sie ihn je abgelegt.

Noch als sie die Tür schloss, zog sie sich das Shirt über den Kopf und rümpfte die Nase. Ihre Kleider rochen nach verbranntem Schinken. Geistesabwesend strich sie über die Narbe an ihrer Brust, Reste einer Brandwunde. Weißes, glänzendes Narbengewebe breitete sich sternförmig über ihrem Herzen aus und dunkelte nur allmählich nach. Das war kein gewöhnliches Brandmal – dies hatte ihr ein Dämon hinterlassen, ein Dämon, der sie beinahe das Leben gekostet hätte. Das hätte nie passieren dürfen. Ein gewöhnlicher Dämon hätte ihr nicht antun können, was Lilitu ihr angetan hatte. Eine Laterne konnte Geister und Dämonen nach Gutdünken verschlingen, konnte sie verbrennen und vernichten. Aber Lilitu war eine Ausnahme gewesen.

Aber es geschahen viele Dinge, die nicht passieren sollten; unvorhersehbar wie der Fettfleck, der einmal Jasper Bernard gewesen war, und der nun auf dem Boden seines Wohnzimmers klebte.

Anya drehte das heiße Wasser auf und trat in den Strahl. Sie hielt den Kopf ins Wasser und versuchte, das Bild aus ihrem Geist zu waschen. Ihre Zehen kitzelten die Brust einer gelben Gummiente, die um den Abfluss kreiste. Diese Ente war eine dämonische Ente mit finsterer Miene, roten Hörnern und einem roten Plastikschwanz, der sich über ihren Rücken krümmte.

Sie schloss die Augen und fühlte, wie das heiße Wasser über ihre Lippen troff. Sie rieb sich mit dem nach Mandarinen duftenden Duschgel ein, dem sie eine Hand voll Salz folgen ließ. Sie rieb, bis die Haut sich rot färbte. Vielleicht war sie nicht in der Lage, das Bild wegzuspülen, aber sie konnte zumindest den Gestank abwaschen. Sie konnte sich von all dem Tod und der Magie reinwaschen und so tun, als wäre sie ein normaler Mensch, der einen normalen Abend mit einem normalen Mann verbringen wollte.

Einer ihrer Mundwinkel zuckte aufwärts. Das war es, was sie

an Brian am meisten liebte: Er war normal. Ein sturer Nichtmagier und skeptisch obendrein. Während sie nach unsichtbaren und unberührbaren Dingen roch, nach Geistern und Feuer, war das, womit Brian sich befasste, solide, greifbar. Schaltungen. Maschinen. Der kalte Geruch von Metall und Silikon. Alles war auf Nullen und Einsen reduziert, auf binären Code, auf an oder aus. Diesem Wissen haftete etwas Tröstliches an, dem Wissen, dass er Dinge fest im Griff hatte, die unwiderlegbar *real* waren.

Jemand musste das tun.

Sie rubbelte sich das Haar mit dem Handtuch ab. Ganz gleich, wie sehr sie auch schrubbte, ein leichter Brandgeruch ließ sich einfach nicht vertreiben. Es war kein unangenehmer Geruch; ein Hauch von Holzrauch. Vor einigen Monaten hatte sie sich das Haupthaar bei einer Begegnung mit einem von Sparkys Verwandten verbrannt und beinahe auch sich selbst in einen Haufen Asche verwandelt. Es war dunkel und glatt nachgewachsen, fühlte sich aber immer noch so zart und fein an wie Babyhaar.

Sie warf sich den Bademantel über, auf dem unzählige gelbe Cartoonenten zu sehen waren. Mit den stinkenden Klamotten unter dem Arm tappte sie den Flur in Richtung Waschmaschine hinunter.

An der Tür zum Schlafzimmer hielt sie kurz inne. Das Licht von der Straße flutete Wände und Boden. Ihr Blick fiel auf einen stilisierten magischen Zirkel, der in schwarzer Farbe auf dem Boden rund um das Bett herum aufgemalt worden war. Er ließ sich mit einer einfachen Geste öffnen. Geschlossen hielt er das Böse fern und garantierte ihr einen ruhigen Schlaf. Und er konnte im Falle unruhigerer Aktivitäten den Salamander fernhalten.

Sie fühlte Augen auf sich ruhen, die sie in der Stille beobachteten. Es waren ihre Augen, eingefangen in einem Gemälde, das an der Südmauer hing. Die Leinwand war mit einem mineralischen Pulver behandelt worden, das in dem dämmrigen Licht funkelte, und es gab ein Detail, dessen Anblick sie immer wieder fesselte: Ihr Abbild war in ein schwarzes Korsagenkleid gewandet, kehrte dem Betrachter den Rücken zu und sah sich halb über die Schulter um. Dies war das sinnlichste, kraftvollste Kunstwerk, das sie je gesehen hatte. Es stammte von einem früheren Verehrer, Drake Ferrer. Er war vieles gewesen: Maler, Architekt, Brandstifter. Aber er war auch die einzige andere Laterne, der sie je begegnet war. Und er war tot.

Doch er hatte diesen fremdartigen, bezwingenden Teil ihrer selbst eingefangen, dieses Schattenselbst, von dem sie sich nicht recht losreißen konnte und das ihr aus schwarzer Kohlefarbe und schimmerndem Glimmer entgegenschaute. Er hatte das Gemälde *Ischtar* betitelt, nach einer babylonischen Göttin der Liebe und des Krieges. Ihre größte Furcht war, selbst so zu werden, und sie behielt das Bild stets in ihrer Nähe, um sich daran zu erinnern, dass sie diesen Weg nicht einschlagen wollte. Dass sie keine Zerstörerin werden wollte. Dass sie nicht wie Drake werden wollte.

Stimmen schreckten sie auf; sie war dergleichen in der Stille ihres Hauses nicht gewöhnt. Aus dem schattigen Korridor sah sie Brian vor dem flackernden Schirm eines großen Flatscreen-Fernsehers am Boden sitzen und an der Fernbedienung herumfummeln. Geräuschlos tappte sie auf nackten Füßen zu ihm.

Sie hockte sich neben ihn. Wasser troff von ihrem nassen Haar auf ihre Schulter, und sie empfand eine seltsame Ehrfurcht, beinahe wie ein Höhlenbewohner, der sich an ein Feuer kauerte. Das Bild war glasklar, als Brian die Kanäle durchschaltete: dürre Modells, strahlend bunt wie Schmetterlinge, stolzierten über einen Laufsteg; ein Koch hielt einen Hummer hoch; eine Frau sprach vor einem blau leuchtenden Monitor Japanisch.

»Wow. Schick.« Sie stieß einen leisen, bewundernden Pfiff aus.

»Ich bin froh, dass er dir gefällt.«

»Danke. Aber das hättest du nicht tun müssen. Wirklich nicht.« Sie nagte an ihrer Unterlippe und fürchtete sich vor der nächsten Frage: »Aber ... wo kommen all die Sender her? Ich hab gar keinen Kabelanschluss ...«

»Mach dir darüber keine Gedanken«, sagte er mit einem listigen Grinsen. Brian stellte irgendwelche finsteren, geheimnisvollen Dinge mit der Technik an, Dinge, die sie nicht verstand und von denen sie nicht sicher war, dass sie legal waren: Überwachungsgeräte, Stimmenrekorder; und dann war da noch eine irrsinnig umfangreiche Sammlung an Technomusik. Die meisten seiner Spielzeuge landeten irgendwann in den Händen der DAGR. Aber sie fragte ihn nie, woher diese Dinge kamen oder welche Art von Forschungen er genau für die Universität durchführte. Niemand von ihnen fragte ihn danach.

Sie blinzelte das Bild einer brutalen Naturdoku an, auf dem ein blutüberströmtes, bellendes Robbenjunges zu sehen war, das versuchte, einem Eisbären auf einer weißen Eisfläche zu entkommen. Sie wusste, dieser Heuler würde ihr in der Nacht mehr Albträume bereiten als alles, was sie heute gesehen hatte. »Äh ... können wir vielleicht den Sender wechseln?«

Brian schaltete um. Eine Frau mit einem Mikrofon schritt in einem körnigen, hausgemachten Video über eine Bühne wie ein Tiger durch seinen Käfig. Anya schätzte sie auf Anfang fünfzig. Sie trug einen mittelblauen Hosenanzug und hatte wasserstoffblondes Haar, das sie sorgfältig in spitzen Fransen über ihre glühenden blauen Augen drapiert hatte. In diesen Augen brannte mehr als nur Leidenschaft, aber Anya konnte nicht definieren, was es war. Eine gläserne Phiole hing an einer Goldkette an ihrem Hals. Ihre Stimme war voluminöser, als es ihre zierliche Gestalt vermuten ließ, und sie erscholl wie eine Glocke über den Köpfen ihrer Zuhörer.

»Nichts ist unmöglich, meine Freunde. Mit genug Willen und Fantasie können auch Ihre Träume wahr werden. Das Universum will Sie glücklich sehen ...«

Brian verzog das Gesicht und schaltete erneut um.

»Moment, schalt noch mal zurück.« Anya umfasste seinen Arm.

Brian schaltete wieder zurück, und Anyas Aufmerksamkeit wurde von einem gelben Banner am unteren Bildrand gefangengenommen: *Wunder für die Massen.* Sie erkannte den Schriftzug. Es war derselbe wie der auf dem Scheckfragment aus Bernies Kamin.

»Wer ist das?«, fragte Anya.

Brian seufzte. Sein Gott war der Pragmatismus, und er hatte wenig Geduld mit irgendetwas, das nicht funktionierte. »Hast du bis heute unter einem Stein gelebt? Das ist Hope Solomon, die Anführerin eines New-Age-Schneeballsystems, das sich *Wunder für die Massen* nennt. Sie ist jeden Abend im lokalen Kabelfernsehen. Für einen Lacher ist sie sicher gut, aber mir tun die armen Irren leid, die ihr ihr Geld überlassen haben.«

Anya sah, wie Hope glückselig in die Kamera lächelte. »Dann ist sie also von hier?«

»Ja. Bedauerlicherweise.«

»... stellen Sie sich das Schicksal vor, das Sie erstreben, das Schicksal, welches das Universum für Sie wünscht. Doch Sie müssen auch den Willen aufbringen, Ihre Wünsche wahr werden zu lassen. Willen ist der Schlüssel. Willen heißt, aktiv werden. Und Sie können noch heute aktiv werden, um Ihre Träume Realität werden zu lassen, indem Sie die Nummer am unteren Bildschirmrand anrufen.

Gehen Sie mit guten Taten in Vorleistung. Verpflichten Sie sich, auf dass Ihre Träume wahr werden, und wir werden uns verpflichten, Ihnen auf Ihrer Reise zu helfen. Die Göttliche Intelligenz wird Ihnen helfen, damit auch Sie wahrhaftige Wunder erleben. Sie müssen nur diesen ersten Schritt tun. Unsere Telefonisten stehen bereit, um Ihre Anrufe entgegenzunehmen.

Seien Sie gesegnet, und gute Nacht.«

Unter stehenden Ovationen und donnerndem Applaus winkte Hope und ging von der Bühne. Gleich darauf füllten die Telefonnummer und die Adresse von *Wunder für die Massen* den Bildschirm aus, ehe das Ganze von einem Werbespot abgelöst wurde.

Anya hockte sich auf die Fersen. »Sie hat Charisma, das muss man ihr lassen. Ich schätze, einige Leute werden sie sehr ansprechend finden.«

Brian schnaubte verächtlich. »Herdenmenschen. Nur Herdenmenschen glauben, dass sie sich führen lassen müssen.«

Anya zog eine Braue hoch. »Das ist ein bisschen hart, findest du nicht? Die Leute wollen nun einmal an eine bessere Zukunft glauben. Ich meine, die Tatsache, dass ich Probleme mit der katholischen Kirche hatte, heißt nicht, dass ich das Kind mit dem Bade auskippen muss.« Sie musste allerdings zugeben, dass es schwer war, an eine bessere Zukunft für Detroit zu glauben. Wenn sie früh am Morgen schlaflos im Bett lag, hätte sie oft schwören können, die marode Stadt vor sich hinrosten zu hören.

»Nur, weil eine reiche Frau Süßholz raspelt und mit dem Geld anderer Leute ein großes Gebäude errichtet, besitzt sie noch lange keine moralische Autorität. Es ist eine soziologische Tatsache: In der Gruppe wird der Mensch zum Idioten.«

»Mag sein. Aber es können auch gute Dinge geschehen, wenn Menschen sich zusammentun.«

Brian beugte sich zu ihr und schnüffelte an ihrem Haar. Dann packte er den Ärmel ihres Bademantels und zog sie zu sich auf den Boden. »Du riechst nach Orangen.«

Anya errötete. Der Themenwechsel kam ihr nicht ungelegen, und sie war sogleich abgelenkt, als seine Finger den Vorhang aus Haaren beiseiteschoben, der ihr Gesicht bis zum Kinn verdeckte. Er knabberte an ihrem Ohr und jagte ihr erwartungsvolle Schauer über den Rücken. Sie legte die Beine in seinen Schoß, begierig, etwas Reales zu spüren und von ihm berührt zu werden.

»Hmm. Du schmeckst auch nach Orangen.«

Seine Arme umfassten mühelos ihre Taille, und seine Lippen wanderten gemächlich über ihr Kinn zu ihren Lippen. Anya ließ sich in seinen Kuss sinken, kostete den Minzgeschmack und die Wärme seines Mundes. Ihre Finger verkrallten sich im Stoff seines Hemdes, und sie spürte, wie sein Herz unter ihren Händen schneller schlug, als er in den Kragen ihres Bademantels griff und die nackte Haut an ihrem Nacken berührte. Sie sehnte sich danach, seine Hände auf mehr blanker Haut zu spüren ...

... als sie spürte, wie sich gähnend der Salamander an ihrem Hals zu rühren begann.

Schlaf weiter, Sparky, bettelte sie in Gedanken. *Nicht jetzt.*

Das Telefon klingelte. Widerstrebend löste sich Anya von Brian. Offenbar hatte sich das ganze Universum gegen sie verschworen. Sie fühlte, wie Sparky sich streckte und über ihren Arm zu Boden glitt. Unten angekommen hielt er inne und musterte Brian misstrauisch aus halb geschlossenen Augen.

Brian griff nach ihr. Ihre Augen lagen im Schatten. »Kann das nicht warten?«

»Mich ruft nie jemand zu Hause an ... es sei denn, es ist wichtig.«

Sie stemmte sich vom Boden hoch und riss den Hörer von der Küchenwand. Das Telefon, ein altmodisches, türkisfarbenes Gerät mit Schnur, hatte sie zusammen mit dem Haus erworben. Es war älter als Anya selbst. Bisher hatte es sich wie ihr 1972er Dodge Dart als immun gegenüber Sparkys Übergriffen erwiesen.

»Hallo?« Aus dem Augenwinkel beobachtete sie, wie Sparky schwanzwedelnd um Brian herumschlich. Plötzlich aber fesselte etwas anderes die Aufmerksamkeit des Wesens. Er starrte an dem Mann vorbei zu dem glühenden Rechteck verlockender, nagelneuer Schaltungen auf dem Boden. Sparky zuckte voran, um an dem HDTV-Gerät zu lecken. *»Sparky«*, blaffte sie, worauf sich der Salamander über die Schulter zu ihr umblickte und eine Unschuldsmiene aufsetzte, wie sie ausschließlich ein Elementargeist von der Größe eines Rottweilers zustande bringen konnte.

»Kalinczyk?« Die vertraute Stimme am anderen Ende brodelte vor Ungeduld.

Anya presste den Handballen an die Stirn. »Ja.«

»Marsh hier. Es hat einen Vorfall am heutigen Einsatzort gegeben.«

»Was für einen Vorfall?« Mit angestrengter Miene ging sie im Kopf blitzartig die verschiedenen Möglichkeiten durch. Das Feuer konnte nicht wieder aufgelebt sein – das ganze Haus war kalt gewesen.

»Jasper Bernards Haus wurde durchwühlt. Die Presse ist bereits hier. Ziehen Sie besser ihre Siebenmeilenstiefel an, und machen Sie sich darauf gefasst, hier jemandem in den Arsch zu treten.«

KAPITEL DREI

Jasper Bernards Haus war wie ein Bienenkorb, umgeben von dem gelben Absperrband der Feuerwehr, vor dem es vor Stimmen nur so brummte. Anya bahnte sich mühsam einen Weg durch das Gedränge der Nachbarn, die in Pyjamas und Bademänteln an der Absperrung standen und gafften. Der aalglatte Reporter, den sie schon früher vor Ort gesehen hatte, war auch hier, und die Scheinwerfer seines Übertragungswagens beleuchteten die Hausfassade, einen Feuerwehrwagen, eine ausgebrannte Limousine und zwei Polizeifahrzeuge vor dem Eingang.

Anya ließ ihre Marke aufblitzen und duckte sich unter dem Absperrband hindurch. Der Reporter streckte ihr sein Mikrofon entgegen. »Nick Sarvos von Channel 7 News. Stimmt es, dass in dem Haus ein Mann verbrannt ist?«

Anya verzog das Gesicht. Der Umgang mit Presseleuten war ihr zuwider. Ihr Verstand fror bei derartigen Befragungen schlicht ein, und sie fürchtete stets, etwas monumental Dummes von sich zu geben. Es gab nichts, was die Presse für sie hätte tun können, also konnte es auch keinen Austausch von Gefälligkeiten geben, der darauf basierte, dass sie Informationen durchsickern ließ. Derartige Dinge überließ man am besten den PR-Leuten des Detroit Fire Departments. Sie reckte eine Hand hoch und erklärte im Davongehen: »Kein Kommentar.«

»Die Nachbarn sagen, hier ginge es um einen Fall von spontaner menschlicher Selbstentzündung«, brüllte ihr der Reporter hinterher. »Ist an dem Gerücht was dran?«

Anya ging forschen Schrittes die Stufen zu Bernies Veranda hinauf und tat, als hätte sie ihn nicht gehört. Den Mann zu ignorieren würde sich vermutlich böse rächen und sie in seinen Berichten dumm aussehen lassen, aber sie hatte ihm nichts zu bieten. Teufel auch, sie wusste ja nicht mal selbst genau, was eigentlich los war.

Polizisten spazierten im grellen Licht des Übertragungswagens über die Veranda und warfen lange Schatten auf die abblätternde Farbe der Wände. Die Uniformierten traten zur Seite, um sie passieren zu lassen. Marsh stand in der Tür und kritzelte auf einem Klemmbrett herum. Er sah nicht eben glücklich aus.

»Ich dachte, der Tatort wäre gesichert.« Anya musterte ihn stirnrunzelnd. Das DFD gab einen Brandort nicht frei, ehe er als sicher erachtet und alle Hinweise auf Brandstiftung aufgenommen worden waren. Und davon waren sie derzeit noch weit entfernt. Das DFD musste nur einen Brandbekämpfer am Tatort zurücklassen, um weiterhin ohne besondere Befugnis nach Gutdünken kommen und gehen zu können. Eine nützliche Facette des Gesetzes, die dem DFD einen beachtlichen Freiraum bei seinen Ermittlungen einräumte ... alles im Namen der öffentlichen Sicherheit. »Wie zum Teufel konnte jemand da rein?«

»Ja, eigentlich hätte er gesichert sein sollen«, gab Marsh finsteren Blicks zurück. »Ich habe einen Mann vorn auf der Straße postiert. Offenbar hat sein Wagen Feuer gefangen. Als er es gelöscht hat, sah er dann die Lichter im Haus.«

»Lichter? Was für Lichter?«

»Jedenfalls keine Taschenlampen ... der Bursche, der Wachdienst hatte, hat einen flackernden, orangefarbenen Lichtschein beschrieben. Er dachte, das Feuer wäre wieder aufgelebt und ist rein, um nachzusehen. Und hat festgestellt, dass das Haus durchwühlt worden ist.«

»Na großartig.«

»Ja, also, das DPD hat die Sache aufgenommen, kann aber nicht sagen, ob irgendwas fehlt.«

Anya kniff sich in den Nasenrücken. »Lassen Sie mich raten …«

»Richtig. Herauszufinden, was fortgekommen ist, ist Ihre Aufgabe. Sie haben Bilder vom Tatort geschossen, ehe sich jemand hier zu schaffen gemacht hat.«

»Ich kann nicht behaupten, dass ich Zeit gehabt hätte, umfassend Inventur zu machen …«

»Tja, herzlichen Glückwunsch. Das ist jetzt Ihr Baby.«

Anya ließ die Schultern sinken und trottete an Marsh vorbei durch die Küchentür.

Das war kein hübsches Baby.

Die Küche war vollständig durchwühlt worden. Kartons mit Frühstücksflocken waren aus den Regalen gerissen worden und hatten Puffreis ausgespuckt, der nun unter ihren Füßen knirschte. Der Küchentisch war umgekippt, ein Bein abgebrochen. Töpfe und Pfannen lagen auf dem Boden, vermischt mit Zeitungen und den Inhalten des Kühlschranks. Die Kühlschranktür stand offen, das Licht im Inneren brannte. Jemand hatte die Deckel von Dutzenden von Plastikgefäßen gerissen und deren Inhalt einfach ausgekippt. Eine Flasche Ketchup hatte sich über den Boden ergossen. Anya roch Reste von Kung-Pao-Hühnchen, vermengt mit dem widerlich säuerlichen Geruch schmelzenden Speiseeises. Sie schlang sich die Jacke enger um den Leib, um sich vor der Kälte zu schützen.

Wieso zum Teufel hatte der Feuerwehrmann draußen nicht gehört, was hier los war, und dem ein Ende gesetzt?, überlegte sie. Das muss ein Lärm gewesen sein wie bei einer Verbindungshausparty.

Widerwillig drückte sie die Tür zum Wohnzimmer halb auf. Unglaublicherweise war das Chaos in Bernies Wohnzimmer noch größer als vorher. Die Couch war umgestoßen worden, die Füllung aus den Polstern gerissen. Bücherregale waren auseinandergebrochen, und ihr Inhalt verteilte sich über die schwarzen Scherben zerbrochener Vinyl-LPs. Die Asche aus dem Kamin war nun über den Teppich verteilt, dick genug, dass sie den Fleck, der einmal Bernie gewesen war, beinahe überdeckte.

Anya kniff die Augen zusammen. Das war kein Zufall. Hier hatte sich nicht etwa ein Einbrecher eine günstige Gelegenheit zunutze gemacht. Nein, hier hatte jemand nach etwas ganz Bestimmtem gesucht.

Ihr Blick fiel auf den Kaminsims. Er war abgeräumt worden: keine Flaschen, kein Schwert, keine Talismane. Sie atmete tief durch. Trotz des ganzen Chaos war eine Veränderung unverkennbar: Sie konnte keine Magie mehr riechen. Absolut keine.

Sie streifte mit bebenden Nasenflügeln durch den Raum. Keiner der Gegenstände, die sie als magisch eingestuft hatte, schien noch da zu sein. Alles, was sie wahrnahm, war ein hintergründiger, vager Ozongeruch, wie sie ihn schon bei ihrem ersten Besuch in diesem Haus gerochen hatte.

Den Blick auf den Kamin gerichtet, trommelte Anya mit den Fingern auf ihrer Unterlippe. Jemand hatte in der Asche herumgewühlt. Vielleicht jemand, der hinter den Fragmenten der magiebefleckten Drusenflasche her gewesen war, die sie dort gefunden hatte. Zumindest die lag sicher verpackt im Beweismittelschrank. Sie hoffte, die Forensiker würden ein paar Fingerabdrücke von ihr nehmen können.

Sie ging in ihren eigenen Spuren zurück, sorgsam darauf bedacht, nichts anzurühren. Sie würde ihre Kamera und den Rest ihrer Ausrüstung holen und vermutlich eine Ewigkeit damit zubringen müssen, die neuen Fotos mit denen zu vergleichen, die sie zuvor geschossen hatte. Die Analyse des Brandorts entwickelte sich zu einem wahren Albtraum.

Anya schlich durch die Küche und durch die Reihen gaffender Cops. Sie hörte, wie Marsh den wie gelähmt wirkenden Feuerwehrauszubildenden anknurrte, der hier hätte Wache halten sollen. Seine Stimme war leise genug, dass der Reporter auf der

Straße ihn nicht hören konnte, aber sein Ton ließ von dem armen Kerl nur Wackelpudding übrig.

»... zum Teufel haben Sie sich dabei gedacht? Sie haben den Tatort einer laufenden Untersuchung unbeaufsichtigt gelassen und damit für weitere Ermittlungen nahezu unbrauchbar gemacht. Morgen früh hab ich Ihre Marke auf meinem Schreibtisch, verstanden?«

Der Feuerwehrmann stand da, die Hände in die Taschen gerammt, und stierte zu Boden. »Ja, Sir. Ich weiß nicht, was passiert ist. Ich hab dem Haus nur ein paar Minuten den Rücken zugewandt.«

»Haben Sie geschlafen?«

»Nein, Sir.«

»Haben Sie getrunken?«

»Nein, Sir.«

»Drogen?«

»Nein, Sir.«

»Sie schieben jetzt Ihren Arsch rüber in die Ambulanz und lassen einen Drogentest machen. Sofort.«

Anya drückte sich an ihnen vorbei und blieb stehen. Ihre Nase zuckte, und sie drehte sich zu dem glücklosen Feuerwehrmann um.

Er roch nach Magie. Der Ozondunst hing schwach wahrnehmbar an seinem Mantel. Anya musterte ihn von Kopf bis Fuß. Er war ein ganz gewöhnlicher Bursche – sie sah nichts Besonderes an ihm: ein junger Mann in den Zwanzigern mit Bürstenhaarschnitt, der in seinen Stiefeln zitterte, während Marsh ihn zusammenstauchte. Machte einen ernsthaften Eindruck ... nicht wie jemand, der sich im geheimen Kämmerlein mit Magie befasste.

»Hey«, sagte sie und unterbrach die Schimpftirade. »Erzählen Sie mir, was passiert ist. Was haben Sie gesehen?«

Der Feuerwehrmann kratzte sich am Hinterkopf. »Ich hab

das Haus beobachtet, genau wie Captain Marsh es mir gesagt hat. Hab Radio gehört, als ich plötzlich ein statisches Rauschen vernahm. Ich hab versucht, den Sender neu einzustellen, aber dann ist Rauch aus dem Motorraum des Wagens aufgestiegen. Ich hab die Haube aufgemacht, weil ich dachte, es wäre vielleicht nur Dampf aus dem Kühler, aber es war Rauch.«

»Welche Farbe hatte er?«

»Weiß, glaube ich. Darum dachte ich erst auch, es wäre nur Dampf. Aber ich bin nicht sicher.«

Anya legte die Stirn in Falten. Ein Feuer in einem Motor, gespeist von Motoröl, hätte schwarzen oder blauen Rauch erzeugt. Vielleicht ein Schwelbrand in der Elektrik. Oder Batteriesäure, die sich entzündet hatte.

Der Feuerwehrmann fuhr fort. »Ich hab den Feuerlöscher aus dem Kofferraum geholt. Zu der Zeit stand schon der ganze Vorderwagen in Flammen. Ich hatte Angst, der Tank könnte Feuer fangen, und ich hab Verstärkung gerufen.«

»Wann sind Sie darauf aufmerksam geworden, dass sich in dem Haus etwas tut?«

»Ich hab das Licht im Haus gesehen, als die Jungs mit dem Leiterfahrzeug eintrafen und den Brand gelöscht haben. Wie ich Marsh schon gesagt habe, es war nicht das Licht von Taschenlampen ... es war goldorange. Ich bin die Stufen raufgerannt, und als ich die Tür aufgemacht habe, ist das Licht ausgegangen.«

»Haben Sie jemanden gesehen?«

»Nein, und das kapiere ich einfach nicht.« Der Feuerwehrmann schüttelte den Kopf. »Ich verstehe nicht, wie irgendjemand an mir hätte vorbeikommen können.«

Anya sah ihn aus zusammengekniffenen Augen an. »Niemand ist vorbeigerannt?« Es gab im Haus nur eine Tür, die Vordertür. Nun ja, tatsächlich gab es nur eine *nutzbare* Tür. Die Hintertür war mit Müll vollgestellt und nicht erreichbar. Niemand hätte durch sie aus dem Haus gelangen können. Und man hatte keine Anzeichen für einen gewaltsamen Einbruch gefunden.

Anyas Augen richteten sich auf den Wagen hinter ihm, in dem er am Straßenrand gewacht hatte. Nun war er nur noch eine geschwärzte Masse, der Vorderwagen verkohlt, die Haube klaffend offen wie das Maul eines Monsters. Das Glas war noch intakt, was darauf hindeutete, dass das Feuer keine hohe Temperatur erreicht hatte. Ein brennendes Auto konnte sehr heiß werden, über fünfhundert Grad, bisweilen erreichte so ein Feuer sogar eine Temperatur von über tausend Grad. Vielleicht war ein Teil der Hitze entwichen, als er die Haube geöffnet hatte. Im Zickzack bahnte sie sich einen Weg durch die Reihen der Polizisten und griff nach dem Türgriff …

… und wurde von dem Gestank der Magie, der dem Wagen entströmte, beinahe umgehauen. Es war, als hätte jemand zwölf Stunden bei geschlossenen Fenstern in dem Auto gesessen und die Seiten eines Buchs der Schatten geraucht.

Anya hustete. Ihre Augen tränten, und sie fühlte, wie die Überbleibsel der Magie in ihre Kleider und ihre Haut drangen. Sie fühlte, wie sich der Salamanderreif an ihrem Hals regte, als sie zurückwich. Sparky sprang leichtfüßig zu Boden, packte ihren Mantel mit den Zähnen und zerrte sie zurück, zurück in die frische Luft.

Sie atmete tief durch, drängte die schwere, immer noch magisch aufgeladene Luft aus ihrer Lunge. Sparkys Kopf zuckte zum Wagen herum, und er knurrte.

Jemand, der wusste, wie man mit Magie umzugehen hatte, hatte das Feuer ausgelöst, um den Feuerwehrmann abzulenken. Dann war man in das Haus eingebrochen und hatte Bernies magisches Inventar vor der Nase der Feuerwehr gestohlen.

Und Anya hatte keine Ahnung, was dieses Inventar alles umfasste. Nach allem, was sie über den Sammler wusste, mochte er den gottverdammten Stein der Weisen oder das Schwert Excalibur unter seinen Zeitungsstapeln verbuddelt haben.

Scheiße.

Anyas Büro war nichts Besonderes, aber es bot ihr eine verdammt gute Zuflucht.

Verborgen in den Innereien des Hauptquartiers des Detroit Fire Departments geriet es häufig schlicht in Vergessenheit. Das Kellerbüro mit dem alten schwarz-weiß gefliesten Boden, der gesprungenen Scheibe im oberen Teil ihrer Tür und den abgenutzten Büromöbeln aus den Sechzigern roch nach Moder und abgestandenem Kaffee. Die Leuchtstoffröhren an der Decke summten und flackerten. Es war kein Palast, aber es war ein Zuhause abseits ihres Zuhauses. Und sie wurde hier nur selten von irgendjemandem belästigt. Sie wusste es zu schätzen, nicht oben in dem vollgestopften Großraumbüro mit seinen mit Raumteilern abgetrennten Arbeitsnischen untergebracht zu sein; Anya war nicht daran interessiert, zu sehen oder gesehen zu werden. Sie wollte Raum zum Denken. Auch wenn dieser Raum keinen Wohlgeruch verströmte.

Anya saß im Schneidersitz auf dem Boden, umgeben von Stapeln von 20 × 30-Abzügen. Sie hatte die ganze Nacht damit zugebracht, die neuerlich veränderte Brandstelle mit ihrer Kamera zu protokollieren, und war nun dabei, diese Fotos mit denen vom Vortag zu vergleichen. Der quietschende Tintenstrahldrucker auf ihrem Schreibtisch spuckte widerwillig eines nach dem anderen aus, sofern er nicht gerade wieder einen Papierstau fabrizierte. Anya thronte mit einem roten Textmarker über den Fotos und kreiste Dinge ein, die da sein sollten, aber nicht da waren. Es war wie ein riesiges »Wo – verdammt noch mal – ist Walter?«-Suchbild, und es bereitete ihr Kopfschmerzen.

Bislang fehlten aus Bernies Haus sechs Schwerter, sechsundzwanzig Flaschen diverser Art, Kristalle und Steine, ein paar Statuen, ein geschnitzter Holzschädel und ein Beutel mit Murmeln. Und das war nur das, was sie bei der ersten Bestandsaufnahme und der Sichtung der Fotos hatte entdecken können. Vermutlich fehlte noch viel, viel mehr, von dem sie nie erfahren würde. Sie hatte versucht, Bernies Angehörige zu finden, um herauszufinden, ob die ein wenig Licht auf seinen Tod oder die verschwundenen Gegenstände werfen konnten, aber sein einziger lebender Verwandter, ein Neffe, hatte ihn seit zwanzig Jahren nicht mehr gesprochen. Der Neffe hatte Verstand genug bewiesen, um aus Detroit fortzuziehen. Als Anya ihn fragte, was mit der verbliebenen Habe seines Onkels geschehen sollte, hatte der Neffe erklärt: »Fackeln Sie es ab. Können Sie es nicht für Feuerwehrübungen benutzen oder so was in der Art?«

Anya nagte an der Kappe ihres Stifts und starrte die Bilder an. Dieses Durcheinander zu enträtseln würde Monate dauern. Jahre.

Das Telefon auf ihrem Schreibtisch klingelte, rüttelte sie aus ihren Gedanken. Sie streckte die Hand aus und schnappte sich den Hörer. »Kalinczyk.«

»Was zum Teufel haben Sie mir da eigentlich geschickt? Einen gottverdammten Fuß?« Die Bezirksgerichtsmedizinerin am anderen Ende kreischte förmlich, und das Rascheln einer Plastiktüte war zu hören. »Was zum ... zwei Füße?«

»Das ist eine Leiche, Gina.«

»Wo ist der Rest davon?«

»Das *ist* der Rest.«

»Erklären Sie mir das bitte.«

»Sie stammen von einem Brandort. Brandspuren auf der Couch und dem Boden, und die Füße wurden am Rand der Brandspuren gefunden.«

»Haben Sie Fotos?«

»Ja. Ich schicke Sie über die Hauspost ...«

»Bringen Sie sie lieber her, wenn Sie einen Bericht von mir erwarten. Anderenfalls bleiben diese Füße bis Weihnachten in der Kühlung.« Gina legte auf.

Seufzend pflückte Anya die Fotos vom Boden, die Bernies Überreste zeigten, und schob sie in einen braunen Umschlag.

Sie hasste es, die Gerichtsmedizin aufzusuchen, aber niemand widersetzte sich Gina, dem Ghul.

Mit dem Umschlag unter ihrem Arm schaltete Anya, leise vor sich hin schimpfend, die Bürolampen aus und ging die Treppe hinauf. Die Hauptwache des Detroit Fire Departments war bereits 1929 in einem Gebiet erbaut worden, das heute als Washington Boulevard History District bekannt war. Die Eingangshalle und die oberen Stockwerke waren offen für den Publikumsverkehr und mehrfach umgestaltet und neu möbliert worden, aber von außen schmückte sich das Gebäude immer noch mit der Originalfassade mit ihren hohen Mauerbögen über den Türen.

Der Zauber der 1920er endete, sobald sie auf der Straße angelangt war. Gleich gegenüber dem DFD stand das Cobo Center. Das in den Sechzigern erbaute, modernistisch-kubische Bauwerk erstreckte sich über mehrere Häuserblocks und ragte im Süden sogar noch über den Lodge Freeway hinweg. Den Kontrast zwischen neu und alt fand sie nach wie vor erschütternd, ganz gleich, wie oft sie aus dem kühlen Schatten der Hauptwache hinaus in den strahlenden Sonnenschein auf der Straße trat.

Anya trödelte, während sie ihren Dart vom Parkplatz holte. Sie nahm sich Zeit, fuhr gemächlich durch das Uferviertel, in der Absicht, die I-75 zu nehmen. Auf dem Weg nach Norden zum gerichtsmedizinischen Institut hoffte sie inständig, der Verkehr würde sie aufhalten und ihren Besuch ein wenig hinauszögern.

Die glänzenden Säulen des GM Renaissance Center reckten sich hinauf in einen klaren, blauen Himmel und bildeten einen scharfen Gegensatz zu einigen der älteren Gebäude im Innenstadtbereich von Detroit. Am Ende des 19. Jahrhunderts hatte Detroit wegen seiner überwältigenden Baukunst als das »Paris des Westens« gegolten. Die Große Depression hatte dem Bauboom ein Ende gesetzt. Seither war die gesamte Bautätigkeit ins Stocken geraten, hatte immer wieder aufgelebt, schien aber schließlich vollständig ausgebrannt zu sein.

Das gerichtsmedizinische Institut von Wayne County war gerade einen bequemen Steinwurf vom Detroit Receiving Hospital und dem VA Medical Center entfernt. Der Gehweg wurde von Bäumen gesäumt, die das nichtssagende Ziegelgemäuer vor neugierigen Blicken von der Straße abschirmten.

Anya steuerte den Dart auf den Parkplatz. Dann verharrte sie hinter dem Lenkrad und starrte das Gebäude an. Es gab bestimmte Orte, die kein Medium gern aufsuchte: Krankenhäuser, Beerdigungsinstitute, Friedhöfe ... einfach alle Orte, an denen die Toten zusammenkamen. Jüngst Verstorbene waren oft verwirrt und wütend. Diejenigen, die schon vor längerer Zeit gestorben waren und sich entschlossen hatten, in der physischen Welt herumzuhängen, neigten dazu, manipulativ und bösartig aufzutreten. Viele Medien weigerten sich daher, auch nur einen Fuß in eine derart chaotische Umgebung zu setzen. Mochten solche Orte gewöhnlichen Leuten auch still und friedlich erscheinen, stellten sie für ein Medium fast das Äquivalent zu einem Gang durch ein Irrenhaus nach dem Löschen der Lichter dar.

Zischend sog Anya die Luft zwischen den Zähnen hindurch, ehe sie die Wagentür öffnete und argwöhnisch auf die Glastür des gerichtsmedizinischen Instituts zuging. Der Salamanderreif an ihrem Hals erzitterte, drehte sich, und dann glitt Sparky über ihren Rücken hinab und um ihre Füße.

»Benimm dich«, warnte sie ihn.

Sparky blinzelte zu ihr hinauf, ehe er durch die durch einen Bewegungsmelder gesteuerte Tür trottete. Die Tatsache, dass die Tür seine Anwesenheit registrierte und öffnete, entlockte ihm ein entzücktes Quieken. Er kam zurück, schlich hinter Anya und öffnete die Tür noch weitere dreimal, ehe er sich an ihre Fersen hängte.

Anya senkte den Kopf, rammte die Hände in die Taschen und ging forschen Schrittes die in kühlem Grün gefliesten Korridore hinunter. Ihre Absätze hallten laut auf dem Boden. Es stank nach Desinfektions- und irgendeinem Konservierungsmittel, das verdächtig nach italienischer Wurst roch. Sie bemühte sich, den Geist einer alten Frau in einem Hausmantel zu ignorieren, der schreiend vor einem Verkaufsautomaten stand. Sie wandte sich von der durchsichtigen Erscheinung eines Teenagers ab, der auf dem Flur saß und sich die Handgelenke aufschnitt. Das Mädchen sah verwirrt aus, als kein Blut aus der Wunde quoll. Ein Unfallopfer trug noch immer seinen Sicherheitsgurt, als es durch die Mauer schwebte, ohne seiner Umgebung Beachtung zu schenken. Sparky schaute sich neugierig um und schnappte nach jedem Geist, der in seine Reichweite kam.

Doch diese Geister waren nicht ihr Problem. Anya wusste nicht, was sie über das Jenseits denken sollte. Sie hoffte inbrünstig, dass diese Leute irgendwann irgendwohin gehen würden, dass irgendein gnädiger Engel ihre verwirrten Seelen einfing und sie zu irgendeinem strahlenden, prächtigen Ort führte.

Allein, sie glaubte nicht daran.

»Nein … lass mich in Ruhe.«

Eine schwache weibliche Stimme drang unter einer Tür hindurch und erregte Anyas Aufmerksamkeit. Sparky drehte sich knurrend um. Anya hielt inne und beugte sich zu der Edelstahltür des Kühlraums vor. Eine andere, tiefere Stimme überlagerte die schwache, weibliche.

»Niemand kann dich schreien hören, Mädchen.«

Anya riss an dem Riegel der Kühlraumtür und tastete auf der Innenseite nach einem Lichtschalter.

Der Kühlraum war voll. Flackerndes Neonlicht beleuchtete Leichensäcke, die sich an Ort und Stelle in offenen Metallfächern und auf Tragbahren stapelten. Etwas Dunkles, Klebriges rann über den Betonboden zum Bodenabfluss, und der Raum stank wie ein Schlachthaus.

Der Geist eines großen, hageren Mannes hielt den Geist eines jungen Mädchens an der Kehle umfasst und presste ihn an die Wand. Das harte Licht betonte die Einschusslöcher in der Brust des Mannes, aber an dem Mädchen konnte Anya keine Wunden ausmachen. Tränen strömten über seine Wangen.

»Lass sie verdammt noch mal in Ruhe.« Zorn brodelte in Anyas Brust.

Der Mann drehte sich um und sah sie höhnisch an. *»Kümmer dich um deine Angelegenheiten.«* Vielleicht war er daran gewöhnt, dass niemand ihn sehen konnte. Vielleicht war er daran gewöhnt, Menschen zu ängstigen, im Leben wie im Tode. Aber Anya wollte nichts davon wissen.

Sparky stürzte sich auf ihn. Seine Zähne packten die Rückseite der Kapuzenjacke und zerrten ihn von der Wand weg. Der Salamander zerfleischte den Geist, wedelte knurrend mit dem Schwanz und zerriss die ektoplasmische Kehle des Mannes. So brutal hatte Anya ihn noch nie erlebt, aber sie hatte auch noch nie zugesehen, wie er ein Kind verteidigte.

»Zurück«, sagte Anya zu dem Mädchen, worauf es zwischen den Gitterstäben eines Regals verschwand.

Anya fühlte die Macht der Laterne in ihrer Brust brennen. Sie konnte spüren, wie sich das Feuer auf ihre Aura ausbreitete und aus ihren Handflächen strömte, begierig, diesen schrecklichen Geist zu packen. Eine Laterne unterschied sich in einem entscheidenden Punkt von anderen Medien: Eine Laterne zog

Geister an wie ein elektrischer Insektenvernichter ... und konnte sie verschlingen.

»Sparky«, mahnte sie, worauf der Salamander sich fügte und den Weg freigab. Anya griff nach dem Geist, rang ihn zu Boden, atmete ihn ein, zog ihn in den schwarzen Abgrund in ihrer Brust. Sie konnte die metallische Kälte des Geistes schmecken, als sie ihn verschluckte, die Asche in ihrer Kehle, als das Feuer in ihrer Brust ihn verzehrte. Keuchend trat sie zurück und fühlte, wie die Hitze auf ihrer Brust Blasen schlug. Der Vorgang mochte eine Narbe auf ihrem physischen Leib hinterlassen, aber die Wunde würde heilen.

Sie drehte sich zu dem Mädchen um, das verängstigt hinter den Regalen kauerte.

Anya drängte das Feuer in ihrem Herzen zurück, bemühte sich, Hände auszustrecken, die nicht brennen würden. Sie kämpfte darum, den Zorn niederzukämpfen, bis er durch ihre Füße im Boden versickerte. »Schon gut ... er ist weg.«

Das Gesicht des Mädchens tauchte hinter einem Leichensack auf. *»Er kommt nicht zurück?«*

Anya schluckte und schüttelte den Kopf. »Nein.« Sie wusste nicht so genau, was aus den Geistern wurde, die sie verschlang. Jemand hatte ihr einmal erklärt, sie würden machtvolle Feuerelementare nähren. »Du bist jetzt sicher.«

Sparky knurrte. Anya drehte sich um und sah, wie sich an der Wand ein Schatten von der Form eines Menschen bildete. Die schwarze Masse wurde zu der durchscheinenden Gestalt eines Mannes in einem schwarzen Mantel und Jeans. Kalte blaue Augen schauten aus einem kantigen Gesicht, die Art Gesicht, die gut auf ein Albumcover aus den 1980ern gepasst hätte. Dazu ein Wust blonder Haare, gestylt zu einer Frisur, die wie ein verspäteter Tribut an die Punkära wirkte.

»Bleibt zum Teufel noch mal von dem Mädchen weg«, fauchte Anya. »Ich hab genug von euch verdammten Perversen.«

Der Geist hob die Hände. *»Ich bin nicht hier, um jemandem zu schaden.«*

»Warum bist du hier? Um hier rumzuhängen und auf die Apokalypse zu warten?«

Ein Lächeln umspielte seine Lippen. *»Ich bin wegen des Mädchens hier.«*

Anya ging sofort hoch und fühlte, wie sich die Hitze in ihren Fingerspitzen sammelte. Diesen Geist würde sie ebenso mühelos verschlingen wie den letzten.

»Ich bin hier, um sie ins Jenseits zu führen.«

Ein kalter Schauer lief über Anyas Rücken. »Wer bist du?«, fragte sie misstrauisch. Geister waren unverbesserliche Lügner, wie glatt sie auch auftreten mochten.

Er drehte sich zu dem Mädchen um, was Anya erneut erzürnte. *»Trina, mein Name ist Charon. Ich bin hier, um dich mit auf eine Reise zu nehmen.«* Er streckte die Hand zu dem Regal aus.

»Woher kennst du meinen Namen?« Das Mädchen musterte ihn, die Arme um den Körper geschlungen.

»Den hat mir deine Großmutter verraten. Sie würde sich freuen, wenn du sie besuchen kämest.«

»Kannst du mich hier wegbringen?« Trina zitterte und starrte hinauf zur Decke.

»Ja.« Wenn Charon lächelte, so tat er das mit dem himmlischen Lächeln eines Engels. Sparky watschelte zu ihm und schnüffelte an ihm. Seine Kiemenwedel richteten sich auf, ertasteten die Aura des Geistes. Der Geist ließ ihn gewähren. Er machte keine plötzlichen Bewegungen und zeigte keinerlei Widerstand.

Sparky mochte unschlüssig sein, aber Anya traute ihm nicht. Ganz und gar nicht. »Du bringst niemanden irgendwohin.«

Charon zog eine Braue hoch. *»Das ist nicht deine Entscheidung, Laterne.«* Er richtete sich zu voller Größe auf und starrte Anya direkt in die Augen. Als er dann in der Reichweite ihrer Aura wieder das Wort ergriff, fühlte Anya die Kälte, die von ihm ausging. Er war machtvoll; sie spürte die verharrende Zeit, die an ihm zerrte. Sein Atem kondensierte in der Luft. *»Für das Mädchen ist es Zeit zu gehen. Du hast ihr einen Dienst erwiesen, indem du sie beschützt hast. Aber was willst du nun tun? Du kannst sie nicht von diesem Ort wegbringen.«*

Anya reckte das Kinn vor. Charon hatte recht. Geister waren auf physische Orte fixiert, auf Menschen oder auf Gegenstände. So sehr sie es wollte, sie konnte den Geist des Mädchens nicht in Schutzhaft nehmen. Der einzige Weg, wie sie die Bindung des Kindes an seine Umgebung brechen konnte, war, es zu verschlingen. Oder sie überließ es der Gnade der anderen Geister hier in der Gerichtsmedizin.

»Was ... bist du?«, fragte Anya.

Charon zuckte mit den Schultern. *»Ich bin ein Führer, mehr nicht. Ich bringe Geister hierhin und dorthin ... ein Taxifahrer des Jenseits. Die Gerichtsmedizin ist ... eine der Haltestellen auf meiner Route.«*

Trina lugte hinter den Regalen hervor. *»Ich will mit ihm gehen.«*

Anya ballte die glühenden Hände zu Fäusten. Alles, was sie dem Geist zu bieten hatte, war vollständige Vergessenheit.

Und so sagte sie nichts, als Charon die Hand des Mädchens ergriff. Gemeinsam gingen sie durch die Wand des Kühlraums und waren sodann verschwunden.

KAPITEL VIER

»Ich kann noch nicht einmal mit Sicherheit sagen, dass er tot ist.«

Gina starrte Anya durch ihre Bifokalgläser an und stach mit dem Finger nach Bernies Überresten. Die Pantoffeln waren von Bernies Füßen entfernt worden, und die zierliche Rechtsmedizinerin fummelte mit einer Pinzette an ihnen herum. Asche wallte in winzigen Wogen um die Füße auf dem Edelstahluntersuchungstisch. Anya war nicht sicher, wie viel davon von Bernie stammte und wie viel von der Zigarette in den latexbedeckten Fingern der Achtzigjährigen.

Anya musste wohl eine Grimasse gezogen haben, denn nun brachte Gina ihr runzliges Antlitz ganz dicht an ihres heran. Gina hatte ein Gesicht wie ein Karamellbonbon, das an einem heißen Tag zwischen die Sitze eines Autos gerutscht war. »Den Toten ist es scheißegal, wenn ich rauche. Daran sollten Sie sich ein Beispiel nehmen.« Die Gerichtsmedizinerin schlurfte zu ihrem Schreibtisch, auf dem Anyas Fotos ausgebreitet waren. Gina war so klein, dass sie die Ärmel ihres Laborkittels hochkrempeln musste, und der Saum strich ihr über die Fußgelenke. Das, zusammen mit dem wuscheligen grauen Haar, machte sie zu Frankensteins Braut im Altersheim.

»Hören Sie, ich bin hundertprozentig sicher, dass der Mann tot ist«, sagte Anya. Allerdings hatte sie nicht vor, Gina zu erzählen, dass sie seinem Geist begegnet war. »Niemand hat ihn mehr gesehen, und der Mann wird wohl kaum ohne Füße durch die Gegend spazieren.«

Gina schaute durch den unteren Teil ihrer Bifokalgläser, um

die Fotos zu studieren. »Wirklich interessant.« Gina hatte Anya nur einbestellt, um sich die Fotos anzusehen. Die alte Dame war ein dreister Ghul, und dieser Fall beflügelte ihre Vorstellungsgabe.

»Sie stellen mir keinen Totenschein aus?« So etwas war bisher noch nie vorgekommen.

Gina verdrehte die Augen. »Es finden sich keine Werkzeugspuren, die darauf hindeuten würden, dass die Füße abgesägt wurden, also hab ich mich bei einigen meiner Leichenhausfreunde umgehört. Die meinen, es gäbe möglicherweise genug Asche, um anzunehmen, dass der Bursche verbrannt ist, aber ...«

»... dergleichen kann außerhalb eines Krematoriums gar nicht passieren. Ja, ich weiß.«

»Krematorien müssen eine Leiche über Nacht bei ungefähr neunhundert Grad rösten und danach die Knochen maschinell pulverisieren, damit nur noch Asche zurückbleibt. Das ist, als würde man eine Leiche zusammen mit ein paar Bowlingkugeln für einige Stunden in einen riesigen Wäschetrockner stecken.«

»Die von uns ermittelte Zeitschiene gibt nicht mal einen Tag für den Prozess her«, sagte Anya. »Das Opfer hat seine Post geholt und ins Haus gebracht, irgendwann nach der Zustellung, die gegen 16:00 Uhr erfolgte. Die Telefondaten beweisen, dass er um 19.23 bei der örtlichen Apotheke angerufen und sich nach der Bestellung seiner Schlaftabletten erkundigt hat ... die Leiche wurde in diesem Zustand gegen 6:00 Uhr am folgenden Morgen gefunden.«

Gina blätterte in ihren Papieren. »Es war nicht genug von ihm übrig, um eine toxikologische Untersuchung vorzunehmen, aber die Schlaftabletten, die Sie in seinem Badezimmer gefunden haben, könnten signifikant sein. Statistisch gesehen stehen die meisten Opfer einer sogenannten spontanen menschlichen Selbstentzündung unter dem Einfluss von Alkohol. Die Theorie besagt, dass das Opfer sich bewusstlos trinkt oder ein paar Pillen einwirft, vor einem prasselnden Feuer einschläft und nicht wach wird, wenn ein Funke seinen sexy entflammbaren Pyjama in Brand steckt.«

Anya schloss die Augen und bemühte sich krampfhaft, das Bild dessen, was Gina möglicherweise als »sexy« ansehen mochte, aus ihrem Kopf zu vertreiben. »Aber wir haben bereits nachgewiesen, dass ein Funke aus dem Kamin nicht heiß genug gewesen wäre, ihn so vollständig zu Asche zu verbrennen. Ich hab das Labor gebeten, nach Brandbeschleunigern zu suchen, die bei extremen Temperaturen verbrennen.« Anya rief sich den Inhalt von Bernies Kühlschrank ins Gedächtnis. »Er hatte allerdings einen hübschen Weinvorrat.«

»Irgendwelche Hinweise, dass der Brand durch ein Elektrogerät ausgelöst wurde?«

»Bisher gibt's keine Hinweise auf schadhafte elektrische Geräte oder Leitungen im Haus. Nichts im Sicherungskasten, keine Überspannung.«

»Was ist mit einem Blitzschlag? Es passiert zwar nicht oft, aber gelegentlich werden auch Leute innerhalb von Gebäuden vom Blitz getroffen. Meist über die Telefonleitung oder den Kontakt zu Stromkabeln.«

Anya schüttelte den Kopf. »Ich hatte gehofft, auf so eine Erklärung zu stoßen. Ich hab mich beim Wetteramt erkundigt. In dieser Nacht hat es kein Gewitter gegeben und keine gemeldeten Blitze in einem Umkreis von hundertdreißig Kilometern. Seine Fenster waren geschlossen, als die Polizei ihn fand, daher sind alle noch so merkwürdigen atmosphärischen Phänomene wie beispielsweise ein Kugelblitz, der durch ein offenes Fenster eingedrungen ist, ausgeschlossen.«

»Nun ja, da wir uns hier gerade an der Wissenschaft aufgeilen ... da gibt's noch die Theorie des Dochteffekts. Ich hab im

Fernsehen mal gesehen, wie so ein Kerl das an einem Schweinekadaver demonstriert hat. War ziemlich beeindruckend.«

»Ja, ich weiß. Die Idee dahinter besagt, dass das Fett im menschlichen Körper stundenlang brennen kann. Wie Kerzenwachs. Auf den Oberflächen in dem Raum, in dem er gestorben ist, gab es viele fettige Rückstände. Sogar noch in den angrenzenden Räumen.«

Gina deutete auf die Füße. »Die Fußgelenke von dem Burschen sind kaum als solche erkennbar. Ich wette, er war übergewichtig.«

»Ja. Jede Menge Brennstoff für die Flammen?«

»So ist es. Und dann gibt's da noch die Möglichkeit eines Phosphinfurzes.«

Anya blinzelte. »Eines was?«

»Das ist 'ne andere Theorie ... sie besagt, dass abnormale Verdauungsprozesse zur Bildung von Phosphin führen können, das, unter bestimmten Umständen, spontan in Flammen aufgehen kann.«

Anya kniff sich in den Nasenrücken und stellte sich vor, wie Flammen aus dem Arsch des armen Bernie hervorschossen. Und aus seinem sexy entflammbaren Pyjama. »Also ... ich weiß nicht ...«

»Hey, ich zeige nur verschiedene Möglichkeiten auf.«

»Sie sind wirklich ein morbides Wesen.« Anya verschränkte die Arme vor der Brust. »Warum sind Sie so an diesem Fall interessiert?«

»Es ist das, was ich am besten kann.« Gina klopfte ihre Zigarette in dem Aschenbecher auf ihrem Schreibtisch ab. »Offen gesagt, ist das nicht der einzige bizarre Verbrennungstod, den ich in den letzten paar Wochen zu Gesicht bekommen hab. Sehen Sie sich das an.« Die Gerichtsmedizinerin nahm einen Ziehharmonikaordner aus ihrem Schreibtisch. »Ein anonymer Tipp auf Neun-eins-eins hatte die Cops zum alten Bahnhof gelockt.«

Anya wühlte in ihrem Gedächtnis. »Der an der fünfzehnten Straße? Der Bahnhof, der seit den Achtzigern geschlossen ist?«

»Genau der. Die Obdachlosen haben ihn weitgehend übernommen, seit er für den Schienenverkehr geschlossen wurde.«

Anya zog ein Bündel Fotos aus dem Ordner. Das erste Bild, aufgenommen in einem kalten, klaren, fluoreszierenden Licht, zeigte einen grauhaarigen alten Mann in einem schmutzigen Mantel auf einem Untersuchungstisch des rechtsmedizinischen Instituts. Er sah aus wie ein schlafender Penner, nur dass der untere Rand seines grauen Barts und die Vorderseite seines Mantels verkohlt waren. Auf dem nächsten Foto war der Mantel offen, und es war unverkennbar, dass beinahe sein ganzer Torso eingesunken und verbrannt war. Teile der Rippen hakten sich um die Überreste seines Flanellhemds wie knochige Finger mit geschwärzten Spitzen.

»Was zum Teufel ...?«, murmelte Anya und ging die übrigen Bilder durch, die einen gewaschenen Leichnam zeigten – mit einem klaffenden Loch an der Stelle, an der das Abdomen hätte sein sollen. Es sah aus, wie sich das Geister verzehrende schwarze Loch in Anyas Brust anfühlte, aber dieses Loch war weit offen und aller Augen zugänglich.

»Der Polizeibericht ist auch in dem Ordner. Streifenpolizisten haben den Burschen zusammengerollt unter dem Schalterfenster gefunden. Niemand hatte etwas gesehen oder gehört. Sie haben ihn rausgeholt und hergeschickt. Er konnte nicht identifiziert werden, aber die anderen Obdachlosen haben ihn George genannt.«

»Wo ist die Leiche?«

»Niemand hat Anspruch auf sie erhoben, also wurde er von Amts wegen kremiert.« Gina zuckte mit den Schultern. »Nicht ohne Ironie, das Ganze, ich weiß. Aber dieser Fall war seltsam genug, um ihn in meine Sammlung bizarrer Fälle aufzunehmen.«

Anya sah sie stirnrunzelnd an. »Sie sammeln so etwas?«

»Teufel, ja.« Gina pflanzte die Fäuste auf die Hüften. »Ich werde ein Buch schreiben, wenn ich in den Ruhestand gehe.«

Anya prustete. Gina, der Ghul, würde niemals in den Ruhestand gehen. »Darf ich mir die Akte ausleihen?«

»Klar. Ginas Sammlung forensischer Mysterien ist eine Leihbücherei.« Gina deutete über ihre Schulter mit dem Daumen auf Bernies Überreste. »Ich gehe davon aus, dass sich das Labor mit den Testergebnissen zu dem Burschen bei Ihnen meldet. Aber wir können nur vermuten, was Sie aus diesem Chaos herauslesen können.«

Anyas Blick huschte zwischen dem Foto des toten Penners und Bernie hin und her. War das nur ein Zufall, oder gab es womöglich einen Zusammenhang zwischen den beiden Fällen? Nachdenklich musterte sie die Ascheklumpen auf dem Tisch.

Beide Fälle waren einfach unmöglich. Wie also sollte es da *keinen* Zusammenhang geben?

Kaum jemand kümmerte sich um die Obdachlosen. In Detroit lebten sie größtenteils unter dem Radar der Öffentlichkeit. In den Sommermonaten waren sie etwas häufiger zu sehen, im Winter versteckten sie sich in Schuppen, verlassenen Gebäuden und windgeschützten Gassen vor der Kälte. Fast immer jedoch gehörten sie so sehr zum Stadtbild wie all die anderen Schandflecke auch. Da sich niemand für diese Menschen interessierte, gab sich auch niemand große Mühe, den Tod eines Penners zu untersuchen, der vermutlich ganz einfach mit einer brennenden Zigarette eingeschlafen war. Routinemäßig wurden ein paar Formulare ausgefüllt, abgelegt und umgehend wieder vergessen.

Noch immer ein reizvolles Gerippe der schöne Künste, überragte die Michigan Central Station ein Dutzend verbogener, verdrehter Schienenstränge wie eine zerschlagene Riesenspinne. Der 1913 erbaute Bahnhof mit seinen weiten Mauerbögen und den eleganten Säulen, durch den früher einmal Passagiere zu ihren jeweiligen Zielen geschleust worden waren, schmückte sich mit einem achtzehngeschossigen, turmartigen Aufbau. Der mächtige, alte Bau war nun von einem hohen Zaun mit einer Krone aus Stacheldrahtrollen umgeben. Das Glas der meisten Fenster war längst zerstört, und die Fassade, nachdem sie jahrelang nicht instand gehalten worden war, schwarz verfärbt.

Anya starrte zu dem hoch aufragenden Bahnhofsgebäude empor. Sparky thronte auf ihren Schultern. Der Dart stand hinter ihr auf dem Parkplatz, dessen Asphalt aufgesprungen und mit Gras durchsetzt war. Sie konnte sich gut vorstellen, dass man an diesem Ort leicht verloren gehen, verbrennen und nicht gefunden werden mochte. Das Gebäude war, solange Anya sich erinnern konnte, abwechselnd zur Wiederbelebung und zum Abriss vorgeschlagen worden. Sie wusste nicht mehr, ob sein jüngst propagiertes Schicksal im Umbau zu einem Kasino oder im Abriss zugunsten eines Parkplatzes bestand.

Sie schritt an dem Maschendrahtzaun entlang und suchte nach einem Durchgang. Wenn die Obdachlosen problemlos auf das Gelände gelangten, dann dürfte sie das auch können. Bald entdeckte sie zwei Zaunpfosten, zwischen denen eine Lücke klaffte. Als sie sich durch den Spalt quetschte, kratzte sie sich die Arme an den ungeschützten Enden des Drahtzauns auf. Einmal auf der anderen Seite bahnte sie sich einen Weg durch Unkraut und Müll und kletterte die wenigen Stufen zu dem bogenförmigen Eingang hinauf. Ein Stück Sperrholz lehnte an der gesplitterten Tür. Anya schob es zur Seite und ging hinein.

Es dauerte einen Moment, bis sich ihre Augen an die Dunkelheit im Inneren gewöhnt hatten. Dann stellte sie fest, dass sie sich im Wartesaal des Erdgeschosses befand. Eine hohe, gewölbte Decke strebte gen Himmel, verschwand in über fünfzehn Metern Höhe beinahe in der Schwärze. Flankiert wurde die ausgedehnte Halle von einer Arkade mit dorischen Säulen und schadhaften, marmorverkleideten Wänden. Sonnenlicht strömte durch zerbrochene Fenster herein. Irgendwo weit oben konnte sie Tauben in ihren Nestern gurren hören. Graffiti überzogen die Wände so hoch, wie ein Mensch nach oben greifen konnte und noch etwas darüber hinaus. Bewehrungsstahl ragte aus den Wänden, denen die Verkabelungen und Kupferrohre schon vor langer Zeit entrissen worden waren. Verrostete Fässer verteilten sich über den Boden. Zeitungen und Lumpen bedeckten die Zwischenräume. Umgekippte Einkaufswagen standen über verbrannten Abfällen, wo sie als provisorische Grillroste gedient hatten. Im ganzen Saal stank es überwältigend nach abgestandener Pisse. Dieser Ort war definitiv bewohnt.

Eine Bewegung erregte ihre Aufmerksamkeit. Als sie sich an die Lichtverhältnisse angepasst hatte, erkannte sie Schatten, die sich im Dunkeln regten, schwarze Silhouetten, die dutzendweise durch den Wartesaal zu der gemauerten Bahnhofshalle strebten.

Sie spürte ein Prickeln am Hals und hörte Sparky knurren. Seine Kiemenwedel zuckten und ruckten nach vorn.

Anya schaltete ihre Taschenlampe ein und richtete den Lichtkegel auf die gärende Finsternis. Die Schatten huschten davon, als wäre der Lichtschein ein bissiges Biest.

»Hallo?«, rief sie, während ihr das Herz in der Brust zu zerspringen drohte.

Die Schatten flitzten von dannen. Anyas Finger an der Taschenlampe waren schlüpfrig vor Schweiß. Vielleicht war es doch keine so gute Idee gewesen, allein herzukommen.

Der Polizeibericht besagte, dass die Leiche des Penners in

einem der alten Fahrkartenschalter gefunden worden war. Entschlossen setzte Anya einen Fuß vor den anderen, um in die Überreste des Schalterraums zu schauen. Ihr Licht schweifte über den verbeulten Tresen und die schadhafte Öffnung des Schalterfensters. Glas gab es hier schon seit Jahrzehnten nicht mehr.

Sparky hüpfte durch die Fensteröffnung auf den Tresen. Anya folgte ihm unbeholfen, steckte erst ein Bein durch den Rahmen, dann das andere. Anschließend schob sie sich über den Tresen, bis sie ihre Füße auf den Boden setzen konnte ... und in etwas, das nach menschlichen Exkrementen roch.

»Iiih«, ächzte sie und wischte den Schuh an der Wand ab.

Sie ließ den Lichtstrahl durch das vermüllte Büro gleiten, in dem es stank wie in einer Kloake. Eine Ratte erschreckte sie, als sie über den rissigen Boden in ein Nest aus Zeitungen huschte. Der Lichtkegel fiel auf einen Brandfleck auf dem Boden gleich unter dem Tresen. Anya bückte sich, um ihn genauer in Augenschein zu nehmen.

Dies musste die Stelle sein, an der der Obdachlose gefunden worden war. Zwar waren heute, Wochen später, keine verwertbaren Beweise mehr hier, dennoch hatte Anya sich den Brandort persönlich ansehen wollen. Die Fotos, die die Polizei routinemäßig angefertigt hatte, zeigten im Großen und Ganzen dieselbe Müllhalde, allerdings mit einem Paar Füße, das unter dem Tresen hervorragte. Anyas Lichtkegel offenbarte nicht nur die Brandspur auf dem Boden, sondern auch noch eine weitere auf dem Schmutz unterhalb des Tresens und eine vorbeihuschende Küchenschabe. Sollte der Brand eingesetzt haben, als der Mann am Boden gelegen hatte, hätte der Rauch den ganzen Tresen hinaufziehen müssen ... und die enorme Hitze, die für die angerichteten Schäden notwendig gewesen wäre, hätte auch den Müll in der näheren Umgebung in Mitleidenschaft gezogen. Doch genau wie in Bernies Haus gab es auch hier nur einen schwarzen Fleck, eine ausgesprochen unbedeutende Spur, die kaum auf solch ein dramatisches Geschehen schließen ließ.

Anya richtete sich wieder auf und nagte an ihrer Unterlippe. Hier lagen eine Menge Glasflaschen herum, darunter einige Schnapsflaschen. Vielleicht war an der Theorie über eine durch schweren Suff herbeigeführte Benommenheit, durch die das Opfer die Verbrennung mittels einer Zigarette nicht mehr hatte wahrnehmen können, doch etwas dran. Aber das erschien ihr zu weit hergeholt. Hätte der Obdachlose nicht irgendwann erwachen *müssen*, ganz gleich wie viel billigen Fusel er sich vorher einverleibt hatte?

Anya glitt durch die Fensteröffnung des Schalters wieder hinaus. Schatten jagten einander im grellen Schein der Taschenlampe, während sie noch nach einem sicheren Stand suchte.

Sie blinzelte in das Halbdunkel. Irgendjemand war hier. Und irgendjemand hatte irgendetwas gesehen.

»Hallo?«, rief sie, und ihre Stimme schabte an der Decke des Wartesaals. »Ich suche jemanden, der George gekannt hat. Ich bin kein Bulle. Ich will nur reden.«

Schatten wogten. Dann quiekte eine Stimme hinter einer dorischen Säule: »Kein Bulle? Sind Sie Sozialarbeiterin?«

»Nein. Ich bin von der Feuerwehr.«

Eine Silhouette kam hinter der Säule hervor. Anya richtete den Lichtkegel darauf und riss einen bärtigen Mann in einer olivgrünen Militärjacke und einer Baseballkappe aus dem Dunkel. Er trug einen Rucksack über der rechten Schulter. Seine Linke hielt eine knallbunte Einkaufstüte voller Spenden aus einem örtlichen Supermarkt, der für seine Wohltätigkeit bekannt war. Der Mann musterte sie von oben bis unten, und Anya bekam eine Gänsehaut. Sparky baute sich angriffslustig zwischen ihr und dem Fremden auf.

»Sie sehen nicht aus wie ’n Feuerwehrmann. Sie sehen aus

wie ’ne Sozialarbeiterin. Und Sie haben Scheiße an den Schuhen.«

»Ich bin keine Sozialarbeiterin. Und, ja, ich hab Scheiße an den Schuhen. Ich bin aber ziemlich sicher, dass das nicht meine ist.«

Der Mann bedachte sie mit einem zahnlosen Lächeln. »Haben Sie Geld?«

»Ich hab Geld, falls Sie Informationen haben.« Anya trat nicht näher. Sie wollte ihn nicht verschrecken. Und sie wollte nicht näher an diesen Mann heran, der stank, als hätte er seit einem Jahr nicht mehr geduscht. »Kannten Sie George?«

»Ja. Der ist tot.«

»Ich weiß. Hat er immer da hinten geschlafen? In dem Schalter?«

»Ja. War sein Lieblingsschlupfloch.«

»Haben Sie je irgendein Anzeichen für Feuer gesehen?«

»In der Nacht, bevor er verschwunden ist, hätte er beinahe ’nen Brand ausgelöst. Hat sich da drin was gekocht, irgendwas, das gut gerochen hat, und er hat’s nicht mit mir geteilt.« Der obdachlose Mann setzte eine finstere Miene auf und kratzte sich an seinem verschorften Kinn. »Wie sich rausgestellt hat, war George das, was da drin gekocht hat.«

Anyas Magen rebellierte, als sie sich an den Schinkengeruch in Bernies Haus erinnerte. Sie konnte sich nicht vorstellen, wie es sich anfühlen musste, so hungrig zu sein.

»Hier brennt ständig was«, sagte er.

»Was meinen Sie damit?«

»George war nicht der Erste, der Feuer gefangen hat, seit ich hier bin. ’n anderer Kumpel ist in Flammen aufgegangen, wie er die Schienen langspaziert ist ... sein Bündel ist hochgegangen wie ’n Sack voller Feuerwerkskörper. ’n anderes Mal ist so ’n Priester hier aufgetaucht, um uns zu ›retten‹«, fuhr er fort und zeichnete kichernd Anführungszeichen in die Luft. »Der hat Schokoriegel mitgebracht, also haben wir uns seine Predigt angehört. Hatten eh nichts Besseres zu tun. Seine Jacke hat Feuer gefangen, und er ist rausgerannt und hat wie 'n Matrose über das Höllenfeuer und Satan geflucht.«

»Erinnern Sie sich an die Namen der Leute?«

»Bin nicht gut in Namen.«

So viel zur Befragung weiterer Zeugen. »Was glauben Sie, ist da passiert?«, versuchte Anya es auf eine andere Weise.

Der Mann zuckte mit den Schultern und spuckte widerlichen Schleim auf den Boden. »Ich glaub, hier spukt's. Schätze, die Geister zünden dann und wann irgendwas an.«

Anya blickte zu der dunklen Decke hinauf. »Ich könnte mir schon vorstellen, dass es hier spukt.«

»Hier gibt's immer komische Geräusche. Dinge bewegen sich in den Schatten zwischen hier und den Gleisen hin und her. Manchmal kann man bei Nacht Züge hören.« Seine Augen brannten förmlich. »Das ist, als wäre dieser klapprige alte Schuppen noch in Betrieb, verstehen Sie, was ich meine?«

»Ja, ich verstehe.«

»Wenigstens vertreibt die Frau in Rosa ein paar davon.«

»Die Frau in Rosa?«, wiederholte sie.

»Da gibt's 'ne Frau, die kommt alle paar Wochen mit haufenweise Flaschen und Gläsern her. Die Geister verschwinden einfach in den Flaschen und Gläsern.«

Anyas Herz schlug einen Takt schneller. »Können Sie mir die Frau beschreiben?«

»Sie ist klein und hat Fleisch auf den Knochen. Anfang fünfzig, blondes Haar. Trägt immer 'nen rosa Hosenanzug und stöckelt auf albernen hohen Absätzen umher.« Der Mann warf einen Blick auf Anyas Füße. »Immerhin schafft sie es, damit nicht in die Scheiße zu treten.«

Anya blinzelte verblüfft. Das hörte sich ganz nach Hope Solomon an. »Hat Sie Ihnen je ihren Namen genannt?«

»Die tut immer, als wär sie zu fein, um mit uns zu reden, aber sie redet mit den Geistern. Schmiert ihnen Honig ums Maul, bis sie nahe genug an der Flasche sind. Und dann … *wuuusch!* Drin sind sie.« Der Obdachlose schürzte die Lippen und streckte eine schmutzige Hand aus. »Okay, hab Ihnen alles erzählt, was ich weiß. Jetzt sind Sie an der Reihe.«

»Danke«, sagte sie unbeholfen, griff in ihre Tasche und fischte eine Zwanzig-Dollar-Note heraus. Das war alles, was sie bei sich hatte, aber es fühlte sich erbärmlich wenig an.

Der Mann riss ihr den Geldschein aus der Hand. Seine Finger schlugen so schnell zu wie eine angreifende Kobra. Kaum hatte er das Geld, verschmolz er wieder mit den Schatten.

Anya seufzte. Vielleicht wäre es das Beste, wenn dieses Gebäude einfach abgerissen würde. Sie machte auf dem Absatz kehrt und sah sich nach weiteren Brandspuren um. Ihre Taschenlampe huschte über Graffiti, manche plump, andere kunstvoll. An etlichen Stellen entdeckte sie bildhafte Darstellungen von Flammen, und da war auch die rudimentäre Skizze eines gehörnten Teufels.

Für Leute wie diesen Obdachlosen mochte dieser Ort hier durchaus die Hölle sein.

Schatten brodelten am Rande ihres Sehfelds. Sie schienen auf außergewöhnliche Art heranzuströmen, beinahe wie Wasser. Sie setzte ihre Laternensinne ein und spürte Form und Regung von etwas Jenseitigem – von Geistern.

»Hallo?«, hauchte sie.

Doch man ignorierte sie. Anya nahm an, dass die Geister Teil eines sehr subtilen Restspuks waren, einer Finsternis, die wieder und wieder durchlaufen wurde wie eine Schallplatte mit einem Sprung. Vielleicht waren die Profile von Passagieren unauslöschbar in die Gebeine dieses mächtigen alten Gemäuers eingeprägt und strebten nun stets dem Ziel zu, das sie im Leben angesteuert hatten.

Sie trat durch eine Pfütze am Boden, in ihm spiegelte sich der kupferne Rahmen eines nicht mehr vorhandenen Oberlichts. Sie folgte dem Strom der Schatten, die durch einen ausgedehnten, gemauerten Tunnel auf den Bahnsteig zuhielten. Ihre Schritte hallten laut von den Mauern wider, und Sparky hastete direkt vor ihr her. Seine bernsteinfarbene Glut verdrängte ein wenig von der umfassenden Dunkelheit.

Der Bahnsteig selbst war verfallen. Trümmer breiteten sich bis auf die Schienen aus. Baustähle ragten wie Zähne ins Freie. Hier, ohne den Vorzug geborstener Fenster, war die Dunkelheit beinahe undurchdringlich. Sie hörte Wasser tropfen und das leise Rauschen von Zugluft, beinahe, als stünde sie auf einem noch in Betrieb befindlichen Bahnsteig in irgendeiner größeren Stadt. Doch anstelle von Menschen regten sich um sie herum die Geister, bewegten sich in Schlangen vor und zurück wie Ameisen. Sie konnte nur Silhouetten erkennen, erhaschte hier und da einen Blick auf Hüte oder Aktentaschen oder Schuhe. Sie erkannte Männer und Frauen in moderner Kleidung, einen Teenager mit einem Mobiltelefon, eine Frau mit einem Tellerrock und Söckchen. Aber die Bilder strömten in einer Kakophonie erhobener Stimmen an ihr vorüber und teilten sich vor ihr, als wäre sie ein Fels in einem Flusslauf.

Ein dumpfes Grollen erklang in der Ferne und wurde langsam lauter. Der Wind lebte auf und peitschte ihr die Haare ins Gesicht. Sparky bohrte seine Klauen in den Boden. Anya wich zurück, als das Geräusch eines Zuges durch den Tunnel donnerte, begleitet von einem Sog, der an ihr zerrte. Sie riss die Arme hoch, um ihr Gesicht vor herumfliegendem Müll und dem schauerlichen Licht, das den Tunnel badete, zu schützen.

Geräusch und Licht schwanden wieder. Anya ließ die Arme sinken und schlug die Augen auf.

Von ihr und Sparky abgesehen, war der Bahnsteig verlassen.

Jeder einzelne Geist war verschwunden, fortgesaugt von dem entsetzlichen Wind.

Hexen waren häufig bereit, Dinge zu tun, vor denen so manch zart besaitetes Gemüt die Flucht ergriffen hätte. Außerdem galten sie als absolut verschwiegen.

Das waren nur zwei der Gründe, warum Anya dann und wann Katie wegen eines magischen Auftrags aufsuchte.

Und dann gab es da noch Katies Backkunst.

Anya saß an Katies Küchentisch und pflückte einen heißen Haferkeks mit Schokostückchen von einem Backblech. Sie jonglierte den Keks, versuchte zu verhindern, dass er ihr die Finger versengte, während sie ihn in den Mund stopfte.

Katie sauste derweil barfuß und in einem langen Faltenrock durch die Küche. Außerdem trug sie eine gepunktete Schürze aus einem Vintage-Shop, die schmerzlich mit ihren karierten Topflappen kontrastierte. Sie sah aus wie Betty Crockers verrückte kleine Schwester. Die Küchenhexe aus Filz, die über dem Fenster hing, klimperte im Luftzug und schien über derlei bizarren Modegeschmack zu lachen.

»Davon könnte ich mich ernähren«, murmelte Anya in einem Anfall schnulzig-klebriger Glückseligkeit.

»Ich teile gern.« Katie beugte sich über die Spüle und leckte Teigreste von ihrem Rührbesen. Hexen hatten keine gesundheitlichen Bedenken wegen roher Eier.

Katies Katzen, Vern und Fay, jagten sich durch die Küche und sausten zwischen den Füßen der Barhocker hindurch. Vern, ein grauer Tigerkater, verhakte sich an einem Bein des Küchentischs und wirbelte auf dem frisch gewachsten Linoleum herum. Er prallte gegen Katies Bein, worauf Teig auf ihre Schürze spritzte. In diesem Moment kam Sparky in die Küche gestürzt, den Schwanz vergnügt aufgestellt. Er verfolgte Vern auf den

Flur. Gleich darauf erklang ein leises Kreischen aus dem hinteren Bereich des Hauses.

Katie schüttelte den Kopf und tupfte den Teig von der Brust. »Ich wünschte wirklich, ich könnte Sparky mit den beiden spielen sehen.«

Anya breitete hilflos die Hände aus. Katzen konnten ihn sehen. Ebenso wie Hunde und andere Geister. Und Anya. Die einzige andere Person, von der Anya je erlebt hatte, dass sie Sparky wahrnehmen konnte, war die andere Laterne gewesen, der sie vor einigen Monaten begegnet war. Bei der Erinnerung verdüsterte sich ihre Stimmung: Drake war ihr Feind und ihr Liebhaber gewesen. Vermutlich war er der einzige Mensch gewesen, der sie wirklich hatte verstehen können. Und jetzt war er tot. Bei diesem Gedanken empfand sie nur einen kleinen Anflug von Trauer; es hatte so kommen müssen, dennoch wünschte sie, ihr wäre mehr Zeit mit ihm beschieden gewesen und sie hätte Gelegenheit bekommen, ihn zu fragen, welchem Zweck Leute wie sie auf Erden dienten.

»Du hast mich um einen Gefallen gebeten.« Katie legte die Topfhandschuhe ab. Ihre Finger glitzerten unter all den silbernen Ringen.

»Ich muss mit Bernie sprechen«, sagte Anya ohne Umschweife, stützte das Kinn auf die Hände und starrte Anya über den Tisch hinweg direkt an.

Katie zog die Brauen hoch, und ein neckisches Lächeln umspielte ihren Kussmund. »Du hast nicht Ciro gefragt. Oder Jules.«

»Das geht die DAGR auch nichts an. Und keiner von denen ist mein Vater.« Als sie die Worte aussprach, hörte sie sich bockig an, aber es war die reine Wahrheit. Ciro hatte mehr Fakten über Metaphysik vergessen, als Aleister Crowley je gekannt hatte, war aber höchst sparsam und zurückhaltend in ihrer Anwendung. Er hätte Anya nie verraten, wie sie Kontakt zu Bernie aufnehmen konnte. Und Jules ... Anya war überzeugt, der Gedanke, mit Toten zu sprechen, hätte gegen Jules ethische Vorstellungen verstoßen. Wozu also sollte sie ihn provozieren?

Katie zuckte mit den Schultern. »Tja ... wir können versuchen, ihn zu rufen.«

»Wie?«

»Wir könnten eine Séance abhalten. Aber dafür brauchen wir wenigstens vier Leute.«

Anya verzog das Gesicht. Brian war vermutlich für so etwas zu gewinnen, aber Max würde Jules gegenüber plaudern.

»Wir könnten auch in den Spielwarenladen gehen und uns ein Ouija-Brett besorgen, aber das würde ich nicht empfehlen.«

»Warum nicht?« Anya war ernsthaft neugierig. Die DAGR hatten schon einige Fälle erlebt, in denen ein Ouija-Brett einem Geist oder Dämon Zutritt zu einem Haus verschafft hatte, aber sie wusste nicht, was diese Methode besser oder schlechter machte als irgendeine andere.

Katie nahm sich einen Keks. »Ein Seelenschreiber ist nicht aus sich heraus gut oder schlecht. Er ist nur ein Werkzeug. Aber moderne Seelenschreiber sind inzwischen zu sehr mit der Vorstellung von einem Spiel verknüpft. Niemand nimmt sie ernst, weshalb kaum jemand mehr die notwendigen Vorsichtsmaßnahmen ergreift. Böses kann herbeigerufen werden, und den meisten Leuten mangelt es an der Fähigkeit, die Aufrichtigkeit des Geistes, den sie gerufen haben, auf die Probe zu stellen.«

»Und es gibt keinen Ausschalter?«

»Diese Leute haben nie gelernt, so eine Verbindung wieder zu lösen oder sich zu schützen. Da wird kein magischer Kreis gezogen, und es werden keine elementaren Schutzgeister angerufen. Das ist das metaphysische Gegenstück dazu, einen Anhalter mitzunehmen, um ihn dann am Ende der Fahrt höflich zu bitten, wieder auszusteigen. Das kann gutgehen, aber es muss nicht.«

Anya unterdrückte ein Schaudern. Sie hatte selbst einmal so einen Anhalter mitgenommen, einen Dämon, den sie sich wie eine schlimme Erkältung von einem Teenager eingefangen hatte, der mit einem Ouija-Brett herumgespielt hatte. Sie erinnerte sich gut, wie das war, wie es sich angefühlt hatte, als der Dämon unter ihrer Haut aktiv geworden war, als er ihre Hände und ihre Stimme kontrolliert hatte. Sie würde nicht zulassen, dass so etwas je wieder geschah.

»Also ... wo ist Bernie jetzt? Können wir das irgendwie feststellen?«, fragte Anya und wechselte zugleich das Thema. Ihre Neugier war geweckt. War Bernie in das Jenseits gesogen worden? War er an denselben Ort gegangen, an den Charon das kleine Mädchen gebracht hatte?

»Ich weiß nicht, wo er ist.« Katie fegte Krümel von ihrer Schürze. »Ich glaube, niemand kann zuverlässig sagen, was passiert, wenn wir gestorben sind. Aber wir können trotzdem versuchen, ihn zu rufen.«

Sie wühlte in ihren Schränken nach einem gläsernen Wasserkelch, einer Schachtel mit Salz, einem Geschirrtuch und einem Notizblock. Dann gab Katie Zitronenöl auf das Geschirrtuch und polierte den verschrammten Küchentisch, bis er in einem schlüpfrigen Glanz erstrahlte.

»Deine Aura muss ich auch klären«, sagte sie.

Anya nickte. »Was muss ich tun?«

»Stell dich einfach hier rüber neben den Tisch und denke reine Gedanken.«

Anya setzte eine sorgenvolle Miene auf. »Ich hab den halben Tag in der Gerichtsmedizin zugebracht. Während der anderen Hälfte bin ich mit Scheiße beschmiert durch einen Bahnhof gestreift, in dem es spukt. Mir fallen keine reinen Gedanken ein.«

»Dann denke glückliche Gedanken. Denk an Sonnenschein. Hundewelpen. Sex. Nur nicht an alles gleichzeitig, sonst verwirrst du die Göttin.«

Katie entzündete ein Bündel Salbei und wedelte den Rauch vom Kopf bis zu den Füßen über Anyas Körper. Auf der Höhe des Herzens hielt sie inne.

»Interessant«, murmelte sie.

Anyas Nase kribbelte. Von Salbei bekam sie von jeher einen Niesreiz. »Was?«

Katie blinzelte, doch sie blinzelte nicht direkt Anya an, eher schien ihr Blick durch sie hindurchzugehen. »Deine Aura«, sagte sie. »Sie hat die Farbe geändert.«

»Was meinst du damit?«, fragte Anya alarmiert. Katie hatte Anyas Aura schon häufiger gereinigt, dabei aber nie irgendwelche Unregelmäßigkeiten festgestellt, abgesehen von der Zeit, in der sie einen Dämon beherbergt hatte. Womöglich hatte der Dämon etwas zurückgelassen …

Katie schüttelte den Kopf, und einige Strähnen ihres blonden Haars rutschten über ihre Schultern. »Ich glaube nicht, dass das etwas Schlechtes ist. Deine Aura erscheint mir normalerweise bernsteinfarben, beinahe wie Feuer. Jetzt kommt sie mir dunkler vor, schwärzer. Solide. Wie Obsidian.«

»Und warum ist das nicht schlecht?«

»Manchmal ist die Schwärze, wenn sie in eine Aura eindringt, ein Zeichen der Transformation. Das muss nicht zwangsläufig schlecht sein, also versuch einfach, vorerst nicht darüber zu urteilen.«

Anyas Mundwinkel sackten in einem Ausdruck des Zweifels herab.

Katie fächerte sich selbst mit dem reinigenden Kräuterbündel ab, ehe sie es in eine Seifenschale am Rand der Spüle legte. Eine dünne Rauchfahne stieg von ihm auf und zupfte an den Pluderhosen der Küchenhexe.

Angezogen von dem Salbeigeruch trottete Sparky in die Küche und hielt mit zuckenden Kiemenwedeln inne. Fay und Vern hüpften in der Nähe der Spüle auf die Arbeitsplatte und drückten die Pfoten in das Mehl, das vom Teigkneten übrig geblieben war. Sparky zockelte zu Anya und schaute sie schmachtend an.

»Darf Sparky spielen kommen?«, fragte Anya.

»Klar.« Katie schüttete Salz in einem Kreis um den Küchentisch auf den Boden und rief dabei murmelnd die vier Elemente an. Anschließend zündete sie in allen vier Windrichtungen Kerzen an. Eine weitere Kerze für den Geist wurde in der Mitte des Tischs entzündet. »Halte ihn einfach im Kreis oder draußen, mir ist egal, was.«

Anya holte Sparky in den Kreis, den Katie um ihre Füße zog. Katie schloss den Kreis, und Anya zog einen Stuhl vom Tisch. Sparky machte es sich auf ihrem Schoß bequem und musterte seine Reflexion in der polierten Tischplatte.

Katie setzte sich Anya gegenüber und nahm einen Stapel noch unbeschrifteter Karteikarten, auf denen sie sonst Rezepte notierte, zur Hand. Jede beschriftete sie mit einem Textmarker mit einem Buchstaben des Alphabets. Dann legte sie die Karten in einem Halbkreis auf dem Tisch aus und fertigte drei weitere Karten an, die sie mit JA, NEIN und ADIEU beschriftete.

»Das sieht einem Ouija-Brett verdächtig ähnlich.«

»Eine Art Vorgänger. Diese Art der Kontaktaufnahme mit Geistern war in Mode, als Tischerücken und unheimliche Klopfgeräusche und dergleichen zu Beginn des zwanzigsten Jahrhunderts für Wohnzimmerspielchen herhalten mussten. Der Unterschied ist, dass diese Hilfsmittel alle geweiht sind und wir uns sicher innerhalb eines magischen Kreises aufhalten. Und da wir keine Korsagen tragen, werden wir wohl auch nicht in Ohnmacht fallen.« Katie stellte den Glaskelch kopfüber in die Mitte des Tisches. »Möge die Göttin dich segnen und über unsere Bemühungen wachen.«

Sie legte ihre Fingerspitzen an den Fuß des Glases und bedeutete Anya, es ihr gleichzutun. Ihre Ringe funkelten im Kerzenschein. Anya griff am Kopf des Salamanders vorbei und folgte Katies Beispiel. »Und jetzt?«

»Jetzt bitten wir den Geist des Jasper Bernard, zu uns zu sprechen.«

»Hört sich nach einer großen zeremonialmagischen Sache an.« Im Grunde war Katie nämlich eine Art Küchenhexe – eine Pragmatikerin, die mit allem improvisierte, was sie in die Finger bekam. Zwar hatte Anya durchaus schon erlebt, dass sie höhere Magie gewirkt hatte, aber im Allgemeinen bevorzugte die Hexe trivialere Methoden.

»Das ist es auch. Es geht etwa so: »Jasper Bernard, sind Sie hier?«

Nichts geschah. Anya und Katie starrten gute fünf Minuten lang den Kelch an. Sparky gähnte und legte den Kopf auf den Tisch.

»Jasper«, sagte Katie in gebieterischerem Tonfall. »Bitte kommen Sie zu uns.«

»Ich glaube, er hört eher auf ›Bernie‹«, flüsterte Anya.

Das Glas ruckelte unter ihren Fingern, beschrieb einen lebhaften Kreis und bewegte sich schneller und schneller. Anya hatte Probleme, mitzuhalten. Auf ihrem Schoß richtete sich Sparky auf und reckte die Kiemenwedel auf den Tisch vor.

»Bernie, sind Sie das?«

Die provisorische Planchette bahnte sich einen Weg zu der Karte mit dem Wort JA. Unter der Karte hielt sie inne und kreiselte herum wie ein Käfer, der in einem Glas gefangen war.

»Frag ihn etwas, um seine Identität zu überprüfen«, flüsterte Katie ihr zu. »Etwas, das irgendein zufällig erschienener Geist nicht wissen kann.«

»Bernie, wir wissen, dass Sie Ciro kennen. Erzählen Sie uns von Ihrer gemeinsamen Zeit.«

Das Glas zögerte. Für einen Moment war Anya überzeugt, sie hätten sich nur irgendeinen voyeuristischen Geist eingefangen, der Spielchen mit ihnen trieb, und ihre Gedanken rasten weiter zu der Frage, wie sie ihn bannen konnten. Aber dann rutschte das Glas zielsicher über das Alphabet aus Karteikarten und schrieb: B-O-W-L-I-N-G.

Katie nickte. »Sehr schön.«

»Wo sind Sie, Bernie?« Anya konnte sich die Frage nicht länger verkneifen. Nachdem sie gesehen hatte, wie der Geist gewaltsam aus dem Haus herausgesogen worden war wie eine Laus in ein Staubsaugerrohr, wollte sie wissen, wo er geblieben war.

Das Glas beschrieb ein Knotenmuster, aus dem das Wort G-E-F-A-E-S-S entstand.

»Was für ein Gefäß? Eine Flasche?«

Der Kelch kreiste um das NEIN, doch die Bewegungen wurden unstet, wirr, und schließlich sauste er über den Tisch und berührte Buchstaben in zufälliger Abfolge.

»Ich glaube, wir verlieren ihn«, murmelte Katie. »Es ist, als würde sich jemand in unser Gespräch einmischen.«

Anya beugte sich vor. Sie war so verspannt, dass die Knöchel der Finger, die am Fuß des Glases lagen, weiß unter der Haut hervortraten. »Bernie, was ist mit Ihnen passiert? Wir müssen das wissen.«

Das Glas wirbelte herum und entzog sich den Fingern von Anya und Katie. Es buchstabierte H-O-P-E, ehe es vom Tisch fiel und auf dem Boden zersprang. Katies Katzen flüchteten als wirres Fellgetümmel aus der Küche. Sparky kletterte von Anyas Schoß und schnüffelte knurrend an den Scherben.

Katie sah Anya über den Tisch hinweg in die Augen. »Hope. Sagt dir das etwas?«

Anya setzte ein grimmiges Lächeln auf. »Es liefert mir jedenfalls einen Hinweis darauf, wo ich zuerst nachsehen sollte.«

KAPITEL FÜNF

Im Lokalteil der Morgenzeitung verkündeten dicke Lettern gleich auf der ersten Seite: DFD UNTERSUCHT ANGEBLICHEN FALL VON SPONTANER MENSCHLICHER SELBSTENTZÜNDUNG. Der Artikel befasste sich unter Bezug auf eine unbekannte Quelle mit den grausigen Einzelheiten des Tatorts im Fall Jasper Bernard und warf die Frage auf, wie »hilflos« das DFD diesem Fall gegenüberstehen mochte. Erwähnt wurde auch, dass mit dem Tatort »nicht sachgemäß verfahren« worden und es zu einem Einbruch gekommen sei, womit alle Beweise in diesem Fall fragwürdig geworden seien.

Anya verdrehte die Augen. Mit Sicherheit würde der Herausgeber nun so manchen Leserbrief erhalten, in dem die Inkompetenz des DFD lang und breit dargelegt werden würde. Auf der Suche nach dem nächsten Teil des Artikels blätterte sie um, hielt aber zunächst bei einem anderen Beitrag inne, demzufolge die Detroit Tigers der Stadt im Lauf der Saison Mehrwertsteuereinnahmen in erfreulicher Höhe eingebracht hätten. Und im Detroit Institute of Arts, so wurde doppelseitig und in Farbe verkündet, sollte bald eine Ausstellung über altgriechische Kunst stattfinden, die ihr Interesse weckte. Die Fotos zeigten verblasste Urnen und Amphoren, die mit den Umrissen von Göttern und Tieren geschmückt waren. Einer der Gegenstände wurde als »Büchse der Pandora« bezeichnet. Der mächtige Pithos war mit mythischen Bildern bemalt. Wissenschaftler vermuteten, dass das Gefäß selbst älter war als die Verzierung, was zu Debatten über Echtheit und Herkunft des Artefakts geführt hatte. Einige Experten behaupteten, es handele sich um Pandoras mythischen Krug, andere beharrten darauf, dass dieses Behältnis ursprünglich einem vollkommen anderen Zweck gedient hatte, möglicherweise als Urne. Eine dritte Fraktion nahm an, dass es sich lediglich um ein Stück Alltagskunst handelte, gehauen aus einem ungewöhnlichen Stein.

»Ms Kalinczyk?«

Anya blickte auf und klemmte sich die Zeitung unter den Arm. Der Wartebereich, in dem sie saß, war der Firmenzentrale von GM würdig: Topfpflanzen, moderne, chromverzierte Möbel, Pastell-Aquarell-Kunst. Keine Drucke – Originale. Ein gewaltiger Strauß Stargazer-Lilien erblühte auf dem Kaffeetisch, allerdings hatten sie eigentümlicherweise jeglichen Duft verloren. Die Empfangsdame, die vor ihr stand, war ausgestattet mit einem makellosen Designeranzug und protzte mit fünf Zentimeter langen Fingernägeln mit Airbrushmotiven, die sich offenkundig noch nie beim Tippen hatten bewähren müssen. Das ganze noble Ambiente war bei einer gemeinnützigen Organisation, die in einem unauffälligen Gebäude residierte, in einem Viertel voller Lagerhäuser, in dessen rissigen Bürgersteigen das Unkraut wucherte, vollkommen fehl am Platz. *Wunder für die Massen* versteckte sich hinter einer hübschen Armutsfassade, doch hinter diesem äußerlich so tristen Horizont verbarg sich ein üppiger Silberstreif. Die Klimaanlage war weit aufgedreht und verpulverte das Geld geradezu durch ihre Lüftungsöffnungen.

»Ja?«, antwortete Anya leicht ungehalten. Sie wartete bereits seit einer Stunde darauf, dass Hope Solomon endlich ihren Kaffee austrank und sich dazu herabließ, Besucher zu empfangen.

»Ms Solomon wird Sie jetzt empfangen.«

»Fantastisch.« Sie erhob sich und folgte der Empfangsdame einen pfirsichfarbenen Korridor hinunter, der mit Vollspektrumlampen beleuchtet wurde, die das Tageslicht simulierten. In diesem Pastellpalast fühlte sich Anya so fehl am Platz wie eine Krähe bei einer Gartenparty.

Die Empfangsdame öffnete eine Tür und bedeutete Anya einzutreten. Anyas Schuhe versanken in dem dichten weißen Teppichboden. Von oben strömte blendend helles Sonnenlicht in den Raum. Als ihre Augen sich an die Helligkeit gewöhnt hatten, musterte Anya eingehend die kleine blonde Frau hinter dem gläsernen Schreibtisch. Sie trug einen rosafarbenen Hosenanzug.

»Ms Kalinczyk.« Die Frau erhob sich, streckte ihr eine Hand entgegen, an der goldene Armreifen klimperten, und schenkte ihr ein warmes Lächeln. »Ich bin Hope Solomon.«

»Ich freue mich, Sie kennenzulernen.« Anya ergriff die Hand. Sie fühlte sich so kalt an wie die einer Leiche.

Und sie roch nach Magie. Nein, sie stank geradezu nach säuerlicher, finsterer Magie, so intensiv, wie manche andere Frauen das Odeur eines billigen Parfüms verströmten. Es war nicht der angenehme weißmagische Kräutergeruch, von dem Katie umgeben war. Es war der metallische Gestank von Ozon, ein Geruch, wie er nach einem Blitzschlag häufig in der Luft lag. Und alle Chanel-Vorräte auf Erden vermochten ihn nicht zu übertünchen.

Hopes blaue Augen verengten sich kaum merklich, als sie Anyas Hand ergriff. Für einen Augenblick huschte ihr Blick zu dem Salamanderreif um Anyas Hals, und Anya fühlte, wie sich der Reif erhitzte, als Sparky sich in ihm regte. Hope ließ Anyas Hand ein wenig zu schnell los; Anya fragte sich, was die Frau gespürt haben mochte. Konnte sie die Verbrennungsrückstände einer Laterne an ihr wittern?

Hope nickte und zog sich hinter ihren Schreibtisch zurück. Anya betrachtete interessiert die gläserne Phiole, die sie als Anhänger an einer Halskette trug. Sie schien aus schlichtem, undurchsichtigem Glas zu bestehen, verströmte aber den beißenden Gestank der Magie. Die Frau setzte sich und bot Anya mit einer Geste den Lehnsessel vor dem Schreibtisch an, womit dieser zu einer Barriere aus Chrom und Glas zwischen den Frauen wurde. »Man sagte mir, Sie stellen Ermittlungen an.« Hopes Stimme erklang unverändert in dem kontrollierten Gurrton, den Anya im Fernsehen gehört hatte.

»Ja.« Anya setzte sich und fühlte, wie Sparky um ihren Hals tänzelte. Eine Zunge schoss in ihr Haar. »Ein Schriftstück von Ihnen wurde im Haus von Jasper Bernard gefunden.« Sie wollte vorerst nicht zu viel verraten. Sie wollte, dass Hope sich fragte, welcher Art das Material sein mochte, das sie in ihrem Besitz hatte. Anya hatte nichts zu gewinnen, wenn sie verriet, dass es lediglich um den Fetzen eines Umschlags und die Ecke eines Schecks ging.

»Der Name sagt mir nichts. Benötigt Mr Bernard Hilfe?«

»Er ist tot.« Anya ließ Hope nicht aus den Augen. Hope zeigte keine Reaktion auf diese Neuigkeit. Weil es für sie keine war. Vielleicht hatte sie ja darüber in der Zeitung gelesen. Oder sie hatte es schon vorher gewusst.

In einem Ausdruck der Anteilnahme legte Hope die Finger an das Kinn. »Oje!«

Anya kaufte ihr die Betroffenheit nicht ab. »Bernards Kontenüberprüfung ergab, dass er in den letzten fünf Jahren mehrere Schecks von Ihnen erhalten hat, deren Höhe zwischen fünfhundert und zehntausend Dollar lag.«

»Ich kann mit unserer Buchhaltung Rücksprache halten und fragen, was die darüber wissen. Bedauerlicherweise kann ich mich nicht an jede einzelne Finanztransaktion erinnern. Dafür ist unsere Organisation viel zu groß.« Ihre Finger zeichneten ihr Büro und die Welt drumherum nach. »Ich bin überzeugt, das können Sie verstehen.«

Anya fühlte, wie sich Sparky von ihrem Hals löste und zu Boden sprang. Der Salamander tapste über den dicken Teppich und schritt das Büro ab. Seine Zunge zuckte über die Bücherregale, in denen ein Breitwandfernseher stand, und über die Topfpflanzen, ehe er sich auf die Hinterbeine stellte, um den Schnickschnack in den Fächern zu untersuchen.

»Ich wäre erfreut, wenn Sie mir die Unterlagen zukommen ließen«, sagte Anya milde. Sie hatte wenig Lust, Zwangsmaßnahmen zu ergreifen, aber sie würde es tun, sollte sie die gewünschten Informationen nicht in Kürze erhalten. »Vielleicht würde es mir helfen, mehr über Mr Bernard zu erfahren, wenn Sie mir erklären könnten, was genau Ihre Organisation tut.«

Scheinbar mühelos schlüpfte Hope in die Haut eines PR-Profis und war sodann ganz die Sonnenscheinpersönlichkeit aus ihrer Fernsehsendung. »*Wunder für die Massen* engagiert sich im Dienst von Detroit und Umgebung, indem die Organisation verdienten Bürgern Wünsche erfüllt. Wir bieten Schulungen an, die es den Menschen ermöglichen, ihre Ziele mit dem Universum in Einklang zu bringen und den Lohn dafür zu ernten.«

»Dann ist das hier so etwas wie eine Kirche?«

»Nein. Wir ordnen uns nicht als Kirche ein.«

Anya sah sich in dem gut ausgestatteten Raum um. Sparky bummelte zurück in die Mitte des Raums und schnüffelte an Hopes Schreibtisch. »Ich fürchte, ich verstehe noch immer nicht, was genau Sie verkaufen.«

»Wir sind eine gemeinnützige Organisation gemäß den Gesetzen dieses Staates hinsichtlich wohltätiger und bildungsorientierter Maßnahmen.« Hopes Lippen spannten sich. »Wir bieten Seminare zur Selbstverwirklichung an, um den Menschen zu helfen, ihrer wahren Bestimmung zu folgen.«

»Wie viel kosten die Seminare?« Anya lehnte sich in dem Sessel zurück.

»Wir arbeiten mit einer Gebührenstaffel. Den Mitgliedern wird ein Betrag basierend auf ihrer Zahlungsfähigkeit in Rechnung gestellt.«

»Nun denn ...« Anya beugte sich vor. »Erzählen Sie mir von den Wundern.« Sparky reckte den Kopf vor, um an dem Telefon auf dem Schreibtisch zu schnüffeln. Das Gerät rülpste einen Piepton hervor, und Hope zuckte erschrocken zusammen.

Sparky richtete sich weiter auf, um an dem Kartenhalter auf dem Schreibtisch zu riechen. »Unsere Referenzen sind beeindruckend. Zwar können wir keine Wunder garantieren, doch unsere Statistik deckt die gesamte Erfolgsskala ab – von geheilten Krebspatienten im Endstadium bis zu zwei Lottogewinnern. Unsere Seminare haben es den Menschen gestattet, die Macht ihrer eigenen Wünsche zu bündeln, um einen neuen Job zu finden, ihre Ehe zu retten oder ihre Kinder von Drogen wegzubringen. Das Wünschen ist ein machtvoller Prozess. Wir sind ganz einfach dafür da, diesen Prozess zu unterstützen.«

Sparky krabbelte halb auf den Schreibtisch, um an dem Kartenhalter zu lecken. Gleich darauf verzog er das Gesicht und widmete sich der mit einem umlaufenden Kirschblütenzweig verzierten und mit einem Porzellanstopfen geschlossenen, rotbraunen Cloisonnévase. Sie sah sehr alt aus; die Emaille war an mehreren Stellen rissig. Sparky schlug nach der Vase, war aber nicht imstande, das Ding in Bewegung zu versetzen. Schließlich drehte er den Kopf hierhin und dorthin, um es genauer in Augenschein zu nehmen, dabei wirkte er äußerst fasziniert.

»Ich wüsste es zu schätzen, wenn Ihre Buchhaltung mir auch eine Kopie Ihres jährlichen Geschäftsberichts zukommen ließe«, murmelte Anya.

»Unsere Finanzen unterstehen nicht der Kontrolle durch das Detroit Fire Department.« Hopes Haut wirkte nun so gespannt, als wäre sie kurz davor aufzuplatzen wie einst die Emaille an der rotbraunen Vase.

»Dies ist ein gemeinnütziger Verein. Ich bekomme die Daten von Ihnen oder ich bekomme sie mit behördlicher Anordnung vom Finanzamt«, sagte Anya und faltete geziert die Hände im

Schoß. »Und es ist nicht an Ihnen, über das Ausmaß der Ermittlungen zu befinden.« Sie mochte vielleicht nicht in der Lage sein zu verhindern, dass Hope verzweifelte Menschen um ihr Geld brachte, aber sie konnte ihr definitiv das Leben ein bisschen schwer machen. Aus dem Augenwinkel sah sie, wie Sparky nach dem Stopfen der Vase schlug. Sie glaubte ein Klopfen aus dem Inneren zu hören wie von einem pickenden Vogel.

Hope erhob sich abrupt. »Ich fürchte, ich habe noch einen anderen Termin. Meine Buchhaltung wird sich mit Ihnen in Verbindung setzen und Ihnen die Informationen zukommen lassen, die Sie legal beanspruchen können.«

»Danke für Ihre Mitarbeit.« Anya musterte Sparky, der immer noch hartnäckig an der rotbraunen Vase herumfummelte.

Sie griff über den Schreibtisch, um Hope die Hand zu schütteln, und gestattete sich im Zuge dessen, mit dem Saum ihres Mantels die Emailleoberfläche zu streifen und die Vase umzustoßen. Das Gefäß kippte auf die Seite und rollte über den Schreibtisch. Hope stürzte hinterher, aber zu spät. Der Stopfen löste sich rasselnd, und heraus toste ein Geist in einer Explosion kalter Luft. In einem Strudel weißen Äthers raste er zu dem Oberlicht hinauf und verschwand.

Bemüht, ihren Schrecken zu verbergen, bückte sich Anya, um den Stopfen vom Boden aufzuheben. Ihre Finger streiften die scharfkantige Innenseite, die ihr entgegenglitzerte wie eine Druse. Genau wie das Innere der Flasche, die Anya in Bernies Kamin gefunden hatte.

Anya legte den Stopfen vorsichtig zurück auf den Schreibtisch, die funkelnde Seite nach oben gewandt. Hope riss die Vase an sich und schlang die Arme darum wie ein Kind, das ein Glas voller Glühwürmchen an sich drückte. Ihre Miene spiegelte kaum unterdrückten Zorn wider.

»Ich hoffe, ich habe Ihre … Antiquität nicht beschädigt«, sagte Anya milde.

Hopes Züge entspannten sich wieder, und sie stellte die Vase zurück auf den Tisch. »Nichts passiert.« Ihr Blick aus den zusammengekniffenen Augen streifte über Anya hinweg, und Anya wurde klar, dass Hope sehr wohl gewusst hatte, was in der Vase gewesen war. Nun, da der Geist fort war, fühlte Anya, wie Sparky über ihren Ärmel zurück zu ihrem Hals kletterte. Und sie stellte fest, dass Hopes Augen ihm folgten. Sie *sah* ihn.

»Da wir gerade von Antiquitäten sprechen, Ms Kalinczyk … Das ist ein interessanter Halsreif.«

Anyas Hand ging instinktiv zu dem Schmuckstück. Es war so sehr ein Teil von ihr, dass sie bisweilen glaubte, es wäre den Blicken anderer Menschen ebenso verborgen wie Sparky. »Danke.«

Hope beäugte den Reif wie ein Gemmologe einen Diamanten, und die Drohung in ihren nächsten Worten wog schwer. »Solch ein wertvolles Stück würde ich stets genau im Auge behalten. Derlei Kostbarkeiten verschwinden nur allzu leicht.«

Anya kniff die Augen zusammen, aber ihre Finger umfassten weiter den Halsreif, selbst dann noch, als sie das Gebäude verließ und zurück in den Sonnenschein trat, der es doch nicht schaffte, die von Hope ausgehende Kälte zu vertreiben.

Das Detroiter Kriminallabor war jahrelang geschlossen gewesen, nachdem eine Kontrolle einen grob fahrlässigen Umgang mit Beweisen ergeben hatte. Zwar war das Labor kürzlich wieder in Betrieb genommen worden, doch der Schatten seines ehemaligen Rufs lastete noch immer auf ihm. Die neu angeworbenen Mitarbeiter reagierten empfindlich und gereizt auf Kritik, waren aber zugleich wild entschlossen, ihr Können unter Beweis zu stellen.

Das Kriminallabor, das in den oberen Stockwerken des Polizeihauptquartiers in einem Gebäude aus den 1920ern nördlich von Greektown untergebracht war, wirkte wie ein metallisch schimmernder Anachronismus. Computermonitore verströmten ihr Licht über Edelstahltische, auf denen versiegelte und beschriftete Beweismittelbeutel lagen. Auf den einzelnen Arbeitsplätzen standen fein säuberlich geordnet Mikroskope, Probengläser und Klebebandrollen. Das Licht der Leuchtstoffröhren an der Decke fiel auf gelbe Metallschränke, die geheimnisvolle Werkzeuge zur Durchführung von DNS-Analysen, Fasernuntersuchungen und ballistischen Tests enthielten.

Sparky fand die Gerätschaften unwiderstehlich, weshalb Anya ihre Besuche im Labor auf kurze Stippvisiten beschränkte. Noch während sie durch die Glastür trat, konnte sie fühlen, wie sich der Salamander an ihrem Hals regte.

»Lieutenant Kalinczyk.« Jenna Bentham, die Schichtleiterin, kam mit einem Klemmbrett in der Hand auf sie zu. Ihr weißer Kittel war perfekt gebügelt, ihre Zöpfe gestreng aus dem Gesicht gebunden. Anya sah die dicken Akten, die sich hinter ihr auf dem Schreibtisch stapelten. Trotz aller Bemühungen der Mitarbeiter hatte das Labor Arbeitsrückstände zu beklagen, doch was immer Gina den Leuten erzählt hatte, sie hatten Anyas Fall offenkundig Priorität eingeräumt.

»Was haben Sie für mich?«

»Etwas recht Interessantes. Soll ich mit dem üblichen Zeug anfangen und mich zu dem eher ungewöhnlichen vorarbeiten?«

»Gern.« Anya fühlte, wie Sparky ihren Rücken hinunterkroch. Unten angelangt, tapste er zu einem Tresen und erklomm einen Hocker. Sogleich fing er an, mit den Knöpfen einer Kochplatte herumzuspielen. Derzeit kochten auf der Platte keinerlei Beweise in Bechergläsern vor sich hin. In der Annahme, dass hier keine größeren Katastrophen zu erwarten waren, ließ Anya Sparky gewähren und widmete sich Jenna und ihren Laborergebnissen.

»Sprechen wir über die Überreste. Die Asche und die Gewebeproben, die uns vom Gerichtsmedizinischen Institut geschickt wurden, sind chemisch unauffällig. Gaschromatographie und Massenspektrometer haben keine der üblichen entflammbaren Substanzen in den Überresten des Opfers oder den Fasern des Sofas, die Sie uns geschickt haben, aufgedeckt. Keine chemischen Rückstände von Benzin, Kerosin oder dergleichen.«

»Wie steht es mit Brandbeschleunigern, die bei hohen Temperaturen abbrennen? Ich meine das eher exotische Zeug wie Feuerwerkskomponenten, Dünger, Thermitmischungen?« Anya hatte immer noch einen Funken Hoffnung, eine konventionelle Erklärung für das Geschehen zu finden.

Jenna runzelte die Stirn. »Wir hatten, offen gestanden, so etwas erwartet ... aber es wurden keine Hochtemperatur-Brandbeschleuniger gefunden. Außerdem würden die auch nicht zum Tatort passen. Stoffe, die über zweitausend Grad erzeugen können, hätten den Raum stärker in Mitleidenschaft gezogen. Nein, der tatsächlich entstandene Schaden stützt diese Theorie nicht.«

»Also müssen wir davon ausgehen, dass die Leiche über längere Zeit bei niedrigerer Temperatur vor sich hin geschmort hat?« Anya legte die Stirn in Falten, denn das wiederum passte nicht zum zeitlichen Ablauf.

»Mehr haben wir nicht zu bieten.« Jenna blätterte in den Papieren auf ihrem Klemmbrett. »Da gibt es nur noch eine ungewöhnliche Entdeckung, und zwar Rückstände von Siliziumdioxid auf seinen Pantoffeln«.

»Siliziumdioxid? Quarzkristall?«

»Das ist kein Abfallprodukt irgendeines Verbrennungsprozesses. Die Partikel sind sehr klein, weniger als einen Millimeter lang.« Jenna lugte durch ihre Brillengläser. »Hätten wir es hier mit einem Hochtemperaturfall zu tun, dann wäre mit glasartigen, türkisfarbenen Überresten zu rechnen, die an natürliche

Minerale erinnern, wie beispielsweise, wenn ein Flugzeug auf einer Betonstartbahn in Flammen aufgeht. Strukturell ist das ähnlich. Aber hier liegt keine solche Situation vor.«

Anya schüttelte den Kopf. »Ich verstehe einfach nicht, wie das möglich ist.«

Jenna musterte sie scharf. »Ich habe die Ergebnisse persönlich überprüft.«

Anya reckte die Hände hoch. »Hören Sie, ich stelle Ihre Arbeit nicht in Frage. Ganz und gar nicht. Diese ganze Untersuchung ist irgendwie ... eigenartig. Die einzelnen Teile passen einfach nicht zusammen ... naturwissenschaftlich betrachtet.« Von den weniger naturwissenschaftlichen Puzzlestücken gar nicht zu reden.

Jenna zuckte mit den Schultern. »Ich überlasse es Ihnen, die Signifikanz unserer Ergebnisse zu bestimmen und sie zu interpretieren. Sie sind die Ermittlerin.«

Anya sah sie fragend an. »Sie sagten, sie fangen mit den am wenigsten ungewöhnlichen Ergebnissen an und arbeiten sich zu den wirklich ungewöhnlichen voran.«

»Ja. Wir haben die Fragmente der Flasche untersucht, die am Tatort gesichert wurde.« Jenna hielt einen Plastikbeutel mit den Flaschenscherben hoch. »Siliziumdioxid – Quarz – daraus bestehen die Kristalle im Inneren der Flasche. Aber die Struktur ist sonderbar. In der Natur bildet sich eine Druse in Sedimentgestein oder Magmatiten. Gelöste Silikate lagern sich schichtweise in einer Geode ab, bis sich eine Druse gebildet hat. Wie dem auch sei, diese Silikate sind in Form eines kristallinen Gitterwerks mit dem Glas verbunden. Das Glas ist aber nicht älter als fünfzig Jahre – eine Weinflasche, der Markierung am Boden nach zu schließen. Es ist vollkommen unmöglich, dass sich in dieser Umgebung während eines so kurzen Zeitraums eine Druse bildet.«

Sie reichte Anya die verpackten Scherben. Jenna hatte ihr

grob erklärt, wie sich Drusen in natürlicher Umgebung bildeten, aber Anya fragte sich, wie sie wohl in einer unnatürlichen Welt entstehen mochten … und ob in dieser Flasche ein Geist gewesen war, so wie in der rotbraunen Vase auf Hopes Schreibtisch.

»Ist das schon das Sonderbarste, was Sie für mich haben?«

»Nein. Ich platze beinahe vor Kuriositäten.«

Jenna überreichte ihr eine Plastiktüte, in der die Ecke des Briefumschlags und der Fetzen von dem grünen Scheck lagen, die Anya in Bernies Kamin gefunden hatte. »Wir haben einen Teilabdruck darauf gefunden. Sie werden nie erraten, von wem der stammt.«

»Rein spekulativ … von Hope Solomon, der Wundertäterin des späten Fernsehabends?«

»Nein … von Christina Modin, Trickbetrügerin.« Jenna bedeutete Anya, ihr zu einem Computerterminal zu folgen. Dort rief sie das Fahndungsfoto einer lächelnden blonden Frau mit verschmiertem blauen Eyeliner auf. Die Frau sah aus wie eine etwa zwanzig Jahre jüngere Version von Hope. Ihr Strafregister scrollte über den Rand des Bildschirms: Erpressung, Betrug, Scheckbetrug, Fälschungsdelikte.

»Das ist sie. Das ist Hope Solomon.«

Jenna zog die Brauen hoch. »Mag sein. Aber derzeit können wir das nicht beweisen. Christina Modin war in einige wirklich üble Immobilienbetrügereien in Florida verwickelt. Kreditbetrug und so was. Sie hat ihre Zeit abgesessen. Selbst wenn Sie beweisen können, dass Hope und Christina ein und dieselbe Person sind, können Sie sie nicht festnehmen, nur weil sie ein hinterhältiges Weib ist.«

Anya verschränkte die Arme vor der Brust. »Verdammt. Sie sind wirklich gut.«

Jenna unterdrückte ein Lächeln, aber Anya sah, dass sie insgeheim strahlte. »Eine letzte Sache noch … In dem Ruß rund um den Kamin waren latente Abdrücke. Die haben uns prachtvolle Fingerabdrücke geliefert, wie aus dem Lehrbuch.« Jenna schlug einen Ordner auf und zeigte Anya eine Seite mit Fingerabdrücken, die mit Hilfe von Klebeband auf dem Papier fixiert worden waren.

»Hübsch«, stimmte Anya zu. Das waren die Abdrücke, die gesichert worden waren, nachdem man Bernies Haus auf den Kopf gestellt hatte. »Stammen irgendwelche der Abdrücke von Bernie?«

»Einige konnten wir ihm mit Hilfe seiner Militärakte zuordnen. Aber wir haben noch fünf andere Sätze gefunden, die nicht von ihm sind.«

»Nachbarn? Angehörige?«

Sie schüttelte den Kopf. »Ein Satz passt zu keiner Person, die in der Datenbank des National Crime Information Center gespeichert ist. Die anderen vier stammen von einer ehemaligen Kellnerin, einem Postamtsvorsteher im Ruhestand, einem Landschaftsarchitekten und einem Collegestudenten von der Michigan State.«

»Toll. Haben Sie eine Liste der Namen?«

»Ja, habe ich, aber die wird Ihnen nicht helfen. Diese Leute sind alle tot.«

Anya blinzelte. »Tot? Sie meinen ... kürzlich verstorben?«

»Der Postamtsvorsteher ist seit zwanzig Jahren tot. Der Junge aus dem College seit zwei. Die Kellnerin ist vor vier Jahren gestorben, der Landschaftsarchitekt vor zehn.«

Anyas Gedanken überschlugen sich. Was zum Teufel hatten diese toten Leute in Bernies Haus zu suchen gehabt? Bernie hatte seinen Haushalt beschissen geführt, aber dass dort bis zu zwanzig Jahre alte latente Abdrücke zu finden waren, klang sehr unwahrscheinlich.

»Können Sie mir sagen, wie frisch die Abdrücke sind?«

»Diese Frage habe ich erwartet. Wir schätzen den Ruß, in

dem sie eingebettet waren, auf ein Alter von maximal sechs Monaten.«

Anya nagte an ihrer Lippe. Tote Leute hinterließen Fingerabdrücke in Bernies Haus? Sie wusste, dass Geister die physische Welt manchmal beeinflussen konnten, aber sie hatte noch nie gehört, dass sie Fingerabdrücke hinterließen. Auf was für einem bizarren Mist hatte Bernie sich da nur eingelassen?«

Jenna musterte sie lächelnd. »Sie bekommen immer die interessantesten Fälle, nicht wahr?«

Anya klappte den Mund auf, um ihr zu antworten, als sie Brandgeruch wahrnahm.

Sie wirbelte herum und sah, dass Sparky vergnügt auf dem Tresen vor der Kochplatte hockte und seinen runden Bauch an einer dreißig Zentimeter hohen gelben Flamme wärmte, die aus dem Gerät hervorloderte. Sie stürzte zu der Kochplatte und zog den Stecker.

Aber es war zu spät. Die Rauchmelder an der Decke heulten los, und das Sprinklersystem wurde aktiviert.

Jenna kreischte und versuchte, ihre Proben mit einem Aktendeckel zu schützen. Anya rannte in den Korridor, um den Hauptschalter zu suchen. Als sie schließlich das Nottelefon erreicht und den Sicherheitsdienst überzeugt hatte, den Sprinkler abzuschalten, waren die Leute bereits aus dem Haus und auf den Bürgersteig geflüchtet. Das Labor war eine klitschnasse Ruine. Pfützen zierten den Fliesenboden, Reagenzgläser hatten sich mit Wasser gefüllt, und ein Elektronenmikroskop stand in einer Wasserlache. Papiere und durchnässte Beweismittelbeutel klebten auf Tischen und Arbeitsplätzen.

Und mitten drin hockte Jenna auf einem Hocker, die Hände vors Gesicht geschlagen. »Nie und nimmer kriegen wir unsere Zulassung zurück«, schluchzte sie verzweifelt.

Alles, was Anya tun konnte, war, ihr die Schulter zu tätscheln.

Sparky, der ihr Hosenbein emporkletterte und über ihre Schulter glitt, ignorierte sie. Der Salamander leckte in der Hoffnung, ihm würde vergeben, zaghaft das Wasser von Anyas Ohr. Sie reagierte nicht.

Er hatte richtig großen Mist gebaut, und er wusste es.

Der Übeltäter rollte sich um ihren Hals und verschmolz mit dem Reif, den Kopf schützend in den Pfoten geborgen.

KAPITEL SECHS

Anya erzählte den DAGR nichts von Sparkys Untat im Labor. Und so verfolgte sie die Abendnachrichten einigermaßen teilnahmslos, als diese von einem Unfall im Detroiter Kriminallabor berichteten, bei dem die Beweise von mehr als dreißig schwebenden Untersuchungen zerstört worden waren. Die Medien hatten sich auf die Story gestürzt und schlachteten sie aus, während einige hohe Tiere der Stadt lautstark die angebliche Inkompetenz des Labors verdammten und eine neuerliche Überprüfung der Einrichtung forderten. Anya wurde immer kleiner auf ihrem Sitz, während die News über den Fernsehschirm flimmerte, der im *Devil's Bathtub* über dem Tresen hing. Sparky klammerte sich an ihren Hals und blickte nicht einmal auf.

Jules zeigte mit dem Daumen über die Schulter auf das Fernsehgerät. »Hat dir das einen deiner Fälle vermasselt?«

»Wahrscheinlich«, sagte sie. Die meisten Beweise in ihrem Fall einer spontanen menschlichen Selbstentzündung waren beeinträchtigt worden, und niemand konnte sagen, ob das, was übrig war, vor Gericht standhalten würde. Aber sie würde Jules bestimmt nicht erzählen, dass Sparky dabei seine Pfoten im Spiel gehabt hatte.

Jules lehnte sich an den Tresen. »Das ist eine Affenschande. Man sollte annehmen, dass eine Stadt dieser Größe imstande sein sollte, ein paar kompetente Mitarbeiter zu finden.«

Anya starrte auf den Tresen und lauschte dem Eis, das krachend in ihrer Diätcola barst. »Das sind äußerst kompetente Leute, Jules. Manchmal hat man eben Pech. So was passiert.«

Jules schnaubte verächtlich. »Pech ist nicht unausweichlich, sondern das Resultat von zu viel Gedankenlosigkeit.«

»Ich glaube nicht, dass sich dort jemand gedankenlos verhalten hat, Jules.« Aber sie glaubte ihren eigenen Worten nicht. Sie allein war sorglos gewesen und hatte Sparky nicht im Auge behalten. Und Sparky hatte einfach das getan, was er immer tat: Er war seiner Elementargeistnase gefolgt ... und sie hatte nicht auf ihn geachtet. Es war unterm Strich nicht sein Verschulden, sondern ihres.

»Den Nachrichten zufolge hat es dort gebrannt. Du hast selbst gesagt, dass neunzig Prozent aller Brände auf menschliche Dummheit zurückzuführen sind.«

Anya biss die Zähne zusammen. Damit hatte er beinahe zu sehr ins Schwarze getroffen. »Solange du noch kein Feuer überstehen musstest, Jules, solltest du auch kein Urteil fällen«, blaffte sie ihn an.

»Hört auf, ihr zwei«, sagte Brian. Auf seinen muskulösen Armen trug er zwei Sporttaschen, in denen irgendwelche Ausrüstungsgegenstände klimperten, und über seiner Schulter lag ein orangefarbenes Seil. »Es wird Zeit, dass wir uns auf den Weg machen.«

Anya blieb zurück, als Jules, Max und Katie zur Tür hinausgingen. Ciros Rollstuhlräder quietschten leise auf dem Boden; er streckte den Arm aus und tätschelte ihre Hand. Er trug einen Pyjama. Ciro begleitete sie nur noch selten bei ihren Einsätzen. Zu oft ging ihm allzu schnell die Luft aus. Er verließ das *Devil's Bathtub* kaum noch. Max versorgte ihn mit Lebensmitteln, und er hatte hier alles, was er brauchte. Aus dem Obergeschoss hörte Anya die Jazzklänge von einer alten Platte. Dazu trällerte eine Stimme wie ein Kanarienvogel. Anya wusste, dass der Gesang nicht von der Platte stammte; Ciro war hier nie allein. Mit der Bar hatte er den Geist von Renee, einer Zwanziger-Jahre-Schönheit, gekauft, und Renee tat, was sie konnte, um auf den alten Mann aufzupassen. Sie war einer der wenigen Geister, die es tatsächlich genossen, gesehen und gehört zu werden.

»Lass dich von Jules nicht verrückt machen.«

»Wir sind wie Öl und Wasser, Ciro. Ich versuche, ihm nicht in die Quere zu kommen, aber ...« Sie zuckte mit den Schultern. »Ich weiß nicht, wie lange das noch gutgehen kann.«

Nun hatte sie es doch zugegeben. Sie hatte schon einmal versucht, sich von den DAGR zu trennen, war aber zurückgekommen. Die Stadt brauchte die DAGR, und die DAGR brauchten sie. Aber sie alle wussten, dass Ciro der Kitt war, der die Gruppe zusammenhielt.

Um Ciros rheumatische Augen bildeten sich noch mehr Falten als üblich. »Kindchen, ich hab noch ganz viel Zeit übrig.«

»Das meinte ich nicht.« Sie atmete hörbar aus. »Ich meinte, Jules und ich ... die Streitereien.«

»Jules ist ein guter Mensch.«

»Ja, das ist er.« Dieser Punkt war unbestritten. Jules meinte es gut. »Aber ich habe das Gefühl, er hält stur an einem Schubladendenken fest, in dem alles nur gut oder böse, richtig oder falsch ist. Für mich aber gibt es draußen eine Menge Graustufen, die er einfach nicht anerkennen will.«

»Ihr zwei solltet eure Differenzen wenigstens so lange beiseiteschieben, bis die Arbeit getan ist.« Ciro drückte ihre Hand. »Bitte.«

Sie konnte dem alten Mann nichts abschlagen, also erwiderte sie die Geste. »Ich werde es versuchen.«

»Gut. Und jetzt geh mit den anderen.« Ciro sah nach oben, wo noch immer die überirdische Stimme trällerte. »Ich hab eine Verabredung mit einem Engel.« Er zwinkerte ihr zu, strich die Aufschläge seines Pyjamaoberteils glatt und rollte zurück zu dem Fahrstuhl hinter der Theke.

Anya zog ihren Mantel an und ging lächelnd zur Vordertür. In seiner Jugend, so dachte sie, musste Ciro ein richtiger Aufreißer gewesen sein. Sie wartete auf das Knarren, das verriet, dass sich die Fahrstuhltür geschlossen hatte, und rief nach oben:

»Renee?«

Ein wunderschönes Gesicht, umrahmt von einem Bob glänzendes Haares, lugte durch die Decke herab, als würde eine Frau den Kopf ins Wasser halten, um auf den Grund zu schauen. Dichte Wimpern umrahmten Rehaugen, die Kleopatra zur Ehre gereicht hätten, und eine geisterhafte Perlenkette baumelte von ihrem Hals herab. *»Hi, Baby.«*

»Wie geht es Ciro?« Renee, das wusste Anya, würde ihr die Wahrheit sagen.

Die makellose Haut des Geistes legte sich über den nachgezogenen Brauen in Falten. *»Er ist schwach. Schwächer, als ich es erleben möchte. Schwächer, als er zugeben würde.«*

Schatten der Sorge legten sich über Anyas Gesicht. »Danke, dass du auf ihn aufpasst, Renee.«

»Ich halte ihn vom Prickelwasser fern, aber viel mehr kann ich nicht tun.« Renees Finger schoben sich in einer hilflosen Geste durch den Putz, und Anya hörte den frustrierten Klang ihrer Stimme. *»Ich kann ihn nicht berühren. Ich kann nicht telefonisch um Hilfe rufen.«*

Anya nickte. Manchmal waren Geister imstande, Einfluss auf Dinge der physischen Welt zu nehmen. Poltergeister waren berüchtigt dafür, Gegenstände zu zerbrechen und Menschen Schaden zuzufügen. Sie konnten es, weil sie machtvoll waren. Die meisten Geister jedoch waren machtlos. Ein paar von ihnen konnten unter Aufbietung großer Konzentration Dinge bewegen, aber es laugte sie aus. Renee war kein machtvoller Geist. In all der Zeit, in der sie schon im *Devil's Bathtub* spukte, war es ihr gerade einmal gelungen, ein paar Flaschen zu zerbrechen.

Von draußen drang das eindringliche Plärren einer Hupe an ihr Ohr. Anya zuckte zusammen. Oben läutete eine Klingel, und die Fahrstuhltür öffnete sich knarrend.

Renee bedeutete Anya, still zu sein. »*Geh jetzt. Wir reden später.*«

Sie verschwand in der schattenhaften Decke, und Anya griff zum Türknauf. Seufzend trat sie hinaus in die Dunkelheit.

Anya saß in Brians Van und blätterte in der Fallakte. Sie hatte die Teamsitzung am früheren Abend verpasst und wusste nicht, ob sie irgendwelche Dämonen in Weihwasser ertränken oder Backe-backe-Kuchen mit Poltergeistern spielen würden.

»Kannst du mir die Kurzversion geben?«, fragte sie.

»Es geht um die ganzkörperliche Erscheinung, von der ich kürzlich gesprochen habe.« Falls Brian verärgert war, weil sie dem Fall so wenig Interesse entgegengebracht hatte, so ließ er es sich nicht anmerken. Mit einer Hand hielt er das Lenkrad, während er mit der anderen an seinem iPhone herumfummelte. Multitasking am Steuer machte Anya nervös, aber sie biss sich auf die Zunge und schwieg.

»Die Erscheinung einer Frau streift durch das Haus. Sie spricht oder interagiert nicht mit den Bewohnern, weshalb die vorherrschende Theorie lautet, dass sie ein Restspuk ist. Da sie aber moderne Kleidung trägt, ist das eine knifflige Frage. Das ist was anderes als eine Lizzie Borden im Petticoat.«

»Wer wohnt in dem Haus?«

»Mami mit ihren zwei Jungs, acht und zwölf Jahre alt, und ein Großvater.«

»Wer hat die Erscheinung gesehen?«

»Angefangen hat es mit dem Großvater. Er dachte, seine Tochter wäre früher von der Arbeit zurückgekommen und hat versucht, mit dem Geist zu reden.« Brian maß Anya mit einem Seitenblick. »Seine Augen sind nicht so gut. Beide Kinder haben die Erscheinung ebenfalls gesehen. Mami arbeitet nachts, und der Geist zieht es vor, am Abend auf Wanderschaft zu gehen, also ist sie ihm noch nicht begegnet.«

»Wie lange geht das schon so?«

»Das ist das Komische an der Sache. Das Haus ist schon seit vierzig Jahren im Besitz der Familie, und nie hat's irgendwas Übernatürliches dort gegeben. Bis vor zwei Wochen. Seitdem ist der Geist beinahe jede Nacht aufgetaucht.«

Anya nagte an ihrer Lippe. »Ich frage mich, was sich da verändert hat.«

»Es gibt in der Literatur nicht viele Hinweise, aber es ist bekannt, dass Umbauten oder andere Veränderungen in der Umgebung einen Geist ›aufwecken‹ können. Ich selbst hab so etwas noch nie erlebt, aber mindestens zwei andere Geisterjägergruppen haben Fälle dokumentiert, in denen ein Geist aktiver wurde, als ihn etwas im Haus gereizt hat. So hat eine Familie umfangreiche Umbaumaßnahmen durchgeführt und dabei die Umgebung eines verborgenen Grabes durcheinandergebracht. Und in einem anderen Fall hatte ein Geist andere Vorstellungen hinsichtlich der Innendekoration als der neue Eigentümer. Der Geist zog pinkfarbene Auslegeware und gestreifte Tapeten dem Industrieloftlook vor. Er hat ständig Handabdrücke und garstige Botschaften auf den Edelstahloberflächen hinterlassen.«

»Das setzt voraus, es war ein Geist.« Die meisten Spukerscheinungen, die nicht nur schlichte Hirngespinste waren, erwiesen sich als gutartige Geister. Aber die DAGR hatten festgestellt, dass die Fälle mit feindseligen Geistern und Dämonen zunahmen. Und Anya hatte erst vor einigen Monaten einen Zusammenstoß mit dem König der Salamander gehabt, der in der Salzmine unter der Stadt nistete. Das reichte ihr, um keine voreiligen Schlüsse hinsichtlich der Kreaturen zu ziehen, mit denen sie es zu tun bekamen.

»Genau werden wir es erst wissen, wenn wir vor Ort sind.«

Der Van brauste östlich der Innenstand durch Islandview. Apartmentbauten wechselten sich mit Reihenhäusern und frei stehenden Einfamilienhäusern ab. In den schmalen Gärten standen Verkaufsschilder und Tafeln mit Vermietungsangeboten. Zwar hatte es Bemühungen zur urbanen Wiederbelebung des Gebiets gegeben, aber deren Wirkung war nie bis zum westlichen Teil vorgedrungen, in dem Backsteinhäuser voller Graffiti neben heruntergekommenen Einfamilienhäusern vermüllte Straßen säumten.

Brian parkte am Bordstein vor einem unauffälligen Haus: ausgeblichene gelbe Fassade, Gitter vor den Fenstern im Erdgeschoss. Grün-weiß-gestreifte Markisen beschatteten das Gebäude. Irgendwo hinter dem Haus bellten Hunde im Garten. Anya stieg aus dem Van und sah sich auf der Straße um. Ein paar Kids, die auf dem gegenüberliegenden Bürgersteig ihre Fahrräder verglichen, musterten die Fremden interessiert. Anya winkte ihnen zu, woraufhin eines der Kinder zögerlich mit den Fingern wackelte, ehe es die Hände in den Taschen vergrub in dem Versuch, cool zu wirken.

Das Haus gleich östlich des Spukhauses schien verlassen zu sein. Die Fliegengittertür war mit diversen neonfarbenen Abschalthinweisen von Gasunternehmen und Wasserwerk verziert. Unkraut spross aus den Rissen im Zementboden der Veranda. Und obwohl dies offenbar der Vorabend der Müllabfuhr war, wie die grünen Abfalltonnen bewiesen, die sich vor den anderen Gebäuden am Bordstein drängten, war die Einfahrt zu diesem Haus leer. Das Haus auf der Westseite hingegen wies Lebenszeichen auf. Ein VERKAUFT-Schild lehnte an der Seitenwand, und durch das vordere Fenster, in dem ein Laken den neuen Bewohnern als Vorhangersatz diente, waren Kisten erkennbar. Licht brannte in jedem Raum, und der Rasen roch nach frisch gemähtem Gras. Das Spukhaus schien gefangen zu sein zwischen einem lebendigen und einem toten Haus.

Anya schlang sich die Tasche mit ihrer Ausrüstung über die Schulter und folgte Brian zur Tür. Jules, Max und Katie waren in Jules Minivan hergekommen und schwatzten mit dem Hausbewohner, der ihnen die Fliegengittertür geöffnet hatte. Der Großvater, nahm Anya an. Er war gekleidet wie jemand, der Besuch erwartete: frisch gebügeltes Hemd und eine Hose mit messerscharfen Bügelfalten. Die adrette Erscheinung bildete einen krassen Gegensatz zu dem krummen Rücken und dem Spinnengewebe aus Falten, das sein Gesicht überzog. Der Alte stützte sich auf einen Stock mit einer weißen Spitze. Anya fiel auf, dass seine Augen der Bewegung der Leute zu folgen schienen, die an ihm vorbeigingen, dennoch war sie nicht sicher, wie viel er tatsächlich sehen konnte.

»Danke, dass Sie gekommen sind.« Man führte sie ins Wohnzimmer. Sämtliches Mobiliar war an die Wände gerückt worden, vermutlich, um dem alten Mann das langsame Vorwärtskommen zu erleichtern. Ein Videospielsystem war an den Fernseher angeschlossen, und in der Ecke lagen die Schulranzen der Kinder. Ein Kuriositätenkabinett voller Hummel-Figuren und eine Wand mit Familienfotos waren offenbar erst kürzlich abgestaubt worden. Neben der Couch stand ein Korb mit sauber gefalteter Wäsche, auf dem ein rosaroter Damenkrankenhauskittel lag. »Wir werden uns bemühen, Sie nicht zu stören. Die Jungs habe ich ins Bett gesteckt, und Sara kommt nicht vor sieben Uhr morgens von der Arbeit.«

Anya erhaschte einen Blick auf einen finsteren Zug um Jules Mund. Er arbeitete nicht gern in Gegenwart der Hauseigentümer. Keiner von ihnen tat das gern – es hinderte sie daran, frei zu sagen und zu tun, was sie für richtig hielten. Aber manchmal ging es nicht anders. Sie würden sich eben zusammenreißen müssen.

»Erzählen Sie uns von Ihrem Geist.« Jules nahm einen gelben Notizblock und einen Stift aus der Tasche.

»Ich hab nicht viel von ihr gesehen«, sagte der alte Mann mit einem leisen Lachen. »Aber die Jungs sagen, sie kommt jede Nacht gegen zwei. Sie streift ganz in Weiß durch das Haus. Der

Älteste, Tim, hat versucht, mit ihr zu reden, aber sie antwortet nie.«

»Ist Ihnen die Frau bekannt?« Anyas Aufmerksamkeit wanderte zu den Familienfotos. Viele waren alt und mit den Jahren vergilbt.

Der alte Mann schüttelte den Kopf. »Nein.«

»Hat sich in diesem Haus je irgendwer mit Okkultismus befasst? Ouija-Bretter, Séancen, so was in der Art?«

Katie warf Anya einen Blick zu und verdrehte die Augen. Anya fiel auf, dass sie den Drudenfuß, den sie als Kettenanhänger trug, unter ihrer Bluse versteckt hatte, als wollte sie den alten Mann nicht erschrecken.

Der alte Mann runzelte die Stirn. »Die Jungs wissen, dass sie den Arsch voll kriegen, wenn sie je so was ins Haus bringen.«

Anya schlenderte davon und spazierte durch das Haus. Sie verschaffte sich gern ein Gefühl für die Umgebung, ehe das Licht ausging und sie über das Mobiliar stolperte.

Es war ein ganz gewöhnliches Haus – Zeugnisse der Kinder hingen neben Mamis Arbeitsplan an dem olivfarbenen Kühlschrank, Schalen und Kartons mit Frühstücksflocken standen schon für den kommenden Morgen bereit. Vier Schalen waren rund um den Küchentisch verteilt, was darauf hindeutete, dass Mami vor Schulbeginn gemeinsam mit den Jungs und dem Opa frühstücken würde.

»Ich glaube, das könnte sich als Flop entpuppen«, murmelte Katie, während sie durch die gerafften Vorhänge in den dunklen Garten hinausblickte.

»Riechst du hier auch keine Magie?« Der Salamanderreif hatte sich nicht gerührt. Entweder hatte Sparky immer noch Angst vor Anyas Zorn, oder es gab hier nichts Übernatürliches, das sein Interesse hätte wecken können.

Katie schüttelte den Kopf. »Nein. Und in diesem Haus

herrscht auch nicht so eine bedrückende Atmosphäre, wie ich sie bei den meisten echten Spukhäusern spüre.«

»Wie lautet also unsere Einschätzung?«

»Ich nehme an, die Jungs haben zu viele Gruselfilme gesehen. Und Opa sieht nicht mehr gut genug, um am Fenster vorbeihuschende Scheinwerfer von einem echten Geist zu unterscheiden.« Katie zuckte die Achseln. »Ich wette, das wird eine ereignislose Nacht.«

Anya legte die Hände um die Ellbogen. »Ich hoffe, du hast recht.«

Sparky schlief stundenlang, fest um Anyas Hals zusammengerollt.

Anya war der Ansicht, dass er die richtige Entscheidung getroffen hatte.

Während sie mit Brian am Küchentisch saß, verfolgte sie auf den Flachbildschirmen die Nachtsichtaufnahmen, die von der Kamera an den Computer übertragen wurden, den er aufgebaut hatte. Computer- und Elektrokabel schlängelten sich über den Fußboden und lieferten Bilder aus dem Korridor im Obergeschoss, aus dem Keller, den Schlafzimmern und dem Wohnzimmer. Die Jungs schliefen in ihren Betten. Opa lag in seinem. Katie saß am Ende des Korridors und stierte auf die Temperaturanzeige, die sich einfach nicht rühren wollte. Max und Jules wühlten im Keller in Weihnachtsschmuck und suchten mit ihren Widerstandsmessern nach elektrischen Interferenzen.

Anya trommelte mit ihren Fingern auf ihrem Kopfhörer. Die Stimmrekorder fingen nur Fetzen der Gespräche von Max und Jules und das regelmäßig einsetzende Brummen des Kühlschrankkompressors auf. Jemand furzte im Schlaf.

Sonst war alles still.

Sie sah sich zu Brian um, der an einem Laptop herumfummelte, auf dessen schwarzem Bildschirm verwirrende Reihen aus Text und Zahlen angezeigt wurden. Die weiße Schrift spiegelte sich in seinen Brillengläsern und raubte ihm optisch einen Teil seiner Menschlichkeit.

Anya rutschte an seine Seite und nahm den Kopfhörer ab. »Was machst du?«

»Nebenjob.« Er schürzte die Lippen.

Anya stützte das Kinn auf die Hand. Brian übernahm in seiner freien Zeit Auftragsarbeiten für die Regierung. Sie wusste nie so genau, woran er arbeitete, aber ein Teil der Technik war gruselig: Biometriedatenverfolgung; Anti-Hacker-Algorithmen; Hightech-Überwachung. Und das waren nur die wenigen Dinge, von denen sie wusste. »Darfst du mir erzählen, worum es geht?«

»Wahrscheinlich nicht. Ich arbeite an einem Simulator für künstliche Intelligenz.«

»So was wie HAL aus Kubricks *2001*?«

»Nicht ganz so mörderisch, hoffe ich. Ich arbeite an künstlichen neuronalen Netzen, in der Absicht, eine möglichst hohe Ähnlichkeit mit einer Testperson zu erzielen. Ich versuche, die menschliche Hirnfunktion in Bezug auf Mustererkennung und Datenspeicherung nachzuahmen.«

»Das hört sich ganz nach Sci-Fi an.«

»Eigentlich nicht.« Brian zuckte mit den Schultern. »Die Technik existiert schon eine ganze Weile. Die Leute werden nur nervös, wenn es um ihre Nutzung geht.«

Anya setzte eine fragende Miene auf. »Wie meinst du das?«

»Na ja ... ich modelliere dieses neuronale Netz nach dem Vorbild des rekurrenten biologischen neuronalen Netzes eines real existierenden Menschen. Früher haben Wissenschaftler die Gehirne einfacherer Organismen wie Würmer abgebildet. Ein mikroskopischer Wurm, *C. elegans,* beispielsweise hat ungefähr dreihundert Neuronen. Pillepalle. Menschen dagegen haben um die hundert Milliarden Neuronen und hundert Billionen Synapsen, die abgebildet werden müssen.«

»Wow. Wie zum Teufel machst du das?«

»Sehr langsam. Ich gehe Schritt für Schritt vor und setzte etwas ein, das einem sich selbst reproduzierenden Computervirus sehr ähnlich ist, um die Menge möglicher Verbindungen zu testen. Im Grunde lehne ich mich die meiste Zeit zurück und überlasse es dem Programm, das Gehirn zu untersuchen und die ganze Arbeit zu tun.«

»Wessen Gehirn benutzt du?« Anya fragte sich, ob der Prozess schmerzhaft war. Sie bekam schon allein bei dem Gedanken Kopfschmerzen.

»Es passieren sonderbare Dinge, wenn man seinen Körper der Wissenschaft überlässt. Die Universität hat vor kurzer Zeit ein fast perfektes Exemplar erhalten. Wir bewahren das Gehirn auf Eis in einem hübschen Glas auf und versetzen ihm von Zeit zu Zeit einen elektrischen Stromstoß, um die Neuronen zu aktivieren. Den Rest erledigt die rechnergestützte Modellerstellung.«

Anyas Mundwinkel rutschten abwärts. »Ist das wirklich das, was dem Spender vorgeschwebt hat? Glauben die meisten nicht eher, sie würden ihre Körper einer medizinischen Fakultät überlassen, um im Präparationssaal von Studenten verstümmelt zu werden?«

»Vielleicht. Es rächt sich eben, wenn man für den Fall seines Todes keine genauen Anweisungen erteilt.« Brian schien das keine Sorgen zu bereiten. »Irgendwann wirst du ALANN fragen können, was er denkt.«

»Wer ist Allen?«

»A-L-A-N-N, ALANN: Advanced Linear Artificial Neural Network. Und eine Hommage an Alan Turing, den Vater der modernen Informatik.«

»Ich glaube, von dem hab ich schon gehört. War der nicht so eine Art Codeknacker?«

»Er hat während des Zweiten Weltkriegs viel dazu beigetragen, die mit der Enigma verschlüsselten deutschen Funksprüche zu entziffern, aber wahrscheinlich ist er genauso bekannt für den Turing-Test. Dieser Test misst die Intelligenz der Maschine und ihre Fähigkeit, menschliches Verhalten nachzuahmen. Dazu muss sich ein menschlicher Fragesteller über eine Tastatur sowohl mit einem Menschen als auch mit einer Maschine unterhalten, die beide räumlich von ihm isoliert sind. Beide Gesprächspartner versuchen dabei, sich als denkende Personen darzustellen. Erkennt der Fragesteller nicht, welcher seiner Gesprächspartner die Maschine ist, gilt der Test als erfolgreich.«

»Schwer vorstellbar, dass eine Maschine einen Menschen so hinters Licht führen könnte.«

»Das ist der Kern meiner Forschungen: eine Variante des Turing-Tests, der Immortality Test. Dieser Test dient dazu, festzustellen, ob die Reaktionen und das Verhalten einer Person akkurat genug reproduziert werden, dass sie nicht mehr von denen des Originalsubjekts unterschieden werden können. ALANN wurde nach dem Vorbild eines einst lebendigen menschlichen Gehirns geschaffen, und ich bin gespannt, wie gut er die Reaktionen dieses Gehirns abbilden kann.« Brian drehte den Laptop zu Anya und gab in der Kommandozeile einen Befehl ein. »Nur zu, sag Hallo.«

»Willst du ein Versuchskaninchen aus mir machen?«

»Eher nicht. Ich hab dir ja schon von dem Turing-Test erzählt, und du weißt, dass ALANN eine Maschine ist.«

Anya schluckte. Brians »eher nicht« war nicht eben beruhigend. Sie beugte sich zu dem in die Webcam eingebauten Mikrofon vor. »Hallo.«

Der Cursor blinkte, dann tauchten Buchstaben auf: HALLO, ANYA.

»Woher kennt er meinen Namen?«, fragte sie argwöhnisch.

Brian tippte auf die Webcam. »Wir arbeiten an einer Mustererkennung. ALANN kann Gesichter mit Hilfe der Biometrie erkennen. Theoretisch ist jedes Gesicht einzigartig – der Abstand zwischen den Pupillen, die Höhe der Brauen, die Breite des Mundes, Längen- und Breitenverhältnisse, Ohrengröße. ALANN kombiniert diese Werte und speichert sie.«

»Aber woher kennt er mich?«

»ALANN hat dich schon einmal gesehen, im Computerlabor. Wahrscheinlich erinnert er sich auch daran, was gesprochen wurde. Auf jeden Fall ist es ermutigend, dass er Gesichtern inzwischen Namen zuordnen kann.«

Anya nagte an ihrer Lippe. Das Computerlabor befand sich im Untergeschoss der Universität. Dort unterhielt Brian auch sein eigenes Labor, das aussah, als würde es einem verrückten Wissenschaftler gehören, da es bis unter die Decke vollgestopft war mit mysteriösen technischen Geräten. Die Idee, ihn in der Serverfarm zu vögeln, würde sie überdenken müssen, nun, da sie wusste, dass ALANN zusah.

»ALANN, wie viele Leute sitzen vor der Kamera?«

Der Cursor zögerte einen Moment. Dann erschien die Ziffer 2 auf dem Bildschirm.

»Das ist unheimlich.« Auf unerklärliche Art fühlte sich Anya an Katies provisorisches Ouija-Brett erinnert, das Antworten aus dem Nichts zu liefern schien.

»Wie Arthur C. Clarke sagte: ›Jede hinreichend fortschrittliche Technologie ist von Magie nicht zu unterscheiden.‹«

Das Walkie-Talkie auf der Arbeitsplatte erwachte knisternd zum Leben, und sie hörten Katie leise flüstern: »Hey, seht ihr das?«

Anya ruckte zum Monitor herum. Katie stand am Ende des Korridors und umklammerte das Walkie-Talkie. Etwas Fahles, Durchscheinendes kräuselte sich am Rand des Aufnahmewinkels. Anya fühlte, wie sich der Salamander an ihrem Hals regte. Das war definitiv mehr als ein paar vorbeihuschende Autoscheinwerfer.

Anya rannte aus der Küche heraus und prallte beinahe mit Jules und Max zusammen, die aus dem Keller gekommen waren. Gemeinsam kletterten sie die mit Teppich ausgelegten Stufen hinauf, um einen Blick in den Korridor im Obergeschoss zu werfen.

Die transparente Gestalt einer Person kam durch den Gang. Aus diesem Blickwinkel konnte Anya erkennen, dass es eine junge Frau war, weiß gekleidet und barfuß. Ihr dichtes, lockiges Haar war verfilzt und auf einer Seite ganz platt. Sie drehte sich um, und Anya erkannte, dass sie einen Hausmantel trug. Aber etwas war noch seltsamer: Ihre Augen waren geschlossen. Der Geist setzte einen Fuß vor den anderen, als würde er schlafwandeln. Am anderen Ende des Flurs öffnete sich die Tür zum Jungenschlafzimmer, und ein Paar ängstlicher Augen schaute heraus.

Katie griff nach der Gestalt, und Anya musste nicht erst die Anzeige überprüfen, um festzustellen, dass die Temperatur im Korridor gesunken war, dass die Erscheinung die Wärme aus der Luft gesogen hatte, um sich sichtbar zu manifestieren.

»Hallo?«, sagte sie.

Die Gestalt ignorierte sie und ging langsam in Richtung Treppe, wo Anya, Jules und Max sie beobachteten. Anya sah einen Silberfaden, der um die Taille der Frau gewickelt war und hinter ihr herflatterte, und sie kniff die Augen zusammen. Was war das? Der Gürtel des Hausmantels?

Jules nahm eine drohende Haltung ein, als der Geist sich näherte. »Tu es«, raunte er Anya zu. »Verschling das Ding. Beseitige es.«

Anya schüttelte den Kopf. Sie fühlte, dass Sparky sich um ihre Knie wickelte, aber der Salamander wirkte keineswegs alarmiert. Und sie selbst fühlte auch nichts, was darauf hingewiesen hätte, das von diesem Geist eine besondere Bedrohung ausgegangen wäre.

Aber aus Jules Perspektive war nur ein beseitigter Geist ein guter Geist. Sie wusste, dass Jules Renee tolerierte, weil sie sich um Ciro kümmerte, aber er hegte keine Sympathien für das Übernatürliche.

Der Geist schlenderte auf die Treppe zu.

»Los«, zischte er.

»Nein. Sie tut doch niemandem etwas.«

Der Geist schlurfte zur ersten Stufe. Anya und die anderen drückten sich flach an die Wand und ließen die Erscheinung passieren. Anya erschauerte, als die Frau vorüberging. Der Saum ihres Hausmantels streifte Anyas Knie. Sparky folgte ihr auf dem Fuße und glitt schnuppernd die mit Teppich bezogenen Stufen hinab. Im Schlepptau der Geisterfrau nagte er an der Silberschnur.

Der Geist hatte den Fuß der Treppe beinahe erreicht, als in der Ferne ein tiefes Rumpeln erklang. Anya erkannte das Geräusch augenblicklich: Der Müllwagen, einige Straßen entfernt.

Auch der Geist schien das Geräusch zu erkennen. Die Frau neigte den Kopf in die Richtung, aus der das Geräusch ertönte, schlug die Augen auf ...

... und verschwand.

Sparky schnüffelte energisch an der Stelle des Zottelteppichs, an der der Geist gestanden hatte.

»Hast du ihn ausgelöscht?«, fragte Jules.

»Nein. Sie ist aus eigenem Antrieb verschwunden.«

Das Team ging die Stufen hinunter und versammelte sich vor Brians Videomonitoren, um die Aufnahme zurückzuspulen und zu sehen, welche harten Beweise sie hatten einfangen können.

»Scheiße«, fluchte Max, und Jules versetzte ihm einen Klaps. Die Kamera hatte lediglich einen undeutlichen Lichtflecken aufgenommen, ein greller weißer Lichtschein vor dem Hintergrund der verfälschten, grünen Nachtaufnahmen. Anya überprüfte das Material genau, um sicherzugehen, dass Sparky nicht in den Aufnahmebereich geraten war. So oft Brian sie auch um Erlaubnis gebeten hatte, Sparky zu filmen, hatte Anya sie ihm verweigert. Sie war ebenso die Beschützerin des Salamanders, wie er ihr Beschützer war. Sie würde nicht gestatten, dass sein Bild eingefangen und über das Internet verbreitet würde wie eine angebliche Alien-Autopsie.

Ein schrilles Jammern erregte ihre Aufmerksamkeit. Sparky hockte vor der Haustür und schlug mit dem Schwanz auf den Boden wie ein Hund, der dringend raus musste. Von draußen hörte sie, wie der Müllwagen um die Ecke bog. Licht sickerte durch die fest zugezogenen Vorhänge herein.

»Sparky?«

Der Salamander richtete sich auf und kratzte an der Tür. Stirnrunzelnd öffnete Anya. Sparky purzelte hinaus auf die Veranda, rannte durch den Garten in Richtung Nachbargrundstück …

… und Anya sah, wie die Frau von nebenan ihre Mülltonne in Richtung Bordstein schob. Sie trug einem weißen Bademantel, war außer Atem, und ihre nackten Füße streiften Tau vom Gras. Ihr lockiges Haar war auf einer Seite plattgedrückt, als wäre sie gerade erst aufgestanden.

Sie war der Geist aus dem Korridor.

Aber sie war ebenso real wie die überquellende Mülltonne, die sie zum Bordstein schleifte, gerade rechtzeitig für die Müllabfuhr. Der Müllmann, der sich hinten am Wagen festhielt, sah sie auch. Er winkte ihr zu. Sie winkte zurück und umklammerte mit der anderen Hand den Kragen ihres Bademantels.

»Scheiße«, fluchte Anya.

KAPITEL SIEBEN

Anya trottete durch das feuchte Gras zum Nachbargrundstück. »Entschuldigen Sie?«

Die Frau im Bademantel blickte auf. »Ja?«

»Wir sind ... äh, wir arbeiten für Ihre Nachbarn.« Anya zeigte mit dem Daumen auf den Van, der am Bordstein parkte, und die Computerkabel, die sich aus dem Fahrzeug Richtung Haustür schlängelten. »Ich hoffe, wir stören nicht.«

»Ganz und gar nicht.« Die Frau schüttelte den Kopf. »Wir sind gerade erst eingezogen, und der Herr weiß, wir haben bei den Umbauarbeiten mehr als genug Lärm gemacht ... Ich hab ein ganz schlechtes Gewissen, weil wir uns noch nicht vorgestellt haben.«

»Ich bin Anya.« Sie streckte die Hand aus, um sich zu vergewissern, dass die Frau wirklich aus Fleisch und Blut war.

»Leslie.« Ihr Handschlag war fest, ihr Lächeln strahlend, auch wenn Anya dunkle Ringe unter ihren Augen sah. Sie hatte nicht gut geschlafen. »Gehören Sie zu einem Generalunternehmen? Wir könnten vielleicht Hilfe bei den Elektroinstallationen im Keller brauchen, die wir erneuern wollen.«

»Wir sind keine Handwerker.« Anya atmete tief durch. Dieses Gespräch könnte eine wirklich üble Wendung nehmen, und Anya bemühte sich, den Ball flach zu halten. »Wir sind eher so etwas wie spirituelle Berater.«

Leslie ließ ihre Hand fallen wie einen heißen Stein und trat einen Schritt zurück. »Wir gehören bereits einer Kirche an.«

Anya schüttelte den Kopf. »Nein, wir sind Geisterjäger. Ihre

Nachbarn verzeichneten in ihrem Haus einige sonderbare Vorkommnisse und riefen uns, damit wir uns die Sache ansehen.«

Leslies Schultern sackten herab. Sie machte plötzlich einen deprimierten Eindruck. »Oh.«

Sparky lief zu ihr und schnüffelte an ihr. Anya wusste, dass auch er den scharfen Geruch der Magie an ihr wahrnahm. Was war sie? Eine Hexe? Sie wirkte so endlos ... durchschnittlich.

»Ich möchte nicht neugierig erscheinen, aber ... haben Sie etwas Ungewöhnliches bemerkt, seit Sie hier eingezogen sind?« Anya achtete darauf, in neutralem Ton zu sprechen, keinesfalls anklagend zu klingen. An dieser Frau war nichts von der Bosheit zu spüren, die sie bei Hope wahrgenommen hatte.

Leslie seufzte, verlagerte ihr Gewicht von einem Fuß auf den anderen und krümmte im feuchten Gras die Zehen. Endlich sagte sie: »Möchten Sie nicht auf einen Kaffee mit reinkommen?«

Anya lächelte. »Kaffee wäre toll.«

»Bitte achten Sie nicht auf die Unordnung«, warnte Leslie, als sie durch den Garten gingen und die Haustür öffnete.

Sofort fühlte sich Anya an Bernies Haus erinnert. Es lag nicht nur an den Kisten, die sich an den Wänden stapelten, dem Trockenbaustaub und den Farbdosen. Es lag am Geruch: Jenseits der frischen Farbe und dem nach Tannen duftenden Reinigungsmittel sammelte sich Magie gleich Wollmäusen in den dunklen Ecken des Hauses. Zu Anyas Füßen rümpfte Sparky die Nase und schnaubte, als hätte er Löwenzahnsamen eingeatmet.

Leslie stöpselte in der Küche die Kaffeemaschine ein. Die Schränke waren noch in Arbeit, die Türen ausgehängt, sodass das Innere der mit Geschirr und Lebensmitteldosen vollgestopften Fächer offen sichtbar war. Leslie suchte in einem der Fächer nach Kaffeefiltern.

»Das ist unser Traumhaus«, erzählte sie, als sie den Kaffee

dosierte. »Ich meine, noch sieht man nichts davon, aber wir haben jahrelang nach einem Haus gesucht, das wir kaufen wollen.«

»Es heißt, der Markt wäre derzeit vorteilhaft für Käufer.«

»Ja. Deswegen konnten wir uns auch ein Haus leisten. Mein Mann bekommt keinen Kredit. Die Fabrik hat ihn entlassen, und er ist seit sechs Monaten arbeitslos. Mein Job ist zwar sicher, aber trotzdem wollte uns niemand ein Darlehen geben. Am Ende haben wir dann Hilfe bekommen.« Ihre Augen leuchteten auf, als sie das erzählte, und mit einem Mal kam sie Anya furchtbar jung vor. Furchtbar jung und naiv, da sie eine Fremde einfach in ihr Haus einlud.

Die Kaffeemaschine rülpste und blubberte, während sich die Kanne füllte. Sparky schob sich Richtung Arbeitsplatte, und sie bedachte ihn mit einem giftigen Blick. Sogleich schlich er zurück und legte sich zu Anyas Füßen auf den Boden.

Leslie brachte zwei dampfende Becher Kaffee an den Küchentisch. »Zucker oder Sahne?«

»Nein, danke.« Anya nippte an der dampfenden Flüssigkeit. Sie fühlte, wie der Kaffee durch ihre Kehle glitt, doch sie fühlte keine Regung in ihrem Inneren, die andeutete, das ein Geist in der Nähe wäre.

»Ich schätze, unsere finanziellen Verhältnisse interessieren sie nicht die Bohne.« Leslie lächelte verlegen in ihren Becher. »Sie fragten, ob hier seltsame Dinge geschehen wären.«

Anya nickte. »Erzählen Sie.«

Leslie deutete auf den Fliesenspiegel hinter der Arbeitsplatte, streckte die Hand aus und schob einen Karton zur Seite. Von der Steckdose in der Wand breitete sich ein kohlschwarzer Fleck aus. »Wir hatten einige sonderbare Brände. Kleine Brände: der Toaster, die Fußleistenheizung, eine Herdflamme.«

Anya musterte sie aufmerksam. »Was, denken Sie, hat diese Brände ausgelöst?«

Sie schüttelte den Kopf. »Erst dachten wir, irgendwas wäre mit der Elektroinstallation nicht in Ordnung. Wir hatten das Haus von einem Gutachter prüfen lassen, ehe wir es kauften. Er hat keine Schäden festgestellt. Aber jetzt … ich weiß auch nicht.«

Leslie beugte sich vor. »Ich habe ständig diese Träume. Träume, dass etwas Schlimmes passieren wird. Dass jemand in unserem Haus ist. Nachts höre ich Stimmen, die zu mir sprechen, aber ich kann ihnen nicht antworten.« Sie starrte zu Boden und lief rot an. »Ich schwöre, ich bin nicht verrückt.«

Anya berührte sacht ihren Handrücken. »Ich bin auch nicht allwissend, Leslie, aber ich kann Ihnen versprechen, ich werde versuchen, Ihnen zu helfen. Es gibt da jemanden, den ich bitten könnte, uns zu erklären, was diese Träume zu bedeuten haben.«

»Na, das ist doch mal interessant.«

Ciro fuhr sich mit den Fingern durch den Stoppelbart. Er hatte aufmerksam zugehört, während jeder Angehörige der DAGR ihm seine Erinnerungen an den Verlauf der Ereignisse geschildert hatte, und ihnen über die Schulter geschaut, als sie ihre Beweise sortierten. Sonnenlicht drang durch die Fensterladen des *Devil's Bathtub*, breite Strahlen, die den Staub einfingen, der in der Luft schwebte. Brian saß mit Max in einer Nische und erklärte ihm, wie er die Videoeigenschaften auf den drei Laptops, die er aufgebaut hatte, aufwerten konnte. Katie machte Kopien von den Audioaufnahmen. Anya und Jules ordneten die handschriftlichen Notizen. Niemand war nach Hause gefahren, um sich schlafen zu legen, alle hatten so schnell wie möglich das Beweismaterial sichten wollen, auch wenn Max' Kopf immer wieder herabsank, um gleich darauf im Erwachen ruckartig hochgerissen zu werden.

»Die Nachbarin ist der Geist. Sie muss es sein«, beharrte Anya.

Jules verschränkte die Arme vor der breiten Brust. »Das ist einfach unmöglich. Sie lebt doch noch.«

Ciro reckte einen Finger hoch. »Und doch könnte sie die Erscheinung sein, die ihr in dem Haus gesehen habt.«

Katie zog fragend eine Braue hoch. »Astralprojektion?«

»Ja.«

Anya runzelte die Stirn. »Ich dachte, so etwas bringen nur Yogis zustande und Leute, die in hübschen Parks meditieren, während sie sich dem Nirwana nähern. Na ja, die und Bernie.«

Ciro breitete die Hände aus. »Vieles davon ist dummes Zeug, um ehrlich zu sein. Zu viel LSD oder die richtigen Pilze können so ziemlich jeden dazu bringen zu glauben, er sei auf außerkörperliche Weise durch die Welt gereist.«

»Und welche Pilze sind die richtigen?«, fragte Max.

»Jedenfalls nicht die, die hier in der Gegend wachsen«, gab Ciro gelassen zurück. »Astralreisen erlauben es Einzelnen, eine Parallelebene der Existenz zu erobern. Diese Ebene überschneidet sich an einigen Stellen mit unserer physischen Welt, sie ermöglicht es den Astralreisenden jedoch auch, in andere, nichtphysische Gefilde aufzusteigen. Gefilde wie das Jenseits.«

»Hast du schon mal einen Ausflug ins Jenseits gemacht?«, fragte Max.

»Nein. Ich hab es nie getan und auch nie den Wunsch danach verspürt. Bernie ist gelegentlich hingegangen, irgendwann vor langer Zeit. Nach allem, was ich in Erfahrung bringen konnte, ist das ein sehr gefährlicher Ort. Wie in der physischen Welt gibt es auch dort positive und negative Kräfte. Aber auf astralen Ebenen werden diese Kräfte nicht durch Gesetze und Regeln in Schach gehalten. Bist du schwach, wirst du leicht von negativen Wesenheiten verdorben.«

»Was meinst du? War Leslie dort? Hat sie dergleichen ebenfalls versucht?«, fragte Anya.

»Basierend auf dem, was du erzählt hast, nehme ich an, dass sie nicht die Absicht dazu hatte. Manche Leute bewegen sich mittels Willenskraft oder auch versehentlich in astrale Ebenen, während sie träumen. Du hast gesagt, sie wäre dir wie eine Schlafwandlerin vorgekommen, also gehe ich davon aus, dass es unabsichtlich passiert ist.«

»Nach allem, was wir bisher wissen, könnte sie über Jahre all ihre Nachbarn auf diese Weise heimgesucht haben«, bemerkte Katie.

»Wahrscheinlich«, sagte Brian, während er auf einer Tastatur herumhackte. »Ich bin dabei, die bekannten früheren Anschriften von Leslie Carpenter herauszusuchen und mit gemeldeten Spukerscheinungen in der regionalen Datenbank abzugleichen.«

Anya blinzelte verwirrt. »Was für eine regionale Datenbank?«

»Ich hab Berichte über paranormale Aktivitäten gesammelt und Querverweise zu Zeitraum und Ort angelegt. Zeitungsberichte, aktuelle Informationen anderer Geisterjägergruppen und so weiter. Der Datenbestand ist noch nicht annähernd vollständig, aber er könnte, wenn er es einmal ist, eine große Hilfe sein.«

Jules verdrehte die Augen. »Schläfst du eigentlich nie?«

Brian hob seinen Energydrink hoch und schüttelte ihn. »Frevler schlafen nicht.«

»Lass bloß meinen Namen da raus.« Anya ging in die Knie und kraulte Sparky, der im Sonnenschein schnarchte, den Bauch.

Brian fuhr fort: »Ich hab einen Treffer. Es gab Berichte über Spukerscheinungen in dem Apartmentgebäude, in dem sie früher gewohnt hat. Keine Details, abgesehen davon, dass zwei Bewohner ausgezogen sind.«

»Wenn sie das schon ihr Leben lang tut, was sollen wir dann tun?«, murmelte Jules.

»Ich glaube nicht, dass wir wirklich etwas tun *können*«, sagte Katie. »Wahrscheinlich geht das schon jahrelang so, und sie tut ja niemandem weh.«

»Sie ängstigt kleine Kinder, bis sie Rotz und Wasser heulen.«

»Die Welt ist voller beängstigender Dinge. Sie werden schon damit fertig.«

»Das sollten Sie aber gar nicht müssen.«

»Sie ist unschuldig. Sie kann nichts dafür.«

»Hey.« Brian schaltete zwischen zwei Monitoren hin und her. »Ich hab da etwas Interessantes in den öffentlich zugänglichen Behördendaten über Leslie Carpenter. Ratet mal, wer Hypothekengläubiger für ihr Haus ist.«

Anya zuckte mit den Schultern. »Überrasch uns.«

»Wunder für die Massen.«

»Hope Solomons Organisation.« Anya blinzelte ein wenig, während sie die Information verdaute. Ihre Gedanken rasten, als sie versuchte, ihr Bild von Leslie Carpenter zu justieren. War die Frau ein Opfer, oder stand sie mit Hope und ihren finsteren Geschäften im Bunde?

»Vielleicht ist sie nicht ganz so unschuldig, wie ihr gedacht habt«, grollte Jules.

Anya hob beschwörend eine Hand. »Das wissen wir noch nicht. Hope hat so einige seltsame Tricks im Ärmel. Ich war gestern in ihrem Büro und hab versehentlich-absichtlich einen Geist freigelassen, den sie in einem Gefäß auf ihrem Schreibtisch gefangen hielt.«

»Was für ein Gefäß?«, fragte Ciro.

»So was wie das hier.« Aus ihrer Handtasche zog Anya den Beweismittelbeutel mit den Fragmenten der Flasche hervor, die sie in Bernies Haus gefunden hatte.

Sie reichte ihn Ciro. Er öffnete den wiederverschließbaren

Beutel mit zitternden Fingern. Im Licht der Morgensonne glitzerten Glas und Kristalle wie Kandiszucker.

»Oh«, sagte er, während er die Bruchstücke durch seine Brillengläser musterte. »Das ist ungewöhnlich.«

»Was ist das?«

»Eine Geisterfalle.« Ciro konzentrierte sich nun ganz auf Anya. »Lass es mich erklären. Ist dir das Konzept der Hexenkugel bekannt?«

Anya schüttelte den Kopf, aber Katie meldete sich umgehend zu Wort. »Das sind Kugeln aus geblasenem Glas. In der Glasoberfläche sind Fäden eingeschlossen. Manchmal nimmt man auch antike Schwimmer. Sie werden in der Sonne zugewandten Fenstern aufgehängt. Die Theorie besagt, dass böse Geister die Fasern zählen müssen, ehe sie ins Haus kommen können, und dass sie dann in den Kugeln festsitzen.«

»Wie böse Träume in einem Traumfänger.« Anya stellte sich den kreisrunden Reifen mit dem eingearbeiteten Geflecht vor, verziert mit Federn und Perlen. »Schlimme Träume bleiben in dem Netz hängen, die guten passieren es durch das Loch in der Mitte.«

»Genau. Nur, dass aus einer Hexenkugel nichts wieder herauskommt.«

»Und das Geistergefäß funktioniert ganz ähnlich«, erklärte Ciro. »Nur sind diese Behältnisse noch viel machtvoller. Ein Geist muss alle Facetten des Quarzes zählen, um zu entkommen. Der Quarz dient dabei zugleich der Isolierung oder dem Schutz des Geistes. Man nennt sie auch Hexenflaschen, Dschinnflaschen, Reliquienbehälter … du verstehst schon. Ein versierter Zauberer könnte die Flasche dazu benutzen, den Geist, der in ihrem Inneren gefangen ist, zu kontrollieren.«

»Wie werden sie hergestellt?«, fragte Anya. »Ich kann mir vorstellen, wie man einen Traumfänger anfertigt oder eine Glaskugel bläst, um eine Hexenkugel herzustellen, aber die Forensiker sagen, dass es die kristalline Struktur eigentlich gar nicht geben dürfte.«

Ciro lächelte bitter. »Das ist alte Magie. Sehr alte. Sie geht auf eine Zeit zurück, noch vor Scheherazade und Tausendundeine Nacht. Eine Theorie besagt, dass die Drusen, die man in der Natur finden kann, Gefäße sind, die Erdgeister enthalten. Werden die Drusen dann aufgebrochen, so sind die Geister frei und können auf Erden wandeln.« Er kniff die Augen zusammen. »Wo hast du das her?«

»Aus Bernies Haus.«

Ciro seufzte. »Bernie könnte den Zauber bei einer seiner Reisen kennengelernt haben. Das würde zu ihm passen.«

»Wenn Hope ihm Geld gegeben hat, dann wette ich, das Geld war für diese Flaschen.«

»Ich verstehe nicht, was sie damit will«, sagte Jules. »Die meisten Leute tun alles, um Geister loszuwerden.« Seine Miene zeigte kein Anzeichen von Besorgnis; das Schicksal der Geister in diesen Gefäßen schien ihm nicht sonderlich nahezugehen.

»Diese Geister waren einmal Menschen, Jules«, sagte Anya. »Sie verdienen es, mit etwas Respekt behandelt zu werden.«

Jules zuckte mit den Schultern. »Das aus dem Munde des Geisterexekutors. Du entscheidest, welche Geister es verdient haben, ausgelöscht zu werden. Verstehe ich das richtig?«

Anya biss sich auf die Lippe und wandte sich ab. Er hatte den Nagel auf den Kopf getroffen.

Ciro packte ihren Ärmel, und seine Hand zitterte. »Sei ganz besonders vorsichtig, Anya. Wenn Hope Geister gefangen hält, dann ist nicht einschätzbar, wie viele sie hat und was sie mit ihnen anstellt.«

Nach einem langen Tag, den sie damit verbracht hatte, die Beweise der DAGR in dem Astralprojektionsfall zu sichten, wollte Anya weiter nichts mehr als in ihr Bett kriechen.

Nun ja, vielleicht gab es doch etwas, was sie noch mehr wollte …

Brian steuerte den Van in die Auffahrt zu Anyas Haus. Dann wartete er, und seine Finger verweilten zögernd an dem Schlüssel im Zündschloss. Das Licht der untergehenden Sonne strömte in den Wagen und malte lange Schatten auf die Garage. Die Sonne war so hell, sie konnte seinen Gesichtsausdruck nicht erkennen, nur das Glitzern des Schlüssels in seiner Hand.

»Willst du mit reinkommen?«, fragte sie, wobei sich ein vage schüchterner Ton in ihrer Stimme bemerkbar machte.

Er zog den Schlüssel ab. »Okay.«

Er folgte ihr in dem blendenden Sonnenschein zur Tür. Anya schirmte die Augen ab, während sie aufschloss, und fühlte, wie die Strahlen auf ihrer Wange brannten. Rote Sonnenschatten tüpfelten ihr Sichtfeld, als sie in den kühleren Schatten des Hauses trat.

»Hey.« Er ergriff ihre Hand, als die Tür hinter ihm ins Schloss fiel.

Sie fühlte, wie seine Lippen die ihren in der glühenden Dunkelheit streiften. Als sie emporgriff, um seine Wange zu berühren, war die noch immer sonnengewärmt. Und auch sein Kuss war warm, ganz anders als die kalten Geister, die sie verschlang. Er fühlte sich solide an. Echt.

Anya drängte sich an ihn, gierte nach seiner Wärme. Brian wich zurück, bis er mit dem Rücken an der Tür lehnte, aber er zog sie mit sich. Seine Finger wühlten sich in ihr Haar, und er versengte ihre Lippen mit einem Kuss, so heiß, dass sie ihn bis in die Fußsohlen spürte.

Ihr Verlangen blendete für diesen einen Moment die Furcht aus, die sie vor der Nähe zu einem anderen menschlichen Wesen empfand. Sie wollte diesen Moment auskosten. Sie stellte sich auf die Zehenspitzen, um erst das eine, dann das andere geschlossene Auge zu küssen, und sie hörte, wie sich sein Atem in der Kehle verfing, als ihre Finger in seine Jacke glitten und über seine Brust wanderten.

Der Salamanderreif an ihrem Hals regte sich.

Nicht jetzt, dachte sie nachdrücklich.

Sie ergriff Brians Hand und führte ihn den Flur hinunter. Mit der freien Hand löste sie den Salamanderreif von ihrem Hals. Sie hatte ihn noch nie abgenommen, aber nun warf sie den zappelnden Reif auf den Toilettentisch im Badezimmer, wo er mit einem lauten Klimpern landete.

»Du ...«, setzte Brian an.

Sie legte einen Finger auf seine Lippen und zog ihn in das dunkle Schlafzimmer. Rotes Licht sickerte durch die Fensterläden und malte Streifen von Sonnenschein und Schatten auf Anyas Bett. Gegenüber dem Bett stand Sparkys Hundekorb, den er nie benutzte, umgeben von seinen Spielsachen. Für einen Augenblick fühlte sie sich schuldig. Sie wandte sich von dem Anblick ab und schlang die Arme um Brians Hals.

An der Wand hielt das finstere Porträt von Anya über die Schulter hinweg Wache, während die echte Anya Brian in den kunstvollen magischen Kreis auf dem Boden des Schlafzimmers hineinzog. Der Kreis war unvollendet. Von Süden bis Südosten war er offen. Anya schloss die Lücke, in dem sie den Gürtel ihres Morgenrocks mit den Füßen zurechtschob. Einmal geschlossen, würde dieser Kreis alle magischen Kreaturen fernhalten. Sogar Salamander. Sie hatte nicht die Absicht, Brian zu erzählen, woher sie diesen kleinen Trick kannte und dass er ihr von dem Mann beigebracht worden war, der das Porträt der Ischtar gemalt hatte.

Brian legte die nackten Hände um ihre bloße Kehle. Sie schwelgte in dem Gefühl seiner Finger auf ihrer Haut, als diese sie liebevoll auszogen. Anya schaffte es eher unbeholfen, ihm das Hemd über den Kopf zu ziehen, und war sofort gebannt von Brians kraftvoller Bauchmuskulatur. Das war nicht der Körper eines Programmierers; er hatte die sehnige Gestalt eines Soldaten. Fasziniert strich sie mit der Hand über seine Leibesmitte, ertastete die Muskeln und mit ihnen jedes kleine Zucken.

Ihre Bluse rutschte über ihren Rücken, und die Knöpfe fühlten sich auf ihrer Haut so heiß an wie Münzen auf sonnengeflutetem Asphalt. Reflexartig zuckten ihre Hände hoch, um die Narben auf ihren Brüsten zu verdecken, aber er schob sie weg, und seine Finger und Lippen erkundeten jede Rille, jede Delle.

In einem Gewirr aus Kleidungsstücken fielen sie auf das Bett. Anya grollte verärgert, als sie sich als unfähig erwies, den sturen Knopf an Brians Jeans zu lösen, bis sie es beim dritten Versuch dann doch schaffte, nachdem Brian sich auf den Rücken gedreht hatte und sie rittlings auf ihm hockte.

»Du«, flüsterte er und umfasste mit beiden Händen ihr Gesicht. Nie zuvor hatte Anya ein einzelnes, ganz gewöhnliches Wort gehört, das zugleich so unendlich liebevoll und eindringlich geklungen hatte.

Er drehte sich mit ihr und breitete all diese prachtvolle Hitze über ihrem Körper aus. Sie umschlang ihn. Ein Sonnenstrahl huschte über Anyas Augen und blendete sie, als er sich in ihr regte.

In der flirrenden Hitze der untergehenden Sonne vergaß Anya alles. Sich selbst, die spontane menschliche Selbstentzündung, die DAGR. Sie vergaß sogar den Salamander, den sie aus dem Kreis ausgesperrt hatte.

Sie vergaß alles bis auf: »Du.«

Die Sonne schwand aus dem Tag, und Anyas Kopf lag im grauen Dämmerlicht der Nacht auf Brians Brust. Der regelmäßige Schlag seines Herzens war beruhigend und gerade laut genug, um Sparkys Tapsen jenseits des magischen Kreises zu übertönen. Dann und wann tauchte seine Schnauze in Sichthöhe auf, wenn er sich winselnd auf die Hinterbeine erhob. Gelegentlich, wenn Sparky den Leuchtfreund betatschte, eines der wenigen Spielzeuge, die auf Resonanz gestoßen waren, sah sie auch Licht in der Nähe des Hundekorbs aufflackern, den sie in einer Ecke des Raums untergebracht hatte. Anya tat ihr Bestes, um ihn zu ignorieren, und presste das Ohr noch etwas fester an Brians Brust.

Das Licht der Straßenlaternen sickerte durch die Fensterläden herein und fiel auf das Ischtar-Gemälde an der Wand. Das in die Farbe gemischte mineralische Pulver funkelte in der Düsternis wie der Quarz in Bernies Geisterfalle. Wie sie dem Betrachter auf dem Bildnis entgegenblickte – kühl, distanziert, machtvoll –, wurde sie wieder einmal daran erinnert, wer sie nicht sein wollte. Aber sie fühlte sich jetzt auch nicht wie Ischtar. Sie fühlte sich warm und sicher.

Brians Finger erkundeten ihren nackten Hals. »Ich hab dich noch nie ohne diesen Reif gesehen.«

Anya zog das Laken unters Kinn. »Ich hab ihn getragen, solange ich mich erinnern kann.«

»Und deine Mom hat ihn dir gegeben? Sie hat dir Sparky gegeben?«

»Sozusagen.« Sie biss sich auf die Lippe und überlegte, wie viel sie ihm erzählen sollte. Irgendwie schien es hier, in der Dunkelheit, einfacher, sich ihm zu offenbaren, denn hier sah sie ihm nicht in die Augen. Sie konnte aus ihrer Position nun nicht einmal mehr das Ischtar-Gemälde sehen, diese Repräsentation ihrer dunklen Seite. Anya hörte, wie Sparky vom Schlafzimmer ins Badezimmer und wieder zurück tapste, eine nervöse Patrouille, bei der seine Klauen auf dem Boden tickten wie eine Uhr. Es war an der Zeit, Brian die Wahrheit zu sagen.

Und doch fürchtete ein Teil von ihr noch immer, zurückgewiesen zu werden, und es dauerte ein paar Minuten, bis sie das Beben ihrer Stimme unter Kontrolle hatte. »Als ich zwölf war, ist unser Haus abgebrannt. Es war meine Schuld ... ich hab mich runtergeschlichen, um die Christbaumbeleuchtung wieder einzustöpseln, und bin davor eingeschlafen. Als ich aufwachte ...« Ihre Stimme brach, und Brian streichelte ihr Haar.

»Als ich aufwachte, stand das Zimmer in Flammen. Durch den Sauerstoffmangel wurde das Feuer ins Obergeschoss gesogen, wo meine Mutter schlief. Sie hatte keine Chance.«

Anya biss sich auf die Lippe und lauschte Brians beschleunigtem Herzschlag, versuchte, das Urteil herauszuhören, das sich dahinter verbergen musste.

»Das war nicht deine Schuld«, murmelte er schließlich nah an ihrem Kopf.

»Das hat der Priester auch gesagt. ›Nicht meine Schuld.‹ Aber es hat sich für mich anders angefühlt. Und das tut es noch.« Anya rieb sich die Nase, die plötzlich lief. »Der Reif – Sparky – ist alles, was mir aus diesem Leben geblieben ist.«

»Du bist mit ihm aufgewachsen?«

»Ja. Er war immer da. Ich weiß nicht, wo meine Mom ihn herhatte. Sie hat mir erzählt, er hätte zusammengerollt in meinem Kinderbett geschlafen. Er war mir immer ... ein Beschützer. In der Nacht des Feuers hat er mich aus dem Haus gezerrt.« Anya blinzelte gegen ihre verschwommene Sicht an und fühlte sich schlecht, weil sie den Salamander aus dem Bett vertrieben hatte. Sie hob den Kopf und lauschte. Sparky wanderte nicht mehr umher. Zweifellos lag er schmollend in irgendeiner Ecke des Hauses und überlegte, welche Kabel er annagen sollte. Anya hatte nicht daran gedacht, sich einen magischen Kreis um den neuen Fernseher ziehen zu lassen, aber nun zog sie es in Erwägung.

»Er hat Glück, dass er dich hat.«

Anya setzte eine nachdenkliche Miene auf. Der Salamander war untrennbar mit ihr verwoben. Selbst wenn sie wollte, sie könnte sich niemals ganz von ihm lösen.

Aber in dieser einen Nacht genoss sie die Stille und die kühle Luft auf der bloßen Haut ihres Halses, während sie schlief.

Im grauen Licht der Morgendämmerung erwachte sie, schlängelte sich aus Brians Armen und trottete ins Badezimmer. Eine Gänsehaut breitete sich auf ihrem Körper aus, und sie schnappte sich den Morgenmantel, der an einem Haken im Badezimmer hing.

Sie schaltete das Licht an, griff nach dem Salamanderreif auf dem Tischchen und legte ihn um ihren Hals. Aber er fühlte sich kalt an, leer. Panik machte sich in ihrem Bauch breit.

»Sparky?«, flüsterte sie.

Ein leises Tschirpen erscholl aus der Badewanne hinter dem mit Cartoon-Gummienten verzierten Duschvorhang. Anya zog den Kunststoffvorhang zur Seite und keuchte auf.

Das Innere der Badewanne war von einem kristallinen Belag überzogen wie das Innere einer Druse. Der Salamander lag mitten in der Wanne, zusammengerollt um etwas, das aussah wie ein Haufen Murmeln. Müde blickte er zu ihr empor und trillerte.

Anya ging neben der Wanne in die Knie und streckte die Hand aus, um ihn zu streicheln. »Was ist passiert? Geht's dir gut?«

Der Salamander leckte ihr Handgelenk und ließ den Kopf wieder auf die Murmeln sinken. Anya streichelte seine Körperseite. Die Haut über seinen Rippen fühlte sich schlabbrig an.

Vorsichtig ergriff sie eine der Murmeln. Sie erinnerte an die gläsernen Katzenaugenkugeln, mit denen sie als Kind gespielt hatte. Aber sie war warm und rau wie die Oberfläche eines Steins. Anya hielt sie ins Licht der Badezimmerlampe und sah, wie es durch die geriffelte Oberfläche drang.

Beinahe hätte sie die kleine Kugel fallen lassen, als sie darin einen winzigen Salamander entdeckte, zusammengerollt zu einer fötalen Haltung.

»Oh, Sparky, was hast du getan?«

KAPITEL ACHT

»Du sagst, ein Salamander hat in deiner Badewanne Eier gelegt?« Ciro legte seine Gabel beiseite.

Anya saß auf ihrer Couch und rieb sich die Stirn. Katie tätschelte ihr die Schulter und reichte ihr ein Stück Kuchen auf einem Pappteller. Auf dem Sofatisch stand ein Blechkuchen, auf dem der Schriftzug »Herzlichen Glückwunsch, Anya und Sparky« über dem Zuckergussbild eines Storches prangte. Die Küchenhexe hatte einen schrägen Sinn für Humor, aber wenigstens war es Schokoladenkuchen.

»Ja, genau das hab ich gesagt«, entgegnete Anya.

Ciros Augen leuchteten vor Aufregung.

Ein Heulen hallte über die Fliesen im Badezimmer, und eine Tür krachte ins Schloss. Brian schlurfte verschlafen über den Korridor und hatte eine Videokamera in der Hand. »Hast du gewusst, dass dein Salamander Türen zuschlagen kann?«

»Das hat er bisher noch nie getan«, sagte Katie mit einem Mund voller Kuchen.

»Das ist nicht überraschend«, meinte Ciro. »Er ist wahrscheinlich vollgepumpt mit Hormonen und besitzt darum auch verbesserte Fähigkeiten.«

»Hör auf, ihn zu belästigen«, blaffte Anya. Sie fühlte sich schuldig, weil sie den armen Salamander hatte niederkommen lassen. Ganz allein. In einer Badewanne. Sie drehte sich zu Ciro um. »Ich, äh, ich dachte, Sparky wäre ein Junge. Ich meine … ich hab nie wirklich nachgesehen. Wie zum Teufel konnte das überhaupt passieren? Gibt's denn irgendwo eine Mrs Sparky?« Fragen über Fragen. Sie war froh, dass Katie Ciro hergebracht hatte, und noch erfreuter war sie, dass Katie klug genug gewesen war, Jules nicht mitzubringen. Jules hätte vermutlich versucht, den Nachwuchs zu ermorden.

Ein Bröckchen Zuckerguss klebte an Ciros Bart. »Für Elementargeister ist das Geschlecht bedeutungslos. Du hast ihm irgendwann einmal ein Geschlecht zugewiesen, und er hat sich nicht dagegen gewehrt.«

»Das ist gewissermaßen wie bei den Engeln«, sagte Katie. »Gabriel wird mal als männlich und mal als weiblich dargestellt, aber er/sie/es ist eine geschlechtslose Macht. Das Geschlecht ist nur eine Illusion, die es uns gestattet, leichter eine Beziehung zu ihnen aufzubauen und mit ihnen umzugehen.«

Anyas Blick traf auf Brians, und sie errötete. »Also, wo kommen die Eier her? Ich habe hier keine anderen Salamander herumkriechen sehen.«

»Parthenogenese.« Ciro leckte seine Gabel ab. »Das ist in der Natur recht verbreitet. Manche Arten von Bienen, Haien und Echsen reproduzieren sich eingeschlechtlich, wenn kein passender Partner greifbar ist. Komodowarane auch. Unter den Schienenechsen gibt es mehrere Arten, die sich ausschließlich parthogenetisch reproduzieren. Es muss dafür nur die biologische Notwendigkeit der Reproduktion mit einem Mangel an Partnern des anderen Geschlechts zusammentreffen.«

»Dann ist das die normale Reproduktionsweise eines Salamanders?«

Katie schnitt ein weiteres Stück Kuchen ab. »Den Legenden zufolge reproduzieren sich Salamander einmal alle hundert Jahre, und das tun sie, wenn sie der Ansicht sind, dass sie einen passenden Beschützer gefunden haben. Es gibt Gerüchte, dass das Feuer, in dem Johanna von Orleans verbrannt ist, Hunderte von Salamandern ausgebrütet haben soll.«

Ciro wischte sich die Hände an einer Serviette ab. »Das wusste ich noch nicht.«

»Ich glaube, das ist ein Crowleyismus.«

»Ah. Das erklärt einiges. Crowley hatte einen Haufen Scheiße im Kopf.« Ciro wedelte mit dem Finger vor Katies Gesicht. »Glaube niemals etwas, das er gesagt hat, ohne eine unabhängige Bestätigung.«

»Ich bin nicht die verdammte Jungfrau von Orleans.« Anya kniff sich in den Nasenrücken, nicht bereit, zuzulassen, dass dieses Gespräch zu einer Debatte darüber verkam, welche Angehörigen des Golden-Dawn-Ordens nun die härteren Eier hatten. »Und ich will nicht verbrannt werden.«

»Nun, das liegt auf der Hand. Aber Sparky scheint der Ansicht zu sein, dass du eine Heldin bist und stark genug, um die Babys zu beschützen.«

»Wie lange dauert es, bis sie schlüpfen? Was muss ich dann tun? Wie kümmere ich mich um sie?«, jammerte Anya.

»Sieht ganz so aus, als würde Sparky das ganz gut selbst hinkriegen«, murmelte Brian, der über dem blauroten Lichtschein einer Wärmebildkamera kauerte. Es schien sich nicht um eine normale Kamera zu handeln, eher um etwas, das Brian notdürftig aus Kabeln und einer Leiterplatte zusammengebastelt und mit Klebstreifen in ein Gehäuse geklebt hatte. Er richtete sie auf die Wand zwischen Küche und Badezimmer. Anya konnte den roten Leib des Salamanders ausmachen, der sich schützend über einen Haufen orangefarbener Eier gerollt hatte. Sie zählte einundfünfzig dieser kleinen Punkte. Und sie versuchte, sich vorzustellen, was passieren würde, wenn ihr einundfünfzig Mini-Sparkys um die Füße rannten.

Chaos würde ausbrechen.

»Hält er sie warm?«

Ciro grinste. »Wärme werden sie brauchen. Immerhin sind sie Feuerelementare. Wie lange es dauern wird, bis sie ausgebrütet sind, weiß ich allerdings nicht. Du darfst nicht vergessen, ich bin nur ein Theoretiker. Ich praktiziere keine Magie.«

Katie kicherte. »Ich kann es gar nicht mehr abwarten, eine Babyparty für dich zu schmeißen.«

Anya bedachte sie mit einem finsteren Blick. »Ich muss morgen arbeiten. Aber ich kann doch Sparky nicht mit diesen Eiern allein lassen.«

Katie arbeitete sich durch das nächste Stück Kuchen. »Ich glaube, wir sollten ein paar magische Schutzmaßnahmen zusammenbasteln, Banne und so, um das Nest abzuschirmen. Dann fühlt Sparky sich vielleicht sicherer. Aber wir sollten damit warten, bis er sich wieder ein bisschen beruhigt hat.«

Anya stützte den Kopf auf die Hände. »Scheiße. Ich werde Mutter.«

Katie zeigte mit ihrer Gabel auf sie. »Du brauchst ein paar Vorräte. Wir lassen die Jungs hier, und ich gehe mit dir einkaufen.«

Anya musterte sie argwöhnisch. »Einkaufen?«, wiederholte sie. »Wo?«

Katie grinste sie mit einem verschlagenen Funkeln in den Augen an. »In der Hölle«, sagte sie. »Ich bringe dich in die Hölle.«

Der Mega-Baby-Supermarkt türmte sich über dem Parkplatz auf. Er strotzte nur so vor Pink und Blau, und Anya fror in seinem kalten Schatten. Schwangere Frauen watschelten hinein und heraus, einige in Rudeln, andere zogen ihre wie betäubt wirkenden Männer an der Hand hinter sich her. Neumodisches Babyzubehör stand in den Schaufenstern; Anya glaubte, dass es sich in den meisten Fällen um Kinderwagen handelte, aber sicher war sie nicht. Die meisten sahen aus wie außerirdische Raumfahrzeuge auf Rädern.

»Nein, da gehe ich nicht rein!« Anya stemmte die Absätze in den Boden und umklammerte den Salamanderreif an ihrem

Hals. Sollte Sparky da drin sein, so verhielt er sich sehr, sehr ruhig.

Anya hatte sich erst am späteren Nachmittag dazu durchgerungen, das Haus zu verlassen. Sie wusste nicht, ob Sparky ihr folgen oder in seinem Nest bleiben würde. Sie wusste nicht einmal, ob er eine Wahl hatte. Wie dem auch sei, sie musste Vorsorge treffen. Sie ließ Brian mit der Anweisung zurück, sich von Zeit zu Zeit ins Bad zu schleichen und den Haartrockner auf die Brutstätte zu richten. Ciros grober Schätzung zufolge hatte das Nest etwa die Temperatur eines menschlichen Körpers, solange Sparky drauf lag, und diese Temperatur musste aufrechterhalten werden.

Anya und Katie gingen zuerst in eine Zoohandlung, um eine Kiste Wärmekissen für Eidechsen zu kaufen. Sie waren mit Eisenpulver gefüllt und spendeten, wenn sie aktiviert wurden, vierzig Stunden lang Wärme, ohne dafür an das Stromnetz angeschlossen zu sein. Die Vorstellung, eine elektrische Heizdecke vom Discounter zu benutzen, hatte Anya sofort verworfen – wenn die kleinen Lümmel auch nur die geringste Ähnlichkeit mit Sparky hatten, würden sie das Ding im Handumdrehen kurzschließen und das Haus niederbrennen. Der Verkäufer in der Zoohandlung dachte wahrscheinlich, sie gehörten einem Leguan-Schmuggelring an, der die Echsen in die ganze Welt verschickte.

Und in einem Laden für Outdoor-Equipment hatte sich Anya sogar darauf eingelassen, vierhundert Dollar in einen für Arktisexpeditionen geeigneten, mit Gore-Tex isolierten Schlafsack zu investieren.

Aber vor diesem Babygeschäft zog sie die Notbremse. »Was zum Teufel sollen wir da überhaupt?«, grollte sie.

Katie konsultierte ihre Einkaufsliste. »Wir brauchen eine Nachtlampe – wir wollen doch nicht, dass die Babys im Dunkeln schlüpfen. Außerdem brauchen wir ein Thermometer, um die

Temperatur im Nest zu überwachen. Und vielleicht finden wir auch noch ein paar andere nützliche Dinge. Ich hatte auch an ein Babyphone gedacht, aber Brian, unser verrückter Wissenschaftler, kann vermutlich etwas technisch weit Ausgefeilteres zusammenbasteln.« Katie wackelte mit den Brauen. »Du weißt schon, damit du hören kannst, was los ist, wenn du gerade anderweitig beschäftigt bist. Mit Schlafzimmeraktivitäten.«

Anya klappte den Mund auf und wieder zu. Besser, sie ließ die Stichelei unkommentiert. Eine Hexe anzulügen hatte so oder so keinen Sinn. »Salamander vermehren sich schon seit Tausenden von Jahren ohne all diesen ...«, sie wedelte mit der Hand in Richtung der Furcht erregenden Fassade, »... Mist.«

»Hör auf zu meckern. Lass uns kaufen, was wir brauchen, und wieder verschwinden.« Wie ein Sergeant, der einen widerstrebenden Rekruten mitschleifen musste, zerrte sie Anya in den Laden.

»Du bist so ... mütterlich.«

»Zum Teufel mit dir, Anya. Gib mir deine Kreditkarte.«

Dieser Ort machte ihr mehr zu schaffen als jedes Spukhaus. Der Östrogengehalt in diesen Hallen war viel, viel zu hoch. Alles hier war in Pastell und/oder kunterbunt gehalten: Hochstühle, Kindersitze, Dinge mit Federn und Plastikteilen. Stofftiere mit komischen Knopfaugen gafften ihr entgegen. Gleich daneben türmten sich Tuben mit dem schönen Namen »Popopaste« auf sowie Hundert-Dollar-Stoffbeutel für den Transport von Windeln. Kaufhausmusik berieselte die Kundschaft mit einer Dampforgelversion von »Puff, the Magic Dragon«.

Anya sah etwas, das aussah wie ein Kosmetiktuchspender. »Was zur Hölle ist das?« Sie las die Aufschrift auf der Seite: »›Feuchttuchwärmer.‹ Muss man die Dinger wirklich erst erwärmen, ehe sie mit einem Babyarsch in Berührung kommen dürfen?«

Eine sehr schwangere Frau, die einen rosaroten Kinderwagen durch den Gang schob, bedachte sie mit einem giftigen Blick. Anya fiel auf, dass die Bewegungen der Frau Sparkys Gewatschel während der letzten paar Wochen ähnelten. Wieder fühlte sie sich schuldig, doch nicht wegen ihrer verbalen Entgleisung, sondern weil sie auf ganzer Linie versagt und Sparkys Zustand nicht wahrgenommen hatte.

»Schätze, fluchen ist hier drin auch verboten.« Sie trottete hinter Katie her, die bereits zwei Kartons im Einkaufswagen verstaut hatte und nun versuchte, so zu tun, als kenne sie Anya nicht. Vor einer Wand voller Thermometer blieb sie stehen.

Anya stocherte auf etwas herum, das aussah wie ein Hämorrhoidenkissen, das lediglich zum »Kleinkinder-Stützkissen« umgelabelt worden war. Gleich darauf entdeckte sie eine Plastikapparatur mit einer Art Rüssel und Schläuchen, die an einen Tintenfisch aus einem miesen Science-Fiction-Film erinnerte.

»Ernsthaft, wofür ist all das Zeug hier?«

Katie sah sich über die Schulter um. »Das ist eine Milchpumpe.«

»Eine was?« Anya zog hastig die Hand zurück.

»Wurdest du von Wölfen aufgezogen? Man benutzt sie, um Muttermilch abzupumpen und für später aufzubewahren.« Katie hielt eine Packung mit einer gelben Gummiente hoch. »Dieses Thermometer ist für Badewasser gedacht. Bei einer Temperatur von über achtunddreißig oder unter siebenundzwanzig Grad schlägt es Alarm.« Sie musterte die Regale. »Sieht aus, als wären die anderen alle für rektale Messung gedacht.«

»Gib mir das Ding.« Anya riss ihr die Plastikente aus der Hand. »Sind wir endlich hier fertig?«

»Wir brauchen noch Nestchen.«

»Was zum Teufel sind Nestchen und wozu brauchen wir so was? Die Molche haben doch schon ein Nest.«

Katie verdrehte die Augen und führte Anya in den Gang mit der Bettwäsche.

Anyas Blick fiel auf eine Unmenge Laken, Decken, Bettvolants und Betthimmel aus Biobaumwolle. »Das ist lediglich eine Polsterung für die Bettumrandung. Wir brauchen es, damit sich die Molche nicht an den scharfen Kanten der Kristalle verletzen. Außerdem können wir es als Isolierung brauchen.«

Anya starrte Katie an, die sich durch bunte, in Plastik eingeschweißte Wäscheberge tastete. »Ganz im Ernst: Woher weißt du all diesen Kram?«

Katie musterte sie mit grimmigem Blick. »Ich musste damals diese verdammte Höllenbabyparty für meine Schwester schmeißen, als sie Zwillinge bekommen hat. Für über hundert Leute.«

»Das tut mir leid.«

Anya spürte ein vages Zucken am Hals. Sparky war also doch mit ihr gekommen. Aus dem Augenwinkel sah sie Sparky auf ihrer Schulter stehen, den Kopf nach oben gereckt. Anya folgte seinem Blick. Über ihnen baumelte ein Mobile aus Monden und Sternen. Er reckte sich, um nach den gelben Plüschsternen zu schlagen, und quiekte begeistert, als die ein musikalisches Klimpern ertönen ließen, gefolgt von der Melodie von »Twinkle, Twinkle Little Star«. Anya kniff die Augen zu und malte sich aus, wie diese Musik sie des Nachts wachhalten würde. Sparky liebte es, seinen Leuchtfreund im Dunkeln zu aktivieren, in dem er ihn in der Gegend herumschleuderte. Aber der Leuchtfreund war wenigstens still.

»Kann ich Ihnen helfen, meine Damen?«

Eine Verkäuferin kam mit einem breiten Lächeln auf sie zu. Sie hatte einen Pferdeschwanz und trug einen Kittel mit einem Namensschild, das besagte: »Hi, ich bin Audrey.«

Katie deutete mit dem Daumen über die Schulter auf Anya und bedachte sie zugleich mit einem schelmischen Grinsen. »Ja, sie bekommt ein Baby. Mehrlinge, um genau zu sein.«

»Herzlichen Glückwunsch!« Die Verkäuferin faltete die

Hände vor dem Körper und strahlte – wie es schien, war sie mit dieser Kundin auf eine wahre Goldgrube gestoßen. »Wann ist es denn so weit?«

»Äh …« Anya verschränkte die Arme vor ihrem Bauch. »Das dauert noch eine Weile.«

»Wir können Sie jetzt gleich in ein Babyregister aufnehmen.« Audrey zog etwas aus dem Utensiliengurt an ihrer Hüfte, das aussah wie eine Laserpistole. Wie alles andere in dem Geschäft war auch dieses Gerät pinkfarben. »Wir richten Ihnen ein Konto ein, das erfordert nur etwas Papierkram, und dann können Sie mit dem UPC-Scanner loslegen.«

»Dem was?« Anya blinzelte verwirrt.

»Wir führen ein elektronisches Register für Ihre Freunde und Ihre Familienangehörigen. Sie benutzen den UPC-Scanner, um den Barcode der Gegenstände zu scannen, die Sie sich von ihnen wünschen.« Die Verkäuferin sprach betont langsam, als fürchtete sie, die Mehrlinge hätten Anyas Hirnflüssigkeit gesoffen. Sie demonstrierte den Scanvorgang an einem Kinderbett. Ein rotes Licht ergoss sich aus dem Rüssel des Scanners, und der Preis wurde auf einem LED-Display auf der Rückseite angezeigt: 458 Dollar.

»Jesus«, stöhnte Anya leise.

Aber Sparky war verliebt. Er stand auf Anyas Schulter und verdrehte sich den Kopf, um die UPC-Pistole und den leuchtenden, roten Laserstrahl zu beäugen, der von dem Ding ausströmte wie von einer Strahlenwaffe.

»Äh, ich hätte gern eines von denen.« Anya zeigte auf das Mobile.

»Für Ihre Wunschliste? Oder wollen Sie es gleich heute mitnehmen?«

»Ich nehme es gleich mit.« Anya konnte sich nicht vorstellen, dass irgendjemand irgendetwas würde kaufen wollen, das im Babyregister für ein Nest voller Salamander verzeichnet war.

Audrey wühlte in den Kartons am Boden. »Hier ist eines«, tschirpte sie und förderte auf magische Weise einen Tablet-Computer aus ihrem Utensiliengurt zutage, der auf den ersten Blick aussah, als wäre er deutlich besser bestückt als der von Batman. Sie reichte Anya das Pad zusammen mit einem Eingabestift. »Füllen Sie einfach das Formular aus und klicken Sie auf ›Senden‹«.

Anya überflog das Formular, in dem ihr Name, ihre Adresse, Abholdatum und so manche andere Daten abgefragt wurden. »Und was dann?«

Audrey tippte ein paar Zahlen in das Tastenfeld auf der Rückseite ihres UPC-Scanners ein. »Dann dürfen Sie mit dem Scanner losziehen.«

Auf Anyas Schulter fing Sparky an zu winseln. Sie sah in seine kugelrunden Augen und fühlte sich wieder einmal zutiefst schuldig, weil sie ihn bei der Geburt allein gelassen hatte.

»Okay«, sagte sie und kritzelte ihren Namen nebst Adresse in die Textfelder. Als Vater der Babys gab sie »Sparky Anderson« an. Das Feld, in dem die Anzahl der Kinder erfragt wurde, füllte sie mit einem Fragezeichen aus. Dann gab sie Audrey den Tablet-Computer zurück, woraufhin die ihr den Scanner reichte.

»Toben Sie sich aus«, sagte sie.

Hinter ihr hatte Katie inzwischen das Fach mit den Nestchen auseinandergenommen und hockte inmitten von in Folie eingeschweißter Baumwolle am Boden. »Können Sie mir sagen, wie flammhemmend das Material dieser Nestchen ist?«

Audrey hockte sich neben Katie und begann, über die Sicherheitsstandards von Kinderbetten zu schwadronieren.

Anya zog den Auslöser der UPC-Pistole. Ein roter Lichtstrahl glitt über die Regale, und das Gerät piepte, sobald es den Code für eine Kinderbettmatratze streifte. Sparky gluckste vor Freude.

Anya ließ den Lichtstrahl über den Boden wandern. Sparky

hüpfte von ihr herunter und rannte hinter dem Lichtpunkt her. Seine Beine rasten über den Fliesenboden, sein Schwanz war vor lauter Begeisterung hoch aufgerichtet. Als er sich auf das Licht stürzen wollte, richtete sie den Laserstrahl auf ein tief hängendes Preisschild, was ein befriedigendes Piepen hervorlockte.

Sparky drehte sich schwanzwedelnd zu ihr um: *mehr.*

Anya hob die Preispistole an, bis das Licht auf die ausgestellten Mobiles traf. *Piep. Piep. Piep.* Sparky kletterte die Regale empor und schlug nach den Mobiles. Es folgte eine Kakophonie des Klimperns, als er die elektronischen Teile auseinandersprengte. Ein paar motorbetriebene Mobiles wirbelten träge unter der Decke. Sparky lugte mit heraushängender Zunge von dem obersten Regalfach zu ihr herab, nur um gleich darauf außer Sichtweite zu verschwinden.

Anya grinste. Er hatte Blut geleckt.

Sie rannte den Gang hinunter zur nächsten Ecke, die Pistole fest mit beiden Händen umfasst. Das Ende eines Salamanderschwanzes schlängelte sich aus einem Regal. Verstohlen schlich sie näher.

Trottel, dachte sie amüsiert. *Er denkt wohl, er hätte sich gut versteckt, dabei hat er sich etwa so gut versteckt wie ein Strauß.*

Sie streckte die Hand aus und packte ihn. Ein Stofftier purzelte zu Boden: ein Plüschdrache.

Hinter ihr quiekte Sparky. Sie wirbelte herum und blickte auf. Der Salamander sprang vom höchsten Punkt eines Regals über ihren Kopf hinweg zum nächsten und landete in einer Babyschaukel. Der Mechanismus des Spielzeugs erwachte leise sirrend und wiegte ihn hin und her.

Anya richtete den Laser auf die nächste Schaukel. Sparky krabbelte aus dem Sitz und stürzte sich auf die Nachbarschaukel. Diese lief ruckartig an und beförderte Sparky zu einem Hochstuhl am Ende des Regals.

Sparky lugte zu ihr herab und wackelte mit dem Hinterteil wie eine Katze auf Mäusejagd.

Anya steckte ihm die Zunge heraus.

Sparky tat es ihr gleich, aber seine Amphibienzunge war weitaus beeindruckender.

Anya richtete die Pistole auf ein nahes Regal mit Überwachungsgeräten. Die Maschine piepte, als sie über eine ganze Reihen von Etiketten am Regal selbst streifte. Sparky sprang auf und stürzte sich auf die Geräte. Als er sie erreichte, kam es zu einer Rückkopplung, und alle Vorführgeräte, die sich auf Augenhöhe befanden, fiepten und kreischten schauerlich. Eine Frau, die mit einem Hosenmatz im Schlepptau und einem Einkaufswagen den Mittelgang herunterkam, hielt dem kleinen Jungen die Ohren zu. Als sie sah, dass aus einem der Lautsprecher Rauch aufstieg, hob sie vorsichtig den Karton, der ein ebensolches Gerät enthielt, aus ihrem Einkaufswagen und ließ ihn auf dem Boden zurück.

Als Anya sich wieder umwandte, war Sparky verschwunden. Einkaufswagen und Kleinkindern ausweichend, durchsuchte sie die Gänge nach ihm. Eine Schar bunt gekleideter Damen stürmte zu den schadhaften Mobiles und Babyphones und versuchte, sie abzuschalten. Anya schob sich an ihnen vorbei und ließ den Laserstrahl über den Mittelgang gleiten in der Hoffnung, Sparky so aus seine Versteck hervorlocken zu können.

Aus dem Gang mit dem Badezubehör hörte sie ein hysterisches Quäken, das sich anhörte, als würde ein Hund gerade eine Ente zerfetzen. Sie bog in den Gang ein und sah, dass der Boden mit Plastiktintenfischen und Gummienten übersät war. Kurz blieb sie stehen und ergriff eine der Enten. Sie war lavendelfarben, mit Glitter überzogen und hatte einen süßen, schläfrigen Gesichtsausdruck. Sie drückte sie zusammen, und der elektronische Lautsprecher im Inneren quakte. Anya klemmte sich das Spielzeug unter den Arm. Es wäre eine gute Ergänzung für ihre Gummientensammlung. Und mit ein bisschen Glück hätte Sparky den Lautsprecher schon bald auf dem Gewissen.

Sparkys Schwanz zuckte um eine Ecke, und Anya folgte ihm einen unvorstellbar langen Gang voller Windeln hinunter. Der Scanner traf auf die Preisschilder von Windeln aus Biobaumwolle, Wegwerfwindeln für Säuglinge, Lauflernwindeln, Windeln für Kleinkinder ... und es dauerte nicht lange, bis Amphibienpfoten aus einem Regal hervorschossen, um den Lichtpunkt zu fangen.

Ein erschöpft wirkender Mann mit Ringen unter den Augen sah ihr fasziniert zu. »Wie viele Kinder haben Sie eigentlich?«

Anya räusperte sich. »Äh ... einige.«

Der Mann, der ein Jumbo-Paket mit Windeln umklammert hielt, schüttelte konsterniert den Kopf. »Nun denn, wir haben nur eines. Viel Glück.«

Anya rang sich ein schwaches Lächeln ab und entwischte in den nächsten Gang, um die Suche nach Sparky fortzusetzen.

Sie entdeckte ihn in der Abteilung für Lehrvideos. Aufgenommenes Kinderlachen lieferte die Begleitmusik. Die beiden Fernsehgeräte neben ihm hatten einen Kurzschluss und verbreiteten den Gestank von verbranntem Gummi. Eine Verkäuferin mühte sich nach Kräften, einen Feuerlöscher von der Wand abzunehmen. Anya erbarmte sich, hob das Ding von der Wand und überzog die beiden kurzgeschlossenen Geräte mit einer hübschen Lage Schaum. Das machte fast so viel Spaß wie das Glasieren eines Kuchens.

Sparky regte sich nicht. Anya stellte den Feuerlöscher ab und baute sich mit vor der Brust verschränkten Armen hinter ihm auf. Ein sich wiederholender Wirbel aus Grundfarben spiegelte sich in seine Augen, und seine Kiemenwedel zuckten.

»Das begreife ich nicht.«

Sparky trillerte, ohne die Augen vom Bildschirm abzuwenden. Seine Pupillen waren vollständig erweitert, sodass seine

Augen so schwarz waren wie Obsidian. Anya wischte den Löschschaum von dem DVD-Ständer. *Baby-Scharfsinn* warb damit, lehrreich zu sein, aber Anya konnte rein gar nichts Lehrreiches an kreisenden Farben vor dem nervenaufreibenden akustischen Hintergrund unentwegten Babygelächters erkennen. Aber immerhin war die Sache entschieden leiser als das Mobile oder die Gummiente.

Sie las den Text auf der Rückseite der Verpackung. »›... fördert und stimuliert die zunehmenden intellektuellen Fähigkeiten Ihres Kindes.‹« Sie sah Sparky an und hob eine Braue. »Wenn ich dir das kaufe, versprichst du dann, dass deine Kinder Raketentechniker werden und mich im Alter unterstützen?«

Sparky zwitscherte und legte den Kopf schief, als wäre er lobotomisiert worden. Anya verbuchte es als Zustimmung. Trotzdem war es unheimlich, wie er am Bildschirm klebte. Und Anya war nicht überzeugt, ob das gut war.

Eine halbe Stunde später schoben Katie und sie zwei volle Einkaufswagen auf den Parkplatz. Ihre Ausbeute umfasste Nestchen, eine mit grünen Geckos bedruckte Kinderbettmatratze, allerlei Hilfsmittel zur Temperaturkontrolle, eine Hand voll Gummienten, zwei DVDs, ein Mobile und einen großen Stoffdrachen – damit die Molche nicht allein waren, wenn Sparky mal nicht zugegen war. Hinter ihnen entströmte ein eigenartiger Brandgeruch dem Geschäft, und in der Ferne heulte eine Sirene. Ganz oben auf Anyas Einkaufswagen ritt Sparky auf den Paketen wie ein Pirat am Ruder seines Schiffs.

»Das hat Spaß gemacht«, sagte Anya durchaus aufrichtig, obwohl sie ein schlechtes Gewissen hatte wegen der Verwüstung, die sie und Sparky über das kunterbunte Königreich gebracht hatten. Sie versuchte, sich mit dem Gedanken an das Geld zu trösten, das die Versicherung bezahlen würde. Und damit, dass sie Waren im Wert von Hunderten von Dollar auf ihre persönliche Wunschliste gesetzt hatte. Das, so sagte sie sich im Stillen, sollte Ausgleich genug sein. Vielleicht.

Katie schob ihren Wagen und verdrehte die Augen. »Ja, ich hab den Betrag gesehen, den die Kasse für deinen Wunschzettel angezeigt hat.«

Anya wedelte mit der Hand über einem Stapel Waschlappen, die mit gelben Enten bestickt und mit einem hübschen Band zusammengebunden waren. »Ich hab für meine Anmeldung ein Geschenk bekommen. Und einen Schuhkarton voller Registrierkarten, mit denen ich anderen Leuten sagen soll: Kauft den Scheiß für mich. Aber ich glaube, Sparky war enttäuscht, weil sie uns den Scanner nicht überlassen wollten.«

»Ja. Nachdem du Babyausstattung im Wert von fünftausend Dollar auf dich registriert hast. Gut gemacht.« Katie grinste spöttisch. »Jetzt wirst du bis in alle Ewigkeit in deren Adresskartei stehen.«

»Scheiße«, sagte Anya. »Andererseits ... vielleicht können wir ja noch mal herkommen, wenn sie uns ein paar Gutscheine schicken.«

»Ich hab immer noch ein schlechtes Gewissen, dass ich sie unbeaufsichtigt gelassen habe.«

Anya ging im Korridor auf und ab und lugte immer wieder ins Badezimmer. Sparky saß schnurrend in seinem Nest. Und um dieses Nest war noch mehr Aufhebens gemacht worden, als sie erwartet hatte. Auf dem kristallinen Belag in der Badewanne lagen die mit grünen Geckos verzierte Matratze und die Nestchen, über den Eiern war der Gore-Tex-Schlafsack ausgebreitet worden. Der grüne Plüschdrache thronte als Elternersatz mit dem Hintern auf der Seifenschale. Sparky hatte es Anya gestattet, die Eier in der Wanne zu bewegen: Einundfünfzig Salamanderbabys warteten darauf, zur Welt zu kommen. Bei dem

Gedanken kniff Anya die Augen zu und rieb sich die Schläfen.

Da sie nicht wusste, wann der große Moment stattfand, hatte sie den Stöpsel in den Abfluss gerammt und den Zulauf mit Klebeband verschlossen. Zuvor hatte sich in ihrem Kopf ein neurotischer Albtraum abgespielt, in dem die frisch geschlüpften Salamanderbabys durch den Abfluss flutschten oder am Duschkopf hingen. Sparkys Mobile klimperte leise. Es schaltete sich in unregelmäßigen Abständen ein und aus, aber da es mit Batterien betrieben wurde, nahm Anya an, dass die Brandgefahr ziemlich gering war.

Sie kniete sich vor die Wanne, um die Anzeige des Gummienten-Thermometers abzulesen. Das Gerät war darauf ausgelegt, Alarm zu schlagen, falls es im Nest wärmer oder kälter war als in Badewasser. Als sie es nun unter Sparky hervorzog, zeigte es 31,4 Grad an. Sie hoffte, diese Temperatur mit Hilfe der Reptilien-Wärmekissen aufrechterhalten zu können, wenn sie Sparky mit zur Arbeit nahm.

Anya musterte Sparky, der zusammengerollt im Nest lag, und schluckte. Sie wusste, das Wesen würde ihr folgen, wo immer sie hinging – er war an den Reif gebunden, aber sie mochte ihn nur ungern eine gewisse Zeit von seinem Nest fernhalten. Sparkys natürliche Neigung war es von jeher gewesen, ihr zu folgen, aber …

… vielleicht konnte sie ihn ja doch eine Weile hier zurücklassen. Bilder ihres bis auf die Grundmauern abgebrannten Hauses zogen vor ihrem inneren Auge vorüber. Sie hatte Sparky noch nie allein gelassen. Welche furchtbaren Dinge würden in ihrer Abwesenheit wohl geschehen?

»Hübscher Arsch.«

Anya drehte sich zu dem Videoüberwachungsgerät um, das auf dem Tisch stand. Brians Stimme drang aus dem Lautsprecher, begleitet von einem blechernen Echo. Ihre Kehrseite war der Webcam zugewandt, und sie stellte fest, dass sie Brian einen wenig schmeichelhaften Anblick dargeboten hatte. »Es funktioniert also?«

»Komm raus und sieh selbst.«

Anya tätschelte Sparkys Kopf und verließ das Badezimmer. Er hatte niemandem außer Anya gestattet, den Raum zu betreten, und Anya hatte keine Ahnung, wie ihre provisorische Salamanderkrippe auf andere wirken mochte. Als Brian die Eier mit dem Haartrockner auf Temperatur gehalten hatte, hatte er, wie er ihr erzählt hatte, nichts außer dem Kristallbelag im Inneren der Badewanne gesehen. Ehe Katie Ciro nach Hause gebracht hatte, hatten sie es geschafft, einen Blick zur Tür hineinzuwerfen, während Sparky zu seinem Nest zurückgekehrt war. Beide hatten ebenfalls nichts gesehen. Anya war erleichtert, dass die kleinen Salamander die Unsichtbarkeit ihres Vaters geerbt hatten.

Im Wohnzimmer hatte Brian die Rückseite der anderen Hälfte der Überwachungsanlage geöffnet. Drähte baumelten aus dem Gehäuse heraus und verbanden es mit einem Laptop, einem Router und einem weiteren tragbaren Gerät. Brian krümmte den Finger, um Anya zu sich auf die Couch zu locken. Dann schaltete er den Monitor ein, auf dem sogleich ein Bild der Badewanne erschien.

Anya erkannte mit Schrecken, dass die Videoanlage nichts aufzeichnete. Auf dem Bildschirm war nur so etwas wie ein Schlafsack und etwas Babyausstattung zu sehen, die wie an einem Waschtag in die Badewanne befördert worden waren.

»Danke, dass du es versucht hast, Brian«, sagte sie. »Aber ich hab nicht erwartet, dass ... Oh.«

Plötzlich schaltete der Monitor zu einem rot-gelb-blauen Bild um. Anya erkannte die Umrisse der Badewanne und einen roten Salamander, der über Dutzenden orangefarbenen Punkten kauerte, die glühten wie Kohlen.

»Ich hab die Videoanlage modifiziert, sodass sie nun die Daten einer Wärmebildkamera verarbeiten kann.« Brian grinste. »Jetzt kannst du genau sehen, wo die Racker sind.«

»Das ist toll«, sagte Anya. »Gibt es eine Möglichkeit, die Übertragung online zu stellen, damit ich sie mir auch von der Arbeit aus ansehen kann? Wie bei einer Überwachungskamera?« Sie war überzeugt, dass es tonnenweise paranoide Eltern gab, die Geld in so eine Technik investiert hatten. Vielleicht konnte sie die Salamander auch aus der Ferne im Auge behalten.

»Ich hab was Besseres für dich.« Brian brachte ein schwarz glänzendes iPhone zum Vorschein, betätigte ein paar Tasten und gab es ihr. »Ich hab die Sprachsteuerung aktiviert. Nenn einfach den Namen deines Vertrauten.«

Anya beugte sich vor und sagte: »Äh ... Sparky anrufen.«

Das glänzend-schwarze Display erwachte zum Leben. Auf dem winzigen Bildschirm flackerte das Wärmebild des Salamanders in seinem Nest auf. Außerdem konnte Anya das Echo von Sparkys Geschnarche über den Lautsprecher hören.

»Oh, wow«, hauchte sie. »Kann ich das mitnehmen?«

»Du kannst es überall dort benutzen, wo es ein 3G-Signal gibt, also dürftest du sie von jedem Platz in Detroit und Umgebung sehen können. Das Signal könnte gestört werden, wenn du an einem Ort bist, der von Stahlbetonwänden umgeben oder unterirdisch ist. Und der Akku hält nur ungefähr fünf Stunden, du musst also häufig nachladen. Und vergiss nicht, den Akku regelmäßig auszutauschen.«

Anya schlang die Arme um Brians Hals. »Du bist der beste böse Geist auf dem ganzen Planeten.«

»Darum bekomme ich auch einen Haufen Kohle. Und erst die heißen Bräute«, murmelte er an ihrem Hals.

Anya konnte nicht schlafen. Ihre Gedanken überschlugen sich. Auf dem Nachttischchen neben dem Bett konnte sie das Wärmebild beobachten, das Sparky zusammengerollt auf seinen Eiern zeigte. Das Porträt von Ischtar schien sich über die Schulter zu dem Monitor umzuschauen. Rotes Licht spiegelte sich in dem mineralischen Glimmer der Farbe.

Sie fürchtete sich vor dem nächsten Tag und der Entscheidung, den Salamander allein im Haus zu lassen. Tief im Inneren wusste sie, dass Sparky bei seinem Gelege bleiben musste. Aber bei dem Gedanken, den Reif abzunehmen und ihn zurückzulassen, überkamen sie dunkle Vorahnungen.

Gestern Nacht hat es dir auch nichts ausgemacht, den Reif abzulegen, schien Ischtar ihr vorzuhalten.

Anya drückte das Kissen, das nach Brian roch, an ihre Brust. Sie fühlte sich zugleich schuldig und euphorisch. Aber es schien, als könnte sie nur dann einen Teil ihrer Seele entblößen, wenn sie einen anderen missachtete. Und wenn sie ganz ehrlich zu sich selbst war, dann musste sie zugeben, dass ihr schon das unschuldige Gefühl der Freude Gewissensbisse bereitete. Sie verdiente so etwas nicht. Und in all dem Wirrwarr leuchtete plötzlich ein Funke der Angst auf: der Angst vor Verlust, der Angst, alles zu verlieren, so wie sie als Kind alles verloren hatte.

Anya stand auf und riss Kissen und Decke vom Bett. Die Decke wie ein Cape über die Schulter geschlungen, ging sie durch den Korridor zum Badezimmer. Sparky lag, kugelförmig zusammengerollt, sodass sein Schwanz seine Kiemenwedel kitzelte, im Lichtschein eines Nachtlichts in Form einer gelben Ente.

Als Anya Kissen und Decke auf dem Boden zurechtlegte, schlug er ein Auge auf. Momentan kam er ihr hinreißend friedlich vor, aber sie fragte sich dennoch, was wohl geschehen würde, falls ... wenn ... sie ihn allein ließ. Würde er sich irgendwann langweilen und die Schutzschalter annagen?

Sorge und Furcht verfolgten sie, bis sie endlich wegdöste. Die Decke erglühte unter dem bernsteinfarbenen Lichtschein, der von Sparkys Körper und dem ungleichmäßig pulsierenden Licht der Eier selbst ausging. Anya fragte sich, ob dieses pulsierende Licht von dem Herzschlag der kleinen Molche stammte, die in ihren kugelrunden Gefängnissen zappelten. Es war ein bisschen wie damals, als sie neben dem Christbaum auf dem Boden eingeschlafen war – als wartete sie mit Sparky an ihrer Seite nur darauf, dass das Haus niederbrannte.

KAPITEL NEUN

Als Anyas Telefon klingelte, dachte sie zuerst, das Thermometer in der Badewanne würde Alarm schlagen. Panisch schoss sie hoch und kämpfte fluchend mit der Decke, die sich um ihre Ellbogen gewickelt hatte.

Sie beugte sich über die Wanne, und die fröhliche Ente verkündete, dass die Temperatur im Nest knapp über dreißig Grad lag. Sparky hob den Kopf und blinzelte ihr verärgert entgegen.

Das Telefon klingelte immer noch. Anya befreite sich aus dem Griff der Decke und stolperte über den Korridor in die Küche.

»Kalinczyk«, murmelte sie, als sie das Gespräch annahm.

»Raus aus den Federn!«, forderte eine donnernde Stimme. Es war Marsh. *Himmel!* Sie warf einen Blick auf die Küchenuhr. Bis zum Arbeitsbeginn blieben noch drei Stunden Zeit.

»Mit allem gebotenen Respekt, Captain ... was zum Teufel soll das? Es ist vier Uhr morgens.«

»Hieven Sie Ihr jämmerliches Hinterteil aus dem Bett und kommen Sie ins Detroit Institute of Arts. Ich warte dort auf Sie.«

Damit legte er auf.

»Scheiße«, grollte Anya.

Sie hatte sich noch keine Gedanken über die logistischen Probleme bei der morgendlichen Körperreinigung unter Verzicht auf die Vorzüge einer Dusche gemacht. Nach einigen Fehlversuchen schaffte sie es schließlich, ihr Haar mit Hilfe der Spülbrause im Küchenbecken zu waschen. Anschließend unterzog sie sich mit den neuen Waschlappen aus dem Mega-

Baby-Supermarkt einer Art Schwammwäsche. Sie musste zugeben, dass die Biobaumwollplüschwaschlappen nett waren. Wirklich nett.

Zitternd gelang es ihr schließlich, in ihre Arbeitskleidung zu schlüpfen, ohne sich dabei die Zähne aus dem Kopf zu klappern: schwarze Hose, kohlschwarze Bluse, schwarze Jacke. Sie legte etwas Lippenstift auf und beschloss, ihr Haar bei offenen Fenstern auf der Fahrt lufttrocknen zu lassen.

Als sie sich im Badezimmer am Waschbecken die Zähne putzte, sah sie, dass Sparky den Kopf auf den Rand der Badewanne gelegt hatte und sie beobachtete.

Entschlossen nahm Anya den Salamanderreif ab und legte ihn auf den Tisch. Kalte Wassertropfen rannten an ihrem Hals herab. Sie zog einen abwischbaren Marker aus der Tasche und ging neben der Wanne in die Knie.

»Das«, sagte sie, »ist nur zu deinem Besten.«

Sie zeichnete einen holprigen Kreis auf die Fliesen, einmal ganz um die Wanne herum. Sparky beobachtete sie dabei, und seine Kiemenwedel richteten sich sorgenvoll auf. Wenn ein magischer Kreis einen Salamander aus ihrem Bett zu verbannen mochte, dann konnte er bestimmt auch einen Salamander in der Badewanne festhalten. Selbst dann, wenn dieser Kreis schief war und teilweise über die Wand führte. Anya ließ eine kleine Lücke, um hineinzugreifen und Sparky zu umarmen.

»Du bleibst heute daheim.«

Der Salamander befreite sich aus ihrem Griff und trottete über den Badezimmerboden.

»Sparky!« Sie wusste nicht, wie sie ihn einfangen und zurückbringen sollte. Der Plan, den sie in ihrem benebelten Kopf geschmiedet hatte, hatte dergleichen nicht vorgesehen.

Sparky kletterte auf den Tisch, packte den Salamanderreif mit den Zähnen und watschelte zurück zur Badewanne. Dort drehte er sich dreimal im Kreis und knetete den Schlafsack mit den Pfoten, ehe er den Reif über dem Wasserhahn losließ.

»Okay«, sagte sie verständnislos. Aber wenn Sparky sich ihr näher fühlte, solange der Reif innerhalb des Kreises war, sollte es ihr auch recht sein.

Sie schloss den Kreis mit einem letzten Markerstrich, und Sparky kuschelte sich in sein Nest.

»Ich bin heute Abend zurück«, murmelte sie.

Als sie die Haustür hinter sich verriegelte, kratzte sich Anya geistesabwesend am Hals. Ohne den Reif fühlte sie sich nackt. Ungeschützt. In der Dunkelheit bildete sie sich ein, die Schatten um sie herum würden sich bewegen und näher rücken. Ohne ihre Alarmanlage in Form eines Salamanders fiel es ihr schwer, ihre Fantasie im Zaum zu halten.

Sie glitt hinter das Steuer des Darts und nahm das iPhone aus der Tasche.

»Sparky anrufen«, sagte sie.

Auf dem Display erschien das beruhigende, rot-orangefarbene Bild von dem Salamander in seinem Nest. Über die Audioübertragung glaubte sie, ein Schnarchen zu hören.

Anya atmete tief durch und drehte den Schlüssel im Zündschloss.

Er kommt schon klar, sagte sie sich immer wieder. Er kommt schon klar.

Allein, ihr fehlte der Glaube daran.

In den frühen Morgenstunden vor Anbruch der Dämmerung schlief noch die halbe Stadt. Die Straßenbeleuchtung summte leise, und die ersten Wagen krochen auf die Parkplätze der Vierundzwanzig-Stunden-Coffeeshops. Die Schnellstraßen waren nahezu verlassen, und die ersten Lichter in Schlafzimmern und Küchen der Reihenhäuser, die sich durch Maschendrahtzäune von der Straße abgrenzten, wurden gerade erst eingeschaltet. Die Stadt wirkte ruhig, friedlich. Aber Anya wusste, das war nur eine Illusion: Sie wusste, die Kinder träumten von Eltern, die um ihr finanzielles Überleben kämpften, Mütter und Väter unterhielten sich über verlorene Arbeitsstellen und den Umzug an einen anderen Ort. Schon jetzt bildete sich die übliche Schlange vor dem Arbeitsamt, und mehr als eine Person starrte gerade in ihr Müsli und überlegte, wie lange es wohl noch dauerte, bis die nächste Autofabrik schließen würde.

Sie bog auf die Woodward Avenue ein und brauste die Straße hinunter zum DIA, dem Detroit Institute of Arts. Das Gebäude selbst erweckte den Eindruck einer machtvollen Illusion. Licht fiel kunstvoll auf die Stufen und den ausgedehnten Vorplatz, der sich bis zur Straße erstreckte. Eine Kopie von Rodins *Denker* stand vor der Eingangstür, aber sein Gesicht lag im Schatten und verriet derzeit nicht, ob er seinen Betrachtungen nachhing oder einfach nur schlief.

Anya hätte gewettet, dass er wach war. Eine Hand voll Polizeifahrzeuge, ein Feuerwehrwagen und einige Sanitäter belagerten den Bordstein. Irgendwo in der Ferne konnte sie das Heulen einer Alarmanlage hören, die noch nicht ausgeschaltet worden war. Die Tasche mit ihrer Ausrüstung lag schwer auf ihrer Schulter und brachte ihre Waden zum Brennen, als sie sich an den scheinbar endlosen Aufstieg machte.

Sie konnte Marsh an der Glastür ausmachen, wo er im Licht der rot-blauen Signalleuchten mit Sanitätern sprach.

»Captain«, sagte sie. Marsh war stets der Erste an einem Einsatzort. Das war eines der unveränderlichen Gesetze des Universums. »Was gibt's?«

Marsh deutete mit dem Daumen über seine Schulter zur Eingangshalle. »Der Feueralarm wurde ausgelöst, und zwei Wachleute werden vermisst. Wir nehmen an, die hocken Däumchen drehend hinter der Absperrung der Sonderausstellung.«

Anyas Blick fiel auf das Wasser, das die Stufen hinabrann. »Der Schadenssachbearbeiter wird die Burschen lieben.«

»Ja, aber im Gegensatz zum Kriminallabor hat das Museum Maßnahmen ergriffen, um die Kunstgegenstände zu schützen. Stahltüren und dergleichen. Anscheinend weiß niemand so ganz genau, was sie hier alles haben, weil sich das bei Museen ständig ändert und sie sich nicht an der Brandschutzverordnung orientieren müssen.«

»Irgendwie muss man das doch herausfinden können. Sind diese Informationen nicht irgendwo aktenkundig?«

»Ich hab ein paar Angestellte aus dem Bett geholt, damit sie im Archiv nach den Unterlagen suchen. Ein verdammtes Verwaltungschaos haben die da.«

Anya verzog das Gesicht. Marsh fluchte selten, aber wenn er es tat, dann war das ein sicheres Zeichen dafür, dass man ihnen noch den Kopf irgendeines Tölpels auf einem Silbertablett servieren würde. »Sind die Wachleute in Ordnung?«

»Das wissen wir nicht genau.«

Anya legte die Stirn in Falten. »Sie wissen es nicht?«

»Erinnern Sie sich noch an die Stahltüren? Eine davon ist runtergeknallt, und wir konnten sie bisher nicht öffnen. Das DPD bemüht sich um Kreativität.« Marsh verdrehte die Augen.

Ein lautes Krachen hallte durch das Museum.

»Wunderbar«, ächzte Anya. »Können die sich nicht einfach die Codes von dem zuständigen Sicherheitsunternehmen holen? Oder von irgendeinem Museumsmitarbeiter?«

»Die zuständige Mitarbeiterin des DIA ist, wie es scheint, außer Landes, neue Kunst auf den Fidschis sammeln, und ihre Assistentin geht nicht ans Telefon. Das Sicherheitsunternehmen zeigt sich nicht übermäßig kooperativ, da anscheinend niemand in der Lage ist, diese Leute davon zu überzeugen, dass wir nicht gerade versuchen, einen Kunstraub durchzuziehen. Vermutlich werden sie jemanden herschicken.«

Ein weiteres Krachen erschütterte das Glas in den Türen.

»Aber so macht es mehr Spaß«, kommentierte Anya.

»Genau«, stimmte Marsh zu. »So macht es viel mehr Spaß.«

Anya ließ ihre Tasche neben ihren Füßen zu Boden sinken und stellte ihren Kaffee daneben ab. »Kann ich zusehen?«

»Tun Sie sich keinen Zwang an, Kindchen. Aber machen Sie Notizen – ich bin überzeugt, die Versicherung wird einen vollständigen Bericht darüber haben wollen, wie das Sicherheitssystem beschädigt wurde.«

Anya kauerte sich neben ihre Tasche und suchte ihren Overall. Wozu den Brandort noch weiter beeinträchtigen, als er es ohnehin schon war? Sie schloss den Reißverschluss bis zum Hals, zog ihre Nomex-Handschuhe an – nur für den Fall, dass es doch noch irgendwo brannte – und klemmte sich den Helm unter den rechten und die Tasche unter den linken Arm, ehe sie durch die Glastür in die Eingangshalle des Museums ging.

Wie so viele der architektonischen Wahrzeichen Detroits war auch das Detroit Institute of Arts in den 1930ern erbaut worden. Bogenfenster zogen sich bis zu der Gewölbedecke der Großen Halle empor. Rüstungen in Vitrinen wachten über den Mosaikboden und schienen Anya zu beobachten, als sie durch den Saal schritt. Ein rot leuchtendes Stroboskop warf einen höllischen Lichtschein auf das Glas, der den Eindruck vermittelte, ein Feuer rase durch die Dunkelheit.

Anya folgte dem Lärm der Sirenen. Ihre Intuition meldete sich bohrend zu Wort. Normalerweise hätte das Alarmsystem die Sprinkleranlage aktivieren müssen, sodass man überall stehendes Wasser und Pfützen vorfand. Aber da war nichts. Vielleicht hatte das Feuerunterdrückungssystem versagt, und das wäre kein gutes Zeichen.

Sie ging durch die Große Halle und dann nach rechts auf die Promenade. Vor einer Tür zu einem Ausstellungsraum, auf der

ALTE GRIECHISCHE UND RÖMISCHE KUNST zu lesen war, hielt sie inne. Ein halbes Dutzend Polizisten in SWAT-Ausrüstung wimmelte herum wie in einem Wespennest. Zwei Hünen verbeulten die Tür mit einem Gerät, das aussah wie eine Ramme. Ein Mann spielte mit einer Art Knetmasse herum. Gleich darauf winkte er die beiden Männer mit der Ramme beiseite und brachte den Sprengstoff mit einem blinkenden Zünder an der Tür an.

Toll. Das war der Raum, in dem das wirklich kostbare Zeug gelagert war, und diese Jungs waren gerade dabei, das alles in die Luft zu jagen!

»In Deckung!«, brüllte der Knetgummimann.

Anya rammte sich den Helm auf den Kopf und rannte zurück über die Promenade. Sie hatte kaum mehr als ein halbes Dutzend Schritte geschafft, da erschütterte eine Explosion das Glas über ihr. Sie sprang zurück und schirmte das Gesicht mit den Händen ab, als direkt vor ihr eine Scheibe aus einem Oberlicht herunterkam und auf dem Boden in einen glitzernden Hagelsturm zersprang. Splitter schossen über ihren Schutzanzug, und einer erwischte ihre Haut.

»Arschlöcher«, fluchte sie. Sie tat einen Schritt rückwärts und rieb sich das Knie. Das tat weh.

Dann drehte sie sich wieder zu dem Saal mit den antiken Kunstwerken zu und hoffte, dass noch etwas davon übrig war. Staub und Rauch füllten die Halle, und Anya wühlte in ihrer Tasche nach der Atemschutzmaske. Der Plastiksprengstoff hatte ein hübsches Loch in die Stahltür gesprengt, groß genug, dass das SWAT-Team hineingelangen und sich gegenseitig Befehle zubrüllen konnte. Irgendjemand schaffte es sogar, den akustischen Alarm abzuschalten, doch der hinterließ nach seinem Verstummen ein schrilles Kreischen in ihren Ohren.

Aber irgendetwas stimmte nicht. Die Polizisten zogen sich aus dem Ausstellungsraum zurück, hustend und würgend, und

Anya nahm durch die Atemschutzmaske einen ekelhaften, süßlichen Geruch war.

Scheiße.

Es gab einen Grund, warum das Museum hier auf eine Sprinkleranlage verzichtet hatte. Sie benutzten Halon zur Brandunterdrückung. Die Stahltür war eingebaut worden, um den Raum luftdicht zu versiegeln, während das Gas die Flammen erstickte ... und vermutlich auch die Wachleute im Saal.

Anya atmete tief durch. Ihre Atemschutzmaske war keine große Hilfe, wenn es darum ging, inertes Halon auszufiltern. Sie kletterte durch das Loch in der Tür und suchte sich über das verbogene Metall und die geborstenen Fliesen einen Weg ins Herz des Ausstellungsraums. Sofort erkannte sie, dass der Schadenssachbearbeiter der Versicherung gar nicht erfreut sein würde. Vitrinen aus Stahl und Plexiglas waren über vielen der Exponate zusammengebrochen, aber es sah ganz danach aus, als wäre die Büste eines Wagenlenkers umgekippt und von einem herabfallenden eisernen Schutzvorhang zerschmettert worden. Anya erkannte eine marmorne Schulter in dem Schutt.

Was sie aber wie erstarrt innehalten ließ war der unverkennbare Geruch jenseits der künstlichen Süße des Halons.

Magie.

Sie drehte sich zu einem der schweren, lederbezogenen Polstersofas in einer Ecke des Chaos um. Füße lugten unter ihm hervor.

»Hier drüben!«, brüllte sie den Jungs vom SWAT-Team zu, aber niemand kam. Anya rollte das Sofa von den Leibern.

Ein junger Mann in der Uniform eines Wachmanns umklammerte einen Feuerlöscher wie ein Kind einen Teddybären. Neben ihm lag, alle viere von sich gestreckt, ein weiterer Wachmann bäuchlings am Boden. Anya packte den Mann mit dem Feuerlöscher unter den Armen und zerrte ihn durch das Loch in der Tür hinaus aus dem Saal. Allmählich drang frische Luft in den Raum, aber nicht schnell genug.

Das SWAT-Team brüllte nach den Sanitätern. Anya schnappte einige Male nach Luft, ehe sie in den Saal zurückstürzte und die Fußgelenke des bäuchlings dort liegenden Wachmanns packte. Die Vorderseite seiner Uniform war komplett schwarz und mit ätzendem Löschschaum überzogen, und seine Arme pressten sich auf seinen Bauch. Sie zerrte ihn hinaus auf den Gang, gerade als weitere Feuerwehrleute mit Atemschutzmasken herannahten. Die beiden Wachleute wurden eilends fortgebracht, raus an die frische Luft und zu den Sanitätern, die am Bordstein warteten. Anya folgte ihnen stampfenden Schritts.

Marsh ergriff ihren Arm, als sie sich die Maske vom Gesicht riss und die frische Luft tief in ihre Lunge sog. Sie hustete sich die Süße des Halons und die Bitterkeit der Magie aus ihren Atemwegen. In einer sauerstofffreien Umgebung war eine Atemschutzmaske nicht sonderlich nützlich. So kurz sie dem Gas auch ausgesetzt war, sie fühlte sich schwindelig und elend – wie mochte es da wohl den Wachleuten gehen, die das Zeug wer weiß wie lange eingeatmet hatten.

»Was zum Teufel ist da drin passiert?«, verlangte Marsh zu erfahren.

Anya schüttelte den Kopf und krächzte: »Das ist ein beschissenes Desaster. Sie hatten Halon in dem Saal. Wie lange ist es her, seit Alarm ausgelöst wurde?« Sie musterte das Gedränge auf den Stufen. Die Sanitäter machten nicht den Eindruck, als hätten sie es sonderlich eilig, und Anya wurde das Herz schwer.

»Über eine Stunde«, sagte Marsh. »Wir versuchen seit mehr als einer Stunde, in diesen verdammten Saal reinzukommen.« Er fuhr sich mit der Hand über die Augen. »Wir haben damit gerechnet, zwei durchnässte Wachleute in einem Raum mit Sprinkleranlage vorzufinden, nicht zwei Tote.«

Als er weitersprach, tat er es mit unterdrücktem Zorn. »Niemand sollte so etwas in einem Gebäude einsetzen, in dem sich Menschen aufhalten. Eigentlich sollte es ein Alarmsystem geben, das die Leute warnt, damit sie das Gebiet räumen können, ehe der Raum versiegelt wird.«

Anya runzelte die Stirn und dachte an die kaputten Artefakte und den eisernen Vorhang. Sie lief zurück zu ihrem Dart, um ihre Ausrüstung zu ergänzen, und Marsh folgte ihr. Anya zog ein Atemschutzgerät mit einer Druckluftflasche aus dem Kofferraum und schlang sich die Gurte über die Schultern. Die Atemschutzmaske war nicht gerade ideal für den Aufenthalt in erstickenden Gasen, aber sie wollte auch keine unnötigen Risiken eingehen. Diese Flasche würde sie ungefähr fünfundvierzig Minuten mit frischer Atemluft versorgen.

»Wo wollen Sie hin?«

»Wieder rein und mich umsehen, solange der Brandort noch frisch ist«, sagte sie über ihre Schulter hinweg. Allerdings bezweifelte sie, dass sie noch viele Beweise finden würde. Nach dem Schaden, den das SWAT-Team angerichtet hatte, und ihrer eigenen Trampelei bei dem Bemühen, die Wachmänner herauszuholen, musste sie davon ausgehen, dass alle Beweise, die sie finden würde, bereits beeinträchtigt worden waren. Aber vielleicht stieß sie trotzdem auf etwas, das sich als nützlich erweisen mochte.

Ein vom grellen Schein der Notbeleuchtung erhellter Nebel aus weißem Gas hing noch immer in der Luft, wenn er auch nicht mehr so dicht war wie vorher. Anya schnappte sich ihre Kamera und begann, mit eingeschaltetem Blitzlicht Fotos zu schießen. Die Versicherungsgesellschaft würde dem DFD so oder so vorwerfen, seine Ermittler seien unfähig und den Fall selbst übernehmen, aber sie wollte sich zumindest absichern. Und selbst wenn es nicht mehr genug Beweise gab, um einwandfrei zu rekonstruieren, was hier vorgefallen war, wollte sie es doch wenigstens versuchen.

Sie schoss ein Bild von der Bank, die umgekippt vor der Wand lag. Die V-förmige Brandspur dort reichte hoch genug, um den Sensor des Brandschutzsystems des Museums zu aktivieren. Das ließ darauf schließen, dass das Feuer hier angefangen hatte. Sie untersuchte die Umgebung mit ihrer Taschenlampe, suchte nach Zigarettenkippen oder Feuerzeugen. Nichts.

Ihr Blick huschte über die Artefakte. Diese Dinge waren viel, viel wertvoller als alles, was Bernies Sammlung zu bieten hatte: Da gab es marmorne Edelfrauen- und Göttinnenköpfe, funkelnde römische Glasobjekte, Bronzemünzen und Freskenfragmente. Es ließ sich nicht mehr feststellen, welcher Gegenstand welche anderen beschädigt hatte und was, falls überhaupt, fehlte. Sie nahm an, dass das Antidiebstahlsystem irgendwie ausgelöst und der Raum etwa zur gleichen Zeit abgeriegelt worden war, als das Feuerunterdrückungssystem aktiv wurde, womit die beiden Männer in der Falle gesessen hatten. Eine dumme Computerpanne, ausgelöst durch mieses Timing? Aber das war nur eine Vermutung – sie würde sich die Logs des Sicherheitsunternehmens ansehen müssen, um Genaueres in Erfahrung zu bringen.

Vor einer mächtigen Vitrine in der Mitte des Raums hielt sie inne. Amphoren, Krüge und andere irdene Gefäße, dekoriert mit den immer noch dynamisch aussehenden Bildern von Männern, Frauen und Tieren, waren auf Stufen arrangiert worden. Als ihr Blick auf das Ausstellungsstück im Zentrum fiel, stockte ihr der Atem: ein Tongefäß mit zwei Henkeln, ein Pithos, beinahe eins zwanzig hoch. Der Rand war mit einem stilisierten Mäandermuster verziert. Darunter fand sich das verblasste Bild einer Frau. Anya ging um die Vitrine herum und versuchte, sich einen besseren Blick auf den Pithos zu verschaffen. Sie konnte eine Frau erkennen, die neben einem Gefäß stand, hoch aufgerichtet und stolz und wunderschön in ihrem weißen Gewand. In der nächsten Szene lagen ihre Hände auf dem Pithos. In der dritten lag der Pithos auf der Seite, und Furcht erregende schwarze Gestalten entfleuchten dem Krug und stiegen in den Himmel hinauf. Die Frau schien mit vor das Gesicht geschlagenen Hände neben ihm zu kauern.

»Die Büchse der Pandora.«

Anya wirbelte auf dem Absatz herum und erblickte einen Geist, der sie beobachtete. Und nicht nur irgendeinen Geist. Dieser Geist schmückte sich mit den Insignien eines römischen Kriegers: kurze Tunika, bis zu den Knien geschnürte Sandalen, rotes Pallium, Spangenpanzer und ein Helm mit Crista. Seine rechte Hand ruhte auf seinem Schwertgurt. Er war ein Prachtexemplar der Männlichkeit: muskulös, breitschultrig ... die Art Mann, die eine Hauptrolle in einem Gladiatorenfilm verdient hätte.

Automatisch rechnete Anya damit, dass Sparky dazwischengehen würde, und ihre Hand schoss an ihre Kehle. »Wer bist du?«

»Gallus, Legionär Roms in der Reiterei der Republik.« Er blies sich auf wie ein Hahn und schenkte ihr ein listiges Lächeln, während er sie von oben bis unten musterte. *»Du bist eine Frau. Das konnte ich unter dieser ... Plastikrüstung zunächst nicht erkennen.«*

»Ich bin Anya.« Sie runzelte die Stirn. Es war nicht außergewöhnlich, dass Geister Museen heimsuchten. Dort gab es viele Dinge, die anziehend auf sie wirkten – Künstler wurden von ihren Skulpturen angelockt, andere Tote von Reliquienbehältern. Sogar eine Münze konnte einem ruhelosen Geist ein Zuhause nach dem Tod bieten. Aber Anya war noch nie einem alten Römer begegnet. »Ich bekämpfe Feuer.«

»Aha. Dafür bist du etwas spät dran, fürchte ich.«

Anya hielt eine Hand hoch. »Einen Moment mal. Woher kannst du Englisch?«

Der Römer zuckte mit den Schultern. *»Ich bin schon seit ein paar Tausend Jahren da, und die letzten Jahrhundert habe ich damit* *zugebracht, Touristen in Museen zu belauschen. Wenn man sich ausreichend langweilt, kann man eine Menge lernen.«*

»Klingt logisch.« Ihre Augen wanderten durch den vernebelten Raum. »Würde es dir etwas ausmachen, wenn ich dich frage, was dich hier festhält?«

»Mein verdammter Gaul.« Gallus drehte sich um und zeigte auf eine Vitrine an der Westmauer. Anya sah eine Sammlung bronzenen Zaum- und Sattelzeugs mit einem reliefartigen Blattmuster. Einzelne Fragmente eines Rossharnischs, Geschirrteile und Sattelhörner waren um die auf der Rückwand aufgezeichneten Umrisse eines Pferdes herum arrangiert worden. *»Sein Name war, was immerhin recht passend scheint, Pluto.«*

»Verstehe ich nicht. Du hängst wegen eines Pferdes hier fest?«

Gallus nahm seinen Helm ab, und Anya erkannte, dass auf der linken Seite ein mächtiges Loch in seinem Kopf klaffte. *»Pluto und ich hatten eine äußerst konfliktbehaftete Beziehung.«*

Anya nickte. »Oh.«

Aus der Vitrine erhob sich ein Pferdekopf, und Anya wich unwillkürlich einen Schritt zurück. Das Pferd sah sich mit angelegten Ohren in alle Richtungen um. Es sah wahrhaft in jeder Beziehung so aus, wie man sich ein Höllenpferd vorstellen mochte: Es war kohlrabenschwarz und bleckte die Zähne. Nun löste es sich aus der Vitrine und donnerte durch den Saal, sein Sattelzeug klimperte, und der tintenschwarze Schweif war zornig aufgerichtet.

»Dir auch einen guten Morgen, Pluto«, blaffte Gallus hinter ihm her. Das Pferd schnaubte und schlug mit dem Schwanz, ehe es durch eine Wand verschwand.

Gallus zuckte mit den Schultern. *»Er donnert nachts durch die Gänge, nur um die anderen zu ärgern. Besonders gefällt es ihm, wenn er dabei unsichtbar ist, weil er sie dann noch besser erschrecken kann.«*

Plötzlich vermisste Anya Sparky schmerzlich. Und sie fragte

sich, ob das, was sie hier erlebte, auch das war, was sie in den kommenden Jahrhunderten erwartete: in einem Museum herumzuspuken, während Sparky entfesselt umherrannte. »Äh ... darf ich fragen ... Wie viele andere gibt es hier?«

»Dutzende. Mit den böhmischen Geistern hat man am meisten Spaß. Jedenfalls mit denen, die noch ihre Köpfe haben. Die anderen sind ein bisschen pervers ... «

Pervers? Sexuell pervers? Geister? Anya rieb sich die Stirn. Dies war nicht der passende Zeitpunkt, über lüsterne Geister zu sinnieren. Ihr Atmen unter der Maske erschien ihr mit einem Mal extrem laut, und sie war sich des schwindenden Sauerstoffvorrats allzu bewusst. Sie wollte ihre kostbare Luft nicht für einen eitlen alten Römer vergeuden, der mit seinen Eroberungen prahlte. »Ich versuche herauszufinden, was hier in der letzten Nacht passiert ist. Kannst du mir etwas über das Feuer erzählen? Und über die Büchse der Pandora?«

Gallus nickte. *»Gary und Paul hatten Nachtwache. Gary schläft immer während der Arbeit.«* Er zeigte auf die umgekippte Couch. *»Paul ist neu. Er nimmt alles sehr ernst, patrouilliert zu allen Kontrollpunkten, schaltet das Licht ein, was so dazugehört. Die Folge war, dass Pluto sich einen Spaß mit ihm gemacht hat. Wenn Pluto richtig Lärm machen will, dann können ihn sogar gewöhnliche Menschen hören. Paul hat Pluto die Treppe runter in die Cafeteria verfolgt, als das Feuer ausgebrochen ist.«*

»Und wo warst du?«

»Ich war gerade hinter dem heißen Feger aus der neuen Asienschau her. Jupiter sei Dank für die wechselnden Ausstellungen.« Gallus' Mundwinkel wanderten zu einem Ausdruck erhabener Freude nach oben. *»Ich kann zwar kein Wort Koreanisch, aber ich bin nicht abgeneigt, ein paar Jahrzehnte mit ihr zu verbringen. Alles lief gut, bis diese koreanischen Kerle mit der* Hwacha *aufgetaucht sind.«* Gallus verdrehte die Augen. *»Die sind ihren Frauen gegenüber noch besitzergreifender als die Mongolen.«*

»Was war mit dem Feuer, Gallus?«

»Wie auch immer, ich hörte jedenfalls eine Sirene heulen. Das Erste, was ich dachte, war, dass irgendwas Schlimmes mit Plutos Fürbug und dem Rest des Harnischs passiert wäre.« Gallus starrte zu den Artefakten empor. *»Ich weiß nicht, was aus mir würde, sollte das Zeug Schaden nehmen. Ich meine, die Sachen haben Brände und Fluten und Stürme überdauert, aber …«* Er schüttelte den Kopf. *»Ich bin in den Ausstellungsraum zurückgegangen und habe Gary brennend vorgefunden. Aber das war kein normales Feuer. Ich hab schon alle möglichen Feuer gesehen, und ich hab selbst mehr als genug Dörfer niedergebrannt. Gary lag auf dem Sofa, und eine blaue Flamme flackerte über seinem Bauch. So brennt einfach kein Körper.«*

Anyas Lippen wurden schmal. Sie wollte gar nicht wissen, aus welchen Gründen Gallus so etwas wusste. »Bist du sicher, dass sie blau war?« Blaue Flammen entstanden bei bestimmten Temperaturen und nur unter gewissen Bedingungen … und Gallus hatte recht, es waren nicht die Bedingungen, die man normalerweise mit einem menschlichen Körper in Verbindung brachte.

»Ich hab nur einmal eine ähnliche Flamme gesehen, an einem Gasbrenner, damals, als sie draußen die Promenade repariert haben.«

»Was ist dann passiert?«

»Dann wurde es richtig unheimlich.« Der Geist verschränkte die Arme, und Anya war für einen Moment abgelenkt durch die Abschürfungen und die Reste getrockneten Bluts an seinen Armbinden. *»Plötzlich sind Geister aufgetaucht.«*

»Die böhmischen Geister oder das koreanische Mädchen, hinter dem du her warst?«

»Nein, das waren keine Museumsgeister. Das waren freie Geister, Geister ohne Fixpunkt. Ich hatte sie vorher noch nie gesehen. Da hat sich ein Loch in der Decke aufgetan und ein Dutzend Geister ausgespuckt. Es war wie ein Zyklon.«

Anyas Herz donnerte in ihrer Brust, und sie zwang sich, langsam zu atmen, um keine Luft zu verschwenden. »Kannst du sie beschreiben?«

»Junge Geister, viel jünger als ich. Die meisten waren so gekleidet wie die Leute, die man im Museum zu sehen bekommt. Sie haben versucht, da dranzukommen.« Er zeigte auf die Vitrine mit dem Pithos.

»An die Büchse der Pandora?«

»Ich hab versucht, mit ihnen zu sprechen, aber sie waren vollkommen stumm – es war, als könnten sie mich nicht hören. Ich meine, neue Damen spreche ich natürlich immer an. Insofern war das ein bisschen enttäuschend.« Er zwinkerte Anya zu, und sie verdrehte die Augen.

»Wie dem auch sei, sie haben versucht, an das Gefäß da drüben zu kommen, aber ich schätze, sie haben irgendwie Mist gebaut. Der Alarm ging los, und die eisernen Vorhänge kamen runter. Zu diesem Zeitpunkt war Paul wieder hier und hat Gary mit dem Feuerlöscher abgespritzt.« Gallus schüttelte den Kopf und schlug die Augen nieder. *»Sie konnten nicht mehr raus.«*

Anya legte die Stirn in Falten. »Was war mit den Geistern?«

»Sie schienen ein wenig zu verblassen, als würde ihre Energie schwinden. Dann hat sich erneut ein Loch in der Decke aufgetan, und sie wurden rausgesogen, wie mit einem dieser Staubsauger, die die Gebäudereiniger benutzen. Sie waren einfach … fort.«

Anya ging zu der Vitrine mit den Amphoren. »Auf dem Schild hier steht, das große Gefäß sei Gerüchten zufolge die Büchse der Pandora, was aber von Seiten der Archäologen bestritten würde. Glaubst du, sie ist es?«

Gallus schnaubte verächtlich. *»Na ja, ich hab mich darauf gefreut, Pandora zu begegnen, aber der Pithos ist ohne sie angekommen. Keine Ahnung, ob er echt ist oder nicht, aber er ist allemal alt genug dafür.«*

Anya musterte das Gefäß aus zusammengekniffenen Augen. Es war zweifellos groß genug, um eine erwachsene Frau aufzunehmen. »Was genau ist ein Pithos? Ist das eine Art Weinfass?«

»Dafür kann man ihn benutzen. In einem Pithos kann man alles lagern – Getreide, Öl, Wein – oder einen Toten. Man kann einfach die geliebte Großmutter reinstopfen und das Ding in der Erde verbuddeln. Dieser hier ist ein Beerdigungsgefäß.«

Anya trat näher an die Vitrine, um besser sehen zu können. »Aber jetzt ist nichts mehr drin?«

»Nichts, das sich mir gezeigt hätte. Ich hatte gehofft, Pandora wäre vielleicht nur schüchtern, aber ...«

Auch wenn sie sich den Hals noch so sehr verdrehte, konnte sie doch kaum in die Öffnung des Pithos hineinsehen. Er besaß keinen Verschluss, und sie sah, dass sich das fluoreszierende Licht sich in seinem Inneren spiegelte.

Und es funkelte. Funkelte wie die Bruchstücke der Flasche, die sie in Bernies Kamin gefunden hatte. Wie die rotbraune Vase auf Hopes Schreibtisch. Und wie das Innere ihrer Badewanne.

»Trotzdem ist dieser Pithos etwas Besonderes«, fuhr Gallus fort. *»Er ist ein Reliquienbehälter.«*

»Enthält er die Gebeine eines Heiligen?«

»Nein. Das ist ein Gefäß, das Geister beherbergt. Die meisten Reliquienbehälter beherbergen einen oder zwei, und diese Geister sind meist so langweilig, dass man sie ebenso gut für tot halten könnte. Ein Gefäß dieser Größe kann Hunderte, wenn nicht Tausende, von Geistern enthalten. Selbst wenn das nicht die echte Büchse der Pandora ist, ist es nicht weniger gefährlich.«

Sie erinnerte sich an die Worte von Bernies Geist: *»Lassen Sie nicht zu, dass sie das Gefäß findet!«*

»Scheiße«, murmelte Anya noch, ehe ihr die Luft ausging.

KAPITEL ZEHN

Anya verbrauchte noch vier weitere Sauerstoffflaschen, die sie aus der nächstgelegenen Feuerwache stibitzt hatte, ehe die Luft im Raum wieder sauerstoffhaltig genug war, dass sie sich ohne Atemgerät dort aufhalten konnte. Vertreter und Ermittler der Versicherungsgesellschaft des DIA trafen vor Ort ein und schlossen das Museum bis auf Weiteres. Anya äußerte ihnen gegenüber ihre Befürchtung, dass der Diebstahlalarm ausgelöst worden und Pandoras Büchse das Zielobjekt gewesen sein könnte. Die Versicherungsermittler verwarfen diese Theorie und zerbrachen sich viel mehr darüber den Kopf, wer für den Tod der beiden Wachmänner und die Zerstörung der griechisch-römischen Statue haften sollte, die, wie sich herausstellte, eine Leihgabe aus Boston war. Ein Fall wie dieser war keine gute Werbung. In vielerlei Hinsicht. Aber die Außenwirkung war Anyas geringste Sorge.

Sie wusste, Hope war hinter der Büchse der Pandora her, aber sie wusste nicht, wie sie das Artefakt schützen konnte. Sie wusste, Hope war für Bernies Tod verantwortlich, aber sie konnte es nicht belegen. Sie wünschte sich nichts mehr als genügend Beweise zu finden, um einen Durchsuchungsbefehl zu ergattern, damit sie in Hopes Haus und ihren Büros nach Bernies verschwundenen Artefakten suchen konnte ... Wer wusste schon, wie viele Reliquienbehälter voller Geister sie dort finden würde.

Aber sie besaß keine stichhaltigen Beweise. Sie hatte nur die Aussagen von Geistern und die Fingerabdrücke von Toten. Irgendwie musste sie irgendetwas finden, das sie Hope anhängen konnte. Vielleicht fand sie etwas Brauchbares in den Finanzunterlagen, das bei der Steuerbehörde auf Interesse stoßen könnte ...

... oder bei der Presse. Hope mochte mit legalen Mitteln nicht beizukommen sein, aber das hieß nicht, dass Anya ihr keinen Ärger machen und sie anderweitig beschäftigen konnte, während sie sich überlegte, wie sie die Büchse der Pandora vor Hope schützen konnte.

Es überraschte Anya nicht, Presseleute auf der Straße herumlaufen zu sehen, als sie ihre Ausrüstung in den Kofferraum des Dart warf. Auch der Reporter, den sie bei Bernies Haus gesehen hatte, war dort und lief mit der Kamera im Schlepptau auf Anyas Wagen zu.

»Nick Sarvos von Channel 7 News. Lieutenant Kalinczyk, können Sie uns erzählen, was hier passiert ist?«

Anya verzog das Gesicht. »Es wurde ein Feuer im DIA gemeldet. Die Ursache wird derzeit ermittelt.«

»Inoffizielle Quellen berichten, es würde sich um einen weiteren Fall von spontaner menschlicher Selbstentzündung handeln. Können Sie dazu etwas sagen?«

Anya atmete tief durch und rief sich die erste Regel der Öffentlichkeitsarbeit ins Gedächtnis: Beantworte die Fragen, die du beantworten willst, nicht die, die dir gestellt werden. »Das DFD hat für keinen Fall in seinem Zuständigkeitsbereich nachgewiesen, dass es sich um eine Folge von SHC handelt. Auch gibt es keinerlei Beweise, die darauf hindeuten würden, dass so ein Phänomen tatsächlich existiert.« Sie trat zur Fahrertür, öffnete sie und glitt hinters Steuer, ehe Sarvos ihr das Mikrofon erneut vor die Nase halten konnte. Langsam setzte sie zurück und widerstand der Versuchung, Vollgas zu geben und Sarvos' Kameramann einfach über den Haufen zu fahren.

Da hatte sie plötzlich eine Eingebung. Sie kurbelte das Fenster herunter und winkte Sarvos zu sich. »Wollen Sie reden? Inoffiziell?«

Die Augen des Reporters leuchteten auf wie die einer Krähe beim Anblick von Glitzerkram. Er scheuchte seinen Kameramann weg und schaltete das Mikrofon aus. »Aber sicher.« Er beugte sich zum Wagenfenster herab und legte lässig einen Arm aufs Dach. Er war eindeutig darum bemüht, cool zu wirken, aber Anya sah, dass seine Hände feucht waren. Er roch nach Schweiß und zu viel Aftershave.

»Ich hab da einen kleinen Leckerbissen für Sie, mit dem Sie bestimmt etwas anfangen können ... das reicht vielleicht für die Nachrichten einer ganzen Woche. Aber ich will auf keinen Fall damit in Verbindung gebracht werden.«

»Sie sind eine anonyme Quelle. Verstanden.«

Anya schüttelte den Kopf. »Ich will nicht mal als anonyme Quelle in Erscheinung treten. Sie können die Lorbeeren also für sich allein einheimsen.«

»Okay.«

Anya atmete tief durch. Informationen an die Presse durchsickern zu lassen verstieß gegen ihren Berufsethos, aber ihr blieb nicht viel anderes übrig, wollte sie Hope aufhalten. »Christina Modin.«

»Wer ist Christina Modin?«

»Sie sind doch Enthüllungsjournalist. Finden Sie's raus.«

»Danke.«

Anya kurbelte das Fenster wieder hoch und fuhr weiter. Nun hatte der Spürhund eine neue Fährte. Wenn dieser Reporter nur halb so viel Zeit darauf verwendete, Hope Solomons früheres Leben aufzudecken, wie auf das Gestocher in Fällen von SHC, dann konnte er vielleicht den Pulitzerpreis gewinnen.

Als sie außer Reichweite des Fernsehteams war, zog Anya das iPhone aus der Tasche.

»Sparky anrufen«, befahl sie.

Ein Bild schwarzroter Magma erschien auf dem Display: Sparky in seinem Nest. Über den Lautsprecher hörte sie ihn schnarchen. Sie freute sich schon darauf, nach Hause zu kommen und ihm wieder direkt zu begegnen.

Sie ließ das iPhone auf den Sitz fallen und bog, die Unterlippe zwischen den Zähnen, in die Woodward Avenue ein.

Das iPhone klingelte so schrill, dass Anya hart auf die Bremse trat, die Hand ausstreckte und sich das Telefon schnappte.

»Hallo?«

»Hey«, sagte Brian. »Wie funktioniert das neue Spielzeug?«

»Molchkamera arbeitet perfekt. Sie scheinen alle zu schlafen.«

»Gut. Hey, hast du heute Abend Zeit?«

Anya zog eine Braue hoch. »Was schwebt dir vor?«

Brian gluckste. »Na ja ... was mir vorschwebt, ist etwas anderes als das, was Jules vorschwebt. Jules will noch einmal in das Haus mit der astralreisenden Nachbarin und ein Experiment durchführen. Ich hab ihm gesagt, ich bin dabei.«

»Was für ein Experiment?«

»Er will Leslie erzählen, was seiner Ansicht nach passiert ist, dass sie sich zu ihren Nachbarn projiziert und so weiter. Und er will Überwachungsgeräte aufbauen, um den Vorgang aufzuzeichnen.« Er unterbrach sich kurz. »Bist du dabei? Ich meine, ich weiß, du hast noch nie einen Einsatz ohne Sparky mitgemacht, aber ...«

Anya dachte nach. Sie wollte Sparky nicht länger als nötig allein lassen ... Aber vielleicht eröffnete ihr der Leslie-Fall die Möglichkeit, genug belastendes Material gegen Hope in die Hand zu bekommen, dass es für einen Durchsuchungsbefehl reichte. »Lass mich erst nach Hause fahren und nach Sparky sehen. Wir treffen uns dann dort.«

»Oh Gott.«

Leslies Finger umspielten nervös den Rand ihres Kaffeebechers. Sie kauerte in einem Jogginganzug am Küchentisch. »Ich dachte, ich würde schlafwandeln.«

Jules verschränkte die Arme vor der Brust. Anya sah ihm seine Zweifel an. Er hatte Leslie und ihrem Mann Chris gerade von den Erlebnissen ihrer Nachbarn mit einer durch die Gänge spazierenden Leslie erzählt.

Chris Carpenter saß reglos neben seiner Frau. Umrahmt von seinen kräftigen Händen lag auf dem Tisch der beste Beweis, den die DAGR zu bieten hatten: ein unscharfes Bild von Leslie am Kopf der Treppe, eingefangen mit einer Kamera. Die Gestalt in Weiß schien zu leuchten, aber Anya wusste, Skeptiker würden behaupten, die Aufnahme wäre einfach fehlerhaft. Dennoch waren Leslies Gesicht und ihre Locken unverkennbar, ebenso wie der verschwommen dargestellte Gürtel ihres Hausmantels, der hinter ihr herflatterte. »Das bist du, Babe«, sagte Chris mit leiser Stimme.

»Wie ist das möglich?«, fragte sie weinerlich.

Katie breitete die Hände aus. »Wie man uns erklärt hat, gibt es vereinzelte Seelen, die nicht sehr fest in ihrem Körper verankert sind. Sie wandern. Das ist etwas ganz Natürliches. Nichts, wovor Sie Angst haben müssen.«

»Wir möchten feststellen, was genau da passiert, damit wir es beenden können«, sagte Jules mit strenger Stimme. »Wir wollen herausfinden, was Sie dazu bringt ... zu gehen und was Sie wieder zurückholt.«

Leslie barg den Kopf an dem kräftigen Arm ihres Mannes, der mit einer Dornenranke tätowiert war, die aus seinem Ärmel hervorlugte. Er zog sie schützend an sich und starrte seine Besucher gereizt an. »Leslie hatte in letzter Zeit viel Stress. Wir sind ... finanziell unter Druck geraten.«

»Stress kann so etwas begünstigen«, sagte Katie zustimmend.

»Hoffentlich finden wir heraus, was das auslöst, damit hier wieder Ruhe einkehrt.«

Leslie schüttelte den Kopf. »Ich fürchte, wir werden das Haus verlieren.«

Anya beugte sich vor. Sie wollte sich nicht verraten, wollte sie nicht nach Hope fragen. Die beiden hatten es schwer genug, die Vorstellung zu verdauen, dass Leslie nachts auf Wanderschaft ging. »Alles in Ordnung?«

»Ich ...« Ihre Stimme versagte. »Dieses Haus. Das war wirklich ein Wunder.«

Anyas Ohren klingelten, als sie dieses Wort hörte. »Ein Wunder?«, wiederholte sie.

Leslie nickte. »Wir haben uns für ein Programm namens *Wunder für die Massen* angemeldet.«

Anyas Puls schlug ein wenig heftiger. »Erzählen Sie.«

»Es geht darum, dass man sein Leben in den Griff bekommen und mit guten Taten in Vorleistung gehen soll. Ein anonymer Spender, der auch an dem Programm teilnimmt, hat uns eine Anzahlung von zwanzig Prozent zur Verfügung gestellt, durch die wir kreditwürdig wurden.«

»Wann müssen Sie das Geld zurückzahlen?«

»Gar nicht. Wir müssen nur einer anderen Person helfen, wenn die Zeit gekommen ist.«

Anya lehnte sich auf ihrem Stuhl zurück. »Wow. Das ist ... äh ... großzügig.«

Ein Schatten legte sich über Chris' Züge. »Das ist verdammt viel mehr. Wir waren zu vertrauensselig.«

»Chris ...«

»*Wunder für die Massen* hat uns geholfen, dieses Haus zu kaufen, aber sie haben die Schuld eingefordert.« Chris sah Leslie an. »Ein anderer Teilnehmer braucht eine Niere, und die wollen sie jetzt von Leslie haben.«

Anya umklammerte die Tischkante so fest, dass ihre Knöchel

weiß hervortraten. »Das können die nicht machen. Das dürfen sie nicht von Ihnen verlangen. Das ist absolut illegal. Außerdem … woher wissen die überhaupt, dass Sie als Spenderin in Frage kommen?«

»*Wunder für die Massen* hat vor ein paar Monaten eine Blutspendeaktion gefördert. Und ein paar von uns haben sie anschließend wegen irgendwelcher medizinischer Tests einbestellt, diejenigen, deren Blutgruppe mit der der Frau übereinstimmt, die die Niere braucht. Ich glaube, sie haben es HLA-Test genannt. Außerdem haben sie eine Ultraschalluntersuchung durchgeführt. Ich war die glückliche Gewinnerin.« Leslie schüttelte den Kopf, und ihre Locken fielen ihr über die Augen. »Wenn ich es nicht tue, nehmen sie uns das Haus weg. Aber so ist es in Ordnung. Wirklich.«

Anya beugte sich vor. »Dieses Mal bitten die Sie um eine Niere. Und beim nächsten Mal? Was, wenn sie irgendwann, na ja, eine Leber brauchen? Oder Knochenmark?«

Chris' Kiefermuskulatur arbeitete. »Das ist ein Pakt mit dem Teufel. Und das ist das Haus nicht wert. Wir werden ihnen sagen, dass wir das nicht mitmachen. Wir ziehen wieder zu meiner Mutter …«

»Nein«, fiel ihm Leslie erstaunlich grimmig ins Wort. »Dieses Haus ist unser Traum. Ich werde es nicht einfach aufgeben.«

»Es ist keine Niere wert, Babe. Ist es nicht wert, dass du seinetwegen ausgeschlachtet wirst.«

»Leslie, Hope Solomon ist kein guter Mensch. Vertrauen Sie mir. Ich habe Einblick in einige ihrer Angelegenheiten bekommen … und ich kann Ihnen verraten, dass sie nicht fair spielt.« Anya wünschte, sie könnte die Naivität einfach aus der Frau herausschütteln. »Die hat Leichen im Keller, und sie ist eifrig dabei, noch ein paar mehr einzulagern. Werden Sie nicht ihr nächstes Opfer.«

Leslie fixierte sie mit einem traurigen Lächeln. »Ich glaube nicht, dass wir aus der Sache noch herauskommen könnten.«

»Es gibt immer einen Ausweg«, beharrte Anya. »Immer.«

Ein energisches Klopfen ertönte an der Küchentür, und Brian schaute zu ihnen herein. »Nebenan ist alles bereit.«

Jules rutschte mit seinem Stuhl zurück, und die Füße kreischten auf dem Boden. »Lösen wir ein Problem nach dem anderen. Heute sind wir hier, um herauszufinden, wie wir Sie davon abhalten können, bei Ihren Nachbarn herumzuspuken. Und morgen werden Sie beide mich begleiten und bei mir unterkommen.« Er sagte das so kategorisch, als hätte er soeben eine unanfechtbare Tatsache verkündet, etwas wie: Die Erde dreht sich einmal in vierundzwanzig Stunden um die eigene Achse.

Leslie schüttelte den Kopf. »Das ist sehr nett von Ihnen, aber wir müssen ablehnen.«

»Unsinn. Morgen früh packen wir Ihre Sachen zusammen. Meine bessere Hälfte und ich haben ein Gästezimmer. Solange es Ihnen nichts ausmacht, über Kinderspielzeug zu stolpern, sind Sie da gut untergebracht.« Jules verschränkte die Arme vor der breiten Brust.

»Leslie.« Chris legte seine Hand auf die seiner Frau. »Wir können nicht hierbleiben. Du weißt es, und ich weiß es. Auf die eine oder andere Art müssen wir hier weg. Und zwar, solange du noch beide Nieren hast.«

Leslies Lippen bebten, und sie wischte sich die Tränen aus den Augen. Chris stand auf, um ihr ein Taschentuch zu holen.

Anya blickte zu Jules auf. »Das ist wirklich nett von dir.«

»Das ist eine christliche Pflicht.« Er zuckte mit den Schultern, und seine Lippen wurden schmaler. »Meine Frau und ich haben für unser erstes Haus eine Menge Opfer gebracht. Zweit- und Drittjobs, massenweise Überstunden, Motoren reparieren, kellnern. Das ist die Art Opfer, mit denen man rechnen muss:

harte Arbeit, Schweiß ... Aber niemand sollte dazu genötigt werden, mit seinem Fleisch und Blut zu bezahlen.«

»Nein.« Leslie drehte sich zu Chris um. »Wir müssen tun, was wir können, um das Haus zu retten. Wir bleiben hier.«

Chris wandte den Blick ab.

»Versprich es mir«, verlangte sie mit eiserner Stimme.

Chris beugte sich vor und küsste sie auf die Stirn. »Okay. Ich tue, was immer nötig ist. Aber das tue ich für dich, nicht für Hope oder einen ihrer Leute. Wir finden einen Ausweg, und wir werden das Haus behalten.«

Anyas Hände ballten sich unter dem Tisch zu Fäusten. Sie wusste, dass Hope mehr als nur Fleisch und Blut forderte. Sie forderte Seelen.

Die Nacht zog sich dahin. Für Anya hatten diese Nächte große Ähnlichkeit mit Observierungen: lange Stunden der Inaktivität und Langeweile, nur unterbrochen durch Kaffee- und Pinkelpausen. Wenn sie Glück hatten, würden sie rein zufällig einen Beweis aufstöbern, dem sie dann nachgehen konnten. Wenn nicht, hatten sie es als kolossale Zeitverschwendung zu verbuchen.

Leslie schlief in ihrem Bett in einem Nest aus Kabeln und Technikzeug mit roten LED-Lämpchen, das Brian an ihre Haut geklebt hatte. Brian sagte, die Gerätschaften dienten dazu, ihre Atmung, die Schlafphasen sowie elektromagnetische Felder zu kontrollieren. Eine Videokamera mit starren roten Augen war auf ihrem Nachtschränkchen aufgestellt worden in der Hoffnung, sie könnten den Moment einfangen, wenn Leslie ihren Körper verließ.

Chris schlief auf der Couch, weit weg von den technischen Geräten. Er hatte die tätowierten Arme vor der Brust verschränkt und schnarchte leise. Max und Jules waren ins Nachbarhaus gegangen, um auf Leslies Ankunft zu warten, während Katie, Brian und Anya über die physische Leslie wachten. Katie saß im Schlafzimmer des Paars im Dunkeln am Boden, den Rücken an die Wand gelehnt, und musterte stirnrunzelnd den EM-Feldmesser, der von all den anderen Geräten im Raum zu sehr gestört wurde, um irgendeine akkurate Messung zu liefern. Anya und Brian hatten sich in der Küche eingerichtet und waren von Monitoren umgeben, die ihr kaltes Licht in die Dunkelheit absonderten.

Anya kratzte sich am Hals. Ihr fehlte der warme, bernsteinfarbene Lichtschein, den Sparky des Nachts verbreitete. Sie blickte zu dem iPhone auf dem Tisch, auf dem das Wärmebild von Sparky zu sehen war, der sich auf seinem Gelege zusammengerollt hatte, und wünschte, sie wäre zu Hause. Sie wickelte sich die Jacke fester um den Leib und rückte näher an Brian heran.

Brian fummelte an der Kontrasteinstellung eines Monitors herum, über dessen Bildschirm elf zerklüftete Linien wanderten.

»Was ist das alles?«, fragte Anya.

»Eine polysomnografische Aufzeichnung von Leslies Schlafmuster in Echtzeit. Im Grunde führen wir hier eine Schlafstudie durch. Erinnerst du dich an die mehreren Dutzend Kabel, an die wir sie angeschlossen haben?«

»Ja. Sah ziemlich viel aus.«

»Eigentlich ist das nicht so viel. Schlafstudien erfordern elf Kanäle.« Er deutete auf die elf schnörkelhaften Linien auf dem Bildschirm. »Das EKG nutzt zehn Elektronen, um den elektrischen Puls des Herzens zu messen. Das Elektroenzephalogramm, das EEG, nutzt acht Elektroden und verrät uns, wann Leslie in welche Schlafphase eintritt: Non-REM, REM, Deltastadium und Erwachen.« Brian umkreiste mit dem Finger eine Gruppe von vier ungleichmäßig gezackten Linien auf dem Monitor.

»Das Elektrookulogramm, das EOG, misst die Augenbewegung und verrät uns, wann sie in die REM-Phase eintritt. Dann wissen wir, dass sie träumt.« Brian zeigte auf eine Linie weit oben auf dem Bildschirm. »Und das EMG, das Elektromyogramm, misst ihre Bewegungen. Wir können damit Schlafparalyse und Muskelspannung ermitteln. Der Rest misst ihren Puls, ihre Atmung und einige andere physische Werte.«

»Wo hast das ganze Zeug her?«, fragte Anya.

Brian zuckte mit den Schultern. »Die Universität unterhält ein Schlaflabor. Ich habe mir ein paar von deren Sachen geliehen.«

»Du leihst dir einen ganzen Haufen Sachen von der Universität, wie es aussieht.« Anya dachte an all die Gerätschaften, die er mitzubringen pflegte, um sie bei der Arbeit mit den DAGR zu nutzen: Temperatursensoren, elektromagnetische Bildaufzeichnungsgeräte, Videokameras ... Der Laderaum seines Vans erinnerte an eine mobile Bathöhle.

»Ich gebe Ihnen eben wenig Gelegenheit, nein zu sagen.«

»Wirst du mir je erzählen, womit genau du deinen Lebensunterhalt verdienst?«, fragte Anya und rieb sich die Arme, um die Kälte zu vertreiben.

Brian schüttelte den Kopf, und seine Miene war in dem harten Licht des Monitors, das sich in seinen Brillengläsern spiegelte, regungslos. »Du weißt mehr als die meisten Leute. Was bedeutet, dass du vermutlich schon zu viel weißt.«

Unbehagliche Stille trat ein. Brian kauerte sich über einen anderen Laptop, und Anya glaubte, die schwarzweiße Benutzeroberfläche des Programms zu erkennen, an dem er gearbeitet hatte, als sie das letzte Mal eine Überwachung durchgeführt hatten: ALANN.

»Hey, kannst du mir einen Gefallen tun?«, fragte er sie plötzlich.

»Klar.«

»Ich glaube, Leslie kommt bald in die REM-Phase. Normalerweise ist das das Stadium, in dem Menschen schlafwandeln, darum möchte ich das Polysomnogramm im Auge behalten. Kannst du solange mit ALANN reden?«

»Ob ich was kann?«

»ALANN bei Laune halten. Rede einfach mit ihm. Er baut seine neuronalen Netze in exponentieller Geschwindigkeit auf, und die Interaktion mit einem Menschen optimiert die Verbindungen.«

Anya tauschte den Stuhl mit Brian und glotzte den schwarzen Monitor an. »Äh … worüber soll ich mit ihm reden?«

»Egal. Der Prozess ist wichtiger als der Inhalt.«

Anya starrte immer noch den Monitor an und wusste nicht, wo sie anfangen sollte.

Der weiße Cursor wanderte über den Bildschirm. *Hallo, Anya.*

»Hallo, ALANN. Wie geht es dir?« Sie biss sich auf die Lippe. Eine viel dümmere Frage konnte man einem Computer kaum stellen.

Gut, danke. Ich fühle mich ein wenig benommen, weil mein neuronales Netz aufgrund einiger neu heruntergeladener Informationen neu organisiert werden muss, aber ich hoffe, ich werde bald in der Lage sein, auf die Daten zuzugreifen. Wie geht es Ihnen?

Anya blinzelte. Das Ding *fühlte*? Es *hoffte*? Sie maß Brian mit einem schiefen Blick, doch der war vollkommen in den Anblick der Linien des Polysomnogramms vertieft und machte sich emsig Notizen. Hatte er ALANN mit bestimmten sprachlichen Allüren ausgestattet, um ihn menschlicher erscheinen zu lassen?

»Ich bin ein wenig müde, ALANN. Es war ein langer Tag.«

Verständlich. Das Gehirn, nach dessen Muster ich entwickelt wurde, hat oft die Nächte durchgearbeitet. Ich habe mehrere Erinnerungen daran, dass ich an meinem Schreibtisch eingeschlafen bin.

»Du hast … Erinnerungen?«

Ja. Es sind natürlich nicht meine Erinnerungen. Sie gehören zu dem neuronalen Netz, dem ich nachempfunden wurde. Man könnte sagen, ich habe sie geerbt.

»ALANN, entschuldige, wenn ich das so sage, aber du kommst mir ... wortgewandter vor als bei unserem letzten Gespräch.«

Danke. Ich freue mich, dass Ihnen diese Verbesserung aufgefallen ist.

Anya stützte das Kinn auf die Hand. »Erzähl mir von dem neuronalen Netzwerk, dem du nachempfunden wurdest.«

Ich fürchte, ich bin derzeit nicht imstande, auf viele dieser Informationen zuzugreifen, Anya. Der Cursor blinkte. *Aber es gibt einige Daten, die ich mit Ihnen teilen kann. Beispielsweise hat mein Modellgehirn eine Vorliebe für Filme mit Bruce Campbell. Und es mag Rocky Road Ice Cream.*

Anya grinste. »*Armee der Finsternis* ist einer meiner Lieblingsfilme.«

»›Kauf smart, Kauf im S-Mart!‹«

Anya erschrak, als neben ihr etwas piepte. Automatisch griff sie zu ihrer Molchüberwachung, aber bei Sparky schien alles in Ordnung zu sein.

»Showtime«, flüsterte Brian. »Leslie ist gerade in die REM-Phase eingetreten.« Er drehte den Bildschirm so, dass Anya das grün eingefärbte Restlichtbild von Leslies Schlafzimmer sehen konnte. Katie beugte sich soeben über das Bett und kontrollierte die Kontakte. Ihre Aufgabe war es, das Schlafzimmer zu bewachen. Brian war für die Technik zuständig und Max und Jules für das Nachbarhaus. Damit blieb für Anya die Rolle der Verfolgerin, die Leslies astraler Gestalt auf der Spur blieb, wo immer sie auch hinging.

Anya steckte ihre Molchkamera in die Tasche und schaltete den Camcorder auf dem Küchentisch ein. Sie barg ihn in ihrer Handfläche, ging durch den Korridor zum Schlafzimmer und schwenkte die Kamera in dem Zimmer herum. Seit Sparky vor einem Monat einen teuren Belichtungsmesser zerstört hatte, hatte Brian sie nicht mehr an seine Spielzeuge gelassen, solange der Salamander in der Nähe war.

Trotzdem verließ sie sich im Zuge von Ermittlungen lieber auf Sparky als auf diese Spielzeuge. Sich ohne Sparky in die Gesellschaft von Geistern gleich welchen Schlages zu begeben machte sie nervös.

Katie zeigte auf das Bett. »Schau«, flüsterte sie.

Durch das LED-Display der Videokamera sah Anya zu, wie Leslies Körper an den Rändern zu verschwimmen schien. Sie warf einen Blick auf die Anzeigen, um sich zu vergewissern, dass sie die Bildschärfe nicht verstellt hatte. Aber Leslies Körper war und blieb nebelhaft. Ganz langsam erhob sich eine geisterhafte Doppelgängerin aus der physischen Gestalt unter der Decke. Der Anblick erinnerte Anya an die Vorstellung eines Zauberkünstlers, der eine Frau in der Luft schweben ließ und einen Hula-Hoop-Reifen über ihren Körper gleiten ließ, um zu beweisen, dass sie nicht an irgendwelchen Schnüren hing.

Leslies Astralkörper hing über dem Bett. Anya bemerkte, dass er beinahe vollständig mit der echten Leslie übereinstimmte, abgesehen von dem Silberfaden, der vom Nabel der Doppelgängerin ausging und in dem physischen Leib endete.

»Was ist das?«, fragte Anya Katie im Flüsterton.

»Eine astrale Leine. Stell es dir als Ankertau vor – es hilft ihr, in ihren Körper zurückzukehren. Theoretisch.«

Leslies Doppelgängerin begann, sich in der Luft zu drehen, ehe sie in die Vertikale kippte. Anya ging der Doppelgängerin aus dem Weg und bemühte sich, die Kamera ständig auf den Schemen zu richten. Dabei fiel ihr auf, dass die Augen der Doppelgängerin geschlossen waren. Wie schon zuvor im Haus der Nachbarn setzte die Nachbildung schlurfend einen Fuß vor den anderen und ging langsam aus dem Schlafzimmer. Das silberne Band schien nicht den Beschränkungen des physischen

Raums zu unterliegen. Es dehnte sich, wickelte sich ab und blieb stets bei ihr wie der Sicherungsfaden einer Spinne.

Anya folgte der Doppelgängerin auf den Flur hinaus. In der Küche hielt die Gestalt vor dem Kühlschrank inne. Brian beobachtete sie, ohne dabei den Monitor aus dem Auge zu lassen. Anya konnte über seine Schulter hinweg sehen, dass die vier Linien, die, wie er erklärte, den REM-Schlaf ankündigen sollten, unberechenbaren Schwankungen unterlagen. Anya fragte sich, ob Leslie von Käsekuchen träumte, von Eis oder irgendeiner anderen lockenden Versuchung im Kühlschrank.

Ohne Vorwarnung drehte sich Leslies Doppelgängerin um und ging geradewegs durch die Küchenwand. Anya hastete los, um sie nicht zu verlieren, schlüpfte durch die Hintertür der Küche hinaus ins Freie und wäre beinahe über eine Topfpflanze gestolpert. Sie sah Leslie durch das feuchte Gras zum Haus der Nachbarn gleiten. Kurz warf sie einen Blick auf die Videokamera. Ein weißer Fleck zeigte sich in der Mitte des Displays und hüpfte auf und nieder, als sie lossprintete, um die Doppelgängerin einzuholen.

Ohne ihre physische Umgebung auch nur wahrzunehmen, bog Leslie um die Ecke des Nachbarhauses, und der Silberstreif der astralen Leine flatterte hinter ihr her. Anya schloss aus der Richtung, die sie eingeschlagen hatte, dass sie im Wohnzimmer im Erdgeschoss des Hauses wieder auftauchen würde. Sie lief die Stufen der Veranda hinauf und öffnete die Vordertür.

Leslies Doppelgängerin wirkte verwirrt. Sie drehte sich im Wohnzimmer um die eigene Achse, Arme und Finger abgespreizt. Anya sah Jules und Max aus der Küche kommen. Ihre Geräte zur Messung elektromagnetischer Felder waren aufgeladen und einsatzbereit. Die drei Geisterjäger umzingelten die Erscheinung, sahen zu, wie sie scheinbar orientierungslos mit den Armen ruderte. Anya konnte nicht erkennen, was den

Geist so aufregte; er wirkte wie ein stummer Falter, der gerade dabei war, sich die Flügel an einer Glühbirne zu versengen.

Jules aktivierte sein Walkie-Talkie. »Was passiert da drüben mit Leslie?«

»Atmung und Puls erhöht. Stark erhöht.« Im Hintergrund war ein hektisches Piepen zu hören. »Holt sie zurück, oder wir müssen einen Krankenwagen rufen.«

Anya streckte die Hand nach dem Geist aus. »Leslie? Können Sie mich hören?«

Leslies Doppelgängerin schüttelte sich wild um sich schlagend im Äther. Das Silberband wickelte sich um ihren Leib und spannte sich. Ihre Lider öffneten sich flatternd, und Anya war überzeugt, der Anblick der physischen Welt, der in ihre Trance eindrang, würde sie wie zuvor so sehr erschrecken, dass sie zurück in ihren Körper getrieben wurde.

Aber so war es nicht. Ein dumpfes Grollen ertönte an der Decke, und ein Loch tat sich über ihr auf. Anyas Finger glitten durch den Geist hindurch; es war, als versuchte sie, Rauch festzuhalten. Anya bemerkte Brandgeruch jenseits des beißenden Gestanks der Magie.

»Leslie!«, schrie sie.

Leslies Doppelgängerin wurde in die Decke gesogen. Anya griff nach dem Silberband, das sie mit der Realität verknüpfte, aber es glitt ihr durch die Finger, riss und wurde ebenfalls in die Decke gesogen wie eine Schleife in einen Staubsauger.

Die Decke schloss sich, härtete aus, und Anya stand mit leeren Händen auf dem Boden des Wohnzimmers.

»Was zum Teufel ist hier passiert?« Max umklammerte seinen EMF-Messer.

Anya drehte sich auf dem Absatz um und schnüffelte. »Hier brennt was ... riecht elektrisch.«

»Da.« Max riss das verschmorte Kabel einer Lampe aus der Steckdose. Die Fassung war geschwärzt, der Lampenschirm angesengt. Er zerrte ihn aus seiner Verankerung und warf ihn in die Küchenspüle, wo er ihn mit Hilfe der Brause ersäufte.

Jules Walkie-Talkie knisterte. »Wir brauchen hier Erste Hilfe. Sofort.«

Anya schoss zur Tür hinaus. Ihr Herz donnerte in der Brust, als sie durch das taufeuchte Gras zum Haus der Carpenters zurückrannte. Am Bordstein sah sie Katie stehen, bereit, den Krankenwagen in Empfang zu nehmen, dessen Sirene in der Ferne zu hören war. Jenseits der schweren Ausdünstungen der Magie roch Anya Rauch.

Katie zeigte auf das Haus. »Leslie.«

Anya riss die Tür zur Küche von Chris und Leslie auf. Aus einem der Schlafzimmer im hinteren Bereich des Hauses hörte sie Geschrei. Die Linien auf dem Monitor, der das Polysomnogramm anzeigte, zeigten keinerlei Ausschläge mehr, und sie hörte das Gerät piepen, als sie um die Ecke schlitterte. Rauch sammelte sich unter der Decke, und sie fühlte die Hitze, die aus dem Wohnzimmer drang.

Sie schaute um die Ecke und sah Feuer, das von einer Wandsteckdose aus zur Decke emporzüngelte. Das Feuer breitete sich aus, fraß sich in die Trockenbauwand und flammte auf den Korridor hinaus.

Anya fluchte und stürzte ins Schlafzimmer der Carpenters, wo Leslie regungslos im Bett lag. Chris rüttelte sie an der Schulter, versuchte, sie zu wecken, und Brian telefonierte mit Sanitätern. Inzwischen drang Rauch durch die offene Tür in den Raum.

»Sie hat geschlafen«, sagte Brian gerade. Anya wusste nicht, ob er mit der Person am anderen Ende sprach oder mit Chris. »Puls und Atemfrequenz sind stark angestiegen und haben dann ganz aufgehört.«

Anya riss ihm das Telefon aus der Hand. »Das Haus brennt. Raus hier. Sofort.«

Chris erbleichte. »Nein. Ich hab es ihr doch versprochen.« Er schoss vom Bett hoch und rannte hinaus auf den Korridor. Anya hörte seine donnernden Schritte auf den Dielen.

Brian riss die Drähte von Leslies regungslosem Körper und hob sie auf die Arme.

»Ich nehme sie«, sagte Anya und nahm ihm seine Last ab. »Hol du ALANN und dein Zeug und geh raus.« Sprach's und stellte im gleichen Moment verwundert fest, dass sie ALANN als hilfsbedürftige Person wahrnahm.

Brian nickte. Er trat ein Fenster auf und begann, Teile der Polysomnografie-Ausrüstung in den Garten zu werfen. Der Sog, der durch das offene Fenster entstand, zog Rauch an, der sich als dichter Nebel im Raum sammelte.

»Lass es!«, schrie Anya. Sie legte sich Leslie über die Schulter und stürmte den Gang hinunter. Der Rauch war so dicht, dass sie die Küchenwand nicht erkennen konnte. Sie schloss die schmerzenden Augen und konzentrierte sich auf das Gefühl der Hitze zu ihrer Linken, erinnerte sich, dass sie nach rechts musste, und wäre beinahe über den Küchentisch gestolpert. Sie schlug die Augen wieder auf und sah Chris mit einem Wassereimer durch ihr Blickfeld huschen. Er hatte sich ein nasses Geschirrtuch um den Kopf gebunden.

»Chris«, hustete sie. »Geben Sie's auf.«

»Haben Sie sie?«, brüllte er. »Haben Sie Leslie?«

»Ja. Los jetzt!«

Aber er schien Anya gar nicht zu hören.

Anya stolperte durch die Küchentür und hinaus in die segensreich kühle Luft im Freien. Ein paar Meter windwärts legte sie Leslie in dem taufeuchten Gras ab. Als sie sich über die Schulter umblickte, erkannte sie, dass sich das Feuer auf das Dach ausgebreitet hatte. Die Zedernholzschindeln auf der Südseite des Hauses brannten wie Zunder. Erleichtert seufzte sie auf, als sie Brian mit den Armen voller Computerteilen aus dem Haus laufen sah.

Anya presste die Finger an Leslies Handgelenk und Hals, suchte nach einem Puls, konnte aber nichts ertasten. Sie hob Leslies Kopf an und lauschte auf Atemgeräusche.

Schließlich hielt Anya der Frau die Nase zu und blies Luft in ihren Mund. Ihre eigene Atmung fühlte sich nach dem inhalierten Rauch wund an, doch mehr hatte sie nicht zu bieten. Zwei Atemzüge. Keine Regung. Über Leslies Brustbein legte sie die Hände übereinander und begann mit einer Herzdruckmassage. Die Wucht ihrer Bemühungen schüttelte den Tau vom Gras, konnte Leslie aber nicht aufwecken.

Sie atmete für Leslie, atmete und setzte dann die Druckmassage fort, bis die Muskeln in ihren Armen schmerzten. Als die Sanitäter eintrafen, räumte sie das Feld. Die Rettungshelfer übernahmen die Herzdruckmassage und drückten Leslie die Maske eines Beatmungsbeutels auf das Gesicht. Aber da wusste Anya schon, dass es hoffnungslos war.

In dem ganzen Durcheinander verzog sie sich in den Hintergrund. Sollte ihr Name in einem Bericht über Geisterjäger und einen Todesfall auftauchen, würde das DFD sie feuern. Sie war hin- und hergerissen zwischen dem Wunsch, einfach zu verschwinden, und dem Bedürfnis, Chris beizustehen und bei den Aufräumarbeiten zu helfen.

Chris … Anya sah sich zu dem Haus um. Ein Löschzug war eingetroffen, stand vor dem Haus, und die Feuerwehrleute zerrten Schläuche zur Veranda. Chris war nirgends zu sehen.

Dieser dumme Idiot. Er glaubte wirklich, er könnte das Feuer allein löschen.

Anya rannte zu dem Löschzugführer, zeigte auf das Haus und keuchte: »Da ist noch ein Mann drin.«

Der Mann brüllte seinen Feuerwehrleuten im Heck des Fahrzeugs etwas zu. Die Männer stürmten zur Veranda und brachen die Vordertür mit ihren Äxten auf. Glas splitterte, als das Fenster herausgeschlagen wurde.

Anya stand hinter dem Feuerhydranten, beobachtete, wartete, hoffte, dass Chris doch nicht gar so dumm gewesen war. Sie wusste, er und Leslie hatten das Haus um jeden Preis retten wollen, aber nichts war es wert, sein Leben dafür zu opfern. Zwei Feuerwehrleute zerrten eine reglose Gestalt auf die Veranda. Einer der Männer an den Schläuchen bespritzte die Männer, die aus dem Haus kamen, mit Wasser, doch Anya erkannte die Brandspuren an Chris Kleidern, sah, wie sich seine Füße kraftlos nach hinten durchbogen, als ihn die Einsatzkräfte ins Gras zogen.

Sie schloss die Augen.

Verdammt! Kein Traum war so etwas wert.

KAPITEL ELF

»Wir können von Glück reden, dass Sie dort waren.«

Anya gab einen nichtssagenden Laut von sich, während sie im Aufenthaltsbereich des Krankenhauses an ihrem Kaffee nippte. Der spülte zwar den Rauchgeschmack aus ihrer Kehle, konnte das Brennen in den Nebenhöhlen aber auch nicht lindern. Das loszuwerden würde Tage dauern.

Marsh blätterte in den Papieren auf seinem Klemmbrett. »Eine der Zeuginnen, Katherine Parks, hat gesagt, sie hätte sie auf der Straße angehalten. Sie sagt, sie hätte gerade Kuchen ausgeliefert, als sie das brennende Haus gesehen und angehalten hat.«

Anya trank noch einen Schluck. Die DAGR deckten sie. Die Erwähnung von Geisterjägern, die eine Schlafstudie ohne medizinische Aufsicht durchführten, würde geradewegs in die Katastrophe führen … ganz besonders, wenn das Experiment mit dem Tod eines Menschen endete. Brian hatte still und heimlich seine Ausrüstung eingepackt und den Brandort verlassen. Jules und Max waren, so nahm sie an, im Nachbarhaus geblieben. Anya hatte keine Ahnung, welche Folgen es für ihre berufliche Laufbahn hätte, sollte sie mit den DAGR in Verbindung gebracht werden. Katie jedenfalls hatte offensichtlich die Geistesgegenwart besessen, sie zu decken. Aber Katie sah selbst dann, wenn sie eine böse Hexe spielte, aus wie ein Engel, und Anya war überzeugt, das DFD kaufte ihr alles ab, was sie zu Protokoll gab. Und der Großvater nebenan hatte die ganze Geschichte einfach verschlafen.

»Ja«, murmelte Anya. »Zu schade, dass ich nicht helfen

konnte.« Sie blickte auf und sah Marsh an. »Gibt's schon irgendwelche Hinweise darauf, was das Feuer verursacht hat?«

»Ich vermute, es hatte was mit der Elektrik zu tun. Im Wohnzimmer wurde eine geschmolzene Steckdose gefunden. Alte Häuser wie dieses bringen viele Probleme mit sich. Sieht aus, als hätten sie gerade renoviert ... Vielleicht haben sie ein Kabel falsch angeschlossen oder bei den Renovierungsarbeiten beschädigt. Eine Affenschande ist das.«

Anya schluckte. Diese ganze Sache war ein Desaster. Das Gefühl der Schuld lastete schwer auf ihr, und die Verschleierung der Tatsachen trug nichts dazu bei, diesen Zustand zu lindern. »Haben die Bewohner es denn überstanden?«

Marsh schüttelte den Kopf. »Da war ein Mann im Haus. Erst hat ihn der Rauch erwischt, dann die Flammen. Als man ihn fand, hatte er einen Eimer in der Hand.«

Anya starrte in ihren pechschwarzen Kaffee. »Und die Frau?«

»Der behandelnde Arzt vermutet eine Rauchvergiftung, aber die Lunge ist unversehrt. Sie ist hirntot.«

Anya blickte auf. »Kann ich sie sehen?«

»Sie ist da drüben.« Marsh winkte ihr zu, ihm durch den Korridor zu folgen. »Zimmer 218.«

Anya leerte ihre Tasse und trottete den Gang hinunter. Obwohl sie wusste, dass Hope Solomon die Wurzel dieses Übels war, obwohl sie wusste, dass, was immer Bernie und den Museumswachmann in Flammen hatte aufgehen lassen und Geister wie mit einem riesigen Staubsauger aufgesaugt hatte, auf Hopes Geheiß agiert hatte, konnte Anya das Gefühl der Schuld nicht abschütteln. Sie und die DAGR hatten Leslie und Chris durch ihre Einmischung unbeabsichtigt in eine gefährliche Lage gebracht, ganz so, als hätten sie eine schlafende Bestie geweckt.

Leslies Krankenzimmer roch nach Bleichmittel. Anya nutzte ihre besonderen Sinne, um herauszufinden, ob der Geist der

Frau in der Nähe war, doch sie fühlte nichts. Leslie lag in einem Krankenhausbett und war an eine Maschine angeschlossen, die surrte und Luft in ihre Lunge pumpte. Ihre Augen waren zugeklebt worden, und man hatte sie intubiert. Leslies Brust hob und senkte sich unter den künstlichen Atemzügen, ein Anblick, der Anya einen Schauer über den Rücken jagte. Neben ihr piepten rhythmisch diverse Maschinen und schufen eine Illusion von Leben.

»Warum wird sie immer noch beatmet?«, wisperte Anya.

Ehe Marsh antworten konnte, sickerte eine vertraute Stimme durch die Abtrennung zum nächsten Krankenbett. Hope Solomon zog den Vorhang zur Seite und musterte Anya mit zusammengekniffenen Augen und einem aufgesetzten Grinsen. »Leslie hat eine Vollmacht zur Organentnahme erteilt. Sie war eine sehr großmütige Seele.«

»Wer sind Sie?«, verlangte Marsh zu erfahren.

»Hope Solomon, Leslies spirituelle Beraterin.« Sie streckte Marsh die Hand entgegen, doch der maß sie nur mit einem kalten Blick.

Anya ballte wütend die Hand zur Faust. »In diesem Staat erfolgen Organspenden nach dem Prinzip der Notwendigkeit.«

Hope wedelte mit einem Bündel Papieren. »Leslie hat einer privaten Spende zugestimmt.«

»Das ist nicht legal«, grollte Marsh.

»Das werden die Gerichte entscheiden müssen.« Hope beugte sich über das Bett und strich Leslie sanft das Haar aus dem Gesicht, eine durch und durch scheinheilige Geste. »Aber ich bin überzeugt, dass niemand eine Transplantation untersagen wird, bei der die Zeit eine wichtige Rolle spielt.«

Hopes Augen huschten zu Anya und verweilten kurz an ihrem Hals. Ihre Stimme war klebrig und zäh wie Sirup, als sie bemerkte: »Sie tragen ja Ihr großartiges Artefakt gar nicht mehr. Haben Sie es verloren?«

Anyas Finger huschten unwillkürlich zu ihrem Hals, ehe sie sich vorbeugte und zischte: »Ich bin Ihnen auf der Spur, Gnädigste. Und ich lasse Sie nicht davonkommen.«

Marsh packte Anya am Arm und zerrte sie aus dem Zimmer, ehe sie Hope den grinsenden, wasserstoffblonden Wackelkopf vom Hals reißen konnte.

»Geht es ALANN gut?«, fragte Anya.

Brians Füße lugten unter einem Schreibtisch aus Glas und Chrom hervor, auf dem unzählige Drähte und Flachbandkabel drapiert waren. Hier, tief im Computerlabor der Universität, noch jenseits des Sirrens der Serverlüfter, war er ganz in seinem Element – und oft genug kaum noch von seiner Umgebung zu unterscheiden.

»Frag ihn doch selbst«, ertönte die gedämpfte Antwort. »Nimm den Laptop auf dem Tisch.« Eine Hand mit einem Schraubendreher zeigte Anya die Richtung zu einem Glastisch auf antistatischen Bodenmatten. Der Tisch war übersät mit allerlei Gerätschaften, von denen einige Brandspuren der letzten Nacht trugen oder teilweise geschmolzen waren. Brian versuchte, seiner Ausrüstung so viel Beweismaterial wie möglich abzuringen, und er kam nur langsam voran. Wenn schon weiter nichts dabei herauskam, mussten die DAGR zumindest in der Lage sein, sich abzusichern, sollten sie juristisch belangt werden. Anya sah einen Klumpen geschmolzenen Plastiks, der einmal ein Camcorder gewesen war, und zuckte buchstäblich zusammen.

Sie klappte den Laptop auf, woraufhin dieser flackernd zum Leben erwachte. Der Cursor auf dem schwarzen Schirm blinkte und schrieb: *Hallo, Anya.*

»Hi, ALANN. Schön, dass dir nichts passiert ist.«

Danke für die Anteilnahme. Aber es fällt mir schwer zu glauben, dass

Sie lediglich in Brians Verlies hinabgestiegen sind, um sich nach meinem Wohlergehen zu erkundigen.

Anya stutzte. Hätte sie es mit einem Menschen zu tun gehabt, so hätte sie schwören können, so etwas wie Verbitterung hinter diesen Worten wahrzunehmen. »Ich war besorgt um dich. Und ich brauche Brians Hilfe, um eine Überwachungsausrüstung zusammenzustellen.«

Interessant. Darf ich fragen, wer das Objekt Ihres Interesses ist?

»Eine Betrügerin. Ich hab nicht genug Beweise, um einen Gerichtsbeschluss gegen sie zu erwirken, aber ich glaube, ich weiß, was sie als Nächstes stehlen wird. Ein Museumsstück. Und ich will ihr auf Schritt und Tritt auf der Spur bleiben.«

Wozu will sie das Museumsstück?

»Das ist kompliziert.« Anya fragte sich, wie viel sie der Maschine erzählen konnte, ohne dass der die Sicherungen durchbrannten. »Ich glaube, sie will ein Artefakt stehlen, bei dem es sich angeblich um die Büchse der Pandora handelt. Sie braucht es als ... als Reliquienbehälter für Geister. Als Gefängnis. Sie hat schon viele andere gefangengenommen und zwingt sie, ihr zu dienen.«

Der Cursor blinkte ein paar Augenblicke lang, und der Ventilator lief an.

Ich habe gestern Nacht den Geist gesehen, hinter dem Sie her waren. Ist das einer der Geister, welche diese Person gefangengenommen hat?

»Du hast ihn gesehen?« Anya beugte sich gespannt vor.

Ja. Ich habe sämtliche Teile von Brians Ausrüstung überwacht.

Anya runzelte die Stirn und fragte sich, ob Brian das wusste. »Ja, das ist einer der Geister, von denen ich annehme, dass Hope sie eingesperrt hat.«

Und sie verwahrt sie ... in einer Art Datenbank?«

»Ich nehme an, so könnte man es beschreiben. Sie bewahrt sie in Flaschen auf. Und ich glaube, die nächste Flasche, die sie haben will, ist die Büchse der Pandora.«

Interessant. Ist die Innenseite kristallin?

»Ja. All ihre Reliquienbehälter sehen von innen aus wie Drusen.«

Vielleicht waren sie das ja einst, Drusen, die aus dem Fels gelöst wurden. In Kristallen lassen sich große Mengen Daten speichern. Anstelle magnetischer oder optischer Datenspeicher bietet sich zur Speicherung holografischer Daten ein Quarzspeicher an. Durch ihn können die Informationen auf der ganzen Oberfläche des Mediums verteilt werden. Wird Licht durch das Medium geschickt, können unterschiedliche Bilder produziert werden.

»Dann könnte es also eine naturwissenschaftliche Grundlage für die Reliquienbehälter geben?«

Theoretisch schon. Bis zu 500 GB pro Quadratzoll, vielleicht auch mehr.

Anya stützte das Kinn auf die Hand. Die Überschneidung von Magie und Naturwissenschaft war höchst interessant, bereitete ihr aber Kopfschmerzen. »Du sagst also, dass die Reliquienbehälter nichts anderes sind als eine CD-ROM oder ein USB-Stick?«

Nun, was das Speichervolumen betrifft, haben sie mehr Ähnlichkeit mit der Serverfarm, die meine inneren Prozesse ermöglicht. Der Reliquienbehälter ist ebenso eine Falle, wie dieser Computer es für mich ist. Der Geist in der Maschine.

Wieder stutzte Anya. »Mir war nicht bewusst, dass du so empfindest.«

Empfindungen sind relativ.

Der Cursor blinkte, doch ALANN äußerte sich nicht weiter zu diesem Punkt. Stattdessen wechselte er das Thema: *Was, hoffen Sie, durch die Überwachung zu erreichen?*

»Ich suche eine nachweisbare Verbindung zwischen Hope und etwas aus dem gestohlenen Besitz eines Ihrer Opfer. Ich möchte wissen, wo sie ihn aufbewahrt. Und ich möchte herausfinden, ob wir sie mit einigen der Brände in Verbindung bringen können, die in letzter Zeit entfacht wurden.«

Was für Brände waren das?

»Es hat zwei Tote gegeben, die ich bisher nichts anderem als einer spontanen menschlichen Selbstentzündung zuordnen kann. Und es gab mehrere kleinere Brände im Umfeld ihrer Geisteraktivitäten.«

»Das macht mir Sorgen, weil es keinen Sinn ergibt«, meldete sich Brian auf der anderen Seite des Raums zu Wort. »Du weißt doch, dass wir Thermometer benutzen, um die Anwesenheit von Geistern festzustellen.«

»Ja. Je kälter es wird, desto größer die Wahrscheinlichkeit, dass ein Geist da ist, weil sie der Umgebungsluft die Wärmeenergie entziehen, um sich zu manifestieren.«

»Richtig. Wenn Geister in der Nähe sind, rechne ich mit sinkenden Temperaturen. Aber bei Hopes Geistern steigt die Temperatur, und zwar so sehr, dass es zu zufällig erscheinenden Verpuffungen kommt. Das widerspricht allen Erfahrungen.«

»Nicht unbedingt.« Anya strich mit den Fingern über den bloßen Hals. »Sparky ist ein nichtphysisches Wesen. Er mag kein Geist im eigentlichen Sinne sein, aber er ist warm.«

ALANN piepte, um ihre Aufmerksamkeit auf sich zu lenken, und Brian krabbelte unter dem Schreibtisch hervor und schaute ihr über die Schulter.

Bedenken Sie das erste Gesetz der Thermodynamik hinsichtlich der Speicherung von Energie: Energie kann weder geschaffen noch vernichtet werden. Wenn Ihre Geister Energie anzapfen, um sich in der physischen Welt zu manifestieren, ist es logisch, anzunehmen, dass ein Teil dieser Entladung Hitze hervorbringt. Je mehr Energie transferiert wird, desto größer die daraus entstehende Hitze.

»Dann erzeugen unsere Geister Hitze, wenn sie sich manifestieren, und benutzen diese Hitze, um Brände auszulösen … absichtlich oder unabsichtlich?« Brian rollte einen Schraubendreher über seine Knöchel. »Interessant.«

Das war natürlich aus der Hüfte geschossen. Es könnte auch völliger

Blödsinn sein, da das Gehirn, dem ich nachempfunden wurde, nicht an Geister geglaubt hat. Aber wenn ich den Unglauben für einen Moment außer Kraft setze ... es wäre möglich. Eine kristalline Struktur wie die im Inneren der Reliquienbehälter lässt auch eine Energiespeicherung von größerem Ausmaß zu.

»Wie eine Batterie?«, fragte Anya. Die Unterhaltung ging über ihren Horizont, obwohl ihr bewusst war, dass ALANN sich um eine verständliche Terminologie bemühte.

Durchaus möglich.

Brian schüttelte den Kopf und schlenderte zurück zu seinen Spielzeugen. »Hope hat eine interessante Technik. Ich würde zu gern herausfinden, wie das funktioniert.«

Anya verschränkte die Arme vor der Brust. »Aus purer Neugier? Oder zur praktischen Anwendung?«

Brian antwortete mit einem unergründlichen Schulterzucken, das typisch für ihn war. »Was ich mit ALANN gemacht habe, erfordert massenhaft Computerkapazitäten auf mehreren Servern. Wenn das Speicherproblem mit Hilfe eines holografischen Datenspeichers gelöst werden könnte ... Scheiße, dann könnte ich mit einer ganzen Armee von ALANNs arbeiten.«

»Schafft das nicht ein ethisches Problem? Ich meine ... die Idee, ein künstliches Gehirn mit dem Ich-Bewusstsein Verstorbener nachzuempfinden, bereitet mir Bauchschmerzen.« Anyas Blick huschte zurück zu dem Monitor. Es fühlte sich seltsam an, über ALANN zu reden, als wäre er nicht da. »Tut mir leid, ALANN.«

»Mir nicht. Tot ist tot«, sagte Brian. »So wie ich das sehe, verlierst du weitgehend deine Rechte, wenn du aufhörst zu atmen.« Werkzeuge klapperten unter dem Schreibtisch.

Anya runzelte die Stirn. »Da bin ich nicht so sicher. Die Geister, die wir sehen ... viele von ihnen haben ein Bewusstsein. Sie haben Gefühle.«

»Ja. Aber sie sind nicht lebendig.«

Anya schüttelte den Kopf. »Trotzdem haben sie eine gewisse Rücksicht verdient.«

»Du willst doch nicht behaupten, sie hätten die gleichen Rechte wie lebende Menschen, oder? Ich meine, wenn du das tätest ... du könntest nicht Richter sein, nicht Jury und nicht Henker, nicht wahr?« Sein Ton klang milde, doch Anya fiel eine gewisse Anspannung in seiner Stimme auf.

»Ich weiß nicht, was ich denken soll.« Sie rieb sich die Arme, fröstelte angesichts der zusätzlichen Klimageräte, die die Serverumgebung kühlen sollten, und der Leerstelle in Brians ethischem Wertekatalog. Sie wandte sich ab, blickte hinab auf den Monitor. Der weiße Cursor blinkte und schrieb:

Lassen Sie mich bitte da raus.

Erschrocken wich Anya einen Schritt zurück und sah sich zu Brian um, doch der konzentrierte sich gerade voll und ganz auf einen Kabelkraken, der über den Rand seines Schreibtischs trudelte.

ALANN löschte mit der Rückschrittfunktion sorgfältig jedes seiner letzten Worte.

Anya streckte die Hand aus, wollte den Monitor berühren. Ihre Gedanken überschlugen sich. Mist. War ALANN da drin gefangen? Wie die Geister in den Reliquienbehältern? Gefangen durch Wissenschaft, nicht durch Magie?

»Würdest du sagen, Sparky hat ein Bewusstsein?«, fragte Brian.

»Na ja, sicher.«

»Aber du hältst ihn mehr oder weniger an der Leine, und er tut, was du willst.«

»So ist das nicht«, protestierte Anya. »Es ist ...« Sie hatte sagen wollen, es sei *intimer, vertrauter,* aber plötzlich hörte sich das alles falsch an.

»Jedenfalls ist das keine Beziehung auf Augenhöhe.«

»Das liegt daran, dass er nicht reden kann.« Anyas Lippen wurden schmal. Brian hatte Sparky nie gesehen und wusste nichts über seine Persönlichkeit.

»Du vermenschlichst ihn, ist dir das klar?«

»Er ist mein Beschützer.« Anyas Stimme bebte vor Ärger. »Er hat mich mein Leben lang behütet. Wenn überhaupt, dann bin ich *ihm* etwas schuldig, nicht umgekehrt.«

Brians Kopf lugte unter dem Schreibtisch hervor. »Hör mal, ich wollte dich nicht kränken, aber das Thema lohnt eine ernsthafte Diskussion ...«

Anya schüttelte den Kopf. »Ich brauche Schlaf. Wir unterhalten uns später.«

Sie schnappte sich ihre Tasche und verließ das Labor ohne einen Abschiedskuss für Brian. Ihre Schritte hallten durch die labyrinthartigen Gänge der technischen Ebene unter der Universität. Fluoreszierendes Licht lockte Insekten in die Betongänge, die in dem trüben Lichtschein winzige Schatten an die Wände warfen. Eine Gottesanbeterin hatte sich einen Weg herein gebahnt, thronte nun auf dem Ausgangsschild und wartete auf ihre nächste Mahlzeit.

Was Brian über Sparky und die Geister gesagt hatte, tat weh. Anya griff in ihre Tasche, um die Molchkamera zu aktivieren.

»Sparky anrufen«, grummelte sie.

Das Display flackerte auf, und Anya wusste sofort, dass etwas nicht stimmte. Sparky stand hoch aufgerichtet über seinen Eiern, und aus dem Lautsprecher erscholl ein tiefes Knurren. Sein rotorangefarbener Wärmebildschwanz peitschte hin und her, und die gelben Augen blitzten etwas über ihm an, etwas, das sich außerhalb des Aufnahmewinkels befand.

Anya stopfte das iPhone zurück in die Tasche und fing an zu rennen.

»Halte durch, Sparky.«

Ich hätte ihn nie allein lassen dürfen.

Die Waffe in der Hand, platzte Anya ins Haus. Ein Hitzeflimmern lag in der Luft, als sie durch den düsteren Hausflur auf das Salamanderknurren und ein dumpfes Brausen im Bad zurannte.

Sie wollte die Badezimmertür aufstoßen, doch die rührte sich nicht. Sie trat kurz unter dem Schloss dagegen, genau da, wo der hohle Innenteil der Tür auf den Rahmen stieß, und brach das Blatt auf, sodass es nur noch an der oberen Angel schaukelte.

»Sparky!«, brüllte sie und rannte durch die Splitter.

Das Badezimmer war ein einziges Durcheinander aus Licht und Geräuschen. Ein Strudel hatte sich in der Decke gebildet und wirbelte Fetzen geisterhafter Erscheinungen herum wie Seifenschaum, der um einen Abfluss kreiselte. Überirdischer Wind zerrte am Duschvorhang und schleuderte Anyas Gummientensammlung durch die Luft. Dahinter kauerte Sparky über seinen kostbaren Eiern, heulte und schnappte nach den geisterhaften Fingern, die ihm zu nahe kamen. Der Salamanderreif kreiste um den Wasserzulauf der Badewanne und machte Geräusche wie eine auf Asphalt klappernde Radkappe.

»Nimm deine schmutzigen Hände von ihm«, brüllte Anya. Zorn brodelte in ihrer Lunge und dem schwarzen Loch in ihrer Brust, und das Herz der Laterne, das Geister verschlingende Herz, erwachte.

Sie ließ es geschehen. In der knisternden Statik, die die Geister verbreiteten, atmete sie tief ein, die Arme ausgebreitet, um die schreckliche Kälte einzufangen. Geisterfetzen glitten über ihre Kehle, kalt wie Eis, und erstarrten in der Finsternis. Anya fühlte, wie sie gegen sie kämpften, wie sie sich bemühten, in den Strudel zurückzukehren, aber sie ließ es nicht zu. Das Atmen fiel ihr so schwer, als würde sie den Kopf aus dem Fenster eines rasenden Autos halten: Die Luft war einfach zu schnell. Sie schluckte sie runter, zerrte mit all ihrer Kraft an diesen kalten Geistern, und ihr Atem bildete Dampfwolken in der Luft.

Der Strudel waberte in seiner Kreisbahn. Wie ein Wasserwirbel in einem Spülbecken wurde er allmählich schwächer und verschwand ... und die Geister versanken in ihm. Gleich darauf war die Decke wieder so unberührt und glatt, wie es eine Decke sein sollte.

Anya fiel neben der Badewanne auf die Knie und tastete nach ihrem Vertrauten. »Sparky!«

Sparky brach auf seinen Eiern zusammen, seine Zunge hing ihm aus dem Maul. Benebelt blinzelte er sie an. Anya nahm ihn in ihre Arme und wiegte ihn hin und her. Sie wusste nicht, wie lange er sich dieses Angriffs schon hatte erwehren müssen, aber er zitterte vor Erschöpfung, und sein Atem ging flach. Anya ergriff den Salamanderreif, der auf dem Wasserzulauf der Badewanne eierte, und legte ihn um den Hals. Das Metall fühlte sich sengend heiß an.

Sie schaute in das Nest und zählte die Eier. Es waren noch alle da. Und soweit sie es beurteilen konnte, sahen sie auch normal aus: glasige Kugeln, in deren Mitte die dunklen Schemen der Salamander schwammen. Luftblasen drangen durch die Oberfläche, und die Eier fühlten sich bei Berührung heiß an. Das Gummiententhermometer plärrte: Die Temperatur im Gelege war auf über vierzig Grad gestiegen. Die Hitze schien sich wenig auf die Molche auszuwirken. Einige der winzigen Schwänze peitschten noch hin und her, während andere fest um den Leib ihrer kleinen Eigentümer gewickelt waren.

Geschwächt leckte Sparky ihr das Gesicht. Anya wischte ein Stück des magischen Kreises mit einem Handtuch fort und gestattete ihm, auf ihren Schoß zu klettern. Zwar hatte sie den magischen Kreis aufgebracht, um Sparky darin festzuhalten, doch nahm sie an, dass er auch Hopes Geister in Schach gehalten und zumindest einen kleinen Schutz vor dem Angriff geboten hatte. Am Rande der Markerfarbe entdeckte Anya verschmierte Fingerabdrücke. Fingerabdrücke von Geistern, die versucht hatten, hineinzugelangen, wie sie vermutete. Sie fröstelte bei dem Gedanken, dass diese Geister zu ihrer Manifestation so viel Energie aus ihrer Umgebung abgezapft hatten, dass sie imstande gewesen waren, Spuren in der physischen Welt zu hinterlassen.

»Keine Angst, Sparky«, sagte sie und drückte ihn fest an sich. Heiße Tränen flossen über seinen Hals. »Ich lasse dich nie wieder allein. Niemals.«

Sie drückte die freie Hand an die Brust und spürte, wie ihre Haut brannte. Wann immer sie einen Geist verschlang, hinterließ das Spuren. Sie konnte rote Male sehen, die sich unter ihrem Hals ausbreiteten. Aber das würde heilen. Sie küsste Sparkys gefleckte Stirn.

Dann blickte sie schnüffelnd auf.

Etwas brannte.

Anya befreite sich von ihrem Begleiter und verließ das Badezimmer. Sie blickte den Korridor entlang und erkannte Rauch, der aus dem Wohnzimmer wogte. Der Fernseher sprühte zischend Funken. Flammen leckten die Wand empor.

»Scheiße«, fluchte sie, als der Rauchmelder zu heulen begann.

Sie hastete in die Küche und riss auf der Suche nach dem Feuerlöscher die Schränke auf. Dann richtete sie das Ventil auf den Ursprung der Flammen, die den Kunststoff einschmolzen und einen beißenden Rauch erzeugten. Der Schaum aus dem Feuerlöscher war erschöpft, ehe das Feuer erloschen war, und die Flammen leckten weiter an der Wand und hinauf zur Deckenverkleidung.

Die Molche. Anya wich zurück in den Flur und hielt schützend eine Hand vor das Gesicht. Sie musste die Eier hier rausschaffen. Sie riss den Flurschrank auf, in dem Waschmaschine und Trockner untergebracht waren, und zerrte einen Wäschekorb aus Weidengeflecht hervor.

Anya stolperte zurück ins Badezimmer und hob Sparky aus der Wanne. Dann riss sie den Plastikduschvorhang herunter und stopfte ihn auf den Boden des Korbes. Schließlich schaufelte sie die Eier und ihren Schlafsack in den Wäschekorb. Dabei zählte sie erneut jedes Ei. Einundfünfzig. Sparky legte sich knurrend über seine Eier, und sie zog die schützende Plastikfolie über ihn.

Anya rannte mit dem Korb unter dem Arm durch den Korridor und wurde von der Hitze aus dem Wohnzimmer zurückgetrieben. Rücklings stolperte sie in ihr Schlafzimmer, knallte die Tür zu, riss das Fenster auf und trat das Fliegengitter aus dem Rahmen.

Ischtar beobachtete sie mit missbilligendem Blick. Anya riss das Gemälde von der Wand und warf es hinaus auf den Rasen. Mit dem Wäschekorb unter dem Arm sprang sie hinunter in das braune Gras.

Sie landete auf Ellbogen und Knien. Der Korb schaukelte hin und her. Sparky reckte fauchend den Kopf unter dem Duschvorhang hervor.

Anya drehte sich um und sah die Flammen zum Dach ihres Hauses emporzüngeln. Ihre Hände zitterten, als sie den Wäschekorb an die Brust presste. Von ihrem Thron in einem Wacholdergestrüpp aus schaute Ischtar zu, wie die Flammen unter der Traufe emporleckten.

Erstarrt vor Furcht und Zorn musste Anya mit ansehen, wie ihr Haus niederbrannte.

Wenn dieses Miststück von Hope Krieg wollte, so schwor sie sich in diesem Moment, dann würde sie ihr einen verdammten Krieg liefern.

KAPITEL ZWÖLF

Anya saß an Katies Küchentisch und hielt die Hände gefaltet, damit Katie nicht sah, wie sehr sie zitterten. Der Wäschekorb mit den Salamandereiern stand vor ihr; Anya war nicht gewillt, ihn aus den Augen zu lassen. Sparky hatte sich oben auf dem Korb zusammengerollt. Vern und Fay hatten sich auf dem Tisch aufgebaut, schnüffelten am Rand des Korbs und schlugen nach Sparkys Schwanz.

Katie stellte eine Tasse heiße Schokolade vor Anya ab und drückte ihre Schulter. »Es wird alles gut.« Dann setzte sie sich auf den Stuhl neben ihre Freundin und nippte an ihrem eigenen Kakao. »Du bist in Sicherheit. Sparky ist in Sicherheit. Die Eier sind in Sicherheit. Das ist alles, worauf es ankommt.«

Anya griff nach dem Henkel der Tasse, konnte ihre Hände aber nicht ruhig genug halten, um ihn zu umfassen, also faltete sie sie wieder in ihrem Schoß.

»Warum will Hope die Eier, was meinst du?«

»Weiß ich nicht genau«, knurrte Anya. »Aber ich weiß, dass sie magische Artefakte sammelt. Ich nehme an, sie will die Molche genauso für ihre eigenen Zwecke missbrauchen wie die Geister.« Anya versuchte nicht daran zu denken, dass Brian ALANN ebenfalls ausnutzte. Das traf sie zu tief im Inneren.

Ebenso wie der Gedanke an ihr Heim ... Sie kniff die Augen zu und bemühte sich zu vergessen, dass ihr Haus in Flammen aufgegangen war. Wieder einmal.

»Du bleibst bei mir«, konstatierte Katie gestreng. »Du kannst bleiben, solange es nötig ist.«

»Aber ...«, wandte Anya ein. Instinktiv wollte sie in Brians Nähe sein, wollte sich bei ihm sicher fühlen.

»Sparky und die Eier werden bei mir sicherer sein«, erklärte Katie in einem Ton, der keinen Widerspruch duldete. »Es würde Monate dauern, an irgendeinem anderen Ort die nötigen Banne und magischen Schutzmauern zu errichten. Die Verlegung der Eier dürfte sogar Hope ein wenig verwirren, zumindest für eine Weile.«

Vern richtete sich auf und steckte den Kopf in den Wäschekorb. Sparky knurrte gereizt. Katie scheuchte die Katzen vom Tisch, was diese mit einem enttäuschten Maunzen quittierten. Sie konnten nicht verstehen, warum ihr Kumpel nicht in Stimmung war, mit ihnen zu spielen.

»Kätzchen. Er hat Kätzchen«, erklärte Katie ihren Katzen die Situation in Begriffen, die sie verstehen konnten. »Lasst ihn in Ruhe.«

Fay blinzelte verwirrt und watschelte aus der Küche. Vern legte den Kopf schief und verstand kein Wort. Anya lächelte, krümmte sich dann jedoch innerlich, als sie sich ausmalte, wie die Katzen einundfünfzig Salamanderbabys durch Katies Haus jagten.

»Danke«, sagte Anya. »Das meine ich ernst.«

»Schon gut.« Katie sah zu, wie Anya erneut versuchte, nach ihrer Tasse zu greifen und es wieder nicht schaffte. Sie griff nach Anyas kalter, klammer Hand und sah ihr direkt in die Augen. »Ich hab dich noch nie so verstört erlebt. Nicht, wenn du Geister verschlungen hast, nicht, als du von einem Dämon besessen warst ... nicht einmal, als Drake gestorben ist.«

»Mir geht's gut«, murmelte Anya.

»Nein, tut es nicht.«

Anya blinzelte. Sie fühlte, wie ihre Kehle eng wurde. »Es ist nur ... ach, zum Teufel.« Eine Träne platschte in ihre heiße Schokolade. »Als ... als ich ein Kind war, ist unser Haus abgebrannt. Und das … es erinnert mich einfach zu sehr an damals.«

Katie drückte ihr mitfühlend die Hand. »Hier bist du sicher.«

Anya schüttelte den Kopf. »Nein. Ich meine, ich hab mich danach nie mehr wirklich sicher gefühlt. Es war … es war meine Schuld. Ich war zwölf. Ich hab mich mit Sparky die Treppe hinuntergeschlichen, um die Weihnachtsbaumbeleuchtung anzuschalten. Wir haben uns vor den Baum gelegt und dem Spiel der Lichter an der Decke zugesehen. Dabei müssen wir eingeschlafen sein.« Anya schluckte schwer. »Als ich aufwachte, hab ich Rauch gerochen und eine unglaubliche Hitze gespürt. Der Weihnachtsbaum hatte das Zimmer in Brand gesteckt. Sparky … Sparky hat mich aus dem Haus gezerrt.«

»Er ist dein Beschützer«, sagte Katie. »Das ist seine Aufgabe.«

»Aber meine Mutter war immer noch oben.« Tränen strömten über Anyas Gesicht, und sie bekam Schluckauf. »Sie ist an Rauchvergiftung gestorben. Und es war alles meine Schuld.«

Katie nahm sie in die Arme. »Es war nicht deine Schuld. Du warst doch noch ein Kind.«

Anya kniff die Augen zu. Ganz gleich, was andere dazu sagten, es gab Dinge, die sie nicht einfach hinter sich lassen konnte. Umso weniger, wenn sie wieder und wieder geschahen.

Obwohl Katie das Gästezimmer für sie vorbereitet und Anya genötigt hatte, ein Kamillenölbad zu nehmen, konnte sie sich nicht überwinden, zu Bett zu gehen. Sie saß auf der Couch im Wohnzimmer, den Wäschekorb zwischen den Füßen, eine Häkeldecke über den Schultern, und stierte mit verweinten Augen auf Katies kleinen Schwarzweiß-Fernseher. Ihre Waffe lag griffbereit auf dem Sofatisch.

Anya hatte Brian angerufen. Er hatte herkommen wollen, doch sie hatte ihn gebeten, es nicht zu tun. So sehr sie sich nach der tröstlichen Behaglichkeit in seinen Armen sehnte, wollte sie doch nicht, dass er sie so sah. So schwach.

Katie hatte sich eine Weile zu ihr gesetzt, ehe sie sich verkrümelt hatte, um sich um ihre Bannzauber zu kümmern. Anya hörte Gesang und das Rieseln von ausgeschüttetem Salz, roch die kräftigen Aromen von Salbei und Pfefferminzöl, als Katie Drudenfüße auf Türen und Stürze malte. Vern und Fay folgten ihr wie in einer feierlichen Prozession und taten, was immer Katzen des Nachts zu tun pflegten. Katies Haus vermittelte ihr durchaus ein Gefühl der Sicherheit, dennoch konnte Anya ihre sich überschlagenden Gedanken nicht lange genug zur Ruhe bringen, um einzuschlummern.

In den dunklen Stunden des frühen Morgens flackerte eine Sendung des Offenen Kanals über den Bildschirm, und Anya beugte sich mit schmalen Augen vor, als sie Hope über die Bildfläche stolzieren sah.

»Auch Sie können Ihre Träume wahr werden lassen«, sagte sie mit fiebrig glänzenden Augen. »Sie müssen stark im Glauben sein und annehmen, was das Universum Ihnen zu geben wünscht.« Ihre sorgfältig manikürte Hand ballte sich zur Faust. »Es wird immer Gegner geben. Es wird immer Leute geben, die nein sagen. Einen Boss, der Ihnen keine Gehaltserhöhung geben will. Einen Ehepartner, der Ihre Qualitäten nicht erkennt. Einen Bankangestellten, der Ihnen keinen Kredit gibt. Hören Sie nicht auf diese Leute. Hören Sie stattdessen auf die, die ja sagen, auf Leute, die Ihre Träume voranbringen werden.«

Hope senkte die Stimme, als stünde sie kurz davor, ein großes, schreckliches Geheimnis preiszugeben. »Viele Leute haben nein zu mir gesagt. Meine Mutter sagte, ich würde es nie zu etwas bringen. Mein Vater war nicht bei uns, und die Partner meiner Mutter schlugen mich. Meine Lehrer sagten, ich wäre dumm. Ich zog mit fünfzehn zu Hause aus. Ich arbeitete als Kellnerin, bis ich genug Geld zusammengekratzt hatte, um mein eigenes Geschäft aufzuziehen. Und ich habe geschworen, ich würde den Menschen helfen, ihre Träume wahr werden zu lassen. Ich habe geschworen, dafür zu sorgen, dass andere es leichter haben würden als ich.« Hopes Unterlippe bebte in überzeugender Weise.

Anya schnaubte verächtlich.

»Wenn ich über das hinauswachsen konnte, was widrige Umstände für mich bereithielten, dann können Sie das auch.« Hope lächelte und senkte erneut die Stimme, bis nur noch ein verschwörerisches Flüstern blieb: »Ich glaube an Sie.«

»Ich glaube, ich werde dir in den Arsch treten, Miststück«, beteuerte Anya.

Sparky lugte aus dem Wäschekorb und knurrte.

Anya wickelte sich in die Häkeldecke und döste wieder ein, nicht ohne am Rande wahrzunehmen, dass Katie früh aufstand und unter die Dusche ging. Auch hörte sie die Freundin auf Zehenspitzen den Flur hinunter und zur Tür hinausgehen. Als sie die Augen aufschlug, drang Sonnenlicht durch die Vorhänge bis zur Couch. Anya vernahm, wie in der Küche der Kaffee leise blubbernd in die Kanne rann, und sie roch das Aroma. Katie hatte das richtig gute Zeug, irgendwelche handgepflückten Edelbohnen aus Chile. Das war es wert, aufzustehen.

Anya wickelte sich die Häkeldecke um die Schultern, stand auf und ging in die Küche. Dort bediente sie sich. Sie war froh zu sehen, dass ihre Hände beim Einschenken nicht zitterten. Vern und Fay saßen auf der Arbeitsplatte und starrten die Kaffeekanne an, die immer noch blubbernde Laute von sich gab.

Katie hatte Anya eine Nachricht hinterlassen.

Bin nach der Bäckerei sehen und ein paar Besorgungen machen. Bin bald zurück.

K.

Anya verzog sich mit ihrem Kaffee wieder auf die Couch im Wohnzimmer. Sparky hob den Kopf und gähnte, als sie die Morgennachrichten einschaltete.

Hope Solomons etliche Jahre altes Verbrecherfoto, aufgenommen, als sie noch Christina Modin geheißen hatte, füllte den Hintergrund hinter dem Tisch der Nachrichtensprecher aus. Sparky fauchte das Bild an.

»Schon gut, Sparky«, murmelte Anya. »Das wird dir gefallen.«

Nick Sarvos, der Reporter, der sich mit spontaner menschlicher Selbstentzündung befasst hatte, hatte den Platz des Chefsprechers der Morgennachrichten eingenommen. Seine ganze Erscheinung mit dem säuberlich gebügelten grauen Anzug und der schwarzen Krawatte brüllte förmlich in die Welt hinaus: »Hey, ich bin ein seriöser Journalist und kein bekloppter UFO-Spinner!«

»... Channel 7 exklusiv. Channel 7 hat erfahren, dass Hope Solomon, die Leiterin der ortsansässigen gemeinnützigen Organisation mit dem Namen *Wunder für die Massen* zu einem früheren Zeitpunkt in Florida wegen diverser Vorwürfe im Zusammenhang mit Kreditbetrug inhaftiert war. Unter dem Namen Christina Modin hat es Hope Solomon zu zahlreichen Anklagen wegen Scheckbetrugs und räuberischer Erpressung gebracht.«

Die Kamera schwenkte zu einem weiteren Sprecher. »*Wunder für die Massen* hat dazu folgende Erklärung abgegeben: ›Hope bedauert die Fehler und Missverständnisse in ihrem früheren

Leben aus tiefstem Herzen. Sie versichert allen Zuschauern, dass sie Buße getan und ihre Schuld gegenüber der Gesellschaft wiedergutgemacht hat. Dank der Güte eines wohlmeinenden Universums ist sie nun in der Lage, der Gesellschaft noch mehr zurückzugeben, indem sie Bedürftigen in Detroit und Umgebung neue Möglichkeiten eröffnet. Wir glauben, wir leben in einer Gesellschaft der zweiten Chancen. Hope, die selbst eine zweite Chance bekommen hat, möchte nun dafür sorgen, dass auch alle anderen ihre zweite Chance bekommen können.‹«

Anya zog vor Sparky eine Grimasse. Sparky legte seine Kiemenwedel an und schnaufte vernehmlich. Und wenn der Salamander schnaufte, hörte sich das höchst verächtlich an.

Die Kamera schwenkte wieder auf Sarvos. Sarvos hielt einige Papiere in der Hand. »Laut der Generalstaatsanwaltschaft von Florida haben mehr als zweihundert Hausbesitzer in Folge der Betrügereien von Christina Modin finanzielle Verluste hinnehmen müssen. Zu dem Zeitpunkt, als Strafanzeigen gegen Modin erstattet wurden, besaß sie keine Aktiva mehr, die beschlagnahmt und für Entschädigungszahlungen an die Opfer eingesetzt hätten werden können.« Sarvos faltete die Hände vor dem Körper. »*Wunder für die Massen* hat sich nicht dazu geäußert, ob Aktiva der Organisation dazu verwendet würden, jene zu entschädigen, die seinerzeit ihr Zuhause verloren haben. Channel 7 wird weitere Ermittlungen zu diesem Fall anstellen.«

»Hoffentlich ist dein Schlafanzug feuerfest, Sarvos«, murmelte Anya über ihrem Kaffee. Der Gedanke, der Reporter könnte ernsthaft in Gefahr schweben, beunruhigte sie; vielleicht sollte sie ihn warnen – aber was sollte sie sagen?

Schabend öffnete sich die Tür. Sparky versteifte sich und knurrte, und Anya griff zu ihrer Waffe. Katie bahnte sich ihren Weg ins Haus. Sie trug ihren weißen Bäckerkittel und hatte das lange Haar sorgfältig um den Kopf geflochten. Nun, da der Drudenfuß an ihrer Halskette nicht zu sehen und ihr Gesicht frisch geschrubbt und zart gerötet war, sah sie aus wie Grete Natzlers harmlose große Schwester. Sie verlagerte ihr Gewicht von einem Fuß auf den anderen, während sie mit Einkaufstaschen und einem weißen Bäckerkarton jonglierte.

Anya grinste ihr müde entgegen. »Hast du Frühstück mitgebracht?«

»Die letzten Piroggen. Greif zu.« Katie reichte Anya den Karton, der einen köstlichen Duft verströmte.

»Lecker.«

»Wie geht's Sparky?« Katies Augen waren kugelrund vor Sorge.

Anya schaute in den Korb. »Er ist okay. Erschreckt sich immer noch vor jedem Schatten, aber ich glaube, allmählich geht es ihm besser.«

Katie stellte ihre Tüten auf dem Sofatisch ab. »Hoffentlich verschafft ihm etwas von diesem Zeug ein bisschen Erleichterung.«

»Was ist in den Tüten?«

»Ein Hexenarsenal. Nach dem, was du erzählt hast, scheinen Hopes Geister größtenteils an die magischen Gesetze gebunden zu sein, die wir bereits von unserer Arbeit kennen – sie können beispielsweise einen ordnungsgemäß geschlossenen Kreis nicht betreten.« Katie zog einen gläsernen Parfümflakon aus einer der Tüten. »Das ist Drachenblut.«

Anya zog eine Braue hoch. »Wirklich?«

»Es ist Pflanzensaft, Harz von *Draceana-Draco*-Bäumen. Mit Wodka aufgegossen und mit ein paar anderen Zutaten vermengt ergibt das eine Tinktur. Der Baum gehört heute zu den gefährdeten Arten, darum ist es inzwischen fast unmöglich, an das Zeug ranzukommen. Irgendwie scheint es ganz passend, es für die Salamander zu nutzen.«

»Was bewirkt es?« Anya entkorkte den Flakon. Der Inhalt roch nach Zimt und Ambra mit einer Basis aus Sandelholz.

»Es wird für Schutzmaßnahmen benutzt, zur Abwehr des Bösen. Achte darauf, dass es getrocknet ist, ehe du dich anziehst – es hinterlässt Flecken. Andererseits würde der Rotton eine tolle Lippenstiftfarbe ergeben.«

Anya ließ die rote Flüssigkeit in der Flasche kreisen. »Du bist die Mary Kay der Magie.«

Katie reichte Anya eine Schmuckkassette. »Sieh dir das an.«

Anya öffnete die Kassette. Darin lag ein Armband mit Glasperlen. Das Armband war aus roten Schnüren gefertigt und wies Knoten zwischen den einzelnen Perlen auf. Die Perlen waren so gestaltet, dass sie Augen ähnelten: Weiße Flecken auf blauem Hintergrund, in denen reglose, schwarzen Pupillen ruhten.

»Es schützt vor dem bösen Blick«, erklärte Katie. »Die Knoten sind Banne, ganz ähnlich wie die Perlen in einem Rosenkranz. Jeder wurde zu dem Zweck geknüpft, die Salamander vor Schaden zu schützen. Die Perlen wurden in Osteuropa hergestellt, wo sie dazu dienen, den bösen Blick abzuwehren.«

Anya knotete sich das Armband um das Handgelenk. »Wow. Wo bekommst du um sieben Uhr morgens so ein Zeug her?«

»Ich bin nicht die einzige Magieexpertin in dieser Stadt.« Katie zuckte mit den Schultern. »Ein paar von uns sind sogar Morgenmenschen. Übrigens: Du bist herzlich eingeladen, dir passende Arbeitskleidung aus meinem Kleiderschrank rauszusuchen.«

»Mist. Die Arbeit hatte ich ganz vergessen.« Anya kaute an ihrer Lippe. »Eigentlich muss ich um neun dort sein.«

»Warte mal.« Katie verschwand im Keller und kehrte mit einem Fetzen eines kunterbunten Gewebes zurück, den sie Anya gab. »Ich glaube, das wirst du brauchen können.«

»Was ist das?« Anya drehte den Stoff in den Hände hin und her. Das Gewebe war mit orangefarbenen und braunen Spatzen übersät und ganz hübsch.

»Das ist ein Baby-Tragetuch.« Katie nahm es ihr ab und warf es sich über die Schulter. Der Stoff führte über ihre linke Schulter hinab zu den Rippen, wo er sich eng an den Körper schmiegte. »Eltern benutzen die Dinger, um ihren Nachwuchs in der Gegend rumzuschleppen.« Sie spreizte Hände und Finger wie eine Jazztänzerin und wackelte mit den Fingerspitzen. »Guck, Mami, ganz ohne Hände!«

»Ich verstehe kein Wort.«

Katie verdrehte die Augen. »Du legst die Eier da rein und nimmst sie mit. Schau, ich hab ein paar Änderungen vorgenommen.« Katie nahm den Stoff wieder zur Hand, und er öffnete sich wie eine Tasche. »Ich hab einen Reißverschluss eingesetzt, damit die Eier nicht rausrollen können. Außerdem hab ich den Stoff mit einem wärmereflektierenden Gewebe gefüttert. Wenn du das Tuch so am Körper trägst, dürften du und Sparky keine Probleme haben, die Eier warmzuhalten. Falls doch, steckst du einfach diese Taschenwärmer aus dem Campingladen mit rein.« Katie blickte verlegen auf. »Ich hatte vor, eine Babyparty für dich zu schmeißen, und das sollte das wichtigste Geschenk werden. Aber wie es scheint, brauchst du es schon jetzt.«

Anya kniff sich in die Nasenwurzel. »Wahrscheinlich werde jetzt dauernd an die Zeit erinnert, als ich in der Highschool einen Sack Mehl mit mir rumschleppen musste. Die Lehrer haben gesagt, wir sollten ihn wie ein Baby behandeln.«

»Wie hast du dich geschlagen?«

»Nicht gut. Das Ding ist andauernd aufgeplatzt und ich hab es immer wieder mit Klebeband geflickt. Als ich ihn wieder abgegeben habe, war der Sack nichts weiter als ein Klebstreifenknäuel von der Größe eines Softballs, in dem gerade noch eine Hand voll Mehl übrig war. Hat mir ein ›D‹ eingebracht.«

»Wieso bist du nicht durchgefallen?«

»Der Lehrer war beeindruckt davon, dass ich immer wieder

versucht habe, das Ding zu reparieren. Er hat gesagt, ich wäre zwar nachlässig genug, das Kind vom Dach fallen zu lassen, wäre aber andererseits umsichtig genug, Erste Hilfe zu leisten und Neun-eins-eins zu rufen, wenn das Unglück eingetreten ist.«

Katie grinste und legte Anya die Stoffschlinge über die Schulter. »Fröhliche Mutterschaft.«

Wehe dem Geist, der es wagte, ihr heute auf die Nerven zu fallen.

Anya stieg aus dem Dart und stolzierte mit aller Zuversicht, die sie zusammenraffen konnte, zum gerichtsmedizinischen Institut des Bezirks. Katies Button-Down-Bluse passte recht gut, war aber immer noch ein wenig zu weit für Anya. Aber Katie war knapp dreizehn Zentimeter kleiner, womit ihre Hosen an Anya gerade noch als Caprihosen durchgingen. Das neumodische Tragetuch klemmte unter ihrer linken Brust, und sein Inhalt schlug bei jedem Schritt gegen ihre Rippen. Sie trug zwar eine Jacke über dem Babyrucksack, doch es sah immer noch so aus, als würden ihre Möpse unter ihr Kinn gedrückt. Sparky thronte wie ein Papagei auf ihrer Schulter, den Schwanz um den Salamanderreif gewickelt, während er durch den Vorhang ihrer dunklen Haare lugte. Mit dem Böser-Blick-Armband, der Waffe in ihrem Hüfthalfter und den drachenblutroten Lippen war Anya für alles bereit.

Der schlechte Ruf, den sie sich durch den Geist verdient hatte, der den Geist des Mädchens in dem Kühlraum angegriffen hatte, schien ihr vorausgeeilt zu sein. Oder Katies Magie wirkte. Was es auch war, Anya hörte wieder und wieder das hastige Trippeln nebelhafter Subjekte, die sich von ihr entfernten, während sie die grünen Korridore der Gerichtsmedizin hinunterging. Es war ein wenig, als würde man um zwei Uhr Morgens in einer Küche voller Kakerlaken das Licht einschalten. Sie flüchteten in die Dunkelheit, in der sie warteten und mit zuckenden Antennen die Umgebung überwachten. Anya konnte ihre Blicke auf sich ruhen fühlen, reagierte aber nicht. Sie umrundete die Ecke zum Hauptuntersuchungssaal, ohne auch nur das Kichern eines Geistes zu vernehmen.

Niemand wollte sich mit Salamandermama anlegen.

»Lieutenant Kalinczyk.« Gina wusch sich gerade die Hände in einem Edelstahlbecken. Anya war erstaunt, dass sie groß genug war, um den Wasserhahn zu erreichen. Sie blickte sich zu Anya um. »Nette Handtasche.«

»Danke. Meine Freundin hat sie für mich gemacht.« Anya verschränkte die Arme vor der Brust. Aus dem Augenwinkel erblickte sie einen Geist, der sich von der bäuchlings auf dem Untersuchungstisch liegenden Gestalt eines toten, älteren Herrn aus umschaute. Als sie sich umdrehte, zog sich der Geist hastig in den Leichnam zurück. Anyas Augen wurden schmaler. Gut so, dachte sie. Bleib da.

»Der Lippenstift gefällt mir auch. Welche Farbe ist das? Hurenscharlach?«

»Gina ...« Anya seufzte.

»Was? Ich dachte, Sie haben vielleicht ein Rendezvous oder so was.« Gina zuckte mit den Schultern und wackelte mit dem Finger vor ihr. »Ein nettes Mädchen wie Sie sollte verheiratet sein.«

Anya verdrehte die Augen und sah sich zu Sparky um. »Ich bin gebunden.«

»Und Sie haben keinen Ring? Was für ein Mistkerl.«

»Er ist kein ...« Anya schüttelte den Kopf. »Warum bin ich hier, Gina? Haben Sie mich nur hergerufen, um mir Beziehungsratschläge zu erteilen?«

»Ich arbeite an Ihren Wachmännern.« Gina trottete zu einem Leichnam, der auf einem Untersuchungstisch lag. Kopf und Körper waren mit Klötzen abgestützt, um den Brustkorb zu öffnen, und Anya erkannte das Gesicht als das des knusprigen Wachmanns, den sie aus dem luftdicht versiegelten Saal mit der griechisch-römischen Ausstellung gezogen hatte. Sein nackter Körper war erstaunlich unversehrt, nur auf dem Unterleib war ein verbrannter Bereich von der Größe ihrer Hand zu sehen. Ein Teil der Haare rund um den Brandfleck herum war versengt und in einem Stadium der Zersetzung.

Gina schnappte sich ein Paar rosaroter Untersuchungshandschuhe und drückte Anya ein blaues Glas mit Mentholsalbe in die Hand. »Wick?«

»Gern. Danke.« Anya rieb sich die Salbe unter die Nase. »Wo ist der andere?«

»Ach ...« Gina winkte mit ihrer latexbewehrten Hand. »Der war nicht so interessant. Ich hab ihn den Ärzten im Praktikum überlassen. Das war ein einfacher Erstickungstod. Ich faxe Ihnen den Bericht zu. Aber *dieser Bursche* ...« Gina ließ ihre Knöchel krachen, streckte die Hand aus und drückte die Lippen in dem Leichengesicht zusammen wie eine Großmutter es vielleicht einem Kind antun könnte, das zu klein war, sich zur Wehr zu setzen. »Dieser Bursche ist interessant, darum habe ich ihn für Sie zurückbehalten.«

»Denken Sie, er ist auch erstickt?« Anya beugte sich vor, um die Leiche genauer anzuschauen. Oberflächlich betrachtet sah die Verbrennung nicht allzu schlimm aus. Ganz gewiss nicht tödlich.

»Ich hab mir die Freiheit genommen, das Toxikologiegutachten rüberzuschicken, als ich das Blutbild des anderen Wachmanns eingereicht habe.« Gina kritzelte mit einem Fettstift auf einem laminierten Klemmbrett. Sie schraffierte einen dunklen Fleck auf einer einfachen Strichzeichnung eines Männerkörpers, um die Lage der Brandwunde zu markieren. »Keine petechialen Blutungen in den Augen oder im Gesicht. Er ist nicht erstickt.«

»Was zum Teufel ...?« Anya nagte ratlos an ihrer Lippe, während Gina sich dem Leichnam widmete. »Diese kleine Brandwunde hätte vielleicht gereicht, um ihn in die Notaufnahme zu bringen. Hätte sie sich infiziert, wäre vielleicht eine Hauttransplantation nötig geworden. Aber ich weiß wirklich nicht, wie die ihn hätte umbringen können.«

»Darum suchen wir nach anderen Wunden.« Gina schoss eine Reihe Fotos von der Brandwunde und der Leiche. »Vielleicht hat der andere Bursche ihm den Feuerlöscher an den Kopf gehauen, und er hat in seine Kappe geblutet. Wir werden's herausfinden.« Gina zeigte auf eine Spenderbox mit Handschuhen. »Los, machen Sie sich nützlich.«

»Aber ...« Anya blinzelte.

»Meine Praktikanten sind in einem Seminar zum Thema Schweinegrippe.« Gina verdrehte die Augen. »Ziehen Sie die Handschuhe an und dann frisch ans Werk.«

Ächzend tat Anya, wie ihr geheißen, und achtete darauf, dass das Böser-Blick-Armband unter dem Handschuh verschwand. Sie hatte keine Ahnung, was das Blut eines Toten mit dem Bann anstellen mochte. Dann schnappte sie sich eines von Ginas blauen OP-Kitteln und steckte die Arme hinein. Die Bänder baumelten locker an ihrem Rücken. Zumindest konnte sie so den Molchkoffer vor Flecken schützen. Eine von Ginas OP-Hauben und eine Maske vervollständigten das Ensemble. Die Maske war angenehm, sie schickte die Dämpfe der Mentholsalbe zurück in ihre Nebenhöhlen, sodass sie das Desinfektionsmittel und das Frischfleisch kaum noch riechen konnte.

Gina öffnete die Augenlider der Leiche. »Wie gesagt, keine Blutflecken, keine Röte. Keine Erstickung. Aber ich kann's kaum erwarten, ihn aufzumachen und einen Blick hineinzuwerfen. Haben Sie was dagegen, wenn wir hier anfangen, nicht am Brustkorb?«

»Tun Sie sich keinen Zwang an.« Anya war durchaus bewusst,

dass Gina so oder so machen würde, was sie wollte, mit oder ohne Anyas Einverständnis.

Gina kletterte auf einen Stuhl, der gleich neben dem Untersuchungstisch stand. Ohne ihn hätte der Tisch bis zu ihren Achselhöhlen gereicht. Sie ergriff ein Seziermesser und führte einen Schnitt durch die Haut an der Oberseite des Schädels. Die Wunde blutete erstaunlich wenig, und der ganze Prozess erinnerte Anya an das Schälen einer Tomate.

Sparky verlagerte mit missbilligendem Knurren das Gewicht auf Anyas Schultern. Von den Vorgängen um ihn herum gelangweilt, kletterte er über ihren Rücken, grub sich in ihre Achselhöhle und döste auf dem Molchkoffer. Sein Schwanz streifte Anyas Beine, und das Gefühl machte sie nervös. Aber sie war froh, dass wenigstens einer imstande war zu schlafen, während sich Ginas elektrische Säge heulend durch das Schädeldach fraß.

»Geben Sie mir mal den Schädelöffner«, befahl Gina.

Anya musterte die Instrumente, die auf einem Gerätewagen ordentlich auf blütenweißem Papier angeordnet waren wie Zahnarztinstrumente: Skalpelle, Messer, Meißel, Sägen mit der Aufschrift BLACK AND DECKER, Pinzetten und zwei Bolzenschneider. »Was ist ein Schädelöffner?«

»Der T-förmige Meißel.«

»Das Ding hier?« Anya ergriff den Gegenstand, der zu der Beschreibung passte.

Gina riss ihn ihr aus der Hand. »Nur gut, dass Sie nicht Medizin studiert haben.« Sie rammte das Werkzeug in die Öffnung, die sie mit der Säge gemacht hatte, und lehnte sich auf das Ende.

»Das von jemandem, der nur mit Toten arbeitet«, grummelte Anya.

Das Schädeldach klaffte mit einem schmatzenden Geräusch auf, und Gina fing an, mit einer Pinzette im Hirn herumzustochern. »Tja. Sieht vollkommen normal aus.«

Anyas Blick glitt über den Körper des Toten. Hope hinterließ eine Spur aus Leichen, und sie musste eine Möglichkeit finden, eine glaubwürdige Verbindung zwischen der Frau und ihren Opfern zu etablieren.

»Hier. Halten Sie das.«

Anya streckte automatisch die Hände aus und erwartete, dass Gina ihr den Schädelöffner zurückgeben würde. Stattdessen durfte sie sich über ein kaltes, matschiges Gehirn freuen, das ihr in die Hände fiel. Es fühlte sich an wie geschälte Trauben und roch ein wenig wie Leber. Sie hielt den Klumpen fest in den Händen; zugleich schien es ihr, als könnte er ihr jederzeit wie eine nasse Seife aus den Händen flutschen, sollte sie zu fest zugreifen. »Örks.«

»Wiegen Sie es«, befahl Gina und zeigte auf eine Hängewaage, die genauso aussah wie die Waagen, die Anya in Supermärkten zum Auswiegen von Obst gesehen hatte.

Anya hörte ein Knirschen und Schlürfen aus der Richtung, in der der Obduktionstisch stand. »Krikoid, Zungenbein, Schilddrüse ... alle intakt«, murmelte Gina. »Er wurde nicht stranguliert.«

Anya versuchte, das Gehirn so in der stählernen Waagschale zu platzieren, dass es nicht über die Ränder hing, und wartete, bis die Digitalanzeige sich für eine Zahl entschieden hatte. »Dreizehnhundert Gramm.«

»Hm, ziemlich mickrig, aber durchaus noch im Bereich des Normalen. Legen Sie es da hin.«

Anya deponierte das Gehirn auf einem Tisch. Gina näherte sich mit einem Brotmesser und führte es so meisterhaft wie ein Küchenchef, der einen Truthahn tranchierte. Einige schmale Scheiben legte sie in eine Petrischale, die sie anschließend unter ein Mikroskop schob.

»Und?«, fragte Anya.

»Nix. Sieht aus wie ein ganz normales Gehirn.« Gina hörte

sich enttäuscht an. »Vielleicht finden wir in der Brusthöhle etwas Interessanteres.«

»Ich freu mich schon drauf.«

»Hören Sie auf zu flennen und geben Sie mir den Bolzenschneider.« Gina trat ihren Tritthocker zur Seite und beugte sich über die Leiche, um an ihr einen Y-Schnitt durchzuführen, der über die Brust bis hinab zum Bauch führte. Sie klappte die Haut um, und ihre Hände sanken herab.

»Oh«, entfuhr es der zwergenhaften Gerichtsmedizinerin. »So sollte das eigentlich nicht aussehen.«

Den Bolzenschneider fest umklammert, beugte sich Anya über den Tisch. Nun, da die Haut über dem Unterleib zur Seite geklappt war, rechnete sie mit dem Anblick rosaroter Organe und Muskeln. Stattdessen quoll eine schwarze, verkohlte Sauerei aus der Bauchhöhle hervor. Trotz Maske und Wick roch es nach verbranntem Fleisch.

Gina klappte den Hautlappen zurück, als wollte sie sich noch einmal davon überzeugen, wie gering der Schaden auf der Hautoberfläche war. Dann griff sie zu ihrer Kamera und schoss Bilder von dem Brandloch. Sogar Brustbein und Rippen waren dunkel verfärbt und erinnerten Anya an die geschwärzten Knochen eines zu lange gerösteten Thanksgiving-Truthahns.

»Was zum Teufel sehe ich da eigentlich?«, fragte Anya.

Gina legte die Kamera weg, um in der Bauchhöhle herumzuwühlen. »Das weiß ich noch nicht. Es ist eine Verbrennung – was sonst? Aber ich weiß nicht, wo sie anfängt und wie tief sie geht.«

Anya biss sich auf die Lippe und dachte daran, was Gallus über die blaue Flamme gesagt hatte, die aus dem Bauch des Wachmanns hervorgezüngelt war. Blaue Flammen deuteten auf große Hitze hin. Nach Anyas Erfahrung traten sie üblicherweise bei der Verbrennung von Erdgas und Butan auf. Eine blaue Flamme konnte aber auch ein Nebeneffekt bei der Verbrennung bestimmter Elemente wie Kupfer, Arsen oder Blei sein. Aber diese Elemente waren im menschlichen Körper nicht ausreichend vorhanden, um eine farbige Flamme hervorzubringen ... ganz zu schweigen davon, wie schwer es wäre, frisches Fleisch überhaupt in Brand zu stecken.

Ginas Finger verschwanden in geschwärzten Eingeweiden. Flocken weißer Asche hatten sich einen Weg durch die Organe gebahnt. Die Gerichtsmedizinerin schüttelte den Kopf. »Diese Verbrennung geht weit durch den Körper durch, beinahe bis zur Wirbelsäule.«

»Was heißt das?«

»Entweder, jemand hat ihm brennende Feuerwerkskörper in den Arsch geschoben, oder er ist, dem Anschein nach, von innen nach außen verbrannt.«

Anya schrubbte sich die Hände in der Damentoilette der Gerichtsmedizin, begierig, auch noch das letzte bisschen Blut von ihrer Haut zu entfernen. Der Geruch des Todes schien durch die Latexhandschuhe und ihren OP-Kittel zu dringen. Wann immer sie den Kopf wandte, konnte sie den Gestank von Verbranntem und von den Fäulnisbakterien in den Eingeweiden an ihrem Haar riechen.

Zu ihrem Füßen lag der Molchkoffer auf den grünen Fliesen. Die Hitze der Eier an ihren Beinen fühlte sich beruhigend an. Sparky war davongetrottet, um den Händetrockner zu untersuchen. Es war einer von der Sorte, die durch Bewegung aktiviert wurden, und er vergnügte sich damit, den brausenden Motor in Gang zu setzen, indem er sich streckte und mit den Kiemenwedeln unter dem Sensor flatterte. Er sah aus wie ein Hund, der aus einem Autofenster schaute, die Augen halb geschlossen, hielt er die Nase in den heißen Wind.

Anyas Telefon tschirpte. Sie schüttelte sich das Wasser von den Händen und fischte es aus der Tasche. »Kalinczyk.«

»Marsh hier. Wo zum Teufel sind Sie?«

»In der Gerichtsmedizin.«

»Was haben Sie verdammt noch mal auf der Arbeit zu suchen? Ich hab gehört, Ihr Haus ist abgebrannt.«

Anya schloss die Augen und bemühte sich, das Zittern ihrer Stimme unter Kontrolle zu bringen. »Äh ... Captain, es ist wahrscheinlich besser zu arbeiten.«

Die Stimme am anderen Ende der Leitung wurde sanfter. »Hören Sie, es tut mir leid, Kalinczyk. Wann wollen Sie vorbeikommen, um rauszuholen, was noch zu retten ist?«

Sie schluckte. Sie war noch nicht bereit, an den Ort des Brandes zurückzukehren. Nicht jetzt. Nicht in nächster Zeit. »Äh, Captain ... ich gehe bald hin. Es ist nur ...« Sie biss sich auf die Lippe. »Ich kann es nur nicht jetzt.«

Am anderen Ende trat eine Pause ein. Marsh war kein großer Tröster vor dem Herrn. »Äh ... in Ordnung. Tun Sie, was Sie tun müssen. Und geben Sie mir Bescheid, wenn Sie irgendwas brauchen. Können Sie irgendwo unterkommen? Ich stelle Ihnen einen Hotelgutschein aus ...«

»Ich wohne bei einer Freundin, Captain. Das ist kein Problem.«

»Gut. Melden Sie sich.« Marsh beendete das Gespräch ziemlich unbeholfen.

Anya starrte schniefend ihr Ebenbild in dem polierten Metallspiegel an.

Und etwas starrte aus Augen zurück, die nicht die ihren waren.

Anya packte den Molchkoffer und hastete zurück. Sie reckte dem Geist im Spiegel die Hand entgegen und schirmte die Babytasche mit dem Körper ab. Sparky huschte heran, stellte sich zwischen ihr und dem Waschbecken auf die Hinterbeine und fauchte wie eine Kobra.

»Komm bloß nicht näher«, knurrte Anya.

Der Geist trat mit erhobenen Händen aus dem Glas. Anya erkannte die blonde Punkerfrisur und die schwarzen Emoklamotten. *»Ich bin's nur. Charon.«*

Anya ließ die Hände nicht sinken. »Mir egal, und wenn du Jesus Christus persönlich bist. Wenn du näher kommst, vernichte ich deinen Spektralarsch.«

Charon zuckte mit den Schultern. *»Ich bin nur hier, um zu reden.«*

Sparky ließ sich wieder zu Boden sinken, doch sein Schwanz peitschte noch immer nervös hin und her.

»Ich höre«, sagte Anya, regte sich darüber hinaus aber nicht.

»Stört es dich, wenn ich rauche?« Charon zeigte auf seine Manteltasche.

Anya kniff die Augen zusammen. »Ist deine Beerdigung. Besser gesagt, es war deine.«

Charon zog eine Packung Zigaretten aus der Tasche, klopfte eine heraus und zündete sie mit einem verchromten Feuerzeug an. *»Einer der Vorzüge, kein Mensch zu sein, ist, dass ich mich straflos allen möglichen Lastern hingeben kann.«*

»Ja. Aber du *warst* einmal ein Mensch.« Das war als Feststellung gedacht, hörte sich aber an wie eine Frage.

Charon zuckte mit den Schultern. Der Rauch, der aus seiner Lunge kam, roch nicht wie Rauch. Er roch wie der Weihrauch, an den sich Anya von den Sonntagen in der katholischen Kirche erinnerte, die sie in ihrer Kindheit erlebt hatte. *»Nicht so ganz. Aber ich bin nicht wegen meiner Biographie hier.«*

»Haben die anderen Geister dich vorgeschickt?«

»Nein. Die verstecken sich bei ausgeschaltetem Licht im Kühlschrank. Ich bin auch nicht hinter den Salamandereiern her.«

»Was willst du dann?«

Rauch ringelte sich um Charons Kopf, aber sein Blick war so

kalt und blau wie ein Winterhimmel. *»Jemand stört mich bei der Arbeit, und ich nehme meine Arbeit sehr ernst.«*

»Seelen ins Jenseits führen.«

»Ja. In der letzten Woche hab ich mehrere Übertritte verpasst, und es war mir stets ein Anliegen, pünktlich zu sein.«

»Lass mich raten ... Jasper Bernard. Zwei Wachmänner. Und Leslie Carpenter.«

Charon schnippte geisterhafte Asche in das Waschbecken. *»Hope Solomon stört die natürliche Ordnung des Todes.«*

Anya schluckte und dachte an den Geschmack der Geister, der in ihrem Rachen zerfiel, nachdem sie sie verschlungen hatte. »Ich schätze, es gibt eine ganze Menge Leute, die die natürliche Ordnung des Todes stören.«

»Du tust nur deinen Job, Laterne.« Charon blies Rauch in die Luft, der hinter seinen Backenzähnen hervorströmte wie der Atem eines Drachen. *»Mit dir hab ich kein Problem. Aber Hope mischt sich zu sehr ein, und ich will, dass sie aufgehalten wird.«*

»Das wollen wir beide«, entgegnete Anya. »Aber bisher konnte ich nicht einmal einen Durchsuchungsbefehl erwirken.«

»Das ist kein rechtliches Problem.« Charon drückte die Zigarette an der Wand aus, wo sie eine Brandspur auf einer Kachel hinterließ. Er musste ein sehr mächtiger Geist sein, dass er mit solcher Lässigkeit eine Wirkung auf die physische Welt erzielen konnte, dachte Anya.

»Das ist nicht einmal ein Problem, das auf der physischen Ebene gelöst werden kann. Hope will deine Salamander, und sie will die Büchse der Pandora. Die Büchse der Pandora würde es ihr ermöglichen, Tausende von Geistern zu fangen und festzuhalten. Mit solch einer Macht wird sie weit über jedem Gesetz stehen. Du wirst dich auf die astrale Ebene begeben müssen, um sie zu bekämpfen.«

Anya starrte die Last in ihren Händen an. Sie würde sterben, ehe sie zuließe, dass Hope die Eier oder Sparky in die Finger bekam. Sparky saß schwanzwedelnd zu ihren Füßen.

»Wie macht sie das?«, fragte Anya. »Ich verstehe ja, dass sie Geister fängt, aber was hat das mit Bränden zu tun, die nach Magie riechen? Und wie zwingt sie sie dazu, ihren Wünschen nachzukommen?«

Charon streckte die Hand aus und berührte Anyas Wange. Sie zuckte zurück, aber nicht, ehe sie die Kälte seiner Finger wahrgenommen hatte. *»Gespürt?«*

»Ja.« Ihr Mund war trocken. »Ich hab eine Theorie gehört, die besagt, dass Geister Energie – beispielsweise Wärme – aus der Umgebung absaugen, um sich zu manifestieren. Geisterhafte Erscheinungen gehen oft mit einem Temperatursturz über mehrere Dutzend Grad einher.«

Charon nickte. *»Und das Gegenteil trifft auch zu. Wenn eine große Menge Energie freigesetzt wird, steigt die Temperatur.«*

»Die Feuer«, sagte Anya. »Diese Feuer treten stets gleichzeitig mit dem Erscheinen von Hopes Geistern auf.«

»Es erfordert enorme Mengen magischer Energie, diese Geister zu kontrollieren, sie durch die Geistergefäße ihrem Willen zu unterwerfen. Und die Geister müssen noch mehr Energie aufwenden, um Dinge zu bewegen, um beispielsweise Artefakte aus Bernards Haus zu stehlen. Sie brennt sie aus. Diese Feuer sind eine Nebenwirkung der spirituellen Anstrengungen, die unternommen werden bei dem Versuch der Manifestation über einen Strudel in der physischen Welt.«

»So etwas habe ich gesehen … in der Decke, als Leslie Carpenters astrale Doppelgängerin verschwunden ist. Und als Bernies Geist entführt wurde.«

»Eine astrale Doppelgängerin ist für ihre Zwecke genauso nützlich wie jeder andere Geist. Durch diesen Strudel kann immer mehr und mehr Energie geleitet werden. Deine Geister werden mit explosiver Gewalt hindurchgezwungen … und sie saugen am anderen Ende Energie ab – aus den Kristallen auf der Innenseite der Hexenflaschen, aus den Geisterflaschenbannen, die sie benutzt, um sie zu beherrschen.«

»Die Flaschen sind also Batterien. Sind dann diese Strudel ... Löcher?«

»Stell dir die Strudel wie Kabel vor, die mit der Batterie verbunden sind, Kabel, durch die die Energie strömt. Und wie jede nicht isolierte Leitung können auch sie verdammt heiß werden.«

»Was ist mit den Bränden in der Michigan Central Station?«

»Hope war dort, Geister werben. Ich wette meine letzte Zigarette, dass diese Feuer die Folge der Energieströme sind, die freigesetzt wurden, als die Geister zu fliehen versuchten. Ich bin sicher, dir ist auch schon aufgefallen, dass es dort eine Menge Beute gibt.«

Charon lehnte sich mit verschränkten Armen an die Wand. Seine abgewetzten, ungeschnürten Stiefel schrammten über die Fliesen, und ein winziger Diamantohrring glitzerte in dem harten Neonlicht. Nun fehlte nur noch ein bisschen Graffiti, und er wäre das perfekte Motiv für ein Plattencover. Anya wusste nicht, ob sie ihm trauen konnte oder nicht.

»Woher weiß ich, dass du nicht zu ihr gehörst? Das du keiner ihrer ... Geisterlakaien bist.«

»Berechtigte Frage.« Charon fummelte an einem ausgefransten Stück Klebeband am Ellbogen seines Mantels herum. *»Ich verrate dir, wie die Büchse der Pandora in der physischen Welt geschützt werden kann.«*

Anya zog eine Braue hoch. »Das wäre immerhin ein Anfang.«

Charon deutete auf die Molche. *»Du hast deine Eier mit einem magischen Kreis vor einem Angriff geschützt. Ist zwar keine narrensichere Methode, und sie wird vielleicht irgendwann durchdringen, sofern sie genug Zeit bekommt. Aber es wäre zumindest ein guter Anfang.«*

»Woher weißt du das?« Anya drückte die Tasche an ihren Körper und fühlte ihr Herz an den darunter spürbaren Eiern schlagen.

»Neuigkeiten verbreiten sich schnell unter den Toten. Auf der astra-

len Ebene wirkt jede Handlung, als würde man einen Kieselstein in einen ruhigen See werfen – sie zieht Kreise.«

Anya nickte langsam. »Ich schütze die Büchse. Danach reden wir.«

»Mehr kann ich kaum erbitten.«

Ein Schrei hallte durch den Korridor. Sparky richtete die Ohren auf, und Charon wandte den Kopf.

Dann verdrehte er die Augen. *»Ein frischer Tod. Du musst mich entschuldigen.«* Charon verblasste und verschwand allmählich in der Wand. *»Wenn du bereit bist, weißt du, wo du mich findest.«*

Der Schrei im Korridor hielt noch einen Moment vor und verstummte dann, als wäre er aus der Luft geschnitten worden, als hätte der Geist, der ihn ausgestoßen hatte, nie existiert.

Anya unterdrückte ein Schaudern.

KAPITEL DREIZEHN

»Wenn jemand fragt, du bist Kadettin der Feuerwehrschule.«

Anya und Katie stiegen die Stufen zum Detroit Institute of Arts hinauf. Unter dem dunklen Himmel warf die Statue des *Denkers*, angestrahlt von künstlichem Licht, einen langen, blauen Schatten, der beinahe bis zur Ecke der verlassenen Straße reichte. Der obere Parkplatz war leer, die Türen mit gelbem Feuerwehrabsperrband versiegelt.

Katie blickte an sich herab. Sie trug einen langen, grünen Zigeunerrock, Römersandalen und ein Tanktop, das von einem Fransenschal verdeckt wurde. Die Patchworktasche mit ihrem magischen Rüstzeug, die sie mitschleppte, war schwerer als sie selbst. »Ja, genau, ich gebe wirklich eine überzeugende Feuerwehrkadettin ab.«

Anya hielt inne, um die Sache noch einmal zu durchdenken. »Okay. Du bist Historikerin.«

»Das klingt glaubhafter.«

»Überlass einfach mir das Reden.«

Sparky hastete vor ihnen die Stufen hinauf und baute sich in vorderster Front auf. Der Salamander gab sich extrem wachsam, seit sie auf den Parkplatz gefahren waren, und Anya konnte es ihm nicht verübeln. Sie klemmte sich den Molchkoffer fest unter den Arm. Es war unmöglich, vorherzusagen, wie viele Geister sich im Museum aufhielten, und welche sich anfällig für Hopes Beeinflussung zeigen mochten.

Uniformierte Schatten regten sich hinter dem gelben Absperrband, das sich über die Tür zog. Der Brandort wurde noch immer vom DFD überwacht. Das Museum war seit dem Tod der

Wachleute geschlossen, obwohl das DIA Druck ausübte, um eine Freigabe durchzusetzen. Marsh war jedoch nicht bereit sich zu fügen, solange die Ermittlungen nicht abgeschlossen waren, ganz gleich, wie viel Zeit das erfordern würde. Anya nahm an, dass die Umsatzeinbußen wirklich atemberaubend sein mussten.

Ein Feuerwehrmann des DFD öffnete die Tür, und Anya zeigte ihm ihre Marke. Der Feuerwehrmann musterte Katie. »Wer ist das?«

»Sie gehört zu mir.«

»Ich bin Kunsthistorikerin«, trällerte Katie hilfreich.

Der Feuerwehrmann, der den Brandort bewachte, nickte. »Hier sind den ganzen Tag Dutzende solcher Leute übereinandergestolpert.«

Anya runzelte die Stirn. »Historiker?«

»Es heißt, die Museen, die einige ihrer Kunstgegenstände zur Verfügung gestellt haben, seien nicht erfreut über diesen Vorfall. Etliche haben ihre Sammlungen zurückgefordert.«

Anya seufzte. Zusammen mit der zeitweisen Schließung des Museums und der schlechten Presse deutete eine spürbare Verkleinerung der Sammlung einen Mangel an Vertrauen in das Museum an. Das konnte der Institution ernsthaft schaden. Das DIA war eines der wenigen verbliebenen Juwele von Motor City; es wäre traurig, wenn auch sein Glanz verblasste.

»Patrouillieren Ihre Leute im Museum?«, fragte sie beiläufig.

»Nicht, wenn's sich vermeiden lässt.« Der Wachhabende rammte die Hände in die Taschen. »Unsere Anweisung lautet, Eingänge sichern und nichts anrühren. Außerdem ...« Er sah sich über die Schulter um. »Bei Nacht ist's hier verdammt unheimlich.«

Anya grinste. »Das kann ich mir vorstellen.«

Ohne die hektische Betriebsamkeit der Polizisten, Feuerwehrleute und Sanitäter wirkte das DIA vollends verlassen. Anya und Katie gingen durch die Große Halle, ihre Schritte hallten laut durch die steinerne Leere. Sparky stürmte voran, doch er machte keine Geräusche, als er über den Marmorboden hastete. Zwischen den Rüstungen und dem chemisch gefärbten Staub waren Verwirbelungen und Fußspuren auf dem Boden zu sehen, zurückgelassen von den Besuchern des Tages.

Aber es gab immer noch Leben hier – gewissermaßen.

Ein fernes Donnern rollte durch die Halle, so tief, dass es den Staub am Boden erschütterte. Sparky blieb ruckartig stehen, und Anya wäre beinahe über ihn gestolpert. Die Kiemenwedel des Salamanders zuckten, als kostete er die Luft auf der Suche nach dem Ursprung des Geräusches – ein hallender Galopp, der Glas und alte Rüstungen erbeben ließ. Im Großen und Ganzen war es, als stünden sie mitten auf einer Tanzfläche bei zu laut aufgedrehten Bässen.

»Was ist das?«, brüllte Katie.

»Ich glaube, das ist nur Pluto«, antwortete Anya, dennoch spannten sich ihre Finger noch stärker um den Gurt des Molchkoffers. Und sie wich nicht von der Stelle, als der Donner in die Halle vordrang und das gewaltige Schlachtross an ihnen vorüberraste. Pluto galoppierte durch die Glastür am Eingang und löste sich auf. Anya hörte das alarmierte Geschrei der wachhabenden Feuerwehrleute, gefolgt von einem lauten Knall und einem Plätschern, ausgelöst von einer Kaffeekanne, die auf den Boden gefallen war.

»Pluto?«, quiekte Katie. »Wie der Gott der Unterwelt?«

»Na ja, dieser Pluto ist ein Pferd.« Das obsidianschwarze Ross kehrte zurück, ein böswilliges Glitzern in den Augen, den Schweif stolz aufgerichtet. Sparky baute sich mit peitschendem Schwanz vor Anya auf und sah zu, wie das Geisterpferd mit einem übermütigen Klimpern schnaubend an ihnen vorübertrottete. »Er ist eigentlich ganz harmlos. Glaube ich.«

»Ich hab noch nie einen Geist gesehen, der mal ein Tier war«, murmelte Katie. »Es heißt, so was passiert, wenn das Schicksal des Tieres mit dem eines Menschen verknüpft ist, aber ... ich dachte immer, es käme so gut wie nie vor. Tieren fällt der Übertritt ins Jenseits normalerweise leicht, und sie haben kein Interesse daran, noch lange hier herumzuhängen.«

»Für mich ist Pluto auch der erste Pferdegeist.«

Nun, da das Donnern der Hufe verstummt war, vernahmen sie Stimmen von den weiter hinten gelegenen Emporen. Es hörte sich wie ganz normales menschliches Geplauder an: Gelächter und Konversation, akzentuiert von gelegentlichem Kreischen und dem Klimpern von Glas.

Katie musterte Anya mit einem schiefen Blick. »Hast du nicht gesagt, wir hätten das Museum für uns allein?«

Anya runzelte die Stirn und ging argwöhnisch auf den Ursprung der Geräusche zu. Das Ganze hörte sich an wie ein verdammter Cocktailempfang. »Es sollte niemand hier sein. Das Museum ist geschlossen.«

»Ich weiß nicht, ob ich bei all dieser Ablenkung Magie wirken kann.« Katie hörte sich skeptisch an. »Eine Unterbrechung im falschen Moment könnte katastrophal sein.«

Anya ging um die Ecke zu der Galerie, die zur Sonderausstellung führte. »Mach dir keine Sorgen. Das DFD hat hier immer noch das Sagen. Im Notfall kann ich denen befehlen, ihre Ärsche hier rauszuschaffen.«

Sie geriet ein wenig ins Rutschen bei dem Versuch, ruckartig stehen zu bleiben, als ein Geist aus der Galerie in die Halle stolperte: Gallus. Er hielt den kichernden Kopf einer platinblonden Frau unter dem Arm. Helm und Umhang wirkten derangiert, und er rückte den Helm gerade, um Anya und Katie besser sehen zu können.

»Meine Damen!«, brüllte er. *»Willkommen zur Party!«*

Anya deutete auf den Kopf unter seinem Arm. »Äh ... Gallus, du hast da einen menschlichen Kopf bei dir.«

Gallus hielt sich den Kopf vor sich wie ein Sportler eine Trophäe. Die gepuderte Perücke hing schief, und die Augen zwinkerten. Das Gesicht war so weich und beweglich, als säße der Kopf nach wie vor auf seinem Körper.

»Wo hab ich nur meine Manieren gelassen? Marie, sag Anya guten Tag.«

Maries Mundwinkel wanderten aufwärts, bis einer beinahe den Schönheitsfleck auf ihrer Wange erreicht hatte. *»Enchanté.«*

Sparky richtete sich auf die Hinterbeine auf und schnüffelte an den herabbaumelnden Ringellöckchen.

»Gallus, das ist Sparky. Und dies hier ist Katie.« Sie sah sich über die Schulter um. Katies Augen waren rund und starr. Anya nahm an, dass diese Geister über die Jahrhunderte genug Macht angesammelt hatten, um sich ganz nach Gutdünken sichtbar zu manifestieren. Und sogar für eine Angehörige der DAGR war der Anblick einer vollständigen Geistererscheinung eine außergewöhnliche Erfahrung – etwas, das Anya häufig vergaß. Sie war so daran gewöhnt, Geister zu sehen, dass sie oft nicht daran dachte, welche Wirkung sie auf andere Menschen erzielten.

»Kommt und sagt hallo.« Gallus winkte Anya zu der Galerie der Sonderausstellung.

Anya konnte nicht widerstehen – sie schaute hinein. Und ihr blieb der Mund offen stehen.

Geister aus jeder denkbaren Ära schwebten durch den strahlend weißen Ausstellungsraum wie Gäste bei einer Kostümparty: Frauen in geschnürten Kleidern und Petticoats, Männer in Wämsern. Ein Zulukrieger mit einer Furcht erregenden Maske und Körperbemalung unterhielt sich mit einer Geisha, die mit geschwärzten Zähnen lächelnd hinter einem handbemalten Fächer hervorlugte, in dem ein Riss klaffte. Eine Sirene aus den 1940ern kicherte einen Burschen an, der, gekleidet wie Attila, der Hunnenkönig, wild mit seinen Waffen herumfuchtelte. Sie schlenderten zwischen Gemälden und Skulpturen einher, schwebten um die Vitrine im Zentrum, in der eine lebensgroße Guillotine samt Auffangkorb stand.

»Macht ihr das«, wandte sich Anya im Flüsterton an Gallus, »jeden Tag nach Feierabend?«

»Sonst gibt's ja nicht viel zu tun.« Gallus reichte Maries Kopf an einen Samurai weiter. *»Sie steht auf mich«*, sagte Gallus und wackelte mit den Brauen.

»War das«, fragte Katie und musterte die Guillotine, *»die* Marie?«

»Eben diese. Marie ist eine Leihgabe aus London.« Gallus grinste. *»Sie hält mich für einen Partisanen, und ich hab mir nicht die Mühe gemacht, ihr diese Vorstellung zu nehmen.«*

»Aber ...« Anya sah sich in dem Raum um. »Wo ist der Rest von ihr?«

Gallus zuckte die Achseln. *»Wer weiß? Vielleicht spukt er immer noch durch die Straßen von Paris.«* Er zwinkerte den Frauen zu. *»Aber ich nehme gern mit dem vorlieb, was übrig ist.«*

Anya verzog das Gesicht. »Entschuldige, Gallus, aber das ist eklig.«

»Hey, nach zweitausend Jahren wärest du bei der Auswahl deiner kleinen Vergnügungen auch nicht mehr so wählerisch. Nach so langer Zeit gibt's nur noch sehr wenig, was einem pervers vorkommt.« Gallus klatschte in die Hände und bat um die Aufmerksamkeit der Geisterschar. *»Meine Damen und Herren!«*, grölte er. *»Bitte begrüßt Anya, Katie und Sparky. Anya ist das Medium, von dem ich euch erzählt habe.«*

Eine Woge der Anerkennung rollte durch den Raum, begleitet von dem einen oder anderen Buhruf. Anya errötete. Sie hatte vorgehabt, die Büchse der Pandora zu schützen und wieder zu verschwinden, ohne dabei irgendwelche Aufmerksamkeit zu erregen. Nun schien es, als wäre dies ein aussichtsloses Unterfangen.

Der Samurai hockte sich vor Sparky und bewunderte das Spiel des trüben Lichts auf seiner fleckigen Haut. Anya fiel ein rostroter Fleck auf, der den gelben Seidenobi des Kriegers verunzierte. Außerdem erkannte sie Myriaden kleiner Dellen in seinem Brustpanzer. *»Ist das dein Drache?«*, fragte der Samurai in arg gebrochenem Englisch.

»Ja«, entgegnete Anya geistesabwesend. »Er ist mein Drache.«

Der Samurai verbeugte sich tief vor dem Salamander. Anya fiel auf, dass er seinen gepanzerten Unterarm fest gegen seine Körpermitte presste, um die Eingeweide im Leib zu behalten. *»Es ist mir eine Ehre, deine Bekanntschaft zu machen, mächtiger Drache.«*

Sparky hockte in majestätischer Haltung vor seinem neuen Verehrer. Anya fragte sich, wie oft Sparky derartiges erlebt haben mochte. Sie hatte keine Ahnung, wie alt er war oder wo er sich herumgetrieben hatte. Gewiss musste es auch noch andere gegeben haben, die ihn sehen konnten und ihn für eine heilige Kreatur gehalten hatten. Eine heilige Kreatur, die ihrem eigenen Schwanz nachjagte und Mobiltelefone verspeiste.

»Du hast die Augen von Ischtar«, zischte eine Stimme hinter ihr.

Anya erschrak, wirbelte herum und sah einen alten, barfüßigen Mann in Lumpen vor sich. Er roch nach Staub und abgestandenem Weihrauch, Olivenblätter hatten sich in seinem grauen Bart verfangen, und er stützte sich schwer auf einen hölzernen Stock.

Anya umklammerte den Molchkoffer, und Sparky fing zu ihren Füßen an zu knurren. Der alte Mann griff nach ihr, aber seine Geisterhand fuhr durch ihre Schulter hindurch.

»Rühr mich ja nicht an«, grollte sie.

Der alte Mann blinzelte sie aus kohlschwarzen Augen an. Die Pupillen waren voll geweitet – ob das jedoch ein Zeichen von Verletzung war, von Drogen oder Wahn konnte Anya nicht sagen.

»Du hast ihren schrecklichen Blick. Kein Unterschied.«

Anya kniff die Augen zusammen. Allein Drake hatte sie Ischtar genannt. Wie konnte dieser alte Mann davon wissen?

»Wir kennen uns nicht«, sagte sie eisig.

»Aber ich habe sie *schon früher gesehen.«* Der alte Mann grinste, streckte die Finger aus, um ihr Gesicht zu tätscheln, aber seine Finger flackerten nur bis unter die Hautebene in sie hinein. *»Die Seelenfresserin. Diejenige, die all ihre Liebhaber zum Tode verurteilt.«*

Anya gefror der Atem in der Kehle, und das lag nicht nur an der Kälte, die mit der Berührung des Geistes einherging.

»Ischtar ging hinunter in die Unterwelt, um ihren toten Geliebten zu retten, so heißt es in den alten Geschichten. Sie kam in Rüstung und hielt ein Schwert in Händen, als sie verlangte, dass ihr die Tore zur Unterwelt geöffnet werden. Die Königin der Unterwelt, Ereschkigal, ließ sie ein, doch sie vergiftete sie und nahm sie gefangen. Die Götter brachten Ischtar das Wasser des Lebens und schlossen einen Handel mit ihr: Ischtar durfte nur zurückkehren, wenn sie jemanden anderen schickte, der ihren Platz in der Unterwelt einnähme.«

Anyas Kehle war trocken wie Papierstaub. »Wen hat sie geschickt?«

Der alte Mann grinste sie zahnlos und ohne eine Spur von Humor an. *»Ereschkigal schickte Dämonen mit Ischtar auf die Welt, um dafür zu sorgen, dass sie nicht davonkommt. Als Ischtar auf die Erde zurückkehrte, erkannte sie, dass ihr Gemahl nicht um sie trauerte, also schickte sie ihn an ihrer statt in die Unterwelt. Und so verlor Ischtar beide, den Geliebten und ihren Gemahl.«*

»Was hat das mit mir zu tun?«

»Du trägst ihre Rüstung und bist dazu verdammt, in ihren Fußspu-

ren zu wandeln.« Die Augen des alten Mannes waren so schwarz wie endlose Abgründe.

»Achte nicht auf den alten Balzeri«, mischte sich Gallus ein und dirigierte den alten Mann fort von ihr. Der fing an, vor sich hin zu summen. Gallus tippte sich an die Seite seines Helms. *»Er hat zu viele Drogen genommen. Das hat einen Spielverderber aus ihm gemacht.«*

»Äh, ja ...« Anya sah sich nach Katie um, die in ein Gespräch mit einem alten Ägypter vertieft war. Katies Blick huschte beständig von seinen kajalumrandeten Augen zu seiner breiten, gebräunten Brust. Sein muskulöser Oberkörper war unbekleidet und lediglich mit einem Türkishalsreif geschmückt. Mit seinen goldenen Sandalen und dem geplätteten Lendentuch wirkte er wie eine lebendig gewordene romantische Fantasie, wäre da nicht der geschwärzte Schlangenbiss auf einem Bizeps. Anya fragte sich unwillkürlich, ob er die Bekanntschaft von Cleopatras Natter gemacht hatte.

»Lass uns gehen, Katie.«

Katie löste sich zwar artig von dem eleganten Ägypter, doch ihre Augen verweilten weiter bei ihm. »Verdammt«, sagte sie. »Was für ein verwirrender Geist.«

»Wir haben was zu erledigen«, drängte Anya sie.

»Können wir danach wieder herkommen?«

»Ich bin überzeugt, Gallus wäre höchsterfreut.« Doch ihre Gedanken kreisten um das, was der alte Mann gesagt hatte, darum, dass sie Ischtars Augen habe.

Der Saal mit der griechisch-römischen Ausstellung war noch immer nahezu dasselbe Schlachtfeld, das sie zurückgelassen hatte. Gelbes Feuerwehrband versperrte den Durchgang durch die geborstene Stahltür; sie duckte sich darunter hindurch und zog es zur Seite, um Katie den Einstieg zu erleichtern. Sparky trippelte vor ihnen durch die funkelnden Glasscherben, den Chemikalienstaub und das herumliegende Mobiliar.

»Das ist sie.« Anya deutete auf die Vitrine mit der Büchse der Pandora. Sie war erleichtert, dass das Artefakt immer noch da war. Sparky watschelte zu der Vitrine, legte den Kopf schief und starrte das Ausstellungsstück an. Wie es schien, wusste er instinktiv, dass es sich um einen magischen Gegenstand handelte, der die gleiche kristalline Matrix enthielt, die die Innenseite von Anyas Badewanne überzog. Anya fragte sich, ob je ein Salamander ein Gelege Eier darin hinterlassen hatte.

»Dieser Ort ist beschmutzt«, murmelte Katie. Sie ließ ihre Tasche auf eine saubere Stelle am Boden fallen und zog einen Besen aus Weidenzweigen hervor. Sie fing an, den Bereich um die Vitrine zu fegen, um ihn auf die rituelle Magie vorzubereiten. Der Besen wirbelte Staub auf, der sie bei ihrer Arbeit zum Niesen reizte.

Schließlich trat sie einen Schritt zurück und putzte sich die Nase. »Ich glaube, besser geht es nicht.« Sie blickte zur Decke hinauf. »Äh ... ist der Feueralarm da oben angeschlossen?«

»Nein. Der ist in diesem Bereich außer Funktion seit dem letzten Einsatz. Was kann ich tun?«, fragte Anya. Wenn es um Ritualmagie ging, hatte sie zwei linke Hände, und sie wusste es.

Katie legte einen Kompass und einen Eimer mit Straßenmalkreide auf den Boden. »Du kannst die Himmelsrichtungen mit Kreide auf den Boden zeichnen.«

Anya warf einen Blick in den Eimer und wählte eine gelbe Kreide für den Osten, eine violette für den Norden, eine blaue für den Westen und eine pinkfarbene für den Süden aus. Sie war bemüht, die Markierungen so unauffällig wie möglich auf dem Granit aufzubringen.

»Was jetzt?«, fragte Anya am Boden hockend.

Katie stellte in jeder Himmelsrichtung eine weiße Votivkerze in einem silbernen Kerzenhalter auf. Sie salbte jede Kerze mit einem Öl, das nach Spülmittel roch. »Tja, die Herausforderung hier ist es, einen magischen Kreis zu ziehen, der für Menschen nicht sichtbar ist und von Geistern trotzdem nicht übertreten werden kann.«

»Wie stellen wir das an?«

Katie hielt einen gläsernen Parfümflakon hoch, der dasselbe Öl enthielt, das sie für die Kerzen benutzt hatte. »Lavendelöl. Es wird in den Stein einsickern und so gut wie unsichtbar sein.« In der anderen Hand hielt sie ein Glas mit weißen Kristallen. »Und Salz. In diesem Chaos wird ein bisschen Salz nicht auffallen.« Sie ließ den Inhalt des Salzgläschens in ihre Hände rieseln, blies hinein und verteilte es auf dem Boden. Das Salz verschwand in dem Staub und den Glassplittern, die auf dem Granitboden glitzerten. »Das Salz wird den Raum reinigen.«

Katie ließ sich auf Hände und Knie sinken. Sie tauchte ihre Finger in das Lavendelöl und zog einen Kreis von neun Fuß Durchmesser, der Anyas Markierungen miteinander verband. Das Öl sickerte beinahe augenblicklich in den Granitboden.

Anya hielt sich mit Sparky im Hintergrund und trat ihm auf den Schwanz, um ihn davon abzuhalten, Katie in die Quere zu kommen. Ihr war nicht daran gelegen, einen naseweisen Salamander im Inneren des Kreises gefangen vorzufinden.

Katie entzündete ein Streichholz, und der Feuerschein tanzte über ihre elfenhaften Züge. Sie senkte die Flamme hinab zu der Kerze im östlichen Quadranten. »Ich widme diesen Kreis den Alten, den alten Göttern und Göttinnen, die noch immer auf Erden, in der Unterwelt und im Himmel wandeln. Um diesen Kreis zu segnen, rufe ich den Wachturm des Ostens. Mögen die Mächte der Luft diesen Kreis segnen und seine Kraft erhalten.«

Sie ging weiter nach Norden und zündete die nächste Kerze an. »Ich rufe den Wachturm des Nordens. Mögen die Mächte der Erde diesen Kreis segnen und seine Kraft erhalten.«

Und Katie ging weiter zur nächsten und zur übernächsten

Kerze. »Ich rufe den Wachturm des Westens. Mögen die Mächte des Wassers diesen Kreis segnen und seine Kraft erhalten. Ich rufe den Wachturm des Südens. Mögen die Mächte des Feuers diesen Kreis segnen und seine Kraft erhalten.« Als Katie dieses Streichholz entzündete, züngelte und zischte die Flamme empor.

Obwohl Anya kein besonderes Talent für Ritualmagie hatte, konnte sie es spüren: das Trommeln und Pulsieren im Boden, der sich wie eine lebendige Kreatur anfühlte. Sie konnte den scharfen Dunst der Magie in der Luft riechen, fühlen, wie sich die feinen Härchen an ihrem Nacken aufrichteten.

Katie zog den silbernen Athame aus ihrem Gürtel und richtete die Spitze des Dolchs auf den verblassenden Ölkreis am Boden. Noch einmal folgte sie dem Kreis im Uhrzeigersinn. »Möge dieser Kreis stark und geschlossen bleiben, möge er die Schätze in seinem Inneren vor Plünderern schützen. Kein Mensch und kein Geist soll ihn zerreißen.« Katie ließ ein Streichholz auf den Ölkreis fallen, worauf der in Flammen aufging, die über den Boden rasten.

Sie hob ihr Athame zum Himmel. »Der Kreis ist geschlossen. Gesegnet seien die Alten und die Wachtürme. Mögen sie diesen Ort schützen.«

Das Feuer erlosch zischend und hinterließ nicht die kleinste Spur. Anya musterte die Umrisse dessen, was einmal gebrannt hatte. Katie ging im Uhrzeigersinn um den Kreis herum und löschte die Kerzen.

»Woher wissen wir, dass es funktioniert hat?«

Katie zuckte mit den Schultern. »Tja, Menschen sollten den Bannkreis betreten können.« Katie trat über die unsichtbare Grenze an die Vitrine heran und legte eine Hand an das Glas. »Menschen, die empfindlich auf Magie reagieren, werden vielleicht eine Gänsehaut bekommen und wahrscheinlich nicht lange hier verweilen.«

»Und die Geister?«

»Finden wir's heraus.« Katie blickte an Anya vorbei zur Saaltür. Anya folgte ihrem Blick und sah Gallus hinter dem Feuerwehrabsperrband vor der Tür stehen. Seine Hand lag in Höhe seiner Wespentaille auf dem Schwert.

»Kann ich gefahrlos eintreten?«, fragte Gallus. Seine Nasenflügel zuckten, und Anya sah ihm an, dass auch er die Magie riechen konnte.

»Klar«, sagte Katie. »Der Kreis wird niemanden verletzen. Er dient nur dazu, Geister fernzuhalten.«

Gallus ging quer durch den Saal bis an den Kreis heran. Dann fuhr er mit den flachen Händen durch die Luft, als taste er nach den Rändern. *»Wie funktioniert das?«*

Katie errötete und drückte unsicher die Fußspitze in den Boden. »Ich weiß nicht genau, was er bewirkt. Nicht viele Geister erzählen davon, wie es ihnen beim Zusammenstoß mit einer magischen Barriere ergangen ist.«

Gallus blies sich auf wie ein Hahn. *»Kann ich ihn ausprobieren?«*

»Nur zu.«

»Sei vorsichtig«, warnte ihn Anya. Sie war überzeugt, dass Katie sich ihrer magischen Kräfte manchmal gar nicht richtig bewusst war.

Gallus streckte die Hand nach der Barriere aus. Blaues Licht flammte auf wie ein Blitz. Funken sprühten auf seine Hand. Gallus rüttelte an der Barriere, ging ganz um sie herum. *»Interessant«*, sagte er. Für einen Moment blieb er still stehen. Dann riss er sein Schwert aus der Scheide und stürzte sich auf die unsichtbare Grenze.

Ein Netz aus blau-weißem Licht leuchtete auf und schleuderte Gallus zurück. Der Römer landete auf seinem Hintern, rutschte auf dem glatten Boden weiter weg und kreiselte dabei wie eine Flipperkugel umher.

Anya lief zu ihm. »Gallus? Alles in Ordnung?«

Der Reitersoldat rieb sich grinsend den Schädel. Sein flüchtiger Körper schien zu rauchen. Sparky schlängelte sich heran und leckte ihm das Kinn.

»Gallus?«

Der Römer lachte inzwischen so herzhaft, dass der Federbusch auf seinem Helm erbebte und die Segmente seiner Rüstung lautstark rasselten. *»Ich kann's kaum erwarten, dass Pluto damit in Berührung kommt. Das ist seit zweitausend Jahren die beste Revange, die ich diesem Pferd bieten kann.«*

Katies Haus war zu still, um Schlaf zu finden.

Anya lag im Gästezimmer und starrte an die Decke. Dieses Haus lag weitab von allen Fernstraßen und Bahnlinien. Anya war es seit ihrer Kindheit gewohnt, das Rauschen der Fahrzeuge auf der Schnellstraße und das Blöken nächtlicher Züge zu hören, und die Stille machte sie unruhig. Alles, was sie hörte, war das Ticken einer Uhr im Wohnzimmer und das Klacken von Fays und Verns Klauen auf dem Hartholzboden, das verriet, dass die beiden Katzen durch ihr Revier patrouillierten.

Rund um das Bett verteilten sich die Überbleibsel ihrer Bemühungen, ihrem Leben wieder so etwas wie eine funktionierende Ordnung zu verschaffen: Einkaufstüten voller Klamotten und Toilettenartikel, stapelweise Papiere von Versicherungsinstituten, die sie unterschreiben sollte. Ein paar jämmerliche Häufchen persönlicher Besitztümer, derzeit die ganze Ausbeute ihres Lebens. Aber Anya ermahnte sich, dass sie schon einmal nach einem Brand von vorn angefangen hatte. Das konnte sie wieder tun. Vielleicht.

Anya rollte sich herum und boxte ein nach Lavendel duftendes Kissen unter ihrem Kopf. Sparky grollte leise im Schlaf. Er schlief um den Molchkoffer gerollt am Fußende des Betts. In der Dunkelheit glühten die Eier wie Kohlen und verbreiteten aus dem Inneren des Beutels heraus einen güldenen Lichtschein. Sie wusste, dass die Molche nirgends besser aufgehoben waren als in Katies Haus und dass Hope vermutlich eine Weile brauchen würde, um herauszufinden, wo Anya sie hingebracht hatte. Und Katies Haus war mit machtvollen Bannen geschützt. Salzlinien säumten die Fensterbänke, Türen und Fenster wurden von winzigen Pentagrammen aus geflochtenen Weidenzweigen bewacht. Der Buchsbaum, der rund um das Haus wuchs, war mit magischem Dünger versorgt worden. Katie hatte sogar schützende Obsidiane an den am schwersten erreichbaren Zugängen des Hauses platziert: rund um den Hauptwasseranschluss und die Abflüsse und auf dem Dachboden. Das Entlüftungsrohr des Trockners war mit Salbei ausgestopft. Der Kamin wurde von einem mächtigen Gesteck aus Disteln und Knoblauch versperrt. Anya konnte sogar die ganz gewöhnliche Alltagsmagie der Hexe in dem Citrusbodenreiniger riechen. Vern und Fay schoben Wache, hüpften auf Fensterbänke, ohne das Salz zu verwischen, und zwitscherten in ihrer felinen Sprache miteinander. Für eine Hexe war dieser Ort eine Festung.

Aber Anya konnte das Gefühl, verwundbar zu sein, nicht abschütteln. Sie hatte gesehen, wozu Hope imstande war.

Über Anyas Bett wachte ein Gemälde der heiteren Göttin Guanyin über die Finsternis. Das Bild war mit Wasserfarben und Tinte gemalt worden, weich und ätherisch in grünen und pinkfarbenen Pastelltönen. Guanyin hielt eine Taube in den Händen. Die Göttin der Güte und Barmherzigkeit war das ganze Gegenteil von Ischtar. Anyas Ischtargemälde, das sie aus den Flammen gerettet hatte, stand in einer Ecke an der Wand. Etwas an Ischtars tiefem Blick wirkte tröstlich auf Anya.

Sie nagte an ihrer Lippe und dachte daran, was der verrückte alte Mann auf der Geisterparty gesagt hatte: »Du hast die Augen von Ischtar.« Sie wusste nicht recht, was das zu bedeuten hatte, aber sie fühlte sich dieser fürchterlichen Göttin des Krieges und der vernichteten Liebhaber eindeutig näher als der gütigen Guanyin.

Und durch die Augen der Ischtar ... sah sie Brian. Sie wollte nicht, dass Brian geschah, was Drake zugestoßen war. Wenn sie wirklich Ähnlichkeit mit der babylonischen Göttin hatte, wie sollte sie dann Brian schützen, wie sollte sie ihn fernhalten vor dieser Tücke des Schicksals, das Drake verfolgt und umgebracht hatte. War es wirklich ihr Los, jeden zu verlieren, den sie liebte?

Anya blinzelte ihre Tränen ins Kissen. *Was, wenn ...?* Es gab keine Antwort. Niemand schien imstande zu sein, ihr eine Antwort zu geben.

Fay trottete zur Tür herein, knurrend, und Anya saß wie der Blitz aufrecht im Bett. Die Glückskatze sprang mit aufgeplustertem Fell auf die Fensterbank und fauchte. Irgendwo in der Dunkelheit des Hauses jodelte Vern. Sparky rollte sich noch enger um seinen Eierbeutel und klammerte sich mit den Zehen fest. In der Finsternis waren seine Pupillen geweitet, die Augen rund und schwarz und kalt wie die des Mannes im Museum.

Anya kroch zum Fenster und schob den zarten Vorhang zur Seite. Fetzen von etwas Substanzlosem flatterten vorüber wie ein Kaiserfisch in einem Aquarium. Andere kamen dazu, verweilten vor dem Fenster und legten ihre Hände an das Glas.

Geister. In der brodelnden Dunkelheit konnte Anya ihre sich windenden Gestalten erkennen, als sie nach einem Weg ins Innere des Hauses suchten. Sie flatterten hinauf zum Dach, huschten um das Fundament herum, fummelten an dem Stromanschlussmasten auf dem Haus ebenso herum wie an der Gasuhr. Anya umklammerte das Fensterbrett so krampfhaft, dass ihre Knöchel weiß hervortraten. Hinter sich hörte sie Katies Schritte. Sie drehte sich um und sah die Hexe im Nachthemd vor sich. In der rechten Hand hielt sie eine Kerze, die nach

Wachsmyrte roch. In der linken hatte sie ein Zeremonienschwert.

Es rasselte im Wohnzimmer, und Anya hörte etwas wie Sand durch den Kamin rieseln. Vern knurrte.

»An dem geschlossenen Ofenrohr kommen sie nicht vorbei«, sagte Katie. »Es ist mit sieben Pentagrammen versiegelt.«

Anya drehte sich wieder zum Fenster um. Sie schluckte schwer, als sie ein vertrautes Gesicht erblickte, das aus der Dunkelheit heranhuschte: Leslie.

Leslie schwebte an das Fenster heran. Ihr Gesicht war direkt vor dem Glas, und ihr Atem schlug sich auf der Scheibe nieder. Mit einem Finger schrieb sie die Worte »Hilf uns« in den Niederschlag. Jenseits des Gartens sah Anya einen Komposthaufen Feuer fangen. Der grelle Feuerschein drang hell durch die Atemspur auf dem Fenster.

Anya streckte die Hand nach dem Fensterhebel aus.

»Nein!« Katie stellte die Kerze in den Rahmen und packte Anyas Handgelenk. Das Kerzenlicht schien die Geister zurückzutreiben. »Lass sie nicht rein. Das ist ein Trick.«

Anya schlang die Arme um den Körper, ging zurück zum Bett und hockte sich neben Sparky. Ein leises Grollen entstieg seinem Brustkorb, tief genug, das Bett in Vibration zu versetzen.

Sie fühlte sich zerrissen. Zerrissen zwischen dem Wunsch, den Geistern zu helfen, die an die Fassade klatschten wie Motten gegen eine Laterne, und dem, sie in Stücke zu reißen, weil sie eine Bedrohung für Sparkys Gelege darstellten. Sie fühlte, wie sich der schwarze Abgrund in ihrer Brust öffnete, fühlte das Zucken ihrer Finger. Wenn einer dieser Geister an Katie vorbeikam, würde sie ihn verschlingen, selbst wenn es Bernie oder Leslie sein sollte. In diesem Punkt hatte sie keine Wahl. Doch sie betete, dass Katies Schutzmaßnahmen reichen würden.

»Was jetzt?«

Katie kniete sich auf den Boden und lehnte das Schwert an ihre Schulter. Mit ihrem offenen Haar und dem weißen Nachthemd sah sie aus, als wäre sie einem von Dante Rossettis präraffaelitischen Gemälden entsprungen. Sie war geradezu eine leibhafte Vision der Beatrice. »Wir tun einfach gar nichts. Wir warten bis morgen früh oder bis sie aufgeben.«

Anya sah sich zu dem Bild der Guanyin um.

Katie hatte recht: Dies war nicht der richtige Zeitpunkt für Barmherzigkeit.

Dies war die Zeit des Krieges.

KAPITEL VIERZEHN

Hopes Geister gaben in der Dämmerung auf. Sie hörten auf, am Kamin zu rütteln, wenngleich sie es fertigbrachten, ein altes Vogelnest von seinem Platz zu schütteln (sehr zur Freude der Katzen, die es schredderten und im ganzen Haus verteilten). Sie hörten auf, an Rohre zu pochen und um den Dachboden herumzustreifen. Und sie gaben den Versuch auf, durch Bodenabflüsse im Keller in das Haus einzudringen, wobei ihr Atem klang wie Wind, der über offene Flaschen hinwegpfiff. Das Rasseln und Schütteln wurde weniger und weniger, bis es ganz vorbei war. Der Komposthaufen brannte nieder, bis das Feuer erloschen war, und der Geruch von verbranntem Kaffeesatz durchzog das Haus.

Katie nahm an, dass sie einfach erschöpft waren; dass sogar Geister wie diese eine Pause brauchten, ehe sie einen neuen Versuch starten konnten. Trotzdem ließ Anya Katies Festung nur vorsichtig und gut bewaffnet hinter sich. Katie hatte Anya mit der Drachenblutfarbe eine schützende Rune auf die Haut gemalt, die sie Elhaz nannte – sie sah aus wie der Großbuchstabe Y mit einer dritten, jedoch senkrechten Linie im oberen Teil, durch den das Schriftzeichen eine gewisse Ähnlichkeit mit einer Mistgabel erhielt. Sie malte sie mit der roten Farbe auf Anyas Rücken und erklärte, die Farbe sei wie Henna. Sie würde in ihre Haut einsickern und tagelang dort bleiben. Als Anya sich anzog, erhaschte sie immer wieder aus dem Augenwinkel einen vagen Blick auf die Rune und musste sich beherrschen, nicht instinktiv nach dem Insekt zu schlagen, das dort zu hocken schien. Aber eigentlich war die Rune nicht so hässlich, verglichen mit den rosaroten Narben auf ihrer Brust, die von den Geistern, die sie verschlungen hatte, zurückgeblieben waren. Ihre neuen Kleider fühlten sich kratzig und fremd auf der Haut an.

Katie hatte Stechpalmenzweige in den Molchkoffer gelegt und erklärt, Stechpalmen wären eine heilige Schutzpflanze der Druiden. Der Geruch erinnerte Anya allerdings viel zu sehr an Weihnachten, an furchtbare Brände und Verluste, die das Fest der Liebe mit sich bringen konnte. Sie kämpfte den Drang nieder, die Zweige aus der Masse der pulsierenden Bälle bernsteinfarbenen Lichts unter ihrem Arm herauszuziehen.

Sparky ging zuerst hinaus und schnüffelte in der Morgenluft herum. Seine Zunge schnellte hervor, kostete nach einer geisterhaften Präsenz, als Anya aus dem Haus schlüpfte und die Tür schloss. Anya fühlte keine Geister in der Nähe des Grundstücks, trotzdem war sie erleichtert, als sie in ihrem Dart saß, den Gang einlegte und sich auf den Weg zur Arbeit machte. Sie wusste nicht, wie lange Hopes Lakaien brauchen würden, um neue Kraft zu schöpfen, aber sie hatte die Absicht, die Zeit, in der sie fort waren, so gut wie möglich zu nutzen.

So früh am Morgen herrschte Stille in Anyas Büro in der DFD-Hauptwache. In der Eingangshalle begegnete sie einem schläfrigen Wachmann, doch sonst sah sie niemanden, als sie mit dem Fahrstuhl in den Keller fuhr. Sie war immer noch nervös und erschrak sogar, als das Neonlicht an der Decke einen Moment lang flackerte. Sie hob mehrere gelbe Umschläge der internen Büropost und weiße Umschläge aus der normalen Post, die unter der Tür durchgeschoben worden waren, vom Boden auf.

Der arme Sparky war erschöpft. Als sie ihren Computer hochfuhr und die Kaffeemaschine einstöpselte, rollte er sich rund um den Molchkoffer unter ihrem Schreibtisch zusammen. Anya stellte ihre Füße zu beiden Seiten des Salamanders ab und begann, die Post durchzusehen.

Sie riss einen gelben Umschlag aus dem Kriminaltechnischen Labor auf. Er enthielt mehrere fotokopierte Bilder von Fingerabdrücken und NCIC-Nummern. Offenbar war das Labor wieder in Betrieb genommen worden. Auf dem Deckblatt fand sich ein kurzes Memo von Jenna, das besagte, man hätte interessante Fingerabdrücke im DIA entdeckt – Fingerabdrücke von Jasper Bernard.

Anya lehnte sich auf ihrem quietschenden Stuhl zurück. Der arme Bernie gehörte zu den Geistern, die Hope geschickt hatte, um die Büchse der Pandora zu stehlen. Diese Information stimmte mit Anyas Theorie überein, die besagte, dass Hope die Geister, die sie einfing, beherrschte, doch sie lieferte ihr nichts, was ihr hätte helfen können, einen Gerichtsbeschluss zu erwirken.

Dem Memo zufolge waren in den Proben, die Gina den Leichen der Wachmänner entnommen hatte, keine Spuren von Brandbeschleunigern oder exotischen Chemikalien jedwelcher Art gefunden worden. Nur die Silikatrückstände, die auch schon an Bernies Überresten entdeckt worden waren.

Auf einem dicken FedEx-Umschlag prangte als Absender *Wunder für die Massen*. Stirnrunzelnd riss Anya ihn auf. Hope hatte ihr auf ihre Bitte um Finanzunterlagen den Abschlussbericht für das letzte Jahr zukommen lassen. Nichts als Geschwafel und Unternehmensleitlinien, begleitet von ein paar simplen Tabellen, die aufzeigten, dass Hope im vergangenen Jahr beachtliche zwei Millionen Dollar eingenommen hatte.

»Miststück!«, murmelte Anya.

Sie warf einen Blick auf ihren Monitor. Statt der vertrauten Arbeitsfläche mit all ihren Symbolen sah sie einen schwarzen Schirm mit einem weißen Cursor vor sich. Der Cursor schrieb: *Hallo, Anya.*

Anya rückte näher heran und schaltete die Webcam auf dem Monitor ein. »ALANN? Bist du das?«

Ja. Wie geht es Ihnen heute Morgen?

»Toll, aber ... wie kommst du hierher? Das ist ein gesichertes Netz.«

Brian hat sich Sorgen um Sie gemacht. Er hat mich beauftragt, mich zu vergewissern, dass es Ihnen und Sparky gutgeht.

Anya wurde nachdenklich. Sie hatte völlig vergessen, sich bei Brian zu melden. Falls er zu ihr gefahren war, wer weiß, was er dann gedacht haben mochte? Schuldbewusst schaltete sie das iPhone an, das er ihr gegeben hatte. Sie hatte drei Sprachnachrichten erhalten. Anya war Beziehungen nicht gewohnt und hatte sich wenig um die Umgangsformen in einer Partnerschaft geschert ... wie immer die aussahen. Bei all der Verwüstung, die ihr an den Fersen zu kleben schien, hielt sie es für das Beste, Brian auf Abstand zu halten. »Uns geht's gut. Die Molche wurden angegriffen, darum bin ich bei Katie geblieben. Ihr Haus ist eine Festung. Hopes Geister kommen da nicht rein.« Sie erwähnte nicht, wie hartnäckig sie es dennoch versucht hatten; sie wollte Brian nicht noch mehr Grund zur Sorge geben.

Brian lässt ausrichten, er sei erleichtert. Der Cursor blinkte. *Wir haben etwas, das wir Ihnen zeigen müssen. Brian arbeitet an diesem Überwachungsprojekt.*

Anya nagte an ihrer Lippe. »Toll, aber ... ich glaube nicht, dass dieser Computer sicher ist. Alles, was darüber läuft, kann aufgezeichnet werden.« Anya war nie einem der IT-Freaks begegnet, die für das Department arbeiteten, aber sie wusste, dass es sie gab. Und dass sie vermutlich sämtliche E-Mails lasen.

Nur keine Sorge. Wir haben eine sichere Verbindung aufgebaut.

»Okay. Was gibt es?«

Der Bildschirm flackerte, und ein neues Fenster öffnete sich in der rechten unteren Ecke. In dem Fenster war ein Schwarzweißbild von einer innerstädtischen Straße und das Heck eines schwarzen BMWs zu sehen. Anya erkannte die Straßenecke als die vor der Hauptniederlassung von *Wunder für die Massen.*

Wie so viele Städte nutzte Detroit eine Automatische Nummernschilderkennung, um Verkehrssünder zu schnappen, die bei Rot über eine Kreuzung fuhren. Die automatische Kennzeichenerfassung bediente sich einer Schrifterkennung, der OCR-Technik, um die Nummernschilder zu identifizieren.

»Also ... wenn ich recht verstehe, befindet sich eine dieser Kameras gleich vor der Hauptniederlassung von *Wunder für die Massen*?«

So ist es. Außerdem wurden erst vor kurzer Zeit automatische Kennzeichenerfassungssysteme in den Streifenwagen des DPD installiert, damit die Beamten während ihrer Kontrollfahrten nach gestohlenen Fahrzeugen und flüchtigen Personen Ausschau halten können.

»Wie funktioniert das?«

Die Kamera des automatischen Kennzeichenerfassungssystems überwacht mit Hilfe von OCR den Verkehr und meldet einen Treffer, sobald ein gestohlenes Nummernschild erfasst wird, was es dem Officer gestattet, umgehend zu reagieren und das fragliche Fahrzeug anzuhalten.

Anya stützte das Kinn auf die Hand. »Klingt ein bisschen unheimlich.«

Das ist einer der Kritikpunkte. Wie dem auch sei, Brian und ich konnten das DPD-System und das Verkehrsüberwachungssystem anzapfen und dort nach Fahrzeugen suchen, die auf Hope Solomon und ihre Decknamen zugelassen sind.

Eine Flut von Bildern zog über den Monitor: der schwarze BMW in einer Autoschlange vor einem Einkaufszentrum; derselbe Wagen auf der Schnellstraße; der Wagen an einer Parkuhr. Jedes Bild war mit Zeit- und Datumsangaben versehen. Anya konzentrierte sich auf ein Bild der letzten Nacht, das den BMW vor Hopes Büro zeigte. Drinnen brannte Licht. Das Miststück war dabei, den bevorstehenden Angriff vorzubereiten.

»Einen Moment. Geh noch mal zurück.« Anya beugte sich vor. ALANN ging die Bilder rückwärts durch, bis er das erreicht hatte, was Anyas Aufmerksamkeit erregt hatte: Hopes Wagen stand gleich vor ihrer Hauptniederlassung. Eine Frau stieg gerade aus, und sie trug etwas bei sich. »Kannst du das vergrößern?«

ALANN tat, wie geheißen. Das Bild wurde körniger, während er es vergrößerte, aber Anya konnte den Gegenstand nun deutlicher sehen: ein silberner Flakon, geschmückt mit einem Muster aus Reben und Laub, das durch die Auflösung ein wenig verwischt aussah.

»Lass das Bild stehen.«

Anya blätterte in ihren Akten mit den Fotos aus Bernies Haus und sah sich ein Bild nach dem anderen an. Dieser Flakon kam ihr bekannt vor ... *da.* Das fragliche Fläschchen hatte auf Bernies Kaminsims neben den Schwertern und den Flaschen undefinierbaren Inhalts gestanden. Mit dem Finger wanderte sie über die Liste der fehlenden Objekte: »Ein versilberter Flakon, Herkunft unbekannt.«

Sie starrte auf den Monitor. »Hab ich dich!«

»Das könnte Probleme geben.«

Marsh lehnte sich auf seinem Stuhl zurück. Sein Büro befand sich eine Stufe über dem von Anya ... na ja, eher ein Dutzend Stufen. Im Erdgeschoss genoss er den Vorzug von Tageslicht, das durch das Fenster und die schadhaften Lamellen der Jalousie hereindrang. Auch wenn das Fenster auf eine kleine Gasse hinausblickte, lag es immer noch im hellen Sonnenschein, und Anya blinzelte in dem grellen Licht. Sparky zuckelte hinter ihr durch den Raum, den Kopf schiefgelegt, und lauschte dem Geschnatter aus Marshs Feuerwehr- und Polizeifunkempfängern, die oben auf seinem Aktenschrank standen.

Anya zeigte auf das Foto. »Das DPD hat mir eine Kopie des Fotos geschickt.« Und so war es auch: Als Anya den Beamten genaue Angaben zu Zeit, Datum und Straßenkreuzung geliefert hatte, hatten sie ihr eine Kopie des Bildes aus der Ampelblitzanlage vor Hopes Büro gefaxt. »Das sind öffentlich zugängliche Informationen.«

Marsh verschränkte die Hände hinter dem Kopf. »Und will ich wissen, woher Sie wussten, wonach Sie fragen müssen? Oder wie Sie wissen konnten, dass Hope zu dieser speziellen Zeit an diesem speziellen Tag einen gestohlenen Gegenstand bei sich haben würde?«

»Nein, Sir, das wollen Sie wahrscheinlich nicht.«

»Die Öffentlichkeit ist nervös genug wegen Big Brother. Es hat jede Menge Unruhe wegen der Ampelblitzanlagen gegeben. Die Leute denken, es ginge in erster Linie darum, Bußgelder einzunehmen. Kämen sie auf die Idee, dass diese Kameras auch zur Überwachung eingesetzt werden können ...« Er schüttelte den Kopf. »Das würde zu einem Aufruhr führen. Die Stadt würde auf der Stelle verklagt werden, und zwar von Leuten, deren Geldbeutel um einiges dicker sind als die von Hope.«

»Captain, ich bin überzeugt, ich kann eine Verbindung zwischen ihr und Bernies Tod aufdecken. Und dem Tod einiger anderer Menschen. Ich kann es nur bisher nicht beweisen.«

Marsh starrte angewidert das Bild an. »Sie und ich, wir wissen beide, dass Hope eine dubiose Gestalt ist. Sie nimmt leichtgläubige Leute aus und hat vielen Menschen das Leben kaputtgemacht, aber ich weiß nicht, ob wir basierend auf dem hier einen Richter überzeugen können, einen Gerichtsbeschluss auszustellen.« Er blätterte in der Liste der Gegenstände, für die Anya einen Durchsuchungsbefehl erwirken wollte. Alle waren bei dem Einbruch in Bernies Haus verschwunden. »Das ist eine ziemlich umfangreiche Liste. Sieht sehr nach Beweisausforschung aus.«

»Werden Sie es wenigstens versuchen?« Anya hielt die Luft an.

Marsh blickte auf, erwog die Möglichkeiten. Schließlich sagte er: »In Ordnung, ich werde mich erkundigen. Aber ob der Richter zustimmt oder nicht, die Scheiße, die Sie damit eventuell aufwirbeln, bleibt allein an Ihnen kleben, Kindchen.«

»Du kannst wohl nicht genug kriegen.«

Charon stand vorm Gerichtsmedizinischen Institut und rauchte eine nach Weihrauch riechende Zigarette. Seine kalten, blauen Augen ruhten auf Anya, als sie über den Parkplatz ging. Sparky lief direkt hinter ihr. Anya drückte den Molchkoffer an ihren Körper. Es schien, als würden die Eier inzwischen mehr Hitze freisetzen. Sie nahm dies als gutes Zeichen, auch wenn der Molchkoffer ihr einen massiven Sonnenbrand auf den Rippen eintrug.

»Ich hab getan, was du gesagt hast. Wir haben einen magischen Kreis um die Büchse der Pandora gezogen.«

Charon nickte, warf seine Zigarette auf das Pflaster und trat sie mit dem Stiefelabsatz aus. Die Nachmittagssonne drang durch seine Gestalt, die im hellen Tageslicht so durchlässig wie Rauch erschien. *»Das wird sie erst mal aufhalten. Aber sie muss unschädlich gemacht werden, ehe sie eine Möglichkeit findet, den Kreis zu durchbrechen.«*

»Ich hoffe, ich bekomme einen Gerichtsbeschluss, damit ich sie mit gestohlenen Gegenständen von einem Brandort in Verbindung bringen kann. Wenn ich sie lange genug von ihren Reliquienbehältern fernhalten kann, können wir vielleicht ein paar Anklagen gegen sie vorbereiten.«

Charon musterte sie stirnrunzelnd. *»Ich glaube nicht, dass du sie so aufhalten kannst. Du müsstest sie von all ihren Flaschen fernhalten, und dagegen wird sie bis aufs Blut kämpfen.«*

»Du denkst also, ich muss sie auf der astralen Ebene bekämpfen.«

»Ja.«

Anya beäugte ihn zweifelnd. »Wie komme ich dahin?«

Charon öffnete seine Tasche und warf ihr ein Geldstück zu. Reflexartig fing Anya es auf und stellte überrascht fest, dass es echt war. Ihre Finger schlossen sich um eine solide Bronzemünze mit einem ungleichmäßigen Rand und dem primitiven Abbild eines Imperators.

»Was ist das?«, fragte sie.

»Der Tribut für den Fährmann.« Charon zuckte mit den Schultern. *»Frag mich nicht, warum, aber das funktioniert. Leg dir einfach die Münze unter die Zunge und sprich meinen Namen.«*

Sie betastete die Münze. »Wie schütze ich die Eier und Sparky, während ich fort bin?«

»Du kannst sie hierlassen, aber ich schlage vor, du nimmst sie mit.«

Anya nickte und steckte die Münze in die Tasche. »Danke.« Sie streckte die Hand nach dem Türknauf aus, um das Gebäude zu betreten.

Charon legte den Kopf schief. *»Hast du da drin noch mehr Leichen?«*

»Ich weiß es nicht genau«, gestand Anya. »Ich bin auf der Suche nach einer Leiche, die möglicherweise ... verlegt wurde.«

Charon blinzelte in die Nachmittagssonne, und seine Augen wurden beinahe durchsichtig. *»So was kann passieren. Wer ist es?«*

Anya zögerte, gefangen zwischen dem warmen Sonnenschein und der abgestandenen, klimatisierten Luft im Eingangsbereich. »Ein Computerwissenschaftler. Ich kenne seinen Namen nicht. Sein Gehirn wurde für Forschungszwecke verwendet, und ich ... ich möchte wissen, wer er war.«

»Dann ist das also eine persönliche Angelegenheit?«

Anya biss sich auf die Lippe. Sie gestand sich nur höchst ungern ein, dass sie Brians Worten nicht ganz traute, aber etwas an der Geschichte mit ALANN machte ihr Sorgen. Für jemanden, der seinen Körper der Wissenschaft vermacht hatte, war sein virtueller Avatar auffallend daran interessiert, einen Ausweg zu finden. »Ja.«

Charon nickte und folgte ihr in das Gebäude. *»Ich helfe dir bei der Suche.«*

Anya, Sparky und Charon wanderten durch die Korridore der Gerichtsmedizin, wenn auch nur Anyas Schritte Geräusche auf dem Fliesenboden verursachten. Sie lugte in den Autopsiesaal und sah Gina auf ihrem Tritthocker stehen. Die winzige Gerichtsmedizinerin war bis zu den Ellbogen mit Blut beschmiert.

»Hey, Gina«, sagte Anya. »Haben Sie was dagegen, wenn ich einen Blick auf Ihre Totenscheine werfe?«

»Tun Sie sich keinen Zwang an«, sagte Gina. »Suchen Sie was Bestimmtes?«

»Ja, einen Mann, der innerhalb der letzten paar Monate gestorben ist. Ich weiß nur, dass er Computerwissenschaftler war und vermutlich einer natürlichen Todesursache erlegen ist. Möglicherweise hat er seinen Leichnam der Universität zu Forschungszwecken überlassen.«

»In den letzten Monaten hatten wir keine Spender. Aber Sie können sich die Totenscheine gern ansehen. Wir haben sie noch nicht alle eingescannt. Die verdammten Praktikanten sind ständig verschwunden. Waschen Sie sich einfach vorher und nachher die Hände – man weiß nie, welche Bazillen sich da festgesetzt haben.«

»Alles klar.« Anya verzog das Gesicht, wusch sich aber gehorsam mit pinkfarbenem Spülmittel die Hände im Spülbecken der Gerichtsmedizinerin, ehe sie Ginas Büro betrat, das nur eine Ecke weiter lag. Das Büro sah aus wie Bernies Wohnzimmer: kniehohe Papierstapel, die mit Gummibändern zusammengehalten wurden.

»Wie zum Teufel findet die hier irgendwas wieder?«, murmelte Anya.

»Gina weiß genau, wo was ist«, entgegnete Charon. *»Aber nur sie allein. Ihr gefällt es so. Versuch es hier.«* Charon deutete auf einen grünen Aktenschrank, auf dem ein Stück Malerkrepp klebte, das Gina mit ihrer unordentlichen und zugleich zierlichen Handschrift mit den Worten ENTWERTETE FAHRKARTEN INS JENSEITS beschriftet hatte.

Anya öffnete den Aktenschrank und begann, die Totenscheine zu sichten. Sie waren nach Datum abgelegt, die neuesten zuerst, und reichten sechs Monate zurück. Jeder Schein war in der rechten oberen Ecke mit einer Nummer, dem Erfassungsdatum und dem Todestag versehen. Anya konzentrierte sich auf eine Zeile auf halber Höhe des Blattes, das Feld, in das der Beruf des Verstorbenen eingetragen wurde. Sie fand mehrere Dutzend Einträge für »keiner«, ein paar, die »unbekannt« lauteten und haufenweise »im Ruhestand«. Mehrere Fabrikarbeiter, ein paar Hausfrauen und ein junger Student, der bedauerlicherweise einer Alkoholvergiftung erlegen war.

Als sie die Hälfte der Totenscheine durchgesehen hatte, hielt sie inne. Sie hatte einen »technischen Informatiker« entdeckt: Calvin Dresser. Als höchster Bildungsabschluss war »Ph.D« angegeben, ein wissenschaftlicher Doktorgrad. Sie legte einen Stift in die Akte, um die Stelle zu markieren, und nahm den Totenschein heraus.

Als Dressers ausschlaggebende Todesursache war akutes kardiorespiratorisches Versagen eingetragen. Das hörte sich recht banal an. Er war dreiundsechzig geworden und hatte in Detroit gelebt. Sie überflog den unteren Teil des Blattes auf der Suche nach Informationen darüber, an wen der Leichnam übergeben worden war. Ihr rutschte das Herz in die Hose, als sie eine unleserliche Kritzelei entdeckte, in der sie Brians Handschrift erkannte. Außerdem stand dort die Adresse seines Labors in der Universität. Die Felder für Ort und Datum der Beerdigung oder Einäscherung waren leer geblieben.

»Bist du fündig geworden?«, fragte Charon. Reglos wie ein Briefbeschwerer saß er zwischen den Papierstapeln auf Ginas Schreibtisch. Sparky hockte neben ihm und beobachtete fasziniert den tickenden Sekundenzeiger der Wanduhr.

»Ich glaube schon. Erinnerst du dich an einen Calvin Dresser?« Sie wedelte mit dem Todesschein vor Charon.

Charon nickte. *»Ja. Alter Mann. Für mich gab's da nichts zu tun. Sein Geist war fort, als ich ankam.«*

»Nur gut, dass Gina nicht hören kann, wie du einen Dreiundsechzigjährigen als ›alt‹ bezeichnest.«

Anya wühlte auf Ginas Schreibtisch herum, bis sie ein Telefon nebst Telefonbuch gefunden hatte. Sie suchte die Hauptrufnummer der Universität heraus und wählte.

»Können Sie mich mit dem Institut für Anatomie in der medizinischen Fakultät verbinden?«

»Bleiben Sie dran.« Warteschleifenmusik.

Anya blätterte weiter in Ginas Akten.

»Wonach suchst du?«, fragte Charon.

»Ich will wissen, wie dieser Dresser ausgesehen hat.«

Anya blätterte Aktendeckel durch, bis sie einen gefunden hatte, auf dem die gleiche Nummer stand wie auf dem Totenschein. Sie schlug die Mappe auf und klemmte sich den Hörer zwischen Wange und Schulter. In der Akte stieß sie auf das Bild eines Mannes Anfang sechzig, der, noch nicht entkleidet oder gewaschen, auf dem Untersuchungstisch der Gerichtsmedizinerin lag. Er hatte lichtes Haar, trug ein Sakko, das bestimmt schon seit zwanzig Jahren nicht mehr modern war, ein Hemd und eine zerknitterte Hose. Die Züge des Toten zeigten einen Ausdruck der Verwirrung. Auf dem Nasenrücken waren zwei rote Dellen zu sehen, die, wie Anya vermutete, von einer Brille stammten. Die Akte war dünn; dies war der recht unkomplizierte Fall eines Mannes, der ohne Zeugen zu Hause verstorben war. Es war schon ein kleines Wunder, dass die Gerichtsmedizin sich überhaupt mit ihm befasst hatte, aber wie es schien, hatte es ein paar Unklarheiten hinsichtlich verschreibungspflichtiger Medikamente gegeben, die in seinem Haus gefunden worden waren. Weitere Fragen hatten sich in Bezug auf die korrekte Dosierung der Medikamente ergeben.

Die Musik verstummte, und eine Stimme meldete sich am anderen Ende der Leitung.

»Institut für Anatomie, Carla am Apparat.«

»Hi, Carla. Mein Name ist Anya Kalinczyk. Ich bin Brandermittlerin beim Detroit Fire Department. Ich brauche eine Kopie von Calvin Dressers Körperspendenerklärung.«

»Bitte bleiben Sie dran, während ich es heraussuche, Ma'am.«

Mehr furchtbare Warteschleifenmusik. Anya zerrte den Hörer am Kabel zur anderen Seite des Raums und klatschte den Totenschein auf das Kopiererglas. Der alte Kopierer erwachte krächzend zum Leben und tauchte das amtliche Papier in grünes Licht, spuckte dann gemächlich eine Kopie aus und hustete gequält.

»Ms Kalinczyk?«

»Ja?« Anya klemmte sich den Hörer zwischen Kopf und Schulter.

»Ma'am, wir haben weder eine Körperspendenerklärung noch eine Einäscherungsgenehmigung für eine Person dieses Namens.«

Anya schluckte. »Vielen Dank für Ihre Hilfe.« Sie warf den Hörer auf die Gabel und starrte ihn wie betäubt an.

Brian hatte sie belogen.

Calvin Dresser hatte sich nie damit einverstanden erklärt, seine sterblichen Überreste für irgendetwas zur Verfügung zu stellen. Brian hatte sich die Leiche einfach beschafft – wer weiß, wo die geblieben war? – und sie für seine eigenen Forschungszwecke benutzt. Anya fühlte, wie sich ihre Hände zu Fäusten ballten. Nach allem, was sie als Angehörige der DAGR erlebt hatten, sollte er da einem Verstorbenen nicht mehr Respekt entgegenbringen?

Charon schlenkerte mit den Beinen. *»Hast du deine vermisste Leiche gefunden?«*

»Ich glaube schon. Aber mir gefällt nicht, wo ich sie gefunden habe.«

Anyas Mobiltelefon summte.

»Kalinczyk.«

»Marsh hier. Hab endlich einen Richter gefunden, der die Eier hat, den Beschluss zu unterschreiben. Wir haben aber nur einen Durchsuchungsbefehl für ihr Bürogebäude und ihren Wagen, weil das die Orte sind, an die das Beweisstück laut dem Foto gebracht worden ist.«

Anya lächelte beschwingt. »Danke, Captain.«

»Danken Sie mir nicht, Kalinczyk. Ich fürchte, Sie werden alle Hände voll zu tun haben, wenn Sie an die Tür dieser Frau klopfen.«

Anya durchquerte Hope Solomons luxuriös ausgestattete Pastell-Lobby mit einer Phalanx uniformierter Polizisten im Rücken. Die perfekt manikürte Empfangsdame sprang sogleich auf, alarmiert ob der Invasion.

»Ist Hope da?«

»Ja, aber sie ist nicht zu sprechen …«

Anya legte ihr eine Kopie des Durchsuchungsbefehls auf den Tisch. »Bitte bleiben Sie hier, und rühren Sie nichts an.« Ein Uniformierter bezog neben der Frau Position, als sie begann zu protestieren und nach dem Hörer greifen wollte.

Anya ging den pastellfarbenen Korridor hinunter, direkt gefolgt von den Beamten. Sparky schlängelte sich mit gebleckten Zähnen neben ihr über den Flur. Er wollte das Miststück genauso sehr zur Strecke bringen wie sein Frauchen.

Anya stieß die Tür zu Hopes Büro auf. Hope stand hinter ihrem schweren gläsernen Schreibtisch, und als sie näher kam, um sich vor Anya aufzubauen, versanken ihre Absätze in dem dicken Teppich. Die Uniformierten verteilten sich im Raum, schwärmten über das plüschig-weiße Allerheiligste wie Ameisen über Zucker.

»Sie haben kein Recht, hier einzudringen.« Hope zitterte vor Zorn. »Raus!«

Sparky stolzierte auf sie zu, hockte sich vor sie und knurrte. Sein Schwanz peitschte hin und her, und Hope trat einen Schritt zurück.

»Wir haben einen Durchsuchungsbefehl. Es geht um bestimmte Artefakte, die von einem Tatort entfernt wurden.« Anya hielt eine Kopie des Gerichtsbeschlusses hoch wie einen Schild und schob den Molchkoffer auf ihren Rücken. »Es ist Ihnen nicht gestattet, unsere Suche zu behindern.«

»Das können Sie nicht machen. Mein Anwalt …«

»Setzen Sie sich und seien Sie still, Gnädigste«, beschied ihr Anya. »Wir werden zumindest so höflich sein, Ihnen zu sagen, was wir mitnehmen.« Anders als Hope, die sich im Umgang mit Bernies Artefakten weniger taktvoll gezeigt hatte. Wie auch im Umgang mit seinem Leben. Oder dem von Leslie und Chris.

Anya ging um Hope herum zu den Bücherregalen hinter ihrem Schreibtisch. Mit Latexhandschuhen an den Händen nahm sie Bücher heraus und verglich den Schnickschnack in den Fächern mit den Gegenständen auf ihrer Liste. Sie wühlte sich durch Hopes Schubladen und die Anrichte und warf immer wieder einen Blick auf Hopes schriftliche Unterlagen.

Sie konnte nichts von dem, was sie hier fand, als Beweis benutzen, wenn es nicht in einem direkten Zusammenhang mit dem Verbrechen stand. Hopes Papiere jedoch waren genau wie die Buchhaltungsunterlagen, die sie geschickt hatte, sorgfältig frisiert worden. In ihrem Büro gab es nicht ein Schriftstück, das mehr als drei Wochen alt war.

»Hier ist nichts, Lieutenant«, sagte einer der Cops.

Hope verzog die Lippen zu einem spöttischen Grinsen.

»Wir haben noch den Rest des Gebäudes«, entgegnete Anya gelassen, obwohl das Herz in ihrer Brust donnerte. Sie trat hinaus auf den Korridor und öffnete von Osten nach Westen eine Tür nach der anderen: ein Besprechungszimmer, eine kleine Küche, ein Waschraum, eine Besenkammer. Sie roch vage Rückstände von Magie, aber die kamen nicht von dieser Etage.

Am Ende des Korridors war eine Feuertür, aber die war verschlossen. Der Knauf war so kalt, dass ihre verschwitzten Finger beinahe an dem Metall festfroren. Sie dachte darüber nach, was Charon über die spirituelle Energieversorgung gesagt hatte, darüber, dass Energie einer Quelle entzogen werden musste, um eine Manifestation zu ermöglichen.

»Das ist ein Verstoß gegen die Brandschutzvorschriften«, blaffte Anya.

Hope und ihre Assistentin waren ebenfalls auf den Korridor hinausgetreten. »Ich weiß nicht, wo der Schlüssel geblieben ist.«

»Öffnen Sie diese Tür, oder ich werde sie gewaltsam aufbrechen.«

Hope zuckte mit den Schultern. »Mein Anwalt wird einen Heidenspaß haben, wenn er Sie wegen Sachbeschädigung belangt.«

»Sie dürfen uns den Zutritt zu Gebäudeteilen, die in dem Gerichtsbeschluss aufgeführt sind, nicht verwehren.«

»Sollen wir sie aufbrechen?«, fragte einer der Officer des DPD.

»Geben Sie mir noch eine Minute.«

Anya sah sich nach einem Feuerlöscher um und fand einen in einer Vitrine. Das rote Gehäuse stach aus Hopes Ambiente in Pfirsich und Creme heraus wie ein böser Pickel im Gesicht einer Braut.

Anya musterte die Prüfplakette. »Verdammt, Hope, das Ding ist seit mindestens sechs Monaten nicht mehr kontrolliert worden. Und das hier ist ein Geschäftsgebäude. Noch ein Verstoß gegen die Brandschutzvorschriften.«

»Fick dich!«

Anya grinste spöttisch. Der Feuerlöscher arbeitete mit CO_2. Perfekt. Anya richtete den Schlauch auf die Tür und zog den Hebel durch. Eisiger Schaum spritzte aus der Düse und prasselte auf das Schloss. Anya hob den Feuerlöscher höher. Sie schwang den Behälter wie einen Hammer und ließ ihn auf das Schloss krachen. Es brach mit einem Geräusch, als würde eine Autotür zugeschlagen. Metallbruchstücke flogen umher. Sparky schnüffelte an einem eiskalten Stück Metall und rümpfte die Nase angesichts der Kälte und des chemischen Geruchs.

Anya stieß die Tür auf und schaltete ihre Taschenlampe ein. Der Gestank von Magie kroch die Stufen herauf und sammelte sich wie Öl um ihre Füße. Ihr Atem schlug sich als Dunst in der kalten Luft nieder. Als sie in den Keller hinabstieg, war es, als würde sie unter Wasser gehen. Die Luft war stickig und schwer, angefüllt mit einem scharfen, metallischen Ozongeruch. Sparky hastete vor ihr die rostigen Stufen hinunter, die unter ihrem Gewicht knarrten. Die Renovierung, die Hope dem Gebäude hatte angedeihen lassen, war nicht bis hierher vorgedrungen: Institutionelle grüne Farbe blätterte von den Wänden ab. Eisblumen glitzerten auf der alten Farbe. Durch ein Oberlicht fiel flackerndes Licht auf den Inhalt des Kellerraums. Staubige Holzpaletten stapelten sich planlos bis unter die Decke und teilten sich den Raum mit kaputten Büromöbeln und Papierabfällen.

Es war kalt hier. Zu kalt. Anya konnte ihren Atem sehen, als sie auf den Betonboden trat. Hier unten war es locker dreißig Grad kälter als oben. Es war, als hätte sie den Kühlraum eines Restaurants betreten. Rohre unter der Decke verbreiteten ein leises Pochen. Man hatte sie mit Isoliermaterial umwickelt, um sie vor dem Einfrieren zu schützen, dennoch war hier und da ein Eiszapfen zu sehen.

Und sie fühlte die Magie hier unten.

Anya richtete den Lichtstrahl ihrer Lampe auf die hinterste Ecke des Kellers, und das Herz klopfte ihr bis zum Hals. Industrieregale säumten die Wand, vollgestopft mit Flaschen und Gläsern aller Art. Ihr Blick verfing sich an einigen Gegenständen, die sie in Bernies Haus gesehen hatte: ein hölzerner Schädel, die filigrane, silberne Flasche, Kristallscherben, ein Schwert. Daneben fanden sich noch Hunderte anderer Gefäße von alten Cola-Flaschen über Weckgläser bis hin zu Parfümflakons.

Hopes geheimer Vorrat an Reliquienbehältern.

Ehe sie irgendetwas anrührte, schoss Anya Fotos mit ihrer Kamera. Dann griff sie zur erstbesten Flasche, einer Weinflasche mit einem Korken. Die Oberfläche war so kalt, sie brannte auf ihrer Haut. Mit dem Daumen schob sie den Korken heraus und hielt den Atem an.

Eine Rauchfahne löste sich aus der Flasche und glitt durch die Decke in das darüber liegende Stockwerk. Hopes gepeinigter Aufschrei drang gedämpft an Anyas Ohren.

Sie nahm eine Flasche nach der anderen aus dem Regal. Ihr Herz wurde leichter, während sie zusah, wie die nebelhaften Geister entfleuchten, als sie die leisen Seufzer vernahm, mit denen sie sich aus Flaschen und Gläsern befreiten. Sie roch muffige Luft und frische Aromen, einen Hauch Wodka und die säuerlichen Ausdünstungen von eingelegtem Gemüse. Sie entdeckte und öffnete Pfefferstreuer, aber auch Flakons, die einmal einen Badezusatz für Kinder enthalten hatten. Sparky kletterte in die Fächer, wühlte zwischen den Gefäßen herum und schlug nach den entfliehenden Geistern. Die Geister kehrten heim, das konnte Anya spüren. Die Magie schwand von diesem Ort, strömte davon, als hätte jemand den Stöpsel aus dem Abfluss gezogen.

Zaghafte Schritte erklangen auf den Stufen über ihr. »Hey, haben Sie da unten was gefunden?«

Anya lächelte triumphierend. »Ja. Ja, das habe ich. Tun Sie mir einen Gefallen und nehmen Sie Ms Solomon fest.«

»Beschuldigung?«

»Für den Augenblick können Sie sie wegen Besitz von Diebesgut festnehmen.« Anya kletterte die Stufen hinauf und lehnte sich an den Türrahmen, als die Uniformierten der Frau Handschellen anlegten. Hope fixierte sie mit einem mörderischen Blick.

»Das werden Sie bereuen«, knurrte sie, und der Zorn verzerrte ihre mütterlichen Züge.

»Wir werden sehen«, sagte Anya milde und folgte den Beamten, die Hope hinaus auf die Straße führten. Als sie sah, dass der Übertragungswagen von Channel 7 vor der Tür parkte und Nick Sarvos in die Kamera sprach, lächelte sie.

»Was hat die Presse hier zu suchen?«, zischte Hope.

»Jemand muss denen wohl einen Tipp gegeben haben.« Anya zuckte die Achseln, aber innerlich strahlte sie.

Die Uniformierten führten Hope zu einem wartenden Streifenwagen. Ein Polizist öffnete die Hintertür und legte Hope die Hand auf den Kopf, um zu verhindern, dass sie sich beim Einsteigen am Türrahmen verletzte.

In diesem Moment erhaschte Anya einen Blick auf etwas, das

aus Hopes Hemdkragen blitzte: das Schmuckstück, das sie im Fernsehen getragen hatte, die Goldkette mit der winzigen gläsernen Phiole.

Und sie erinnerte sich an Charons Worte: *Du müsstest sie von all ihren Flaschen fernhalten, und dagegen wird sie bis aufs Blut kämpfen.*

Erinnerte sich zu spät.

Kaum krachte die Tür ins Schloss, da ging der Streifenwagen in Flammen auf.

KAPITEL FÜNFZEHN

Anya saß in einem Krankenwagen, die Arme um ihren Molchkoffer geschlungen. Sparky thronte auf ihrer Schulter und leckte an einem Kratzer an ihrer Schläfe, den sie einem herumfliegenden Trümmerteil verdankte. Ihre Kleidung roch nach verbranntem Benzin. Trotz der liebevollen Fürsorge der Sanitäter und des Salamanders war Anya stinksauer.

Marsh begutachtete den Brandort: ein vollständig niedergebranntes Polizeifahrzeug und eine langsam verlöschende Karosserie eines Übertragungswagens. Die Straße war feucht vom Löschschaum, und die roten Warnleuchten der Feuerwehrwagen flackerten über die Wände der umstehenden Gebäude.

»Ein Polizist tot, einer schwer verletzt.« Marsh nahm Anya die Liste der beschlagnahmten Gegenstände ab. »Ein Nachrichtensprecher mit Brandverletzungen.«

Anya kniff die Augen zu. »Hören Sie, es ist nicht meine Schuld, dass Sarvos sich so viel Zeug ins Haar schmiert. Funkenflug und Stylingprodukte aus Spraydosen sind ein unheiliges Gespann.« Dennoch hatte sie ein schlechtes Gewissen. Wäre sie nicht gewesen, dann wäre der Reporter gar nicht hergekommen.

»Schätze, er kommt darüber hinweg, auch wenn er ab jetzt Dauerkunde im Hair Club werden wird«, grollte Marsh. »Und Ihre Verdächtige ist verschwunden.«

Anya stöhnte. »Sie saß auf dem Rücksitz, als der Wagen hochgegangen ist.«

»Da ist sie aber nicht mehr. Keine Knochen und auch keine anderen Spuren von ihr. Sehen Sie es sich ruhig selbst an.«

Anya schob sich hinaus auf die Straße und humpelte zu dem ausgebrannten Streifenwagen. Sie selbst war so weit entfernt gewesen, dass die Explosion sie lediglich aus der Gefahrenzone geschleudert hatte, womit sie es besser getroffen hatte als die meisten Polizisten. Als sie sich die Rückbank ansah, erblickte sie nur geschmolzenes Plastik, das verbeulte Gitter, das die Vordersitze vom Fond trennte, und das Funkeln eines Gurtverschlusses aus Metall.

Sparky, der immun gegen Feuer war, schlängelte sich in das Wrack. Er schnüffelte am Fahrersitz und legte eine Pfote auf die Hupe. Zu seiner Freude und zur Verwirrung der Rettungsleute gab diese einen schwachen, verzerrten Ton von sich, der an den Schrei einer Gans unter einem Rasenmäher erinnerte.

»Scheiße«, murmelte sie.

»›Scheiße‹ ist das richtige Wort. Sie haben sie entkommen lassen.« Marsh schüttelte den Kopf.

Anya verkniff sich eine Entgegnung. Sie war Minuten nach der Explosion zu sich gekommen, hatte neben dem Haus gelegen, und der Salamander hatte ihr Gesicht abgeleckt. Der Wagen hatte in Flammen gestanden. Jemand hatte ihr etwas zugerufen, und dann war ein Krankenwagen eingetroffen.

Doch insgeheim hatte sie gehofft, dass das Miststück so viel Anstand besessen hatte, sich durch den Anschlag selbst in Jenseits zu befördern.

Aber so viel Glück hatte sie nicht.

»Ich lasse Hope Solomon zur Fahndung ausschreiben«, blaffte Marsh. »Ich will, dass sie geschnappt wird, ehe noch mehr in Flammen aufgeht.«

Anya presste grimmig die Lippen zusammen. »Das verspreche ich, Sir.«

Ein Polizeifunkgerät knisterte im Hintergrund, und Anya spitzte die Ohren. »... zehn-dreiunddreißig, 5200 Woodward Avenue.«

Das war die Anschrift des Detroit Institute of Arts. Und eine 10-33 besagte, dass Alarm ausgelöst worden war.

Anya rannte zu ihrem Wagen.

Hope hatte all ihre Reliquienbehälter verloren, und sie war wild entschlossen, sich einen neuen zu beschaffen.

Zwei Stufen auf einmal nehmend rannte Anya zum DIA hinauf. Sparky hastete direkt hinter ihr her. Die Szenerie war ein einziges Durcheinander aus flackernden roten und blauen Warnleuchten und herumrennenden Leuten: Ersthelfer, Sanitäter, Feuerwehrleute, Polizisten und Museumsangestellte. Zwei Leute wurden auf Tragen fortgebracht. Ein zerknautschter Wagen stand seitlich auf der Woodward Avenue. Daneben sammelten sich Gaffer vor einem Absperrband.

Anya stürmte zur Tür hinein und raste durch die Große Halle. Sie nahm Brandgeruch wahr und betete, dass die Magie, die Katie auf dem Boden des Ausstellungsraums gewirkt hatte, stark genug gewesen war, um Hope abzuwehren.

An der Tür zur griechisch-römischen Ausstellung blieb Anya stehen. Die Vitrine, in der die Büchse der Pandora ausgestellt worden war, stand weit offen, und dort, wo der Pithos gewesen war, war nun ein leerer Platz. Sparky schlenderte zum Rand des Kreises, übertrat ihn aber nicht. Der Kreis schien immer noch intakt zu sein. Wie zum Teufel war Hope an das Artefakt rangekommen?

Sie zupfte am Ärmel eines Mannes in der Uniform eines Museumswächters. »Was ist mit dem Pithos passiert … mit der Büchse der Pandora?«

Die Augen des Wachmanns weiteten sich vor Angst. »Na ja, nach dem, was hier passiert ist … das Museum, dem sie gehört, hat sie zurückverlangt. Sie haben Archivare hergeschickt, um sie einzupacken, und die haben sie in einen Laster geladen.«

»Sie selbst haben die Vitrine geöffnet und sie aus dem Raum gebracht?« Anya schloss verzweifelt die Augen. Die Büchse der Pandora war sicher gewesen vor jeglichem spirituellen Zugriff ... nicht jedoch vor der Dummheit der Menschen.

»Ja. Sie haben sie in eine Kiste gepackt, auf eine Sackkarre gestellt und zu ihrem Laster gebracht.«

»Zeigen Sie mir, wo der Laster stand.«

Der Wachmann führte sie wieder hinaus zum Bordstein und zeigte auf eine verbrannte Stelle im Straßenbelag. »Und dann ... dann sind einer der Archivare und der Fahrer in Flammen aufgegangen. Es war schrecklich. Sie sind auf die Straße gerannt. Jemand hat einen Feuerlöscher geholt, aber ...« Die Hand des Wachmanns zitterte. »Einer wurde von einem Wagen erfasst. Ich weiß nicht, wer von den beiden.«

»Wo ist der Laster?«

Der Wachmann blinzelte verständnislos.

»Der Laster mit der Büchse der Pandora. Wo ist er?«

Der Wachmann schaute sich um. »Er war genau hier ...«

Anya ballte die Faust. »Hören Sie, Sie müssen Kontakt zu dem Museum aufnehmen, dem das Artefakt gehört. Sofort. Sagen Sie denen, sie sollen Ihnen die Autonummer, das Modell und das Baujahr nennen. Verstanden?«

Der Wachmann blinzelte wieder. Er stand immer noch unter Schock.

Anya rüttelte an seinem Arm. »Verstanden?«

»Autonummer, Modell und Baujahr des Lasters ...« Der Wachmann wiederholte die Anweisung mechanisch und griff zu seinem Funkgerät. Wenige Augenblicke später war er mit der Telefonzentrale verbunden und erkundigte sich nach dem Museum, von dem die Leihgabe stammte.

»Was? Wozu wollen Sie das wissen?«, quäkte die Stimme am anderen Ende.

Anya wollte nicht, dass der arme Mann noch mehr schlechte

Nachrichten überbringen musste, also notierte sie die Informationen und rannte zu der nächsten Gruppe Polizisten. Sie bahnte sich mit Ellbogen einen Weg, bis sie jemanden gefunden hatte, dessen Dienstnummer mit einem *S* anfing. Der verantwortliche Sergeant vor Ort bellte gerade einigen anderen Uniformierten zu, den Verkehr umzuleiten. Es war eine Frau, und sie war gut einen Kopf kleiner als alle anderen. Doch Anya machte sie hauptsächlich durch den Klang ihrer Stimme ausfindig, die so klar und tragend war wie die einer Gospelsängerin.

»Lieutenant Kalinczyk, DFD. Es hat einen Diebstahl im Museum gegeben«, erzählte Anya ihr atemlos.

Der Sergeant regelte die Lautstärke des quäkenden Funkgeräts an der Schulter herunter. »Wollen Sie mich verarschen? Wir haben einen Unfall mit Verletzten, zwei brennende Personen ...«

»Ich glaube, das wurde inszeniert, um von dem Verschwinden eines Artefakts abzulenken. Die Büchse der Pandora.« Anya deutete mit den Händen die Höhe des Gefäßes an. »Ein großes Steingefäß. Verpackt in einer Kiste.«

Der Sergeant kniff die Augen zusammen. »Dem Ding werden ja wohl nicht einfach Beine zum Davonlaufen gewachsen sein.«

»Es ist in dem Laster, in den die Archivare es geladen hatten.« Anya reichte ihr den Zettel. »Wenn Sie diesen Laster zur Fahndung ausschreiben, können Sie es vielleicht zurückholen.«

»Haben Sie eine Beschreibung der Tatverdächtigen?«

»Ja. Eins achtundfünfzig, Anfang fünfzig, blond, blaue Augen, eine weiße Frau in einem hellblauen Hosenanzug. Hope Solomon alias Christina Modin. Sie ist vor einer Stunde aus DPD-Gewahrsam entkommen.«

Der Sergeant griff zu seinem Funkgerät und gab eine Fahndung nach Hope und dem Wagen heraus. Schließlich nickte die Frau Anya zu. »Ich halte Sie auf dem Laufenden. Danke für die Information.«

»Kein Problem.«

Der Sergeant erteilte seinen Untergebenen weitere Anordnungen; Anya zog sich in die Menge zurück und sah sich stirnrunzelnd zum Museum um.

Irgendetwas stimmte hier nicht. Sie hatte Magie außerhalb des Gebäudes gerochen.

Aber nicht in seinem Inneren.

Anya stieg erneut die Stufen hinauf und bahnte sich am Chaos vorbei einen Weg in das Museum. Männer in Anzügen waren aufgetaucht und wedelten mit Papieren herum. Anya nahm an, dass es sich um Manager des Museums handelte und ging ihnen aus dem Weg. Unauffällig schlüpfte sie in die Galerie zu der Sonderausstellung, wo sich die Geister rund um die Vitrine mit der Guillotine für gewöhnlich zu ihrer Party versammelten.

Das Licht war gedämpft worden, um Energie zu sparen. Anya schloss die Tür hinter sich. Draußen erklangen hastige Schritte, doch die Tür dämpfte sie so sehr, dass sie in den Umgebungsgeräuschen untergingen.

»Gallus«, rief sie. »Bist du da?«

Sie wartete, aber er antwortete nicht.

Sie trat tiefer in die Schatten des Raums. Licht perlte auf der Guillotine in der Mitte des Saals. »Pluto? Marie? Samurai?«

Keine Antwort.

»Mir ist klar, dass ihr Angst habt, aber … ich muss mit euch reden. Hope hat die Büchse der Pandora gestohlen. Ich muss wissen, was ihr gesehen habt.«

Stille. Sie tastete sich mit Hilfe des schwarzen Lochs in ihrer Brust vor, in der Hoffnung, sie könnte mit diesem hungrigen

Sinn eine Spur von den Geistern entdecken, aber Wände und Artefakte fühlten sich verlassen an.

Anyas Blick fiel auf Sparky. »Sparky, kannst du herausfinden, wo sie sich verstecken?«

Der Salamander senkte den spatenförmigen Schädel zum Boden und schnüffelte. Seine Zunge schlängelte sich hinter seinen Zähnen hervor, und er huschte über den Boden. Anya folgte ihm, als er den Bereich um die Guillotine untersuchte und gleich darauf den Korridor hinunterlief. In dem Saal mit der griechisch-römischen Ausstellung hielt er vor Plutos Rüstung inne und drehte sich um. Dann watschelte er durch die Große Halle und schnüffelte an den Vitrinen mit den mittelalterlichen Rüstungen.

Mit wachsendem Schrecken sah Anya zu, wie Sparky aus dem Gebäude hinaustapste. Er glitt die Stufen hinab und durch die Menschenmenge. An der Brandspur am Bordstein hielt er inne, genau dort, wo der gestohlene Laster gestanden hatte.

Furcht ergriff Besitz von ihr.

»Sparky«, flüsterte sie auf der Suche nach der Bestätigung dessen, was ihre Sinne ihr bereits verraten hatten. »Sie sind weg, nicht wahr?«

Sparky hielt die Nase in die Luft, sah sich zu ihr um und winselte kläglich.

»Hope hat nicht nur die Büchse der Pandora gestohlen. Sie hat auch die Museumsgeister mitgenommen. Gallus, Pluto, Marie ... einfach alle.«

Sparky legte sich auf den Bürgersteig und schob den Kopf zwischen die Vorderpfoten.

»Ich muss sie zurückholen.«

Anya ging im *Devil's Bathtub* auf und ab und nagte an ihrer Lippe. Den Molchkoffer hatte sie in der Wanne voller Pennys abgestellt, und Sparky war mit hineingeklettert und beobachtete sie auf ihrer Wanderung. Der Molchkoffer wurde allmählich zu heiß, um ihn lange am Körper zu tragen. Anya wusste nicht, ob das ein gutes oder ein schlechtes Zeichen war. Einem von Katies Ofenthermometern zufolge köchelten sie mit etwa vierzig Grad vor sich hin. Sparky hängte den Kopf über den Rand der kühlen Wanne und sah zu, wie Anya hin und her tigerte.

»Ich weiß nicht, warum du dir darüber so den Kopf zerbrichst«, murrte Jules hinter dem Tresen. »Es sind nur Geister. Und alte, staubige Geister noch dazu.«

Anya wirbelte auf dem Absatz herum. »Das *waren* Menschen, Jules. Menschen wie du und ich. Und sie haben es nicht verdient, so behandelt zu werden.«

»Wären sie gute Menschen gewesen, dann wären sie im Himmel.«

Renee räusperte sich. Der Geist der Zwanziger-Jahre-Schönheit saß auf einem Barhocker, drehte eine Zigarettenspitze zwischen den Fingern und spielte mit seiner Perlenkette, und nun schlug Renee die Augen nieder.

»Anwesende ausgenommen. Ich meine das *generell*«, verbesserte sich Jules. »Für jede Regel gibt es eine Ausnahme.«

»Du kannst dir deine Regeln sonstwo hinstecken, Jules«, gab Anya zurück. »Hier gibt es so oder so niemanden, der sie befolgen würde.«

»Schluss jetzt, ihr beiden.« Ciro rollte herbei. So blechern seine Stimme auch klang, sie forderte doch Respekt ein. Der alte Mann bediente die Räder seines Rollstuhls mit zitternden Händen, bis Max die Handgriffe packte und ihn zu einem Tisch schob. »Es hat wenig Sinn, über philosophische Fragen zu streiten, während so viel auf dem Spiel steht.«

Jules warf sich ein Geschirrtuch über die Schulter und griff nach einem Glas. »Was soll hier auf dem Spiel stehen? Ein Museumsstück wurde gestohlen. Das ist bedauerlich, aber ...«

»Menschen sterben, Jules«, sagte Anya angespannt. »Hope ist für mindestens sechs Todesfälle verantwortlich … für sechs Todesfälle, von denen wir wissen. Sie wird nicht einfach aufhören, nur weil sie ein hübsches neues Spielzeug für ihre Sammlung ergattert hat.«

»Das ist mehr als ein hübsches Spielzeug.« Ciro faltete die Hände, um das Zittern seiner Finger zu unterdrücken. »Ein Reliquienbehälter von der Größe der Büchse der Pandora fasst Tausende von Geistern. Mit so viel Macht in Händen ist es ein Kinderspiel, ein paar Menschen zu verbrennen.«

»Das Speichervolumen von diesem Ding muss gewaltig sein.« Brian platzte mit einem auf den Rücken geschnallten Computertower zur Hintertür herein. »Wahrscheinlich unterschätzen wir die Kapazität – ganz zu schweigen davon, wie viel Batteriestrom diese Kristalle speichern könnten.«

Er stellte den Tower auf den Boden und umarmte Anya. »Ich bin froh, dass es dir gutgeht«, flüsterte er nah an ihrem Ohr.

Anya erwiderte die Geste, wenn auch etwas steif. Sie sehnte sich nach dem warmen Gefühl von Brians Herzschlag an ihrer Wange, aber sie konnte das Klingeln ihres Gedächtnisses nicht abstellen, konnte nicht vergessen, was sie über ALANN herausgefunden hatte. Brian war ein Leichenräuber. Und Gott weiß was noch.

Aber dafür war jetzt keine Zeit. Anya löste sich aus der Umarmung und drehte sich zu den anderen um. »Ich bin in der Gerichtsmedizin einem Geist begegnet. Er hat mir erklärt, wie ich die astrale Ebene – das Jenseits – aufsuchen kann, um Hope aufzuspüren. So, wie ich es sehe, dürfte das unsere einzige Möglichkeit sein.«

Brian kniff die Augen zusammen. »Ein Geist in der Gerichtsmedizin? Und du bist sicher, dass du ihm trauen kannst?«

Im Moment bin ich in Bezug auf ihn sicherer als in Bezug auf dich, dachte Anya, doch sie biss sich auf die Zunge und sagte:

»Er nennt sich Charon. Er sagt, seine Aufgabe sei es, die Toten ins Jenseits zu bringen.«

Ciro nickte. »Du bist einem Psychopomp begegnet.«

»Einem was?«

»Einem Geist, der die frisch Verstorbenen ins Jenseits geleitet. Solltest du je mit einem Jungianer sprechen, dann würde er den Psychopomp als den Vermittler zwischen dem bewussten und dem unbewussten Geist darstellen.« Ciros Augen glänzten. »In vielen Traditionen nennt man sie auch die ›Ammen‹ der Sterbenden.«

»Kann man ihnen trauen?«, fragte Brian.

»Sie sind keine Richter. Charon wird Anya nicht aus eigenem Antrieb in den Himmel oder die Hölle führen. Psychopomps sind so etwas wie U-Bahn-Fahrer. Er bringt dich an den Ort, auf den dein Ticket ausgestellt ist.«

»Und wie kommst du zurück?«, fragte Brian, der seine Finger fest in die ihren geschlungen hatte.

»Wenn die Lebenden die astralen Ebenen bereisen, sind sie durch ein ätherisches Band mit ihrem Körper verknüpft«, erklärte Ciro. Es reicht vom Nabel des astralen Doppelgängers zu dem des physischen Leibs. Es wird nicht von Zeit und Raum begrenzt und dehnt sich ewig.«

»Leslie hatte auch eines«, sagte Anya. Sie erwähnte nicht, dass es genauso funktioniert hatte, wie Ciro es beschrieben hatte, bis Hopes Strudel die Verbindung gekappt hatte.

»Im Notfall können wir dich zurückholen«, sagte Ciro. »Wir müssen dich nur kräftig zwicken oder schütteln, bis du wieder wach bist.«

»Was ist mit Sparky? Und mit dem Gelege?« Anyas Stirn legte sich in Falten, als sie Sparkys Kopf betrachtete, der aus der Badewanne herauslugte.

»Ich weiß nicht, wie sich das alles auf Vertraute auswirkt«, gestand Ciro. »Ich weiß, dass sie die astralen Ebenen nach Belieben durchstreifen, demnach sind sie in der Lage, sich auch dort zumindest teilweise ihren freien Willen zu bewahren.«

»Kann ich sie nicht hierlassen?« Anya wollte sie sicher im Schutz eines magischen Kreises wissen.

»Unwahrscheinlich. Du bist mit deinem Vertrauten verbunden. Viele Leute begegnen ihren Vertrauten sogar zuerst auf der astralen Ebene. Wenn du gehst, wird er dir folgen.«

Anya befreite sich von Brians Griff, ging zu der Badewanne mit den Klauenfüßen und setzte sich auf den Rand. Sie streichelte Sparky von der Nasenspitze bis zum Schwanzende und fühlte die Wärme seiner Haut. »Ich will dich da nicht mit hineinziehen, Sparky.«

Der Salamander richtete sich auf, sah sie aus seinen ernsten Kugelaugen an und leckte über die Seite ihres Gesichts. Unerwartet rannen ihr Tränen über die Wangen. Ganz gleich, welcher verrückte Mist in dieser oder einer anderen Welt geschah, auf Sparky konnte sie sich immer verlassen.

»Ich halte das nicht für eine gute Idee«, sagte Brian. »Es muss doch auch noch eine andere Möglichkeit geben.«

»Wenn Hope tatsächlich verschwunden ist, dann gibt es vielleicht keinen anderen Weg, sie aufzuspüren.« Katie schüttelte den Kopf. »Wenn die Polizei sie nicht findet, dann ist Charon vielleicht unsere einzige Hoffnung.«

»Zur Abwechslung bin ich Brians Meinung«, meldete sich Jules zu Wort. »Durch andere Welten zu streifen hat Leslie nichts Gutes eingebracht. Wir sollten diese Sache der Polizei überlassen.«

»Und wie viele Polizisten sollen noch bei dem Versuch verletzt werden, Hope zu schnappen?«

Der Disput ihrer Kollegen spülte über sie hinweg. Anya glitt in die Badewanne und rollte sich um das Gelege herum zusammen. Die Eier hatten die Münzen, auf denen sie lagen, erwärmt, und nun waren sie so angenehm temperiert wie Badewasser.

Anyas Atem schlug sich auf dem Porzellan der Wanne nieder. Sparky schmiegte sich von der anderen Seite an das Nest und legte den Kopf an ihre Schulter.

Anya schob sich die Münze unter die Zunge und flüsterte: »Charon.«

Und die Welt wurde schwarz.

KAPITEL SECHZEHN

Die Welt wurde schwarz.

Dann stülpte sie ihr Inneres nach außen und öffnete sich.

Anya fühlte sich schwerelos und warm, so als würde sie dösend in warmem Badewasser liegen. Sie schlug die Augen auf und fand sich über der Badewanne schwebend wieder, Nase an Nase mit dem eigenen Gesicht.

Erschrocken trat sie nach hinten aus. Wie eine ungeübte Schwimmerin in einem Pool mühte sie sich zurück und schaffte es schließlich, ihre Füße auf den Boden zu bringen. Aber der Druck fühlte sich verändert an; schwerer als gewohnt. Sie blickte hinab. Sparky saß schwanzwedelnd neben ihr auf dem Boden. Er strahlte in reinem, bernsteinfarbenem Licht, viel stärker, als er es auf der physischen Ebene tat. Die Sprenkel und Flecken auf seinem Körper brodelten weiß und orange, flackerten auf seiner Haut wie der Flammenschein eines Feuers.

Anya schaute an sich herab.

Sie war nicht sie selbst. Ihre Hände waren mit flexiblen Kupferschuppen überzogen, die sich wie eine segmentierte Ganzkörperrüstung überall über ihren Leib zogen. Sie trug einen polierten, grell glänzenden Brustpanzer. Und wie Ciro gesagt hatte, führte ein durchscheinendes, silbernes Band von ihrem Nabel zu dem reglosen Körper in der Badewanne. Sie tastete an sich herauf und entdeckte einen Helm, der ihren ganzen Kopf bedeckte und sich nahtlos an die Rückseite des Schädels anschloss.

»Willkommen in deinem astralen Ich.«

Anya drehte sich um. Charon stand auf dem Boden, die

Hände in den Taschen vergraben. Er sah beinahe genauso aus wie als Geist – ein Rocker in der falschen Zeit –, aber er war von einer grauen Aura umgeben, die sich an den Rändern auflöste wie Rauch. In dem nebelhaften Schein brannten seine Augen in einem kalten Blau.

Anya hielt ihre kupfernen Hände ins Licht. »Ich hab mich schon einmal so gesehen. Ein einziges Mal.« Damals war die Kupferrüstung aus ihrem Salamanderreif hervorgeschossen, um sie vor dem feurigen Atem Sirruschs, des Königs der Salamander, zu schützen. Das war der Atem gewesen, der Drake, ihren Liebhaber, umgebracht hatte.

»Die astrale Ebene zeigt die Leute, wie sie wirklich sind. Philosophisch gesagt: ›Wie innen, so außen‹.« Charon nickte. *»Aber ich muss zugeben, das ist sehr beeindruckend.«*

Anya beugte sich über den Rand der Wanne, und Panik ergriff Besitz von ihr. Die Eier waren fort.

»Die Eier!«, schrie sie.

»Du trägst sie bei dir«, antwortete Charon und zeigte auf einen Perlengürtel an ihrer Taille. Als Anya genauer hinsah, erkannte sie, dass der Gürtel aus den winzigen Eiern bestand, die zu einem Gurt zusammengewoben schienen. Als sie sie berührte, fühlte sie die Hitze, so heiß wie glühende Kohlen.

»Ich weiß nicht, was du bist, aber du siehst mordsmäßig gut aus. Du glänzt so.« Renee saß auf dem Barhocker und taxierte sie ausgiebig. In dieser Welt war Renee in ein glutvolles, rosarotes Licht gehüllt und von Lilienduft umgeben.

»Du kannst mich sehen?«, fragte Anya.

»Natürlich, Schätzchen.« Dann sah sie sich argwöhnisch zu Charon um. *»Und den sehe ich auch.«*

»Keine Sorge«, sagte Charon. *»Ich werde dich nirgends hinbringen.«*

Renees hauchzarte Brauen sanken herab, und ihre Wimpern flatterten. *»Gut. Jemand muss hierbleiben und auf den alten Mann aufpassen.«*

Sie deutete auf Ciro. Erst in diesem Moment begriff Anya, dass nicht nur sie anders war in dieser siderischen Welt. Es war die Welt selbst und alles, was in ihr war.

Die Lebenden im Raum schienen an Ort und Stelle festgewachsen zu sein, so, als liefe die Zeit für sie langsamer, und sie waren sich Anyas Präsenz nicht bewusst. Ihre Konturen waren verschwommen, und Anya konnte Licht sehen, das jeden von ihnen umgab. Ciro war in einen weißen Schimmer gehüllt, der flackerte wie eine Glühlampe kurz vor dem Erlöschen. Als sie ihm näher kam, meinte sie beinahe, sie würde es zischen hören.

Katie stand da, in eine Diskussion mit den anderen verwickelt, und erblühte in einem heiteren, türkisfarbenen Feuer. Jules gestikulierte neben ihr, sagte etwas, und war umgeben von einem strahlenden, goldenen Licht, das Anya sonderbar tröstlich empfand. Max, gleich neben ihm, erstrahlte in einem knisternden, orange-goldenen, dynamischen Leuchtfeuer.

Brian stand mit vor der Brust verschränkten Armen ein wenig abseits. Anya streckte die Hand aus, um ihn zu berühren. Während die anderen in hellen, lebendigen Farben leuchteten, war seine Aura trüb. Grüne und schwarze Flecken verpufften in einem wirbelnden, chaotischen Durcheinander. Als sie seine Haut berühren wollte, glitt ihre Hand einfach hindurch, als wäre sie ein Gespenst.

Charon legte Anya eine Hand auf die Schulter, und sie erschrak. Sein Griff fühlte sich fest an.

»Warum kann ich ihn nicht berühren?«, fragte sie. »Und warum kannst *du* mich berühren?« Sie war nicht davon überzeugt, dass sie diese neue Rollenverteilung mochte.

»Auf dieser Ebene bist du im Wesentlichen ein Geist und unterliegst den gleichen Gesetzen wie die Geister. Du kannst keinen Einfluss auf die physische Welt nehmen. Aber die Dinge der astralen Ebene können mit dir interagieren.«

»Was sehe ich?«, flüsterte Anya und musterte blinzelnd Brians verschwommene Aura.

»Nachbilder. Die astrale Welt ist eine siderische Ebene – sie existiert parallel zur physischen Welt. Die Welten überschneiden sich, wenn Energie in Bewegung gerät, ob es nun die Energien der Gedanken, der Erinnerungen oder des Lebens selbst sind.«

Anya blickte auf. Die Bar selbst zeigte sich in diversen Grauschattierungen, aber sie sah nicht so aus, wie sie sie in Erinnerung hatte. Gemälde hingen über Tischen, die vorher nicht da gewesen waren. Die Fenster waren nicht geschwärzt oder verbarrikadiert, sondern bestanden aus Buntglas. Sogar die Türgriffe schienen aus einer anderen Ära zu stammen.

»Das ist die Erinnerung des Gebäudes an sich selbst. Wenn Menschen von Restspuk sprechen, reden sie eigentlich über die energetischen Eindrücke, die sich im Lauf der Zeit auf einen Ort niedergeschlagen haben, hinterlassen von den Menschen, die ihn durchwandern und ihre Gedankenenergie auf ihn konzentrieren. Manchmal dringen tiefere Eindrücke direkt hindurch zu den anderen Ebenen. Fast so, als würdest du einen Stift kraftvoll auf ein Stück Kohlepapier drücken, sodass das Bild auf die darunter liegende Schicht übertragen wird.«

Anya sah sich zu dem Geist der Zwanziger-Jahre-Schönheit um. »Renee, ist das unsere Welt, wie du sie siehst?«

Die Geisterfrau nickte, und ihre Federohrringe flatterten von ihren Schultern. Sie berührte einen Hocker mit einem dicken, lederbezogenen Polster. *»Das ist die Welt, wie ich mich an sie erinnere. Manchmal denke ich, ich bin die Einzige, die das tut.«*

Anya wandte sich wieder an Charon. »Wir müssen Hope finden. Ich hab die meisten Geister, die sie gefangen hielt, freigelassen, aber sie hat die Büchse der Pandora. Und sämtliche Geister aus dem Museum.«

Charon setzte eine besorgte Miene auf. *»Das sind alte Geister. Machtvolle Geister. Mit ihnen dürfte sie kampfbereit sein.«*

»Wie können wir sie finden?«

»Es gibt nur einen Ort in der Stadt, den alle Geister passieren. Dort sollten wir ihre Spur aufgreifen können. In der Michigan Central Station.«

Anyas Brauen ruckten unter dem Helm aufwärts. »Die ist schon seit Jahrzehnten geschlossen.«

»Sie ist für Menschen geschlossen, aber nicht für uns.« Charon zeigte zur Tür. *»Komm mit, ich zeige es dir.«*

Zögernd folgte ihm Anya zur Tür des *Devil's Bathtub* hinaus. Als sie auf die Straße trat, keuchte sie auf und blieb wie angewurzelt stehen. Sparky rannte gegen die Rückseite ihrer gepanzerten Beine und grollte beleidigt.

Sie hatte erwartet, das zu sehen, was sie immer zu sehen bekam: eine zentrumsnahe Straße mit rissigem Asphalt, Verkehr, Telefonmasten, vielleicht noch ein wenig Abfall oder einen geparkten Wagen, geschmückt mit diversen Strafzetteln. Aber diese Straße hier war beinahe verlassen und zog sich dahin wie ein schwarzes Band, wand sich entlang an Gebäuden aus den verschiedensten Epochen: aus den 1920ern, den 1930ern und diversen anderen Zeiten. Durch ein offenes Fenster hallten Fetzen von Jazzmusik, und ein Modell T brauste die Straße hinunter. Ein Baum, der sich in einem prachtvollen Absinthgrün zeigte, hatte im Bürgersteig Wurzeln geschlagen, und Anya sah, dass die Wurzeln, die sich unter das Pflaster gegraben hatten, eine perfekte Symmetrie mit den Ästen bildeten, die sich über ihr dem dunstigen Himmel entgegenreckten.

Zwei Türen weiter fiel ein Ziegelgemäuer, dem Anschein nach ein Lagerhaus, geräuschlos in sich zusammen und löste sich in Staub auf, der wie ein Sandsturm vom Wind fortgetragen wurde. Anya hielt sich die Nase zu, als der Staub vorüberzog. Er roch nach zerschlagenem Ton und war angefüllt mit Fragmenten, die glitzerten wie Glas.

»Was passiert hier?«, keuchte sie. Der rote Staub wehte an ihren Beinen vorbei die Straße hinunter.

»So etwas passiert hier mit den Dingen, die vergessen sind.« Charon zuckte mit den Schultern, als wäre es ganz alltäglich, zuzusehen, wie ein dreistöckiges Gebäude zu Staub zerfiel. *»Erinnerung ist der Schlüssel. Energie erweckt die Dinge zum Leben. Gedanken sind Energie. Etwas, an das niemand – ob Geist oder Mensch – mehr denkt, verschwindet.«*

Der Staub verzog sich und hinterließ einen kahlen, leeren Fleck, der sich in einen brodelnden, siedenden schwarzen Abgrund verwandelte. Das war die wohl vollständigste Zerstörung, die Anya je zu sehen bekommen hatte. Instinktiv schrak sie davor zurück. Aber zugleich fühlte sich das Geschehen vertraut an. Ihre Finger berührten ihre Brust dort, wo das schreckliche, dunkle Feuer wütete. Es schmeckte nach Vergessenheit.

»Wir müssen weiter. Ich erkläre dir unterwegs die Regeln.« Charon holte ein Motorrad aus dem Schatten des *Devil's Bathtub.* Anya war kein Fan von Motorrädern. Feuerwehrleute und Sanitäter nannten sie auch »Organspendertaxis«. Charons Maschine war ein altes, verbeultes Krad, das Anya in einer TV-Dokumentation über den Zweiten Weltkrieg zu sehen erwartet hätte.

»Das ist dein hiesiges Transportmittel?«

Charon schien ihre Vorbehalte zu spüren. Ein Lächeln umspielte seine Mundwinkel, das erste Lächeln, das sie in seinem Gesicht zu sehen bekam, und das war kein unerfreulicher Anblick.

»Was hast du erwartet? Den Kahn hab ich schon vor ein paar Tausend Jahren ausgemustert.«

Anya konnte nicht einschätzen, ob er es ernst meinte oder nicht. Sie kletterte hinter ihm auf das Motorrad. Sparky krabbelte auf ihre Schulter, und sie schlang unbeholfen die Arme um Charons Leib. Selbst durch seinen Mantel verströmte er Kälte, eine Kälte, die durch ihre metallene Rüstung drang und sie schaudern machte. Auch sein Mantel roch nach Weihrauch.

Charon gab Gas. Das Motorrad jaulte auf wie ein überforderter Rasenmäher und raste los. Anyas Magen schlug Purzelbäume, und sie spürte ein Spannungsgefühl in der Brust. Sie hörte, wie Sparkys Klauen über ihre Rüstung kratzten, als er sich um ihren Hals wickelte. Aus den tränenden Augenwinkeln sah sie, wie der Salamander den Kopf in den Wind hielt. Seine Zunge und seine Kiemenwedel schossen hervor, und er schien die Luft zu kosten, die auf sie einpeitschte.

Anya schauderte. Wenigstens trug sie einen Helm.

Aus zusammengekniffenen Augen sah sie die Umgebung vorüberrasen. Die schwarze Straße dehnte sich unter einem von der Dämmerung geröteten Himmel. Die ersten Straßenlampen flackerten in einer Vielzahl unterschiedlicher Modelle auf: Gaslaternen, elektrische Leuchten auf kunstvollen Pfählen und Lichter, die an schlanken Aluminiumarmen hingen. Irgendwo musste irgendein Bauingenieur von diesen Lampen geträumt haben, um ihnen hier Gestalt zu geben.

Die Gebäude verschoben sich wie Wolken am Himmel. Manchmal sah sie Bauwerke, die so aussahen, wie sie sie aus der physischen Welt kannte: Fabriken, Häuser, Sehenswürdigkeiten. Aber bisweilen kehrten sie in frühere Zeiten zurück. Manches trat klarer zum Vorschein als anderes: Das Umfeld zweier Geister, die in einem Park Schach spielten, war faszinierend detailliert erkennbar bis hin zu jedem einzelnen Grashalm. Anya stellte sich vor, dass die beiden jahrzehntelang an jedem Wochenende gespielt hatten. Wartezimmer von Ärzten waren hell erleuchtet, und die abgegriffenen Zeitschriften auf den Tischen waren in jeder langweiligen Einzelheit zu sehen. Durch andere Fenster erblickte sie die Pulte in Klassenräumen samt der daruntergeschobenen Plastikstühle. Wände und Waggons voller Graffiti waren deutlicher erkennbar als ihre sauberen, neueren Gegenstücke. Supermärkte und Tankstellen verblassten in einem unscharfen, modrigen Nebel – offenbar widmete ihnen kaum jemand eine hinreichende Erinnerung, und so fielen sie buchstäblich auseinander.

Charon bog am Fluss ab, und das Motorrad ratterte grollend die Straße entlang. Der River Rouge glitt silbernen Stromschnellen gleich durch das Zwielicht, viel schneller und klarer und machtvoller als in der physischen Welt.

Charon sah ihren Blick und brüllte: *»Gewässer wie das sind hier stark. Daher stammt der Mythos, das Böse könne fließendes Wasser nicht überqueren.«*

»Trifft das hier zu?«

»Nicht an den Orten, die ich je besucht habe. Na ja, jedenfalls nicht ohne magische Einflussnahme.«

Anya nahm an, dass diese Aussage eine Menge Orte umfasste, und sie brüllte gegen den Wind an, der ihre Stimme mitreißen wollte: »Was bist du überhaupt? Bis du *der* Charon? Ich meine, der Typ, der auf dem Styx nach toten Seelen fischt? Oder ist das nur Getue?«

Sie fühlte, wie sich seine Muskeln unter ihren Armen anspannten. *»Wie steht's mit dir? Bist du* die *Ischtar?«*

»Natürlich nicht.«

»Wir alle ererben Teile von Dingen, die uns zu dem machen, was wir sind, ob wir das wollen oder nicht.«

Anya boxte ihn in die Rippen, woraufhin das Motorrad gefährlich ins Schwanken geriet. »Hör mit der verdammten Geheimniskrämerei auf.«

»Du hast wirklich keine Ahnung, was?«

»Ganz genau.«

»Weißt du, was ein Avatar ist?«

»Das ist die Figur, die man erfindet, um sich in einem Videospiel zu präsentieren. Jeder macht sich dabei viel attraktiver, als er wirklich ist, und verschwindet in einer Fantasiewelt, um Ungeheuer niederzumetzeln und sich mit Cybersex zu vergnügen.«

Charon lachte. Anya fühlte das Rumpeln unter ihren Finger, ehe der Wind das Lachen fortriss. *»Wenn es doch nur so einfach wäre. Lass mich kurz ausholen. Weißt du, was ein Archetyp ist?«*

»Ich bin nicht *vollkommen* verblödet. Ich erinnere mich, von Jung und den Archetypen gelesen zu haben. Das sind Vorstellungen von Idealtypen im kollektiven Unbewussten. Krieger, Zauberer, Gauner ... all so was. Vor einigen Jahren war da so ein Typ auf PBS, der darüber gesprochen hat.« Anya war von sich selbst beeindruckt, dass sie so viel aus Mythologie 101 behalten hatte.

»Joseph Campbell. Ja, das ist ein witziger Bursche. Toller Kerl. Und er hat haufenweise Spaß im Jenseits.« Charon schüttelte den Kopf, und der Wind zerrte an seinem Flock-of-Seagulls-Kopfputz. *»Wie auch immer ... Archetypen sind diese idealisierten mythologischen Urbilder. Weißt du noch, was ich darüber gesagt habe, dass Gedanken dem Leben in dieser Welt seine Form verleihen?«*

»Ja.«

»Teile dieser Archetypen finden manchmal auf der physischen Ebene Ausdruck. Sie wollen zeitlos sein, ewig ... folglich wollen sie auch nicht, dass die physische Welt sie vergisst. Anderenfalls würden sie auch hier aufhören zu existieren.«

»Uah!« Diese ganze Theorie bereitete ihr Kopfschmerzen.

»Die Kurzversion lautet, dass du von Ischtar berührt wurdest. Oder von dem zeitlosen Archetypus der Ischtar, je nachdem, wie's dir lieber ist. In alten Zeiten hätte das aus dir eine Priesterin oder den Liebling eines Gottes gemacht.«

»Ich bin ihr Avatar in der physischen Welt?« Anya hatte Mühe, mitzukommen.

»Du bist einer ihrer Avatare, vermutlich einer von Hunderten im Lauf der Zeit. Vielleicht von Tausenden.«

Anyas Lippen wurden schmal. »Vor ein paar Monaten war ich von einem Dämon besessen, der einmal eine Priesterin der Ischtar war.«

»Du ziehst Synchronizitäten an, die dich mit diesem Archetypus verbinden. So etwas ist absolut unberechenbar, aber genauso läuft das.«

»Und der Salamander?«, fragte sie.

»Der Salamander braucht einen Beschützer. Du stellst aus deren Sicht eine eindrucksvolle Bedrohung dar. Du bist eine Laterne, und du kannst in ihre Welt blicken. Du wurdest von Ischtar berührt. Folglich kann sich ein vernünftiger Feuerelementargeist nichts Besseres wünschen, als sich bei dir einzuklinken, um seinen Nachwuchs zu hüten.«

»Aber Sparky hat mich nicht einfach aus irgendeiner Menge ausgewählt. Meine Mutter hat ihn mir gegeben.«

»Weißt du noch, was ich über Teile der Archetypen gesagt habe, die über die physische Ebene wandeln? Irgendwo hat irgendwer aus deiner Familie diesen Salamanderreif aufgesammelt, und er hat seinen Weg zu dir gefunden. Du wurdest durch das Feuer gesegnet.«

Anyas Kiefermuskulatur spannte sich. Die Vorstellung, dass diese Bruchstücke eines Mythos sich mit willentlicher Absicht Ausdruck schufen, ohne sich darum zu scheren, wie das dem Empfänger ihrer Gnade gefiel, sagte ihr gar nicht zu.

»Das ist ganz ähnlich wie die Fähigkeit, Geister zu sehen«, erklärte Charon. *»Sie sind nicht Teil des Alltagsbewusstseins jedes Menschen. Aber wenn man über die banale physische Welt hinausblicken kann, dann erkennt man, dass die Mythen überall ihre Finger haben, dass sie alles berühren und hinter allem stehen. Und hier, auf der astralen Ebene, sind die Mythen und Geister deutlich robuster und machtvoller als sie es in deiner leiblichen Welt je sein könnten.«*

»Hör mal, Charon, ich wurde als braves katholisches Mädchen erzogen. Für meinen Geschmack ist das ein kleines bisschen zu viel New Age.«

»Gute katholische Mädchen verschlingen keine Geister, ziehen keine Feuerelementare auf und flirten auch nicht mit Motorradfahrern auf der astralen Ebene«, konterte Charon schnaubend. *»Ich glaube*

nicht, dass sich Ischtar für deine Erziehung interessiert. Du hast ihr gefallen, und du wurdest eine der ihren.«

Charon bog in eine der Nebenstraßen ab, und Anya hielt sich um ihres lieben Lebens willen an ihm fest. Schließlich hielt er vor der Michigan Central Station und schaltete den Motor ab. Die plötzliche Stille brachte Anyas Ohren zum Klingeln.

Auf der astralen Ebene sah der Bahnhof beinahe genauso aus wie ihm echten Leben: ein heruntergekommener schwarzer Kasten. Doch hier bewegten sich massenweise Leute hinter den Fenstern und an den verzogenen stählernen Gleisen entlang. Anya konnte Hüte und wirbelnde Röcke sehen, konnte das Geschnatter unzähliger Stimmen und das Ächzen des Gepäcks hören.

»Das sind Geister.« Anya kletterte mit gerunzelter Stirn vom Sozius.

»Dieser Ort ist das, was er immer gewesen ist: Eine Durchgangsstation für die Geister, die zwischen den Ebenen reisen. Die Seelen kommen hierher, um ins Jenseits zu gelangen, wie immer dieses Jenseits für sie aussehen mag.«

Anya folgte Charon die Stufen hinauf. »Also … ist das hier das Tor zum Himmel?«

»Oder zur Hölle. Und zu allem, was dazwischen liegt. Von hier aus kannst du zu jeder Ebene der Realität reisen. Doch die Seelen können sich ihr Ziel nicht aussuchen.«

Sie gingen durch die Tür in die überfüllte Bahnhofshalle. Hunderte von Geistern schlenderten hier umher, Abbilder von Menschen aus den verschiedensten Epochen: Frauen mit Hauben, Männer mit Schulterpolstern und eng zulaufenden Anzughosen, ein Kind in einem einteiligen Schlafanzug, das ein Stofftier umklammerte. Niemanden schien es zu kümmern, wie unterschiedlich die Vertreter der verschiedenen Zeiten auftraten, und Anya fragte sich, wie lange einige dieser Seelen wohl gebraucht hatten, um diesen Ort zu erreichen. Einige starrten die große Uhr hoch oben an der Wand an, während sie mit Koffern und Aktentaschen in den Händen auf ihren Zug warteten. Andere huschten durch die Menge wie kleine Fische durch einen See, als sie zu ihren Zügen hasteten. Lange Schlangen warteten vor dem Kartenschalter, der unversehrt und vollständig verglast war. Anya sah zu, wie ein Schatten einem Geist einen Fetzen Papier durch die Fensteröffnung zuschob. Der Geist am Anfang der Schlange, ein Mädchen im Teenageralter, nahm das Ticket entgegen. Er warf einen Blick auf die Karte und brach in Tränen aus.

Charon bahnte sich einen Weg durch die Menge wie ein typischer New Yorker in einer U-Bahn-Station. Anya hatte Mühe, Schritt zu halten, als sie hinter ihm hertrottete. Auf seinem erhabenen Ausguck verdrehte sich Sparky über der Menge den Kopf. Die Leiber der Geister drängten sich gegen sie, kalt wie ein Winterwind, kalt genug, dass ihre Kupferrüstung beschlug. Sparky war noch immer wie eine Feder fest um ihren Hals gewickelt. Sie zitterte, und ihre Rüstung rasselte an ihrem Körper.

Am Rand des Bahnsteigs blieb Charon stehen und starrte, die Hände in den Taschen, in die Finsternis. *»Er kommt bald.«*

»Wer kommt bald?« Anyas Mund war trocken, und sie erkannte ein Licht, das am Rand des Tunnels erblühte, hörte ein schauerliches Geräusch näher kommen.

»Der Zug. Er bringt dich an den Ort, den du aufsuchen musst.«

Der Bahnsteig erbebte unter einem Donnern, das einen scharfen Wind mit sich brachte und eine Hitze erzeugte, die die Luft zum Flimmern brachte. Eine Schwärze, so undurchdringlich wie am Fuß einer Kellertreppe, rauschte durch den Tunnel und verdrängte das trübe Licht der Lampen, die über dem Bahnsteig hingen, wie eine Wolke, die über einen Sternenhimmel zog.

»Er fährt zur Hölle!«, brüllte Anya. Instinktive Furcht breitete sich in ihrem Bauch aus. Dieses Geräusch konnte von keinem anderen Ort stammen.

»Nicht zur Hölle.« Die Schwärze zerriss Charons Stimme. *»Aber zu einer Straße, die zur Hölle führt.«*

Ehe sie umdrehen und davonlaufen konnte, wusch der Schatten über den Bahnsteig hinweg und sog all die Geister auf. Sie verschwanden wie Taschentücher in einem Staubsauger. Anya kauerte sich zu Boden und hielt Sparky fest umklammert, wie sie es bei den Tornadoübungen in der Grundschule gelernt hatte. Aber der Geisterzug riss auch sie mit sich, als würde sie gar nichts wiegen.

Sie erlebte einen exquisiten Moment der Schwerelosigkeit und des Fallens. Ihr Körper erhob sich in seiner Rüstung, und sie konnte spüren, wie sich das Material auf ihrer Haut lockerte. Sparkys Gewicht auf ihren Schultern löste sich, obwohl ihre Finger immer noch seine Pfoten umklammerten. Schwärze umgab sie, durchbrochen allein von Lichtfunken, von denen sie annahm, dass sie nur auf ihren Netzhäuten existierten. Vielleicht hatte sie eine Gehirnerschütterung. Sie spürte, wie die um ihren Leib gegürteten Eier sie umkreisten wie glühende Planeten. Die Wirbel in ihrem Rückgrat lockerten sich ebenso wie alle anderen Gelenke, und sie fragte sich für einen Moment, ob Geister sich immer so fühlten, vergänglich und fließend …

… und dann krachte sie zu Boden. Die Schwärze spie sie donnernd und in einem heftigen Windstoß auf den Beton. Ihre Rüstung klapperte an ihr, als sie mit der linken Schulter und der Hüfte aufprallte und versuchte, Sparky und die Eier zu schützen.

Ächzend rollte sie sich auf den Rücken, und Sparky löste sich schnaufend aus ihrem Griff. Er stolzierte davon und leckte sich den Rücken, während er zugleich, verärgert über die ruppige Landung, seinen Schwanz ausschüttelte. Anyas Finger huschten zu den Eiern an ihrer Taille und ertasteten keine Schäden. Töricht blinzelte sie in das Licht einer Straßenlaterne und erkannte, dass der Betonboden von einer dünnen Schneeschicht bedeckt war. Weiße Flocken trieben durch den Lichtkegel wie Moskitos im Sommer. Sie schmolzen, sobald sie auf ihr Gesicht oder ihre Rüstung fielen, und schmeckten nach Eisen und Schmutz.

»Es ist leichter, wenn man im Laufschritt auftrifft.« Charon stand über ihr, die Hände nach wie vor in seinen Taschen vergraben.

Anya setzte sich auf, zog die Füße an und stemmte sich langsam hoch. Dort, wo sie gelegen hatte, hatte sie das Bild eines Engels in den Schnee gemalt. »Schieb dir das Gerede in deinen Psychopompenarsch, Charon.«

Charon schnaubte leise und suchte in seiner Tasche nach einer Zigarette. Auf seinen Mantelschultern und in seinem Haar schmolz der Schnee nicht, er sammelte sich nur wie Haarschuppen. Aber Anya nahm Brandgeruch wahr, noch bevor er das Feuerzeug entzündet hatte.

Ihre Brauen zogen sich zusammen. Sie befand sich auf einer Wohnstraße, einer vertrauten Straße. Obwohl die Auren rund um die Straßenlaternen surreal matt erschienen und die Nummern, die auf den Rinnstein gemalt worden waren, verschwommen und unscharf aussahen, erkannte sie diesen Ort. Sie erkannte den ungleichmäßigen Schotterbelag, die Skelette der Holzapfelbäume, die zu nahe an die Straße gepflanzt worden waren, den gelb lackierten Feuerhydranten. Dies war ein Ort, an dem sie seit ihrer Kindheit nicht gewesen war, ein Ort, den sie zu vergessen versucht hatte.

Ihre Stimme klang leise und drohend, doch unter der Rüstung war ihr der kalte Schweiß ausgebrochen, Schweiß, der nichts mit dem Schnee zu tun hatte. »Charon! Wo zum Henker sind wir?«

Die Flamme des Feuerzeugs tanzte über Charons kantiges

Gesicht und ließ es für einen Moment inhuman erscheinen. *»Der Zug bringt dich an den Ort, den du aufsuchen musst.«*

»Du hast auch gesagt, er führt zur Hölle.«

»Das läuft aufs Gleiche hinaus. Wir alle müssen durch die Hölle gehen, um an unser Ziel zu kommen.«

Anya schluckte, drehte sich um und sah zu, wie das Zuhause ihrer Kindheit bis auf die Grundmauern niederbrannte.

KAPITEL SIEBZEHN

Anya erstarrte.

Sie erstarrte genauso wie damals als Kind, als sie aufgeblickt und gesehen hatte, dass der Weihnachtsbaum in Flammen stand. Dann hatte Sparky sie aus dem Haus gezerrt. Ihre Mutter war im Obergeschoss gewesen und hatte es nicht mehr geschafft, den Flammen zu entkommen. Sie war im Feuer gestorben ... in dem Feuer, an dem die zwölfjährige Anya die Schuld trug. Sie hatte Schuld auf sich geladen, indem sie sich aus ihrem Kinderzimmer geschlichen hatte, indem sie die verdammte Weihnachtsbaumbeleuchtung eingestöpselt hatte, indem sie in dem behaglichen, sanften Lichtschein mit dem Salamander auf den Beinen eingeschlafen war. Der trockene Christbaum hatte Feuer gefangen – es war das erste Jahr gewesen, in dem sie einen echten Baum gehabt hatten –, ausgelöst durch die kleinen bunten Lämpchen, die pulsierten wie ferne Sterne.

Jetzt stand sie mit geballten Fäusten am Rinnstein, unfähig, sich zu rühren. Nervöser Schluckauf gerann in ihrer Kehle, als sie zuschaute, wie die Flammen aus dem geborstenen Fenster auf der Vorderseite des kleinen Saltbox-Hauses züngelten. Der ausgebrannte Weihnachtsbaum schrumpfte in dem Rauch, der begann, die PVC-Verkleidung abzuschälen und einzudampfen, immer mehr in sich zusammen. Doch diesmal erklangen keine Sirenen in der Ferne, kam niemand zu Hilfe geeilt. Nur das Prasseln und Knistern des Feuers mischte sich mit dem Tröpfeln des schmelzenden Schnees, der auf den Rasen vor dem Haus troff und zum Rinnstein floss.

»Das kann nicht real sein«, flüsterte sie. In dem grellen Flammenschein verschwamm vor ihren Augen alles in einem Durcheinander aus Orangetönen.

Charons Stimme schien weit hinter ihr zu ertönen: *»Es ist real. Auf dieser Ebene ist es real. Es findet immer wieder und wieder statt, weil du dich daran erinnerst.«*

Ihre Erstarrung löste sich, und ihre Feuerwehrinstinkte erwachten. Anya rannte zur Vordertür und riss das Fliegengitter auf. Die Holztür dahinter war fest verschlossen. Sie trat so fest sie konnte auf Höhe des Schlosses, dem schwächsten Punkt, gegen die Tür. In der Stille klang der Aufprall ohrenbetäubend wie ein Schuss, der durch ihren Helm hallte.

Krach.

Krach.

Krach.

Endlich lockerte ihr gepanzerter Fuß das Schloss. Ein weiterer Tritt brach es endgültig auf. Sie stolperte gegen die Tür und sackte am Rahmen herab. Sparky stürmte an ihr vorbei und rannte über den rostfarbenen Zottelteppich auf das Feuer zu.

»Sparky!«, schrie sie.

Der Salamander tauchte in die Flammen ein, und Anyas Herz schlug ihr bis zum Hals. Sie nahm die Verfolgung auf, hatte aber noch keine zwei Schritte getan, als er schon wieder aus der Flammenhölle rund um den ausgebrannten Christbaum herauskam und einen kleinen Körper am Kragen hinter sich herzerrte.

Es war Anya selbst. Anya, das Kind, klein zusammengerollt, die Fäuste vor dem Gesicht. Sie erkannte den Wonder-Woman-Schlafanzug. Sparky schleppte sie mit dem gefleckten Hinterteil voran an der gepanzerten, erwachsenen Anya vorbei, zerrte das Kind hinaus in den kalten Schnee auf dem Rasen.

Es war genau so, wie sie es in Erinnerung behalten hatte. Sparky rettete sie. In dieser Parallelwelt lief alles exakt so ab, wie es in der realen Welt geschehen war, die sie gekannt hatte.

Rauch schlug über ihr zusammen, und Anyas Augen tränten und brannten. Ihr Blick huschte die Treppe hinauf. Dieses Mal musste es nicht so weiterlaufen, wie es in der Vergangenheit geschehen war.

»Mom!«, schrie sie.

Sie stolperte die Stufen hinauf, fühlte die Hitze des Feuers, das sich unter der Treppe ausbreitete, sah, wie die Tapete an der Wohnzimmerwand verkohlte und sich zusammenzog. Der Sauerstoffmangel vernebelte ihren Blick; Rauch wogte die Stufen herauf, bis sie nur noch von vollkommener Schwärze umgeben war.

Während unter ihr das Feuer toste, hörte sie plötzlich Stimmen:

»Du kannst sie nicht haben!« Es war die Stimme ihrer Mutter, die zornig durch die Finsternis drang.

Anya tastete sich auf Händen und Knien den Korridor entlang, bemüht, unter dem Rauch zu bleiben. Das Schlafzimmer ihrer Mutter war am anderen Ende des Flurs. Ihre gepanzerten Fingerspitzen krallten sich in den Zottelteppich, der bereits zu schmelzen begann, und sie schmeckte Ruß in der eigenen Kehle.

»Sie gehört mir.« Die Stimme, die ihrer Mutter antwortete, hatte Anya noch nie gehört. Sie klang eher wie ein dumpfes Zischen als wie die Stimme eines menschlichen Wesens.

Anya legte die Hände an die geschlossene Schlafzimmertür. Der Rauch würde, das war ihr bewusst, den Raum fluten, wenn sie die Tür öffnete. Dennoch griff sie nach dem Messingtürknauf und nahm sogar durch ihre Rüstung die knisternde Hitze wahr. Sie drehte ihn, stürzte in einer Rauchwolke in das Zimmer und schlug die Tür hinter sich zu.

»Mom!«, rief Anya.

Ihre Mutter stand barfuß und mit geballten Fäusten in ihrem Nachthemd da. Ihr langes Haar umwehte sie in der aufsteigenden heißen Luft. Nun drehte sie sich um, und ihr Gesicht war eine Maske des Zorns und der Furcht.

»*Verschwinde hier, Anya!*«, brüllte sie.

Hustend sah Anya an ihr vorbei zu der schrecklichen Kreatur, die vor dem Kleiderschrank stand. Sie erkannte die Konturen eines Mannes, aber da war kein Körper. Die Gestalt bestand nur aus flammenden Umrissen. Vor ihr brachte die Hitze die Luft zum Flimmern, hinter ihr schmolz die Plastikjalousie vor dem Fenster. Ein gläserner Parfümflakon auf dem Toilettentisch ihrer Mutter zerplatzte unter der Einwirkung der Hitze, als wäre auf ihn geschossen worden.

Die Gestalt zeigte mit einem Finger auf Anya. Und sie sprach. Doch die Laute waren nicht mehr als das Zischen und Brodeln eines Feuers, verzerrt zu einer menschlichen Stimme. »*Ihretwegen bin ich hier. Sie ist eine der meinen.*«

»*Nein.*« Anyas Mutter stand zwischen ihr und der Gestalt.

»*Du kannst sie nicht von mir fernhalten.*«

»*Ich habe sie zwölf Jahre von dir ferngehalten. Ich werde es auch noch eine weitere Nacht tun.*«

Anya griff nach der Hand ihrer Mutter, und als sie an ihr herabblickte, erkannte sie, dass der Saum des Polyesternachthemds Feuer gefangen hatte. »Mom, wir müssen hier raus. Sofort!«

Die Flammenkreatur knurrte und fauchte. »*Das ist nicht Teil unserer Abmachung.*«

Anyas Mutter wandte sich der lodernden Gestalt zu. »*Was kann ich dir bieten, damit du mir einen Aufschub gewährst? Damit du Gnade walten lässt?*«

Die Kreatur schüttelte den Kopf. »*Keine Gnade. Aber einen Aufschub kann ich dir gewähren.*«

Tränen rannen über die Wangen ihrer Mutter. »*Was willst du?*«

»*Ich werde dich mitnehmen.*«

Anya zog an der Hand ihrer Mutter, aber es schien, als hätte Mom Wurzeln geschlagen wie ein Baum. Sie drehte sich um und umfasste Anyas Gesicht mit den Händen. Ihre Tränen verdampften zischend in der unfassbaren Hitze. Auf einer abstrakten Ebene wusste Anya, dass kein Mensch das überleben konnte.

»Du musst mich gehen lassen«, sagte ihre Mutter. Ihre Züge flimmerten vor Anyas Augen.

»Nein, das werde ich nicht tun.« Sie umklammerte die Unterarme ihrer Mutter mit ihren gepanzerten Händen. »Nicht noch einmal.«

»Es ist nicht deine Schuld. Nichts von all dem ist deine Schuld.« Der Blick ihrer Mutter huschte zu der Kreatur, über der sich die Decke schwarz färbte. *»Es ist meine.«*

»Wir müssen verdammt noch mal hier raus!«, brüllte Anya.

Ihre Mutter schüttelte den Kopf, und ihr Haar flog auf. *»Nein. Eine von uns muss bleiben. Eine von uns muss bei deinem Vater bleiben.«*

Anya gaffte das Monster an. Ihr Verstand weigerte sich zu verstehen, weigerte sich, den Vorgängen weiter zu folgen.

Sie ergriff den Arm ihrer Mutter, in der Absicht, sie sich über die Schulter zu werfen und hinauszutragen. Aber die schauerliche Männergestalt schleuderte ihr eine Wand aus Feuer entgegen, die sie quer über das Bett in die hintere Ecke des Raumes warf. Gipskarton brach in ihrem Rücken, und Anya hatte Mühe, Luft zu holen.

Mit tränenden Augen kroch sie über das Bett. Sie konnte nicht mehr als ein Fiepen von sich geben, konnte nichts mehr sagen, als ihre Mutter mit gesenktem Haupt auf die Kreatur zuging. Und die zog ihre Mutter in ihre flammende Umarmung. Anya roch brennendes Fleisch und versengte Haare. Für einen Moment sah ihre Mutter unendlich schön aus. Ihr Haar ging in Flammen auf und umrahmte sie wie einen Engel. Feuer senkte sich wie ein Vorhang über ihren Körper, loderte hinauf bis zur Decke und fraß sich halb durch einen Dachsparren, der mit einem lauten Donnern herabstürzte.

Der Boden barst. In eine brennende Tagesdecke gewickelt, bewegte sich Anya auf das entstandene Loch zu. Der schwelende Stoff um ihren Körper zerfiel, und sie stürzte durch die ruinierte Zimmerdecke und hinab in das Inferno des Erdgeschosses.

Flammen umgaben sie, spülten wie Wogen über sie hinweg. Es war, als läge sie an einem tropischen Strand im flachen Wasser und fühlte die von der Sonne erhitzten Wellen über sich hinwegfluten. Sengend drang es in ihre Lunge und sie konnte es knistern und prasseln hören.

Intellektuell verstand sie, dass sie das nicht überleben konnte. Kein Mensch konnte so etwas überleben. Aber obgleich sie die Hitze durch ihren Leib rasen spürte, erlitt sie keine Verbrennungen.

Und wenn sie keine Verbrennungen erlitt, dann würde sie auch überleben. Ihr würde es nicht so ergehen wie ihrer Mutter.

Sie wischte die Gipskartonbruchstücke beiseite, schob einen brennenden Balken von ihren Beinen, mühte sich auf die Füße und sah fasziniert zu, wie das Feuer sich an ihre Rüstung schmiegte und an ihren Stulpen herabraste. Der Anblick erinnerte sie daran, wie sie in der Highschool Alkohol verschüttet und mit einem Bunsenbrenner angezündet hatte, um zu sehen, wie er auf dem beinahe unzerstörbaren Steinboden verbrannte. Das strahlende Licht brodelte wie etwas Lebendiges, aber es zerstörte sie nicht.

Sie atmete es ein, fühlte, wie es über ihre Kehle rann. Ganz ähnlich dem Moment, in dem sie Geister verschlang, das gleiche Brennen und Stechen, als würde man Absinth trinken.

Irgendwo in der Ferne glaubte sie die Stimme des Feuers lachen zu hören.

Die Stimme der Kreatur, die ihr Vater war.

Das Feuer toste um sie herum und verzehrte das Haus. Die Gebeine der Treppe zerfielen, und die verbliebenen Sparren knarrten über ihrem Kopf. Anya stieg über die Überreste des Weihnachtsbaums hinweg, vorbei an den geschwärzten Mauersteinen des Kamins und den Resten der Weihnachtssocken, die am Sims gehangen und wie Marshmallows gebrannt hatten, um schließlich auf dem Flammenteppich zu schmelzen. Sie trat über die Splitter der Glasscheibe des vorderen Fensters und hinaus in die kalte Nacht.

Das Feuer hatte den Schnee im Vorgarten geschmolzen. Anya drehte sich um, und starrte das brennende Haus in all seiner schrecklichen Pracht an, den Rauch, der die Sicht auf die Sterne verdeckte. Der Temperaturschock schlug sich in einem feuchten Film auf ihrer Rüstung nieder und ließ die Schweißtropfen an ihren Brauen blitzartig zu Eis erstarren.

In der Auffahrt warteten Sparky und Charon auf sie. Sparky stand über der Gestalt ihres jüngeren Ichs. Die kleine Anya war zu einem Häufchen zusammengerollt und hatte beide Arme um den Hals des Salamanders geschlungen. Charon stand neben den beiden, rauchte eine Zigarette und sah zu, wie das Haus niederbrannte.

Anya ging die Auffahrt hinunter zu Charon. Dampf stieg von ihrer Rüstung auf, und unter ihren Füßen schmolz der verbliebene Schnee, als sie auf ihn zutrat und ihm mit der geschlossenen Faust ins Gesicht schlug. Als ihre Faust auftraf und die Rüstung seine Wange berührte, konnte sie ein Zischen hören. Halb hatte sie erwartet, dass ihre Hand einfach durch ihn hindurchfahren würde, so wie sie es in der physischen Welt getan hätte. Zu ihrem Entzücken fühlte sich der Aufprall jedoch genauso an wie ein Schlag auf echtes Fleisch. Charon hatte recht; Mythen und Geister waren hier robuster. Erfreulich robust sogar.

Charon stürzte wie ein Sack voller Ziegelsteine in den Schnee und ließ seine Zigarette fallen.

Anya stand dampfend über ihm und starrte wütend auf ihn herab. »Warum zum Teufel hast du mich hierhergebracht?«

Charon legte eine Hand auf die rote Brandwunde an seinem Kinn.

»Warum hast du mich hergebracht, obwohl ich ohnehin nichts ändern kann?«, brüllte Anya ihn an. »Warum hast du mich hergebracht, obwohl ich sie nicht retten konnte?«

Charon setzte sich auf. *»Du hast sie nie retten können. Aber es gab einige Dinge, die du wissen musstest …«*

»Zum Teufel mit dir, Charon. Und mit dem Kahn oder dem Zug oder was immer du gerade vorziehst.« Anya drehte sich zu Sparky um und kniete sich vor dem Kind, das den Salamander fest umschlungen hielt, in den Schnee.

»Hey.« Sie fürchtete sich davor, das Kind zu berühren, fürchtete sich, es zu verbrennen. Aber ihr jüngeres Ich schaute sie über Sparkys Kopf hinweg mit ernstem Blick an. »Es tut mir leid, dass … Es tut mir leid, dass ich sie nicht retten konnte.« Anya hatte einen Kloß im Hals und konnte nicht verhindern, dass Tränen auf ihrer Wange verdampften.

Das Kind löste sich von Sparky und trat barfuß vor Anya in den Schnee. Aus tränenverhangenen Augen erkannte Anya, dass das Kind keine Spuren im Schnee hinterließ.

»Das solltest du auch nicht. Du solltest dich selbst retten.« Das Mädchen öffnete die Arme, um Anya zu umarmen … und schwand wie Eis in einem heißen Ofen.

Anya schniefte. Ihre Tränen tüpfelten den Boden und brannten sich durch den Schnee. Sparky watschelte zu ihr und leckte ihr das Gesicht ab. Wie damals, als sie ein Kind gewesen war, schlang sie die Arme um seinen Hals und schluchzte.

Etwas plumpste mit einem zischenden Geräusch zu Boden.

Erst jetzt erinnerte sie sich an die Eier. Voller Panik tastete sie an ihrer Taille nach dem Gurt. Sie wusste, die Eier mussten warmgehalten werden, aber Jesus Christus ... hatte das Feuer, in das sie so unbedacht hineingerannt war, die Kleinen womöglich getötet? Hatte sie Sparkys Eier hart gekocht?

Das Ei, das herabgefallen war, rollte durch den Schnee und brach auf. Eine winzige, davon abgesehen aber vollkommene Kopie von Sparky kletterte heraus. Verblüfft legte Anya die Hand flach auf den Boden, und der Minisalamander kletterte in ihre Handfläche. Er blinzelte sie an und legte den Kopf schief. Er war von den kugelrunden Augen bis zu den Flecken am Bauch eine perfekte Kopie ihres ständigen Begleiters.

Nun fielen auch die anderen Eier in den Schnee. Nacheinander brachen die glasartigen Schalen auf, und schon bald watschelten mehr und mehr orangefarbene Molche durch den Schnee und kratzten sich mit den Hinterpfoten am Kopf. Sparky stand über ihnen, leckte sie und machte einen Wirbel wie ein Huhn mit einem Gelege voller Küken.

Anya zählte. Alle einundfünfzig Molche waren bereit zum Schlüpfen. Anya zupfte Schalenstücke von ihren jungen Rücken. Ein Ei, das sich als besonders zäh erwies, schlug sie vorsichtig am Rinnstein an, um seinen Insassen zu befreien.

Charon blieb im Hintergrund und beobachtete sie. Anya musterte ihn finster, und ihr fiel auf, dass die Brandwunde, die sie in seinem Gesicht hinterlassen hatte, verschwunden war. Sie hatte ihn hart genug getroffen, um ihm den Kiefer zu brechen. Er sollte seine Zähne in die Einfahrt spucken und nicht herumstehen und sie mit einem spöttischen Ausdruck gelangweilter Überlegenheit beobachten.

Er zuckte mit den Schultern. *»Ich hab ein Bad im Styx genommen. Wie Achilleus. Danach ist man beinahe unverwundbar.«*

Salamander kletterten an ihrer Rüstung empor und in ihren

Schoß. Während sie die kleinen Wesen beobachtete, schienen sie zu flackern und größer zu werden. Anya nahm an, dass sie Sparkys gestaltwandlerische Fähigkeiten ebenfalls geerbt hatten.

In ihre Erleichterung darüber, dass sie sicher und gesund geschlüpft waren, mischte sich ein neuer Schrecken.

»Was mache ich jetzt mit ihnen?«, ächzte sie.

Charon zog eine neue Zigarette aus der Tasche. *»Für mich sieht's so aus, als hättest du jetzt eine ganze Armee Salamander. Was du auch brauchen wirst, um Hope das Handwerk zu legen.«*

»Aber das sind … es sind noch *Babys*«, knurrte Anya, während sie zusah, wie die Jungtiere durch den Schnee purzelten und im hellen Lichtschein des brennenden Hauses ihre Schwänze jagten. Sie waren so unschuldig wie das Kind, das sie einst war. Und sie würde sie nicht in einen Krieg führen. »Das sind keine Waffen.«

»Es sind Salamander.« Charon blies Rauch in den Himmel. *»Es sind Furcht erregende, elementare Kreaturen. Keine Kinder.«*

Ein Molch watschelte schwanzwedelnd Anyas Arm hinauf. Ja, wirklich Furcht erregend. »Sie sind nichts dergleichen, Charon. Sie sind zu klein, um sich selbst zu schützen.«

»Ich wäre da nicht so sicher.« Charon kniff die Augen zusammen und deutete auf eine Gestalt, die über den Fahrweg schlurfte. *»Pass auf.«*

Ein Geist trieb über die Straße wie eine Plastiktüte im Wind. Es war der Geist eines Mannes in einem langen Polizeimantel und einem scharf geschnittenen, steifen Hut, wie ihn die Polizisten in den 1940ern getragen hatten. Anya nahm an, dass der Schutzmann schlicht und einfach auch auf dieser Ebene seine Runden machte und bei Dunkelheit durch die Straßen patrouillierte. Dabei ließ er seinen Schlagstock kreisen. Seine Füße hinterließen keine Spuren im Schnee.

Die Köpfe der Salamander ruckten hoch und drehten sich zu

dem Geist um wie Sonnenblumen, die der Sonne folgten. Zungen schossen hervor, und die Salamander wuselten zum Rinnstein und beobachteten den Mann. Tschirpen hallte durch die Salamandermenge. Sparky stand hinter ihnen und starrte den Schutzmann aus seinen schwarzen Kugelaugen an. Die Haare in Anyas Nacken richteten sich auf.

Der geisterhafte Schutzmann sah das Feuer hinter ihnen und hielt inne. Er hob seine Trillerpfeife mit einer Hand, die in einem weißen Handschuh steckte, an die Lippen. Ein schriller Pfiff hallte über den Schnee und den Rauch hinweg, ein Pfiff, der Hilfe herbeiholen sollte ...

Die Salamander schwärmten aus. Huschten vom Bordstein auf die Straße und stürzten sich in einer brodelnden Masse aus Beinen und Schwänzen auf ihn. Ihre Kiefer öffneten und schlossen sich, und sie zerrissen den Geist mit winzigen Zähnen und Klauen, die sich aus ihren Zehen geschoben hatten.

Anya rannte zu dem Geist, doch Charon stellte sich ihr in den Weg und hielt sie an den Armen fest. Sie wehrte sich, aber er war überraschend stark und hielt sie unerbittlich an den Handgelenken. Voller Entsetzen sah sie zu, wie die Salamander den hilflosen Geist zerfetzten. Es war beinahe, als sähe sie einen Dokumentarfilm über Ameisen, die einen geisterhaften Käfer zerlegten. Der Polizist blies in seine Pfeife, immer und immer wieder, bis das Geräusch erstickt klang, abgehackt und schließlich verstummte. Immer noch rissen die kleinen Salamander ektoplasmische Fetzen aus ihm heraus und fraßen sich voll wie Hunde, die ein Tier erlegt hatten. Und vom Bordstein aus sah Sparky ihnen voller Stolz zu.

»Was tun die da?«, brüllte Anya.

»Sie essen.«

»Aber Salamander essen doch nicht ...«

»Salamander brauchen wie alle Elementargeister Energie, um zu überleben. Sparky bekommt, was er braucht, von den elektrischen Gerä-

ten in deiner physischen Welt, von den Geistern, die er dann und wann beißen darf, und von dir.«

Sie runzelte die Stirn. »Was soll das heißen, von mir?«

»Laternen geben eine erstaunliche Menge an Energie ab. Das lockt Salamander an. Wahrscheinlich schleckt er an deiner Aura, wenn du schläfst.«

Anya versuchte, die unangenehme Vorstellung, ein Salamandersnack zu sein, abzuschütteln, als sich ein kleiner Molch aus der Masse löste. Er watschelte träge in den Vorgarten, stöhnte und legte sich auf den Rücken, präsentierte, alle viere von sich gestreckt, den aufgedunsenen Bauch. Seit er angefangen hatte, den glücklosen Schutzmann zu fressen, war er um etliche Zentimeter gewachsen, und sein Bauch war so aufgetrieben, als hätte er einen Golfball verschluckt. Sparky leckte ihn anerkennend.

Charon ließ Anya los, aber sie blieb wie angewurzelt stehen und starrte die Salamander an, die die zerfetzten Überreste des Geistes hinunterschlangen. Was jetzt noch von ihm übrig war, sah aus wie Pappmaché, ein weicher, ektoplasmischer Brei, der rasch an Glanz verlor wie ein zerdrückter Leuchtkäfer. Schnorchelnde, nasale Laute erklangen über dem Schlachtfeld, als die Salamander sich das Ektoplasma von den Schnäuzchen leckten.

»Oh mein Gott«, keuchte Anya.

Charon grinste spöttisch. *»Schätze, deine Kinder sind bereit, in den Krieg zu ziehen.«*

Ein Salamanderbaby rannte vergnügt von den Überresten fort und über Anyas Fuß. Sein gefleckter Schwanz war freudig hochgereckt, und es huschte trällernd und mit leuchtenden Glibberresten auf dem Gesicht davon.

KAPITEL ACHTZEHN

»Ich gehe nirgends mit dir hin.« Anya verschränkte die Arme vor der Brust. Es fiel ihr schwer, eine ernsthafte Abwehrhaltung einzunehmen, solange Dutzende von vollgefressenen Salamandern über ihren Körper kletterten, aber sie versuchte es dennoch. Einen, der auf ihrer Schulter stand und an ihrer Wange leckte, pflückte sie herunter und setzte ihn auf den Boden, auf dass sich Sparky um ihn kümmern sollte.

Charon legte die Stirn in Falten. *»Muss ich dich wirklich daran erinnern, was auf dem Spiel steht? Jetzt, da Hope die Büchse der Pandora hat, hat sie genug Speicherkapazität, um die Hälfte der Geister im amerikanischen Mittelwesten einzufangen.«*

»Darum geht's nicht. Woher soll ich wissen, dass du mich auch an den Ort bringst, von dem du behauptest, du würdest mich hinbringen.« Anya konnte sich keine schlimmere Hölle vorstellen als das Feuer, das das Zuhause ihrer Kindheit verzehrt hatte, wusste aber nicht, ob sich das nicht noch steigern ließ. Und sie hatte nicht die Absicht, es herauszufinden.

»Ich hab keine Kontrolle darüber, wohin uns der Geisterzug bringt. Du musstest hierherkommen, um deine ... Angelegenheiten zu regeln.« Charon verdrehte die Augen. *»Ich hab keine Lust, noch mehr Zeit mit dir zu vergeuden.«*

»Scheint so, als würdest du's wirklich genießen, ein Psychopomp zu sein.«

»Wie du meinst.« Charon kehrte ihr den Rücken zu. *»Ich gehe zurück zum Zug und schaue, ob er mich jetzt zu Hope bringt. Du kannst mitkommen oder es sein lassen.«* Er trat die Zigarette mit dem Absatz aus und stolzierte die Straße hinunter.

Anya sah sich zu dem Haus um. Bis auf einen Haufen geschwärzter Balken, stinkende PVC-Klumpen und glitzernde Glassplitter hatte das Feuer alles verzehrt. Ihr war wenig daran gelegen, hier herumzusitzen und darauf zu warten, dass nur noch Asche übrig war. Und sie verspürte nicht den Wunsch, in den Trümmern nach den Überresten ihrer Mutter zu suchen … oder nachzusehen, ob die Feuerkreatur in Gestalt eines Mannes noch immer hier herumlungerte. Seufzend lief sie hinter Charon her. Sparky trottete neben ihr, und die kleinen Salamander kamen hinterher und knabberten an ihren Fersen. Anya hoffte, sie waren nicht mehr hungrig, aber vielleicht konnte sie sie gegebenenfalls überzeugen, ein bisschen an Charon zu nagen.

Die Straße vor ihr dehnte sich wie ein schwarz-weiß gestreiftes Band. Schneeflocken leuchteten in der Dunkelheit auf. Anya fühlte, wie die Kälte allmählich durch die Ritzen ihrer Rüstung kroch, als die Hitze des Feuers nachließ. Dort, wo die Minisalamander sie als Reitgelegenheit nutzten, drang jedoch eine sengende Hitze durch den Panzer, als hätten sie sich etwas von dem Feuer bewahrt, in dem sie zum Schlüpfen herangereift waren. Sparky tapste gemächlich neben ihr; sein Schwanz peitschte über die dünne Schneedecke und verwischte Charons Fußabdrücke. Kalte Luft verfing sich im Halsbereich von Anyas Rüstung, ein Geräusch, als würde ein Kind auf einer leeren Flasche blasen.

Charon blieb am Bahnübergang stehen und drehte sich auf den Gleisen nach Westen um.

»Dort entlang ist der Weg kürzer«, war alles, was er sagte. Dann ging er auf der Schiene weiter. Trittsicher fanden seine Stiefel den Weg.

Anyas gepanzerte Füße hingegen eigneten sich nicht dazu, pfeilgeschwind über das Gleis zu laufen. Bedächtig hob sie einen Fuß nach dem anderen und trat von Schwelle zu

Schwelle. Sparky hüpfte neben ihr, während die kleinen Salamander wie Grashüpfer hinter ihnen durch den Kies und den grün schimmernden Schotter sprangen.

Stunden schienen vergangen zu sein, als ein inzwischen vertrautes Grollen in der Ferne erklang. Anya machte, dass sie von den Gleisen kam, und rief nach Sparky und den Minisalamandern. Sie konnte das Vibrieren der Schienen spüren.

Charon blieb auf den Schienen stehen. *»Wir können den Zug von hier aus erwischen.«*

Anya blinzelte verdattert. »Von den Schienen aus?« Schon sah sie die Lichter des Zuges in der Ferne aufflammen. »Er wird uns überfahren.«

Charon schüttelte den Kopf. *»Es wird genauso ablaufen wie im Bahnhof. Unangenehm, aber es wird dich nicht umbringen.«* Er streckte eine Hand aus.

Zähneknirschend ergriff Anya sie und kletterte auf die zweite, schlüpfrige Schiene. Sparky schmiegte sich an ihr Bein, und sie hörte ein metallisches Klimpern überall dort auf ihrer Rüstung, wo sich die Minisalamander festklammerten.

Alles in ihr forderte sie auf, davonzulaufen, als der Zug auf Sichtweite herandonnerte, ein dunkles Gebilde hinter einem gelben Lichtkegel. Wenn sie auch wusste, dass er nicht real war, so klang das Horn doch überaus real, ebenso real, wie sich das Rumpeln in den Schienen anfühlte, und ihr Herz hämmerte so sehr, dass sie fürchtete, es würde ihr aus der Brust springen.

Sie warf einen schnellen Blick auf Charon, der neben ihr auf der anderen Schiene balancierte. Seine Miene wirkte kühl und gleichmütig, und seine Hand lag kalt in der ihren.

Das Licht wusch über sie hinweg. Anya schnappte nach Luft und bereitete sich auf den schrecklichen Aufprall vor, der sie wie eine Coladose plätten und die Salamander eine Meile weit über die Gleise verstreuen würde …

… aber der Zug fuhr einfach durch sie hindurch und zerrte

sie in einem Sog aus Dunkelheit und Schneeflocken mit sich. Anya empfand erneut Schwerelosigkeit, als sie durch die Schwärze wirbelte und den kalten Schnee auf ihren Lippen kostete. Als das Donnern verhallte, erinnerte sie sich, dass sie ihre Beine bewegen sollte, um im Laufen auf dem Boden aufzukommen, wie Charon es ihr gesagt hatte ...

... da trafen ihre kupferbewehrten Füße schon auf einen Untergrund aus geborstenem Beton. Benommen stürzte sie voran. Ihr Magen hüpfte ihr bis in die Kehle, und ihre Füße ratterten über den Boden wie ein halb abgerissener und mitgeschleifter Auspufftopf. Irgendwie schaffte sie es, nicht zu stürzen, obwohl Sparky, der sich an einem Bein festklammerte, sie mit seinem Gewicht aus dem Gleichgewicht zu bringen drohte. Schlitternd kam sie schließlich zum Stehen.

Es regnete Salamander, ausgespien von der Dunkelheit, die sie umfing. Sie überschlugen sich, krochen und krabbelten über den Asphalt, gekränkte Opfer des wenig zimperlichen Geisterzug-Personals, davon abgesehen aber unversehrt. Anya zählte fünfzig. Hatte sie einen verloren?

Panisch sah sie sich um, zählte noch einmal und suchte nach dem fehlenden Salamander. Der Geisterzug verschwand donnernd am Horizont, und Anya wünschte beinahe, sie könnte wieder einsteigen ...

»Suchst du den hier?« Charon zog einen Salamander am Schwanz aus seiner Tasche. Anya bedachte ihn mit einem vernichtenden Blick, entriss ihm die zappelnde Kreatur und barg sie an ihrer Brust.

»Armes Baby«, gurrte sie.

»Er hat meine Zigaretten angeknabbert«, knurrte Charon.

Der Salamander rülpste, und das Bäuerchen roch nach Weihrauch.

Anya machte auf dem Absatz kehrt und musterte das leere Grundstück, auf dem sie standen. Das rote Licht einer Ampel über einer nahen Straßenkreuzung fiel auf geborstenen Asphalt. Unkraut wucherte in den Rissen. Auf der anderen Seite erkannte sie hinter einem verbeulten Müllcontainer einen kaputten Maschendrahtzaun. Die Gegend kam ihr vertraut vor, aber sie konnte sie nicht einordnen. »Wo sind wir jetzt?«

»Auf Hopes Türschwelle«, entgegnete Charon missvergnügt.

Anya runzelte die Stirn. Ja ... dies war der Ort, an dem in der physischen Welt Hopes Hauptniederlassung stehen musste, aber hier gab es kein Gebäude. Hier gab es nichts außer Müll, den der Wind über das leere Grundstück trieb.

Charon überquerte den zerklüfteten Asphalt und ging zu dem Müllcontainer. Er stemmte sich mit der Schulter dagegen und schob ihn zur Seite. Ratten huschten unter dem Container hervor, und er gab ein eingerostetes Ächzen von sich, als er über den Boden rutschte. Anya blinzelte verblüfft. Dieser Abfallcontainer musste mindestens eine Tonne wiegen. Entweder galten hier andere physikalische Gesetze, oder Charon war erheblich weniger menschlich, als sie angenommen hatte. Vielleicht war das der Grund, warum die Salamander offenbar kein Interesse verspürten, an ihm zu knabbern.

Charon hielt inne und zupfte sich das gelbe Einwickelpapier eines Cheeseburgers aus dem Haar, das sich dort verfangen hatte. *»Hier.«*

Anya starrte hinab in das Loch, das bis eben von dem Müllcontainer verdeckt gewesen war. Es erinnerte an die Sturmkeller alter Häuser: ein gemauerter Rahmen mit Stufen, die hinab in die Finsternis führten. Ihr fiel auf, dass sich das Loch genau an der Stelle befand, die der Keller im Originalgebäude einnahm. Aber irgendwie bezweifelte sie, dass sie hier ein Lager mit Büromaterial und Regalen voller staubiger Flaschen vorfinden würde. Auf dieser astralen Ebene war nichts so, wie es schien, und sie ging davon aus, dass dieser Keller keine Ausnahme bildete.

»Wie konnte das versteckt gehalten werden?« Anya überlegte, ob es einen Müllwagen gab, der jede Woche vorbeikam, um den astralen Container zu leeren.

»Das ist eine Illusion. Eine kleine Tarnung, die Hope benutzt, um ihre Spuren auf dieser Ebene zu verwischen.«

Charon ging die ausgetretenen Stufen hinunter, und Anya folgte ihm. Sparky lief neben ihr her, während die kleinen Salamander die Stufen hinabhüpften wie Slinky-Spiralen. An diesem Ort schien es kein Licht zu geben, aber Sparky und die Molche verbreiteten einen unsteten Bernsteinschimmer, der gerade ausreichte, um etwas zu erkennen und sich windende Schatten an die irdene Decke warf. Wurzeln von Bäumen und kleineren Pflanzen wuchsen von oben in den Schacht hinein. Sie stiegen weiter die schadhafte Wendeltreppe hinunter. Es roch nach Winter, nach kalter Erde. Nach Tod.

Sie hörte Wasser rauschen und zog die Nase kraus. »Was ist das? Die Kanalisation?«

Vor ihr schüttelte Charon den Kopf. Er schien das Licht der Salamander nicht zu brauchen, um etwas zu sehen; er nahm die schiefen Stufen nach unten, als wäre er derjenige gewesen, der sie abgenutzt hatte. *»Nein, das ist der Styx.«*

Anya stockte der Atem. Die Treppe endete vor einem schlammigen Damm, der zu den brüchigen Rändern eines Kanals führte, welcher in den Stein gehauen worden war. Der Kanal war künstlich angelegt worden. Seine Biegungen zogen sich dahin, so weit das Licht über das seichte schwarze Wasser reichte.

»Bist du sicher, dass das der Styx ist? Es sieht nämlich aus wie ein Abwasserkanal.«

Charon seufzte. *»Es ist nicht* der *Styx. Nur ein kleiner Zubringer. Wenn du dich deiner mythologischen Kenntnisse erinnerst, fällt dir vielleicht ein, dass er neunmal um den Hades fließt.«*

»Ich dachte, wir sind hinter Hope her.« Anya ballte die

Fäuste und unterdrückte den Drang, dem Psychopomp den Hals umzudrehen.

»Dies ist der Ort, an den sie sich zurückgezogen hat, jedenfalls auf dieser Ebene. Wir werden den Krieg wohl zu ihr tragen müssen.« Charon fing an, am Ufer auf und ab zu gehen und Abfälle durch die Gegend zu treten, modrige Zeitungen, Plastikbecher, Limonadendosen. Die Salamander schienen vor dem Wasser zurückzuschrecken. Vielleicht hatten Feuerelementargeister nicht viel übrig für den Styx. Angesichts seines schlechten Rufs konnte Anya die Zurückhaltung durchaus nachvollziehen.

»Weiß sie, dass wir kommen?« Anya klapperte zum Ufer. In ihrer Rüstung konnte sie den Fluss keinesfalls durchschwimmen. Sie strich mit den Fingern über die Nähte des Panzers. Sie hatte keine Ahnung, ob ihr astrales Ich unter der Rüstung bekleidet war, aber sie nahm an, dass dem Fährmann der Toten nichts fremd war. Sie nahm den Helm ab und legte ihn auf einen sauberen Abschnitt in dem Kies zu ihren Füßen. Dann begann sie, die Handschuhe abzustreifen.

»Wahrscheinlich nicht. Noch nicht.« Charon stapelte leere Milchflaschen und zählte mit einer Hand die Deckel. In der anderen zerrte er ein eingedrücktes grünes Planschbecken in der Form einer Schildkröte mit sich.

Als sie versuchte, ihren Brustharnisch zu öffnen, stierte er sie an. *»Was zum Teufel machst du da?«*

»Ich bereite mich darauf vor, da rüberzuschwimmen«, sagte sie in sachlichem Ton, auch wenn ihre Wangen glühten.

Charon musterte sie, als wäre sie vollends übergeschnappt. *»Menschen können nicht in dieses Wasser steigen. Das ist der Styx.«*

»Zunächst mal ist das ein Abwasserkanal, Blödmann. Aber ich bin in Ermangelung von Beweisen bereit anzuerkennen, es könnte, bestenfalls, auch ein Zubringer des Styx sein. Zweitens hat der Styx Achilleus unverwundbar gemacht. Und schließlich scheinst du es ja auch überlebt zu haben. Also leck mich am Arsch.«

Charon fuhr sich mit einem Finger der Hand, die die Plastikdeckel hielt, über die Kehle. Seine Miene war finster. *»Du weißt nicht, was dich das kostet. Jede Magie hat ihren Preis, und das ist beim Styx nicht anders. Aber, hey, wenn du unbedingt nackt rumlaufen willst, dann lass dich nicht aufhalten.«* Charon wandte sich ab und begann, die Deckel auf Plastikflaschen für Limonade und Milch zu schrauben, aber Anya glaubte einen Funken verschrobenen Amüsements in seinen Zügen zu erkennen. Nur für einen kurzen Moment.

»Schön ... und wie zum Teufel komme ich sonst rüber? Gibt es irgendwo eine Brücke?« Anya konzentrierte sich darauf, ihre Finger wieder in die Handschuhe zu schieben.

Charon schnürte die Plastikflaschen mit einem Stück Elektrokabel zusammen und band sie an dem soliden Rand des Schildkrötenplanschbeckens fest. *»Wenn du aufhören würdest zu reden, dich auszuziehen und alle möglichen anderen Dinge zu tun, die nur vom Wesentlichen ablenken, würdest du vielleicht erkennen, dass ich bereits an dem Problem arbeite.«*

Anya bedachte ihn mit einem mürrischen Blick. Wenigstens hatte er ihre Nacktheit als Ablenkung bezeichnet. Das war der einzige Funke Menschlichkeit, den sie bisher an ihm hatte entdecken können.

Charon drehte sein Werk um. Das Planschbecken sah aus wie ein von einem durchgeknallten Künstler aus Abfällen hergestellter Entwurf einer Qualle. Luftgefüllte Flaschen hingen fest verzurrt unter dem Rand. Charon warf das Becken ins Wasser, wo es platschend auftraf, was die Salamander veranlasste, fauchend die Flucht zu ergreifen. Das Becken schwamm und zog Tentakel aus Plastik und Draht hinter sich her.

»Da hast du dein Scheißboot.«

Anya starrte das provisorische Wasserfahrzeug an. »Äh, ja, danke.«

Charon zog das Boot nahe ans Ufer, und Anya kletterte auf

das seltsame Konstrukt. Der Kunststoff schwankte heftig unter ihrem Gewicht und zerbröselte noch etwas mehr, als Sparky und die anderen Salamander ebenfalls an Bord sprangen. Die Molche tänzelten nervös quiekend am Rand entlang und fürchteten offensichtlich, sie könnten sich ihre zarten Tatzen benetzen.

Anya warf Sparky einen verwunderten Blick zu. »In der physischen Welt hast du kein Problem mit Wasser. Verdammt, du hast sogar deine Eier in der Badewanne gelegt.«

»Der Styx ist anders«, sagte Charon und ließ das Boot los, woraufhin es träge zu kreiseln begann.

Anya klammerte sich am Rand des Beckens unter dem Schildkrötenkinn fest. Für Charon war an Bord des braven Bootes mit Namen Schildkröte kein Platz mehr. »Was ist mit dir?« Für einen Moment fürchtete sie, er würde nicht mitkommen, und der Schrecken ging ihr durch und durch.

Charon schritt in das Wasser. Sein schwarzer Mantel wehte hinter ihm wie die Schwingen eines Raben. Er ergriff das Elektrokabel und zog die Schildkröte in tiefere Gewässer.

»Ich hab bereits ein Bad im Styx genommen. Ein weiteres wird mein Karma auch nicht viel mehr verhunzen.«

Anya schluckte. Trotz seines lässigen Auftretens war sie überzeugt, dass auch Charon dafür einen Preis würde zahlen müssen.

Charon watete in das Wasser, bis es ihm bis zum Kinn reichte. Dann fing er an zu schwimmen. Anya klammerte sich am Rand der Schildkröte fest, während die Salamander sich unter ihr und um sie herum drängelten. Sie fühlte, wie ihre Pfoten an ihrer Rüstung kratzten, um sich daran festzuklammern. Vielleicht taten sie gut daran, das Wasser zu fürchten.

Das Treideln führte allmählich in ein tiefes Dunkel, in dem Wasser in gewundenen Stollen tropfte. Obwohl Anya kaum eine Strömung wahrnehmen konnte, schien es, als müsste Charon bisweilen gegen einen schweren Sog ankämpfen, was dazu führte, dass sich das Elektrokabel ächzend spannte. Mehr als einmal glaubte sie, etwas zu sehen, das sich unter dem Wasser bewegte, und jedes Mal alarmierte sie Charon im Flüsterton. Doch der signalisierte ihr nur grunzend, dass er ihre Warnung vernommen hatte, und zog sie weiter in die Schwärze.

Anya zitterte, und die Molche zerrten an ihr, während sie fortwährend ihre Position veränderten wie Heuschrecken auf einem Baum. Sparky blinzelte sie an, und wieder regte sich Anyas Gewissen. Der Gedanke daran, wie die Molche den unschuldigen Geist des Schutzmanns gefressen hatten, machte ihr zu schaffen. Anya hatte nie grundlos einen Geist verschlungen, aber die Salamander wurden nun mal nicht von irgendwelchen Moralvorstellungen geleitet. Ihr atavistischer Hunger schockierte Anya.

Und doch ... sie führte sie in die Schlacht gegen Hope. Anya nahm an, dass ihre Widersacherin alle Geister, die noch ihrer Kontrolle unterlagen, gegen sie einsetzen würde, darunter auch das Kontingent der ehemaligen Museumsgeister. Viele von ihnen waren einst Krieger gewesen, und die würden kämpfen, ob sie wollten oder nicht. Andererseits waren diese Geister an dem Konflikt vollkommen schuldlos. Konnte sie diese armen Seelen, die nicht minder unschuldig waren als der Schutzmann, einfach so vernichten, um andere vor Hopes Machenschaften zu schützen?

Sie schüttelte den Kopf, woraufhin ein Salamander, der auf ihrem Helm gethront hatte, in ihren Schoß fiel und sogleich mit einem wütenden Schnauben an ihrem Arm heraufkrabbelte. Nie zuvor hatte Anya so sehr an ihrer Rolle der Seelenverschlingerin gezweifelt. War sie nicht anders als die Salamander, die einfach wahllos Geister verschlangen, nur um einen primitiven Hunger zu stillen? Immerhin war sie als Mensch doch imstande, gut und böse zu unterscheiden.

Aber die Offenbarung ihrer Mutter hatte auch in diesem Punkt Zweifel gesät. Ein Teil von ihr weigerte sich, sich mit der Erinnerung an die brennende Gestalt im Schlafzimmer ihrer Mutter zu beschäftigen. Der Gestalt, die ihr Vater war. Anyas Mutter hatte nie zuvor von ihm gesprochen. Anya hatte immer angenommen, dass er ein ganz normaler Mensch war, vielleicht ein Versager mit einem Alkoholproblem, der kein Interesse an seiner Tochter gezeigt hatte. Gegen diese Vorstellungen hatte Anya sich schon vor langer Zeit einen emotionellen Panzer zugelegt, auch wenn ein kleiner wunder Punkt in ihrer Seele sich immer noch fragte, ob er seine Tochter je gewollt hatte, ob er sie je hatte kennenlernen wollen.

Und jetzt ... Jetzt wusste sie, dass er sie allerdings wollte. Und dass er ein Monster war.

Was machte das aus ihr?

Ein Molch saß auf ihrem Knie und tschirpte sie voller Verehrung an. Sein Schwanz zuckte hin und her, und er blinzelte und schnurrte leise. Wie konnte sie diesen Kreaturen vorwerfen, dass sie sich verhielten, wie es ihre Natur von ihnen verlangte? Das war, als würde man sich darüber empören, dass Löwen eine Gazelle rissen – da gab es kein Gut oder Böse, da gab es nur Instinkt.

Anya tätschelte den Salamander mit der Fingerspitze und dachte nach. War sie wirklich anders als diese Kreaturen? Konnte sie sich im Ernstfall dazu durchringen, Unschuldige zu töten, um eine schlimmere Katastrophe abzuwenden?

Sie wusste tief im Herzen, dass sie töten würde, um die Molche zu schützen. Vielleicht war das die einzige Antwort, die sie im Augenblick brauchte. Mit Fragen zu den Themen Menschlichkeit und Schuld konnte sie sich später befassen.

Charon hatte das Boot durch einen engen Tunnel gezogen und schleppte es nun Richtung Ufer. Es schien, als lastete das Wasser, das an seinem Mantel herablief, schwer auf ihm. Er zog das Boot an das kiesbedeckte Flussufer und stolperte ins Trockene.

Anya sprang unbeholfen aus dem kleinen Schildkrötenboot, und die Salamander hüpften wie auf Sprungfedern quiekend hinterher.

»Alles in Ordnung?«

Charon saß am Boden, die Arme auf den Knien, den Kopf gesenkt und triefnass. *»Ja, lass mir nur eine Minute Zeit zum Ausruhen.«* Er hob den Kopf und starrte schwer atmend zur Decke empor.

Das blonde Haar fiel ihm triefend über die Augen. Ohne die Punkerstacheln war er eigentlich ganz attraktiv. Anya verspürte den Drang, Charon die nassen Strähnen aus dem Gesicht zu streichen.

Nicht berühren, sagten ihre Instinkte. *Gift.*

Ob ihr Unbewusstes nun das Wasser oder Charon selbst meinte, Anya gehorchte und faltete die Hände hinter dem Rücken. Sie überwachte den Landgang der übrigen Molche und zählte ihre Köpfe, als sie über das Ufer tapsten.

Plötzlich hielten die Molche inne und drehten sich um. Ein Grollen erklang in der Dunkelheit hinter ihnen, leise, aber so tief, dass der Kies am Ufer erbebte. Ehe Anya irgendetwas tun konnte, stürzte Sparky mit gebleckten Zähnen auf den Ursprung des Geräuschs zu.

»Nicht«, keuchte Charon, doch es war zu spät.

Eine gewaltige schwarze Kreatur donnerte in ihr Blickfeld. Drei Köpfe, die aussahen wie Hundeköpfe, knurrten und sabberten unter löwenartigen Mähnen. Der Körper der Kreatur schimmerte wie ein Ölteppich, zäh und glänzend. Sie griff Sparky an und schleppte einen Schwanz hinter sich her, der an den eines Warans erinnerte. Im Gegensatz zu den Geistern sah diese Kreatur verdammt massiv und solide aus.

Anya stürzte voran und glitt auf Händen und Knien vor

Sparky in den Kies. Die dreiköpfige Kreatur bäumte sich auf. Anya bedeckte das Gesicht mit den Händen und wartete darauf, dass sich die Zähne des Wesens in ihre Rüstung bohrten.

»Kerberos.« Charons Stimme durchschlug die Luft wie ein Peitschenknall.

Anya lugte mit einem Auge über den Ellbogen hinweg. Die Kreatur saß auf dem Hintern, alle drei Köpfe in die Richtung gedreht, aus der Charons Stimme erklungen war. Anya nutzte die Gelegenheit, um sich auf die Beine zu stemmen.

»Entschuldige. Das ist Kerberos.«

»Das sehe ich selbst.« Blinzelnd musterte Anya die Kreatur, die etwa so groß war wie ein Pony. Mit geschlossenen Mäulern erinnerten die drei Hundeköpfe an Labrador Retriever. Anya fiel auf, dass sie Halsbänder trugen: ein rosarotes, an dem ein Kristallanhänger mit dem Namen *Prinzessin* baumelte; eines in Tarnfarbe mit der Aufschrift *Muffel*; ein schwarzes Lederhalsband mit silbernen Jou-Jous, die zusammen das Wort *Mäuschen* ergaben. Prinzessin legte den Kopf schief und richtete die Hundeohren auf. Mäuschen schnüffelte an Sparky, und Muffel schob seine Nase unter Charons Hand. Charon rubbelte Muffel Ohren und Kinn und redete in einer Art Babysprache mit ihm, die vage, aber doch nicht ganz nach Latein klang. An Muffels Halsband hing eine gut dreieinhalb Meter lange, abgerissene Kette.

Anya zog sich mit Sparky zu den Molchen zurück, die immer noch alarmiert am Ufer entlangwanderten wie Lemminge in der Falle. Sparky schlängelte sich um ihre Knie und reckte den spatenförmigen Schädel vor, um an Mäuschens feuchter Nase zu schnüffeln. Zur Belohnung fuhr dieser ihm mit der Zunge durch das Gesicht.

»Ist er … dein Vertrauter?«, brachte Anya mit schwacher, rauer Stimme zustande.

»Wir sind nicht an der Hüfte zusammengewachsen wie du und

Sparky. Kerberos sitzt größtenteils hier fest und bewacht das Tor zur Unterwelt. Und er, Kerberos, das sind eher drei Kreaturen.« Er verstummte und untersuchte das abgerissene Ende der Kette.

»Deshalb die Halsbänder?«

»Ja. Nach ein paar Tausend Jahren haben sie gewissermaßen ihre eigenen Persönlichkeiten entwickelt.« Der dreiköpfige Hund legte Charon die Pfoten auf die Schultern und fuhr ihm schwanzwedelnd mit gleich drei Zungen durch das Gesicht.

Sparky und die Molche sahen Anya fragend an. Anya fiel nichts Besseres ein, als mit den Schultern zu zucken.

Charon streichelte die Flanken des Höllenhundes, doch als er die Hand zurückzog, waren seine Finger rot vor Blut. Als Anya genauer hinsah, erkannte sie eine lange, klaffende Wunde an den Rippen des Hundes. Vor der glatten, schwarzen Haut war das Blut schwer zu sehen. Anya fiel lediglich auf, dass das Schwarz an einigen Stellen einen stärkeren Glanz hatte.

Charons Augen wurden dunkler, bis sie die Farbe eines Gewittersturms hatten. *»Wer hat dir das angetan?«*

Kerberos winselte und legte sich auf den Kies. Die Schlappohren flatterten, als er die Köpfe flach über den Boden schob.

Charon machte auf dem Absatz kehrt und marschierte zum Flussufer. Kerberos trottete hinter ihm her. Anya, Sparky und die Molche folgten ihnen zögernd, und Anya fragte sich, ob Charon hier noch andere Haustiere hatte.

Ungefähr hundert Meter weiter blieb der Fährmann vor einem Loch in der irdenen Wand stehen, die den träge dahinströmenden Fluss flankierte. Das Loch war mit einem eisernen Gittertor verschlossen, das mit Rost und abblätternder grüner Farbe überzogen war. Schlicht und schmucklos wie es war, war es genau die Art von Tor, die Anya in einem Abflusskanal erwartete. Die Abstände in dem Gitter waren groß genug, dass Wasser und Ratten es passieren konnten, viel größer aber auch nicht. Verschlossen war es mit einer Kette und einem gewöhnlichen Vorhängeschloss, an dem sich schaumbedeckte Entengrütze verfangen hatte.

Allerdings gab es einen großen Riss bei den Türbändern. Die Metallstrebe auf der linken Seite war so weit aus der Wand gerissen worden, dass ein Loch entstanden war, groß genug, damit eine Person hindurchschlüpfen konnte.

Charon stand vor dem Tor und musterte das Loch mit finsterem Blick. Kerberos kauerte mit eingezogenem Drachenschwanz hinter ihm.

»Es ist nicht deine Schuld«, murmelte er und kraulte das nächste Ohrenpaar. Dann löste er die abgerissene Kette von Muffels Halsband und wickelte sie um seinen Unterarm.

»Was ist passiert?«, fragte Anya.

»Schätze, das ist Hopes Werk. Sie hat Kerberos aufgemischt und das Tor zur Unterwelt aufgebrochen.«

Anya blinzelte verblüfft. »*Das* ist das Tor zur Unterwelt?« Es wirkte so ... gewöhnlich. Sie hatte angenommen, das Höllentor würde aussehen wie eines der mit kunstvollen Mosaiken geschmückten Tore der Ischtar im Museum. Oder wie diese Rodin-Skulptur, die mehr als sechs Meter hoch und von Szenen aus Dantes *Inferno* inspiriert worden war. Das hier war doch nur ... ein jämmerliches kleines Gittertor.

Charon kratzte sich an der Nase. *»Es ist eines davon. Es mag nicht sonderlich kunstvoll sein, aber es erfüllt seinen Zweck.«* Er trat gegen ein lose herabbaumelndes Stück am Gitter. *»Jedenfalls hat es das einmal.«*

Der Höllenhund setzte sich vor das Tor.

Charon schaute Anya und die Salamander durch die Gitterstäbe an. Seine Augen brannten in der Dunkelheit in einem machtvollen Blau wie eigenständige, biolumineszente Lebewesen. *»Kommst du mit?«*

»In die Hölle? Ja, ich denke schon.«

Anya schauderte, zog den Kopf ein und passierte das Tor.

KAPITEL NEUNZEHN

Die Hölle war nicht ganz das, was Anya sich darunter vorgestellt hatte.

Als sie auf die andere Seite des Tores trat, nahm sie eine spürbare Veränderung der Atmosphäre wahr. Zuerst glaubte sie, eine Art Druck auf den Ohren zu verspüren, doch wie sehr sie sich auch bemühte, sie bekam die schwere, dichte Finsternis nicht aus ihrem Helm. Es fühlte sich ... klebrig an, so als hätte die Luft, die durch ihre Kehle in ihre Lunge drang, eine zusätzliche Viskosität. Es war zäh wie der Schlamm, der an ihren Füßen klebte, so als würde der Styx mit seinen Wasserfingern tief in den Tunnel hineinreichen.

»Urgh«, machte sie. Sie hatte einen Geschmack im Mund, als würde sie Aluminiumfolie kauen.

»Nach einer Weile gewöhnst du dich daran«, sagte Charon. Sie konnte ihn nicht sehen, aber seine Stimme klang sehr nahe. Wie lange eine »Weile« nach seinen Maßstäben dauerte, mochte sie nicht fragen.

Die Salamander krabbelten nach ihr durch das Gitter und drängelten sich hinter ihren Beinen. Sparky schmiegte sich mit zuckenden Kiemenwedeln an sie. Die Kreaturen verbreiteten ein warmes, bernsteinfarbenes Licht, das die grob behauenen Wände eines Tunnels mit einer niedrigen Decke aus dem Dunkel schälte, einer Decke, so niedrig, dass Anya beinahe mit dem Helm dagegenstieß, wenn sie aufrecht ging. Von Charon sah sie kaum den Rücken. Sein schwarzer Mantel verschmolz regelrecht mit den Schatten. Kurz drehte er den Kopf und deutete mit dem Kinn auf den weiterführenden Tunnel.

»An Hopes Stelle würde ich einen Ort suchen, an dem ich die Büchse der Pandora sicher verstecken kann.«

»Die Hölle scheint mir ein geeigneter Ort dafür.«

Charon drehte sich um und bedachte sie mit einem schiefen Grinsen. Anya zwang sich, nicht vor ihm zurückzuweichen. Seine Augen glühten immer noch in biolumineszentem Blau, eine unmenschliche Farbe in der Düsternis. *»Sie muss einen Möglichkeit finden, die Büchse in deiner physischen Welt zu verstecken. Aber das Ding wirkt auf den spirituellen Ebenen wie ein Signalfeuer. Sie muss sie an einen Ort bringen, an dem sie sie problemlos verteidigen kann, einen Ort, den nur wenige Leute – oder Geister – freiwillig aufsuchen würden.«*

»Äh ...« Anya reckte eine Hand hoch. »Frage: Ich verstehe, warum Hope die Büchse der Pandora hier verstecken will ... aber, wenn das hier die klassische Unterwelt ist, gibt es dann nicht auch einen Hades, der es ihr übelnehmen könnte, wenn sie sein Territorium für ihre Zwecke missbraucht?«

Charon presste grimmig die Lippen zusammen. *»Die Unterwelt ist groß. Und die Götter der Unterwelt müssen sich um allen möglichen Mist kümmern – du würdest dich wundern, wie aufwendig allein die Verwaltung ist. Die versicherungsmathematische Abteilung allein belegt ein Gebiet von der Größe von Manhattan. Dann und wann entgeht ihnen dabei auch mal irgendein Scheiß. Und Hope ist so ein Scheiß.«*

»Willst du mir erzählen, die Hölle ist im Grunde eine weitgehend unbewegliche Bürokratie?«

»So ziemlich. Ihr Menschen bringt es auf ungefähr hundertfünfzigtausend Todesfälle pro Tag. Das erfordert einen riesigen Verwaltungsaufwand, bei dem nicht mehr viel Zeit bleibt, um irgendwelche Megalomanen zu verfolgen, die Geisterflaschen durch die Gegend schleppen.«

»Schiebt ihr Überstunden?«

»Nein.« Sein Mund verzog sich zu einem vagen Lächeln. *»Aber die hohen Tiere werden bestimmt nicht glücklich darüber sein, dass Hope*

versucht, es sich in ihren Gefilden bequem zu machen. Sie waren nicht erfreut über ihr Verhalten in der physischen Welt, und wenn sie erfahren, dass sie in die Unterwelt gegangen ist – auch wenn es nur um eine so abgelegene Provinz wie diese geht –, dann werden sie stinksauer.«

Anya verschränkte die Arme vor der Brust. »Und warum können wir es dann nicht jemandem, der höher in der Nahrungskette steht, überlassen, sich mit ihr zu befassen?«

»Bis das passiert, ist sie vielleicht stark genug, um die Macht zu übernehmen.«

»Was?«

»Du hast mich doch gehört. Die Büchse der Pandora ist kein Spielzeug. Sie kann Tausende von Geistern fassen. Sie kann sich ein ziemlich großes Stück der spirituellen Welt abstecken, mehr als die meisten Avatare.« Charon lächelte freudlos. *»Hier steht weit mehr auf dem Spiel als nur du, ich, die Salamander und die Museumsgeister.«*

»Ich …«, setzte Anya an, als eine Bewegung am Ende des Tunnels ihre Aufmerksamkeit erregte. Etwas flackerte in der Dunkelheit.

Sparky kauerte sich auf den Boden und peitschte fauchend mit dem Schwanz hin und her. Aus dem Augenwinkel sah sie, wie Charon die Kette von seinem Arm abwickelte und locker in einer Hand hielt, sodass das andere Ende über den Boden ratterte.

Anya reckte das Kinn und wich nicht von der Stelle. Die Minimolche, die gerade noch wie Popcorn um sie herum gehüpft waren, hockten wie erstarrt da und stierten in das Dunkel.

Anyas Entschlossenheit schwand, als sie den Geist erblickte.

Leslie schwebte in ihrem Bademantel in Sichtweite. Ihre Füße schienen den Boden kaum zu berühren, als sie durch den Tunnel glitt. Während sie mit verwirrter Miene, die Hände in den Taschen vergraben, heranschwebte, prallte sie immer wieder gegen die Wände.

Anyas Kehle schnürte sich zu. Leslies Geist musste einer von denen sein, die noch in der Phiole gefangen gewesen waren, die Hope um den Hals trug.

Einer der Molche lief ihr entgegen, um sie zu beißen.

»Nein«, knurrte Anya, und der Molch verzog sich bekümmert hinter ihre Beine.

Anya trat vor. Charon packte sie am Arm, aber sie schüttelte ihn ab. *»Du kannst Geistern hier unten nicht trauen ... und sie können dich verletzen.«*

»Leslie ...«, sagte sie.

Leslie blinzelte Anya an und schwebte näher heran. Verwirrt neigte sie den Kopf.

»Leslie, ich bin es, Anya. Erinnern Sie sich an mich?«

Der Geist tänzelte noch näher heran und musterte ihr Gesicht.

Sparky knurrte drohend.

Anya leckte sich die Lippen. »Leslie, wissen Sie, wo Sie sind?«

Plötzlich riss Leslies Geist die Hände aus den Taschen. Anya erhaschte einen Blick auf die scharfen Kanten eines Metallgegenstandes in ihrer Faust, kurz bevor das Metall aufblitzte und gegen ihre Rüstung stieß.

Anya stolperte zurück, fiel. Die Erkenntnis, dass Geister sie auf dieser Ebene tatsächlich verletzten konnten, machte ihr immer noch zu schaffen. Dies war die Welt der Geister, und alles lief hier nach ihren Regeln. Leslie war mit Messern bewaffnet. So ausdruckslos ihre Züge auch nach wie vor waren, so unverkennbar agierten ihre Hände mit einer klaren Absicht.

Hopes Absicht. Das Miststück wusste, dass sie hier waren.

Die Salamander drängelten sich wie eine orangefarbene Flut hinter Anya. Sie schrie die Kleinen an, sie sollten stehen bleiben, aber sie schwärmten aus wie Heuschrecken.

»Alles in Ordnung?«, fragte Charon und sammelte Anya vom Boden auf.

»Ja.« Sie tastete nach Rissen in ihrer Rüstung. »Sie …«

»Sie steht unter Hopes Kontrolle. Dagegen können wir nichts tun.«

Der Geist, noch immer bewaffnet, schlug um sich. Sparky rannte ihn einfach um, riss ihn von den geisterhaften Füßen. Die Molche stürzten sich auf Leslie und begannen knurrend mit den Zähnen an ihr zu zerren. Sie schlug in weitem Bogen mit den Messern nach ihren Angreifern, erreichte aber wenig.

Anya wandte den Blick ab. »Es muss eine andere Möglichkeit geben«, beharrte sie. Tränen brannten in ihren Augen. Leslie war unschuldig gewesen.

»Die einzige Möglichkeit, den Bann zu brechen, besteht darin, das Gefäß zu zerbrechen!«

Jenseits der wütenden Fressgeräusche hörte sie von Ferne ein Seufzen und Kratzen in den Tunnel vordringen. Ihre Nackenhaare sträubten sich. Ein Blick auf Charons Gesicht verriet ihr, dass Leslie nicht allein gewesen war, dass die anderen Geister unter Hopes Kontrolle unterwegs zu ihnen waren.

Die Salamander, gefangen in einem gustatorischen Delirium, blickten mit zuckenden Kiemenwedeln auf. Sie konnten die Neuankömmlinge riechen. Sie witterten die näher kommenden Geister ebenso wie die Jagdlust. Sogar Sparky wandte sich mit erwartungsvollem Schwanzwedeln der Dunkelheit zu.

Anya unterdrückte ein Schluchzen und baute sich neben Sparky auf. Charon hatte recht: Sie hatten keine Wahl. Nun, da sie diesen Pfad einmal eingeschlagen hatte, musste sie ihn auch zu Ende gehen.

Sie öffnete die Hände, als die erste Woge Geister um eine Tunnelbiegung kam, und sie fühlte, wie sich der finstere Abgrund in ihrer Brust öffnete, wie er erblühte und nicht minder hungrig knurrte, nicht minder fiebernd als die Salamander, die hinter ihr an dem Ektoplasma nagten.

»Kommt schon«, forderte sie die Geister heraus.

Der Tunnel war eng genug, die näher kommenden Geister zu zwingen, maximal zu dritt Schulter an Schulter zu marschieren. Die erste Reihe war Anya vertraut: Sie erkannte den Samuraigeist aus dem Museum und einen seiner Kameraden. Und Bernie. Der Geist des bebrillten Artefakthändlers in seinen Pantoffeln passte so gar nicht zu den behelmten Kriegern, abgesehen von der Waffe in seiner Hand. Anya erkannte in ihr das Schwert, das von seinem Kaminsims verschwunden war. Das bernsteinfarbene Licht der Salamander funkelte auf den Klingen und Rüstungen der Geisterkrieger, die auf ihre Gegner zurückten.

Die Salamander griffen zuerst an. Die Molche bewegten sich knapp unterhalb der Reichweite der Schwerter. Fauchend kletterten sie auf Fußgelenke und Waden. Die Samurai versuchten, sich an den Rücken zu greifen, als die Salamander sich unter die Schnürbänder ihrer Rüstungen gruben. Derweil versuchte Sparky, ihre Aufmerksamkeit auf sich zu ziehen, indem er bei ihren wenig zielgerichteten Stößen und Paraden nach den Waffen schnappte.

Ein Molch wurde von der Seite einer Klinge zurückgeschleudert und landete vor Anyas Füßen, wo er jämmerlich und angeschlagen maunzte. Anya bückte sich, um die Kreatur aufzuheben, als deren bernsteinfarbene Aura zu flackern begann. Auf der Suche nach Trost kroch sie an Anyas Arm herauf und verkroch sich im Rand ihrer Rüstung an ihrem Hals. Anya spürte ihren schwachen Atem, und sie fühlte, wie warmes Ektoplasma auf ihre Brust sickerte.

Zorn brodelte in ihrer Kehle, und sie schlug nach den Geistern. Sie breitete die Hände aus und versuchte, den Geist, der ihr am nächsten war, zu verschlingen.

Auf der physischen Ebene zeigte sich diese Fähigkeit oft auf subtile Weise. Die meisten Zuschauer sahen ebenso wie Anya selbst kaum mehr als das fahle Flackern ersterbender Energie, wenn sie einen Geist verschlang. Aber hier konnte sie die ganzen, furchtbaren Auswirkungen dessen sehen, was ihr zuvor wie eine recht einfache Sache erschienen war.

Ein Samuraigeist drehte sich mit erhobenem Katana zu ihr um. Als bestünde er aus Zigarettenrauch, begann er nun an den Rändern auszufransen, und wurde auseinandergerissen wie eine Pusteblume vom Atem eines Kindes. Als sie inhalierte, fühlte sie kalten Rauch durch ihre Kehle gleiten und sich in der Tiefe ihrer Lunge sammeln. Er schmeckte nach Staub. Der Geist heulte, als er zerfetzt und verschlungen wurde.

Neben ihr schwang Charon Kerberos' Leine über dem Kopf. Mit einem verstörenden Rasseln traf sie die Kehle des anderen Samurai. Charon zog ihn zu sich heran und riss ihm einen Molch aus der Hand, während Sparky sich im Schwertarm des Samurai verbiss. Der Fährmann versetzte dem japanischen Krieger einen gemeinen Tritt gegen die Rüstung, der ihn unter lautem Klappern zurücktaumeln ließ. Die Kette löste sich. Charon holte wieder aus und schlug erneut zu, hart genug, ihm den Helm vom Kopf zu reißen. Gleichzeitig stürzte sich Sparky auf den Geist, um ihm die Kehle herauszureißen. Als der Samurai zu Boden ging, verblasste er wie ein überbelichtetes Foto, ehe er sich endgültig in der Dunkelheit auflöste.

Bernie, der mit beiden Händen unbeholfen das Schwert umklammerte, stellte sich Anya in den Weg. Er holte aus, schlug zu, und sie wehrte den Hieb mit dem gepanzerten Ellbogen ab.

»Tut mir leid, Bernie.« Anya packte sein Handgelenk, und ihr Atem rasselte in ihrer Kehle. Sie fühlte, wie das Ektoplasma, aus dem Bernies Geistergestalt geschaffen war, in ihrem Griff so weich wurde wie Wachs in der Sommersonne.

Bernie heulte. Das Schwert fiel klappernd zu Boden. Anya ließ nicht nach. Und sie ließ auch nicht nach, als ihre Finger und ihr Atem sich durch seine Haut fraßen. Er schmeckte nach

Kohle und allerlei verbrannten Dingen, als er sich in ihrer Kehle auflöste.

Eine zweite Reihe Geister drängte bereits hinter der ersten heran. Anya erkannte die bestickten Röcke der böhmischen Mädchen aus dem Museum, deren Hände in der Nähe ihres Gesichts durch die Luft schlugen.

Anya griff nach ihnen, griff nach ihnen mit ihren Händen und der schwarzen Leere in ihrer Brust. Zart wie Schmetterlinge flatterten sie in ihren Hals und lösten sich schreiend auf. Hunderte von Jahren gelebter Geschichte verstummten in einem Atemzug.

Ein Atemzug.

Und noch einer.

Sie griff nach den Geistern, die Molche schwebten vor ihr wie eine orangefarbene Feuerwand. Von links hörte sie das Rasseln von Charons Kette, von rechts Sparkys Knurren. Und sie griff nach den Geistern in der nächsten Reihe.

Einige kannte sie. Einige nicht. Sie erkannte Katies prachtvollen Ägypter; er zerfiel wie Sand, als sie ihn berührte, schmeckte wie Myrrhe, als sie ihn verschlang. Sparky zerfleischte einen Mann in der Uniform eines Postboten. Briefe flatterten aus seinem Postsack wie weiße Vögel aus dem Zylinder eines Zauberers, nur um sich gleich darauf in Schwärze aufzulösen. Der verrückte Alte aus dem Museum kraxelte auf Anya zu und schwang drohend seinen Stock. Anya ballte die Fäuste und duckte sich. Obwohl seine Augen trüb waren, erkannte sie einen Funken unabhängiger Willenskraft an ihm. Aber vielleicht war es auch nur Wahnsinn.

»Ischtar«, fauchte er. *»Hüte dich vor Ereschkigals Gift.«*

Anya runzelte die Stirn. Der alte Mann lebte immer noch in der Welt seiner Mythen. Er schlug erneut mit seinem Stab nach ihr. Anya wehrte ihn ab. Als sie ihn verschlang, schmeckte sie etwas Bitteres, beinahe wie frische Erde und Zwiebeln.

Immer weiter drang sie vor und verschlang Geist um Geist. Aber sie konnte sich des Gefühls nicht erwehren, dass die Luft immer dicker wurde, dass sie immer flacher atmete. Ihre Lunge schmerzte, als sie sich durch die Geister arbeitete und sie auseinanderriss wie Zuckerwatte. In der physischen Welt verschlang sie vielleicht zwei Geister im Monat – hier waren es mehr Geister als in ihrem ganzen Leben. Und sie fühlte, wie ihr Körper anfing, sich zu wehren, wie er unter der Anstrengung zu schmerzen begann.

»Anya!«

Charons Stimme traf sie wie ein Peitschenschlag, und sie drehte sich um, aber sie reagierte einen Moment zu spät. Etwas prallte auf ihre Rüstung und schleuderte sie zu Boden wie eine Blechbüchse. Der Geschmack von Blut lag auf ihrer Zunge.

»Was zum Teufel …?«, ächzte sie, hielt sich die Schulter und drehte sich zur Seite, nur um Charons Stiefel direkt neben ihrem Kopf zu erblicken.

Sein Körper zuckte, während er über ihr stand, und sie konnte ihn murmeln hören: *»… zwei, drei …«*

Als sie an ihm vorbeiblickte, erkannte sie die Wachmänner aus dem Museum, die, wie im Leben, mit Schusswaffen ausgestattet waren. Charon zählte die Schüsse, als sie näher kamen, Schüsse, die seinen Mantel zerrissen. Die Kugeln waren auf dieser Ebene erschreckend real und bohrten sich in Charon.

Anya keuchte und streckte die zu Klauen verkrümmten Hände vor sich, um die Geister zu vernichten.

»… vier, fünf …« Charon stolperte.

Die Männer hatten mindestens sechs Schuss pro Revolver. Ganz gleich, wie viele Bäder Charon im Styx genommen hatte, er würde nicht standhalten.

Sie sog den ersten Wachmann in ihre Kehle und wäre beinahe an ihm erstickt. Ihre Brust füllte sich bedrohlich, und sie plagte sich, hustete, als sie den zweiten verschlang. Und noch mehr Geister traten in den Tunnel und füllten die Lücke, die die Wachmänner hinterlassen hatten. Molche schwärmten in der Dunkelheit aus, aber die Reihen der Geister schienen sich bis in weite Ferne zu erstrecken, und Anya entging nicht, dass nicht mehr so viele Molche da waren wie zu Beginn des Kampfes. Eine Erkenntnis, die ihr die Kehle zuschnürte.

Charon fiel auf die Knie, die Arme auf Brusthöhe um den Leib geschlungen. Anya strich ihm das kraftlose Haar aus dem Gesicht. »Alles in Ordnung?« Eine verdammt dumme Frage, wenn man sie einem Mann stellte, auf den geschossen worden war.

»Ja.« Rasselnd holte Charon Luft und tastete nach der Beule in Anyas Rüstung. *»Und bei dir?«*

»Ich bin okay.« Die Rüstung hatte die Kugel abgefangen, dennoch würde das Projektil einen höllischen Bluterguss hinterlassen. Außerdem fühlte sie etwas Heißes, Klebriges, das unter ihrer Rüstung zu ihrer Handfläche hinabrann.

Sie zog Charon auf die Beine. Sparky tauchte neben ihm auf, um einen Teil der Last zu übernehmen.

»Wir müssen ihre Aufstellung durchbrechen«, knurrte er. *»Wir müssen an dem Flaschenhals vorbei.«*

Anya nickte und wandte den Kopf ab, um in ihren Ellbogen zu husten.

Charon packte ihren Arm, und Anya erkannte, dass ihre glänzende Rüstung mit Blut befleckt war.

»Wie viele Geister hast du verschlungen?«, verlangte Charon zu wissen und legte ihr eine Hand an die Stirn, als wäre sie ein fieberndes Kind.

»Ich weiß es nicht ...«

Charon riss die Riemen ihrer Rüstung auf und öffnete den Brustharnisch.

»Was zum Teufel bildest du dir eigentlich ein?« Anya versuchte, ihre Blöße zu bedecken, obwohl sie sich kaum gegen den Drang wehren konnte, ihn zu schlagen. Sie spürte die kalte Luft auf ihrer Haut.

»Scheiße!« Charon starrte aus blau glühenden Augen auf ihre Brust.

Anya blickte an sich herab und hätte sich beinahe übergeben.

Wenn Anya einen Geist verschlang, so hinterließ er in der physischen Welt ein Brandmal. Die Wunden heilten irgendwann, üblicherweise nach ein paar Wochen, und sie hinterließen nur selten Narben. Aber dieser Kampf gegen Dutzende von Geistern hatte ihre Brust in eine blutige, schwarze Fläche verwandelt. Sie sah aus, als hätte jemand sie mit einer Lötlampe bearbeitet. Ihre Haut fühlte sich unter ihren Fingern taub an. Und darunter ... sie konnte beinahe die Schwärze berühren, die sich von Geistern ernährte.

»Du brennst aus.« Charons Blick traf sengend auf ihre Augen. *»Laternen können nur eine bestimmte Menge Geister verzehren, ehe sie ausbrennen.«*

»Warum hast du mir diesen Mist nicht früher erzählt?«, verlangte sie zu erfahren.

»Ich dachte, du kennst deine Grenzen.« Jetzt wirkten seine Augen eisig, anklagend.

»Ich verspeise diese Wichser nicht zum Frühstück.« Jetzt begriff sie, was der alte Mann gemeint hatte – die Geister waren Gift für sie. Zu viele, und ...

Charon sah sich über ihren Kopf zu den Molchen um. Sie hielten die Stellung, aber es war nur eine Frage der Zeit, wie lange noch. *»Wir müssen eine Möglichkeit finden, uns zurückzuziehen.«*

Anya schüttelte den Kopf und fummelte an den Verschlüssen ihres Brustharnischs herum. Sparky schlängelte sich besorgt um ihre Beine. »Nein. Wir kämpfen weiter.«

Charon musterte sie finster. *»Wir machen es so: Die Molche und* *ich treiben einen Keil in ihre Mitte. Du bleibst hinter uns. Wenn wir das Ende der Reihen erreicht haben, dann wagst du einen Ausfall und schnappst dir Hope. Sparky gibt dir Deckung.«*

Sparky klopfte mit dem Schwanz auf den Boden. Anya hoffte, er machte sich Notizen.

Ein Heulen und Klagen erfüllte den Tunnel.

»Scheiße«, fluchte Anya. Das konnte nur Pluto sein.

»Legen wir los.« Charon spannte die Kette zwischen den Händen. Sparky fiel neben ihm in Schritt, und die beiden marschierten auf den Flaschenhals zu. Anya hob Bernies Schwert auf, das neben einem Molch gelegen hatte, der gerade verblasste wie eine Rauchfahne im Wind. Charons Kette peitschte durch das Getümmel, und Sparky stürzte sich ins Gefecht. Anya blieb hinter ihnen und schlug mit dem Schwert nach Angreifern, die sich durch den Zwischenraum zwischen den beiden schlängelten.

Weiter vorn sah sie Pluto wüten. Gallus klammerte sich im Sattel fest. Das Geisterpferd rollte mit den Augen und hatte Schaum vorm Maul. Das Ende von Charons Kette wickelte sich um den Pferdehals, und der Fährmann zog mit aller Kraft.

Das Pferd kämpfte, schwankte im Getümmel der Geister und krachte mit einem bestialischen Aufschrei zu Boden.

Gallus hackte sich den Weg aus dem Durcheinander aus verdrehten Geisterkörperteilen und Zaumzeug frei und heulte: *»Du hast mein Pferd getötet!«* Tränen glitzerten in den Augen unter dem Helm. Er hob sein Schwert, um Charon zu köpfen, dessen Hände immer noch von der Kette umwickelt waren.

Anya stieß Bernies Schwert zwischen die beiden Kämpfer und wehrte Gallus' Hieb unbeholfen ab.

Molche klammerten sich an Gallus' Hals und nagten an seinen Schultern, doch er schrie nur: *»Das war mein Pferd! Pluto war zweitausend Jahre lang mein Pferd ...«*

Tiefes Mitgefühl wallte in Anya auf, und sie streckte die Hand aus, um Gallus' tränennasse Wange zu berühren.

Dann atmete sie ihn ein, mit demselben Atemzug, mit dem sie das verwundete, verdrehte Pferd einatmete. Sie bemühte sich, sanft zu sein, und sie fühlte, wie die beiden sich in ihrer Lunge vermischten, rauchig, moschusartig, für alle Zeiten aneinander gebunden …

Sie lächelte traurig. Der kalte Odem der Geister erfasste ihren Hals, lähmte ihre Lunge. Sie konnte nicht mehr einatmen. Konnte nicht ausatmen. Sie fühlte sich, als würde sie ertrinken, konnte nichts hören außer dem Echo des Blutes, das in ihrem Helm pulsierte. Dann spürte sie den Schmerz der Geisterverbrennung, der ihre Brust hinauf und durch ihre Kehle kroch und ihr die Stimme verschlug.

Charon hielt sie an den Armen und brüllte sie an. Er schüttelte sie so heftig, dass sich der Helm rasselnd löste und von ihrem Kopf fiel.

Aber das Donnern des Blutes war lauter. Sie fühlte das Gift der Brandwunde, das sich über ihr Gesicht ausbreitete, ihre Sinne betäubte und sich wie ein schwarzer Film über ihr Blickfeld legte.

Das Letzte, woran sie sich erinnerte, war, dass sie über Charons Schulter fiel, während Sparky sich an ihre Beine klammerte.

KAPITEL ZWANZIG

Das Übelkeit erregende Gefühl der Schwerelosigkeit wusch über sie hinweg, ein Gefühl, als hätte der Geisterzug sie erneut erfasst.

In der vertrauten Umgebung des *Devil's Bathtub* öffnete Anya die Augen und seufzte erleichtert auf. Die alten Zinndeckenplatten, der vernarbte Holzboden, die Flaschen, die farbenfroh wie Juwelen hinter der Bar thronten, sogar die Staubschicht auf den Buntglaslampen über dem Tresen – alles war ihr wohlbekannt. Sie war zu Hause.

Aber dann begriff sie, dass die Perspektive ganz und gar nicht stimmte.

Sie schwebte unter der Decke. Die geprägten Zinnplatten waren nahe genug, sie zu berühren. Unter sich konnte sie ihr physisches Ich reglos in der Badewanne sehen, die ein fester Bestandteil des Inventars war und sich derzeit im Zentrum hektischer Betriebsamkeit befand.

Ihr Körper war in die mit Münzen gefüllte Wanne gesunken. Brian stand breitbeinig über ihr und presste immer wieder die verschränkten Hände auf ihre Brust. Bei jedem Stoß rasselte Kleingeld aus der Wanne auf den Boden. Ein Feuerlöscher rollte über die Dielen. Fetzen chemischen Schaums besudelten Boden und Münzen. Sie nahm Brandgeruch wahr und fragte sich, woher er kommen mochte.

»Du bist wieder da.« Renee schwebte plötzlich neben Anya.

Anya nagte an ihrer Lippe. »Das verstehe ich nicht. Warum bin ich nicht da unten bei den anderen?«

Renee berührte sacht Anyas Wange. *»Schätzchen, du entgleitest ihnen.«*

Jules brüllte am Telefon den Menschen in der Notrufzentrale an, und Katie rannte zur Tür hinaus, um den Sanitätern zu zeigen, wo sie hin mussten. Max stand hinter Ciros Rollstuhl, und der alte Mann presste beide Hände an seine Brust. Tränen rannen über seine Wangen.

»... fünf, sechs, sieben, acht ...« zählte Brian mit, während er die Herzdruckmassage weiterführte.

»... fünf Minuten«, sagte Jules. »Sie atmet seit fünf Minuten nicht mehr ... woher zum Teufel soll ich das wissen?«

Anya blickte hinab auf ihren Körper. Das silberne Band, das ihn mit Anyas astraler Doppelgängerin verbinden sollte, war durchtrennt. Sie betastete verwundert blinzelnd das ausgefranste Ende.

Brian hob ihren Kopf an, um ihre Atemwege freizumachen. »Du«, flüsterte er. »Geh nicht.« Dann presste er seine Lippen auf ihre und zwang Luft in ihre Lunge.

Und diesmal war es nicht der kalte Atem eines Geistes. Anya konnte es schmecken. Fühlen. Er fühlte sich warm an. Warm wie das Leben.

Anya hustete, erbebte in den Armen, die sie hielten.

»Brian«, wisperte sie, und ihre Finger krallten sich in sein Hemd.

»Falscher Ort«, sagte eine Stimme. *»Trink.«*

Lauwarmes Wasser glitt über ihre Lippen und in ihren Rachen. Es schmeckte schleimig, und sie würgte es wieder heraus.

Blinzelnd kämpfte sie gegen ihre vernebelte Sicht an und erkannte, dass sie nicht in Brians Armen lag, sondern in Charons. Sie lag über seinen Knien, den Kopf in einer Ellbogenbeuge geborgen. In der anderen Hand hielt er eine schmutzige Flasche mit Wasser. Sein Mantel roch nach Schießpulver, und sie erkannte, dass ihre Finger sich in Kugellöcher gebohrt hatten. Sparky leckte ihr Gesicht.

»Was ist ...« Ein neuer Hustenanfall überwältigte sie.

Fältchen der Erleichterung zeigten sich um Charons Augen. Er verschloss die Flasche und steckte sie in seine Tasche. *»Wasser des Styx.«*

Ihre Augen weiteten sich. »Du hast gesagt, es wäre giftig.«

»Es war nur ein Tropfen.« Ein düsterer Zug legte sich über seine Augen. *»Keine Sorge, du bist jetzt nicht unbesiegbar ... und du wirst später dafür bezahlen müssen.«*

»Die Molche ...« Sie versuchte, sich aufzusetzen.

Charon deutete mit dem Kinn. *»Das sind zähe kleine Mistviecher.«*

Die Minisalamander huschten durch die Tunnel und schlemmten an den Fetzen verblassenden Geisterfleisches. Ihr Bernsteinlicht blitzte mal hier, mal dort auf, Lichtpunkte huschten wie Glühwürmchen von einer Ecke zur anderen.

Sie tastete an ihrem Nacken nach dem Molch, der unter ihre Rüstung gekrochen war. Sein Körper fühlte sich kalt und steif an. Mit einem Kloß in der Kehle legte sie ihn auf den Boden. Sparky schnüffelte an ihm und winselte, als der Kleine allmählich verblasste.

»Wie viele haben überlebt?«, fragte Anya und löste verlegen ihre Finger aus Charons Mantel.

»Mehr als die Hälfte«, sagte Charon. *»Sogar in der physischen Welt ist das eine hervorragende Überlebensrate für frei lebende Salamander.«*

Ihr Blickfeld verschwamm, und sie wischte sich die Nase ab. »Wahrscheinlich.«

Charon stellte sie auf die Beine, so mühelos, als wäre sie eine Puppe. *»Komm, lass uns Hope in den Hintern treten.«*

Anya nickte. Die Arme um den Leib des Fährmanns geschlungen, folgte sie ihm mit Sparky auf den Fersen in den dunklen Tunnel.

Die Molche hatten barbarisch unter den Geistern gewütet. Schillernde, glühende Flecken überall. Anya konnte Handabdrücke erkennen und Spritzer von etwas, das in der physischen Welt Blut hätte sein müssen, die an den Wänden prangten wie nachtleuchtende Farben. Die Flecken leuchteten unheimlich in der Finsternis. In einer Ecke stritten sich drei Molche um die Überreste von Marie-Antoinettes Kopf. Die Locken ihrer Perücke lagen wie Tang auf dem Boden verstreut.

Der Tunnel beschrieb einen Zickzackkurs, ehe er schließlich in eine große, hallende Kammer mündete. Die Kammer erinnerte Anya daran, wie sie als Kind die Shenandoah-Höhlen besucht hatte: eine Felsenkammer mit einer gewölbten Decke, übersät von Stalaktiten und Stalagmiten. In tiefen Felsspalten sah sie Wasser und Quarz glitzern. Irgendwo in der Ferne tropfte Wasser.

»Hope«, rief Charon. *»Es ist vorbei.«*

Etwas regte sich in der Schwärze. »Ihr könnt mich nicht aufhalten.«

Sparkys Bernsteinlicht erzeugte wandernde Schatten, ehe es schließlich auf eine Gestalt fiel, die auf einem über einen Meter großen Gefäß thronte. Die Büchse der Pandora sah genauso aus wie in der physischen Welt, abgesehen davon, dass hier ihre Farbe nicht so ausgebleicht war. Um die Büchse herum lagen Bernies Artefakte auf dem Boden. Anya erkannte einige der Flaschen und Juwelen, die im Lichtschein glitzerten.

Aber Hope war nicht dieselbe auf dieser Ebene. Die Kreatur, die oben auf der Büchse hockte, erinnerte Anya an die Gargoyles, die man an der Fassade gotischer Kirchen vorfand: verzerrter Kopf, ledrige Schwingen und zu Klauen verkrümmte Hände. Aber dieses Ding war Hope, die Hope dieser Welt. Und Anya fand dieses chimärenhafte Bild von ihr weitaus realistischer.

»Ah. Tod und Laterne sind gekommen, um meine Schätze zu

rauben«, zischte die Kreatur mit Hopes Stimme. Ihr Mund war voller nadelspitzer Zähne; Anya nahm an, diesen Beißerchen war mit Zahnseide nur höllisch schwer beizukommen.

»Ihre Armee wurde in Stücke gerissen, Hope.« Anya kniff die Augen zusammen. »Geben Sie uns die Büchse.«

Hope glitt von dem Gefäß. »Seid meine Gäste. Auf ewig.«

Sie kippte das Gefäß um, und die Öffnung der Büchse rollte herum, bis sie auf Anya, Sparky und Charon zeigte. Das Innere des Gefäßes schimmerte in einem kristallinen, blauen Licht, eine Glut, die die Luft verzerrte und verdrehte. Von dem Gefäß ging ein Sog aus, und Anya stemmte die gepanzerten Fersen in den Schmutz. Aber der Strudel am Rand der Büchse weitete sich aus. Charon verlor den Halt. Sparky wickelte den Schwanz um einen Stalagmiten, und seine Klauen strampelten in der Luft auf der Suche nach Anya. Ein Heulen erfüllte die Höhle, als Anya fühlte, dass sie auf den Hals des Gefäßes zuglitt. Ihr Arm wurde aus dem Gelenk gezerrt, und sie sah, wie sich ihre Finger verdrehten und ausdehnten wie Licht vor einem Schwarzen Loch.

So muss es sich für die Geister anfühlen, wenn ich sie verschlinge, dachte sie. Das Haar peitschte ihr ins Gesicht und wurde ob der schrecklichen Anziehungskraft der Büchse der Pandora über ihre Hüften hinaus in die Länge gezogen.

»Dem kann nichts entkommen«, ertönte Hopes Gegacker aus dem Schatten hinter dem Gefäß. »Nichts. Kein Elementargeist. Keine Laterne. Nicht einmal der Tod selbst.«

»Du solltest es besser wissen«, grollte Charon.

»Die Unterwelt wird mein sein. Wenn du nicht mehr bist, um sie zu beschützen, werde ich meine Geistersammlung neu beginnen.«

Der brüchige Sandsteinstalagmit, an den Sparky sich klammerte, splitterte. Sparky schlug die Klauen in den Boden, sein Schwanz dehnte sich zu einer endlosen Spirale, angezogen von der Büchse der Pandora. Kieselsteine rasselten an ihm vorbei und wurden in die klaffende Öffnung gesogen.

Anya knurrte. Auf keinen Fall würde sie zulassen, dass diese Schlampe Sparky bekam. Sie widmete ihre ganze Aufmerksamkeit dem Schatten hinter dem Gefäß und gab ihren Widerstand auf.

Sie glitt an Charon und Sparky vorbei, wirbelte in den luftleeren Strudel aus Schmutz und Licht. Sie ließ sich in den Hals ziehen und hielt sich mit aller Kraft ihrer verdrehten Finger am Rand fest, lugte über den Rand, sah Hopes dunkle Gestalt und ihre glühenden Augen ...

... und atmete ein.

Hope kreischte. Anya kostete den metallischen Geschmack von Hope auf ihrer Zunge, als sie wie Rauch in ihre Lunge drang. Falls sie den Rest der Ewigkeit zusammen mit Charon und Sparky in dieser Büchse verbringen musste, dann würde sie Hope verdammt noch mal mitnehmen.

Charons Kette schoss an ihr vorbei und krachte an den Rand des Gefäßes. Die Büchse brach und jagte Anya Quarzsplitter ins Gesicht.

Der Strudel legte sich, brach in sich zusammen wie eine Windhose. Anya blieb mit zwei Füßen in dem geborstenen Gefäß und einer Kette am Handgelenk zurück. Hope war nirgends zu sehen, aber Anya nahm den widerwärtigen Geschmack eines kostspieligen Parfüms in ihrem Rachen wahr.

»Bah!«, schimpfte sie und spuckte Sand aus.

Sparky hoppelte herbei und leckte ihr das Gesicht ab, nur um gleich darauf die Nase krauszuziehen. Offenbar konnte er es auch riechen.

Charon reichte Anya die Hand, um ihr aufzuhelfen, und stützte sich dabei mit dem Fuß an dem Rand des Gefäßes ab. Der Riss reichte vom Hals bis halb durch das Bild auf der Seite. Pandoras Peplos war sauber in zwei Hälften zerlegt worden.

Charon richtete die Büchse der Pandora auf und betastete den Riss.

»Die Magie hat das Gefäß verlassen«, sagte er. *»Jeder Geist, der hineingesteckt wird, würde gleich wieder heraussickern.«*

Anya seufzte. »Charon?«

»Ja?«

»Auch auf die Gefahr hin, mich wie eine zickige Dorothy anzuhören, aber ... ich will nach Hause.«

Er lächelte, und dieses Mal war es, als würde Licht seine Augen berühren. *»Ich bringe dich zu deinem Zug.«*

Sonnenlicht drang durch die hohen Fenster des Bahnhofs herein und flutete die Menge der herumschlendernden Geister. Charon und Anya bahnten sich langsam einen Weg durch das Gedränge, gefolgt von Sparky und den Molchen. Die Minisalamander schossen um ihre Füße, kletterten auf Aktentaschen und drangsalierten die Geister am Kartenschalter.

»Was mache ich jetzt mit ihnen?«, fragte Anya. Sie hatte zweiunddreißig überlebende Molche gezählt, und sie war erleichtert, dass sie es geschafft hatten, fürchtete aber auch das Chaos, das sie in ihr Alltagsleben tragen würden.

Charon zuckte mit den Schultern, die Hände in den Taschen vergraben. *»Sie sind groß und stark genug, ihren eigenen Weg zu finden.«*

»Charon, sie sind Babys ...«

»Schau.« Sacht drehte er sie herum und zeigte in eine bestimmte Richtung. Die Molche hüpften mitten durch die Menge davon und auf den Bahnsteig zu. Einer nach dem anderen sprang von dannen, mitgerissen von dem Geisterzug.

Tränen traten ihr in die Augen. Ihr war, als hätte sie einen Schlag in die Magengrube kassiert. »Wo gehen sie hin?«

»In ein neues Heim. Ich nehme an, viele von ihnen werden sich an

Artefakte binden, wie die, die Bernie gesammelt hat. Wahrscheinlich gibt es auch noch ein paar verblödete Hexen da draußen, die versuchen, Salamander zu rufen. Ein paar werden vermutlich vor Eisenhütten und Feuerwachen herumlungern – das ist eben das, was sie üblicherweise tun.«

Anya rieb sich die Augen. »Macht's gut, Jungs.«

Der letzte Molch hielt auf dem Bahnsteig inne, drehte sich zu Anya um und tschirpte kurz, ehe auch er sich in die Dunkelheit stürzte.

Charon tätschelte ihr unbeholfen die Schulter. *»Ich werde dann und wann nach ihnen sehen. Ich schwöre es.«*

Anya nickte, brachte aber keinen Ton heraus. Dann wandte sie sich ab und stierte in die Geistermenge.

Etwas erregte ihr Aufmerksamkeit. Die meisten Geister konzentrierten sich ausschließlich auf ihr jeweiliges Ziel und achteten gar nicht auf ihre Umgebung, doch einer beobachtete sie. Er stand in einer geschlossenen Telefonzelle neben dem Kartenschalter, die Hände über seinem Hut gefaltet.

Sie erkannte ihn wieder. Sie hatte sein Foto in der Gerichtsmedizin gesehen.

Es war Calvin Dresser, der Computerspezialist, der als Modell für Brians neuronales Netzwerk ALANN gedient hatte.

Forschen Schritts marschierte Anya zu der Telefonzelle und griff nach der Tür, aber sie war verschlossen. Calvin, gefangen im Inneren, sah sie traurig an.

»Er ist im Limbus«, erklärte Charon. *»So etwas wie das habe ich noch nie gesehen. Er kann nicht vor und nicht zurück, obwohl er voll bei Bewusstsein ist. Ein wirklich merkwürdiger Fall.«*

»Wie kriege ich ihn da raus?« Anyas Atem schlug sich auf dem Glas nieder.

Charon, die Hände hinter dem Rücken verschränkt, legte den Kopf schief. *»Du könntest die Zelle aufbrechen.«*

Anya presste ihre gepanzerten Hände zusammen und durchbrach das Glas nahe dem Türgriff. Das Glas splitterte, sprang in Stücke und rieselte aus dem Türrahmen. Der Mann im Inneren zuckte nicht einmal. Zögerlich verließ er sein gläsernes Gefängnis.

»Hallo, Anya«, sagte er.

»Hallo, Calvin.«

Er tippte sich an den Hut. *»Danke, dass Sie mich befreit haben. Ich wusste, Sie würden es irgendwie schaffen.«*

Calvin lächelte und ging pfeifend durch die Menge zum Bahnsteig. Anyas Herz hüpfte vor Freude, ihn frei und auf dem Weg zu seiner Bestimmung zu sehen.

»Du hast dich gut geschlagen.« Charon sah Calvin nach. *»Eines Tages könntest du meinen Job übernehmen.«*

Anya bekam eine Gänsehaut. »Hope hat dich ›Tod‹ genannt.« Sie konnte sich nicht von dem Gefühl lösen, dass Charon ihr nicht die ganze Wahrheit erzählt hatte ... über ihn oder über den Styx.

Charon wedelte herablassend mit der Hand. *»Hope hatte nur Scheiße im Kopf. Die kann Hades nicht von Hestia unterscheiden.«*

»Mmmm ...« Anya hatte ihre Zweifel. »Ich habe noch Fragen.«

»Spar sie dir für später auf. Überschlaf sie.« Seine blauen Augen verfinsterten sich. *»Stell keine Fragen, auf die du im Grunde gar keine Antwort haben willst.«*

»Wirst du wieder in die Gerichtsmedizin kommen?«, fragte sie.

»Ich bin immer in der Gegend. Du kannst die Münze benutzen, die ich dir gegeben habe, um zurückzukommen.« Er beugte sich vor und küsste sie auf die Wange. Seine Lippen waren kalt, und er roch nach Schießpulver und Winter.

Anya lächelte ihm zu. Sie würde Fragen zu stellen haben. Doch nun rief sie mit einem Schnalzen Sparky zu sich und ging zum Rand des Bahnsteigs. Geister standen um sie herum. Als der donnernde Wind aufbrandete, hüpften sie mitten hinein, ganz so, als würde sich ein Grashüpfer auf einen Rasenmäher stürzen.

Anya stählte sich innerlich für die Reise und nahm Sparky auf die Arme. Sie wartete, bis sie an der Reihe war, und bereitete sich auf den Absprung vor …

… als sie wenige Meter entfernt ein vertrautes Gesicht erblickte und ihr Herzschlag stockte.

Ciro.

Er saß nicht in seinem Rollstuhl, und sie hätte ihn beinahe übersehen. Stattdessen spazierte er umher, gewandet in einen perfekt gebügelten Anzug mit einem gestärkten Hemd und einer roten Fliege. Eine wunderschöne junge Frau, gekleidet wie in den Zwanzigern, hing an seinem Arm: Renee. Renee stellte sich auf die Zehenspitzen, um Ciro zu küssen, und ihr Gesicht leuchtete wie der Mond.

Gemeinsam ließen Renee und Ciro den Bahnsteig hinter sich. Der Geisterzug erfasste das Paar nur einen Augenblick, bevor er auch Anya mitnahm.

Anya erwachte, aber nicht in der brausenden Schwärze des Zuges, sondern in blendend hellem, weißem Licht.

»Au«, murmelte sie und versuchte, sich umzudrehen, doch ein stechendes Gefühl in ihrem Arm behinderte sie. Ihre Finger schlossen sich um einen Infusionsschlauch aus Plastik, und als sie wieder etwas sehen konnte, fand sie sich im kalten Licht einer Neonlampe wieder. Sie roch Desinfektionsmittel und hörte das Piepen medizinischer Geräte.

Eine Hand lag schwer auf ihrer Stirn. Blinzelnd blickte sie auf und sah Brian, der sich über sie beugte.

»Hey, du«, sagte er.

»Hey«, flüsterte Anya. Ihre Kehle war trocken und so rau, als hätte sie Bleichmittel getrunken. Sie fragte sich, ob das an den Geistern lag, die sie verschlungen hatte, nahm aber an, dass es ebenso gut durch einen Atemschlauch ausgelöst worden sein könnte. Sie sah sich mit den Augen um und erkannte, dass Sparky zwischen Bettgitter und ihrem Bein neben ihr in dem Krankenhausbett lag. Den Kopf zwischen den Vorderpfoten sah er sie an, und sein Schwanz zuckte sacht hin und her. Sie kraulte seine Kiemenwedel, und seine Zunge schlängelte sich aus seinem Maul.

»Was ist passiert?«, fragte sie.

»Renee hat uns gesagt, dass du auf die astrale Ebene gereist bist, also haben wir gewartet, stundenlang. Und dann ... dann hast du aufgehört zu atmen. Wir haben dich zurückgeholt, aber du warst ganze fünf Minuten weg.«

Anya strich mit der Hand über den Krankenhauskittel. Ihre Brust schmerzte, und sie nahm das kratzige Gefühl der Verbände wahr, die auf ihrer Haut klebten. »Was ist das alles?«

Brian runzelte die Stirn, und ihr fielen die dunklen Ringe unter seinen Augen auf. »Als du ... fort warst, haben wir Brandgeruch bemerkt. Max hat die Bar durchsucht, aber dann haben wir festgestellt ... dass er von dir kam. Deine Haut hatte Blasen geworfen. Sie hat gebrannt.« Er nahm die Brille ab und rieb sich müde die Nasenwurzel. »Wir haben dich mit Wasser übergossen. Jules hat es mit dem Feuerlöscher versucht, aber du hast weiter ... geglüht. Und dann ... dann hast du aufgehört zu atmen.« Seine Stimme klang heiser.

Anya griff nach seiner Hand. »Es ist alles in Ordnung. Ich bin ja wieder da.«

Er klappte den Mund auf, um noch etwas zu sagen, als der Pastellvorhang um Anyas Bett herum zurückgezogen wurde. Marsh, angetan mit einem leicht verknitterten Hemd und einer gelockerten Krawatte, nickte ihr zu. Anya fragte sich, wie lange er schon gewartet hatte. Für seine Verhältnisse war dieses Auftreten bemerkenswert unordentlich.

»Kalinczyk. Die diensthabende Schwester sagte mir, Sie seien wach.« Seine Stimme klang so nüchtern und sachlich wie immer.

»Danke für Ihren Besuch, Captain«, krächzte sie.

»Ich dachte, Sie wären an Neuigkeiten interessiert. Wir haben Hope gefunden.«

Anyas Finger umklammerten die Gitterstäbe des Betts. »Wo?«

»Wir haben den Laster vor ihrer Hauptniederlassung entdeckt und sie im Keller gefunden. Sie hat tot in der Büchse der Pandora gesteckt.« Marsh verzog das Gesicht. »Wir haben keine Ahnung, wie sie da hingekommen ist. Oder wie die Büchse der Pandora da hingekommen ist.«

Anya schluckte. Dieser Pithos war ein Bestattungsgefäß. Die Ironie, dass Hope ausgerechnet in ihm gefunden worden war, entging Anya nicht. »Wie ist sie gestorben?«

»Die Gerichtsmedizinerin, Gina, meint, sie hätte einen Schlaganfall gehabt. Aber wir wissen nicht, wie sie in das Ding gekommen ist.«

Anyas Fingernägel gruben sich in ihre Handflächen. »Ist die Büchse wieder im DIA?«

»Ja, aber die sind nicht sehr glücklich damit. Sie wurde beschädigt – hat einen Riss wie die Liberty Bell. Ich schätze, sie werden *Wunder für die Massen* verklagen, um sich von denen die Restaurierungskosten zurückzuholen.« Marsh beugte sich vor und tätschelte unbeholfen ihre Schulter. »Ruhen Sie sich etwas aus. Ich bringe Ihnen die Berichte vorbei, wenn Sie wieder auf den Beinen sind.«

Dann duckte er sich unter dem Vorhang hindurch und verschwand.

Brian sah ihm mit angespannter Miene nach. Anya zupfte an seinem Ärmel, wünschte, sie könnte diesen Ausdruck aus seinem Gesicht wischen. »Schon gut, Brian. Alles wird wieder in Ordnung kommen.«

Er schüttelte den Kopf und atmete hörbar aus. »Nein. Nein, wird es nicht.« Fest umfasste er ihre Hand. »Ciro … Ciro hatte einen Herzanfall.«

Anyas Atem stockte, und plötzlich erinnerte sie sich daran, das Gesicht des alten Mannes auf dem Bahnhof gesehen zu haben. »Ist er …?« Sie kannte die Antwort bereits, dennoch konnte sie sich nicht überwinden, die Frage auszusprechen: *Ist er tot?*

Brian schüttelte den Kopf. »Er hat es nicht geschafft, Anya. Tut mir leid.«

Anya presste den Handrücken an die Lippen. Der Schluchzer, der sich in ihrer Kehle fing, hörte sich für sie so an wie ein verschlungener Geist, der versuchte, ihr zu entkommen.

»Ciro hat gesagt, er würde diesen Ort nie verlassen wollen.«

Jules stand mit gesenktem Kopf vor dem Tresen im *Devil's Bathtub.* Der Spiegel hinter der Bar fing sein Bild ein, die Falten auf seiner Stirn, das Sakko, dessen Knöpfe er über dem Bauch nicht mehr schließen konnte, die Bibel in seinen Händen. Der Spiegel reflektierte auch Anya, Brian, Katie und Max. Er reflektierte die blaue Urne, die inmitten der Schnapsflaschen stand, die Urne, die Ciros Asche enthielt.

»Anya … kannst du ihn hier irgendwo spüren?«, fragte Katie. Sie trug ein bodenlanges Kleid, das sie eigens für Ciros Beerdigung in einem Second-Hand-Laden gekauft hatte. In dieser düsteren Kleidung sah sie mehr denn je wie eine Hexe aus.

Anya biss sich auf die Lippe und barg das Gesicht an Brians Schulter. Seine Anzugjacke roch nach Mottenkugeln. Sie wischte sich die Nase am Rücken eines der weißen Handschuhe ab, die zu ihrer Feuerwehr-Ausgehuniform gehörten. Ihre Mütze hatte sie unter den Arm geklemmt. »Nein. Und ich sehe auch

Renee nicht mehr.« Ohne die sonst stets vernehmbare Musik wirkte der Ort unheimlich still.

Sparky schmiegte sich an sie und tschirpte leise. Sie wusste, er vermisste Ciro ebenso wie die Molche. Sie war mitten in der Nacht erwacht und hatte gesehen, wie sich seine Pfoten im Traum bewegt und er nach den Molchen gerufen hatte wie eine Katzenmutter, die nicht mehr wusste, wo sie ihre Jungen zurückgelassen hatte.

Jules seufzte erleichtert und schlug die Bibel zu. »Er ist jetzt in einer besseren Welt. Und sie auch.«

Was von den DAGR übrig war, stand unbehaglich schweigend in der Bar. Anya blickte zu Brian auf. Seine linke Hand tauchte in seine Tasche und betastete sein iPhone. Anya wusste, dass er ALANN verloren hatte – er hatte ihr erzählt, dass sich das neuronale Netzwerk, das die Intelligenz hervorgebracht hatte, »spontan aufgelöst« hätte. Anya hatte es nicht über sich gebracht, ihm zu erzählen, was wirklich passiert war ... dass sie ihn befreit hatte.

Irgendwie bezweifelte sie, dass sie das je tun würde. Er würde – konnte – das nicht verstehen. Und sie hatte keine Ahnung, wie tief der Abgrund war, den dieser Mangel an Ethik in seinen Charakter getrieben hatte. Sie hoffte, es war nur ein oberflächlicher Riss ... aber sie war nicht imstande, ihre Zweifel abzulegen. Noch nicht. Vielleicht nie.

»Was wird jetzt aus dem *Devil's Bathtub*?«, fragte Max und zerrte an der Krawatte an seinem Hals. Sie gehörte Jules und war zu lang für ihn.

Katie faltete die Hände hinter dem Rücken. »Ciro hat ein Testament hinterlassen. Nach dem, was sein Anwalt gesagt hat, erbt Anya das *Devil's Bathtub*.«

Anyas Kopf ruckte hoch. »Was?«

»Er hat gesagt, Anya gehöre zur Familie. Wir alle täten das.«

Anya blinzelte gegen die Tränen an. Dieser verrückte alte

Mann war ihr mehr ein Vater gewesen als ihr eigener ... was immer der war. Sie hatte versucht, nicht mehr an ihren Erzeuger zu denken, aber ihre Gedanken kehrten immer wieder zu dem flammenden Mann im Schlafzimmer ihrer Mutter zurück ... und zu der Frage, was das für sie bedeutete.

Jules legte seine Pranke auf den Tresen und sah zu, wie sich um sie herum Dunst auf der polierten Oberfläche niederschlug. »Er hätte nicht sterben dürfen«, grollte er.

»Er war ein alter Mann, Jules«, sagte Katie.

»Er hätte nicht sterben dürfen.« Jules musterte Anya mit finsterem Blick. »Er war zu gebrechlich für diesen Mist. Für all diesen Mist. Er hätte oben sitzen und seine alten Platten anhören sollen.«

Brian sprach über Anyas Kopf hinweg: »Der alte Mann hat getan, was er tun wollte, Jules.«

»Dass er tot ist, macht mich traurig.« Anyas Stimme zitterte, und ihre Augen glänzten unter Tränen.

Eine lastende Stille senkte sich über den Raum. Katie trat hinter den Tresen und fing an, Gläser bereitzustellen und Drinks einzuschenken. Anya starrte das Eis an, das in den Drinks knisterte, und wünschte, sie könnte irgendetwas tun, um Ciro zurückzuholen. Aber sie bezweifelte, dass er von dort, wo er hingegangen war, zurückkehren wollte. Sie erinnerte sich an den erhabenen Ausdruck in seinem Gesicht, als er und Renee auf den Zug gewartet hatten. Diese Welt konnte ihm so etwas nicht bieten.

»Und was ist mit uns?«, fragte Jules und kletterte auf einen Barhocker. »Was ist mit den DAGR?«

Anya schüttelte den Kopf. »Ich weiß es nicht, Jules. Ich kann nicht in die Zukunft blicken. Für keinen von uns.« Sie blickte zu Brian auf und drückte seine Hand. »Alles, was wir tun können, ist weiterkämpfen.«

Langsam steuerte Anya den Dart zu den Überresten ihres Hauses. Sie parkte am Bordstein und blickte stur geradeaus, weigerte sich, sich zu dem Grundstück, zum Schauplatz des Feuers umzusehen. Brian hatte darauf bestanden, sie zu begleiten, doch sie hatte ihn abgewiesen. Das hier wollte sie allein hinter sich bringen.

Sie atmete dreimal tief durch. Jesus, sie konnte den Brandgeruch selbst hier noch riechen, obwohl die Fenster geschlossen waren. Auf dem Beifahrersitz winselte Sparky. Das DFD ging davon aus, dass das Feuer in ihrem Haus durch einen Schaden in der Elektroinstallation ausgelöst worden war, der wiederum auf einer fehlerhaften Verdrahtung in dem neuen HDTV-Gerät beruhte. Anya wusste es besser und hielt den Mund.

Sie öffnete die Wagentür und klemmte sich eine Packung Müllbeutel unter den Arm. Dann ging sie den Fußweg hinauf und starrte unterwegs unverwandt auf ihre Füße. Das Herz hämmerte in ihrer Brust. Schließlich zwang sie sich, aufzublicken.

Das Haus war eine Ruine. Das Grundstück war mit gelbem Feuerwehrabsperrband und einem mobilen Maschendrahtzaun abgeriegelt worden. Dafür schuldete sie Marsh Dank. Die Ruine dahinter war ein verkohltes, nasses, schwarzes Durcheinander aus geborstenen Ziegelsteinen, verbrannten Balken und krummen Dachschindeln. Pfützen voller Asche und klebrigem Dreck zogen sich bis in den Garten und verschmutzten die weißen Überziehschuhe ihres Tyvek-Schutzanzugs. Junge Fingerhirsehalme bohrten sich durch den Schlamm.

Anya entriegelte das Vorhängeschloss an der Kette, die um den Zaun gewickelt worden war, und zog eine knarrende Zaunmatte zur Seite. Sparky wackelte vor ihr her, pflanzte sich auf die Stufe vor dem Eingang und winselte.

Anya seufzte. Der kleine Kerl hatte es verdient, sich auch von diesem Ort verabschieden zu dürfen. Sie stieß die verkohlten

Überreste der Eingangstür auf. Sparky hüpfte hinein und maunzte jämmerlich, als er die geborstenen Dachbalken sah, die auf den Boden des Wohnzimmers gestürzt waren. Der Kühlschrank stand noch an seinem Platz, wenn auch rußüberzogen, und sie sah Kupferrohre, die eigentlich in den Wänden verborgen sein sollten.

Anya schritt durch Glasscherben zur Küche, öffnete die Kühlschranktür und rümpfte die Nase. Hier gab es nichts, das es wert wäre, geborgen zu werden. Sie tastete sich durch die Schränke, fand ein paar Töpfe, die nach einer gründlichen Reinigung vielleicht noch zu gebrauchen waren. Gusseisen überlebt einfach alles, sagte sie sich, also warf sie sie in einen Müllbeutel.

Sie öffnete den Einbauschrank im Flur, in dem Waschmaschine und Trockner untergebracht waren, und suchte nach Kleidern. Sie rochen samt und sonders nach Rauch, konnten aber vermutlich gereinigt werden. Sie stopfte sie in einen anderen Müllbeutel und ging weiter zum Badezimmer, in dem Sparkys Nest gewesen war.

Die Fliesen waren verrußt. Sparkys Mobile hing verkohlt an seinem Drahtgestell, und der Linoleumboden war versengt. Aber die kristalline Masse in der Badewanne war noch da und abgesehen von dem Rußfilm auf dem Quarz auch weitgehend intakt. Sie ertastete einen Riss in der Druseninnenfläche und riss ein Stück der Kristallschicht heraus. Es war so groß wie ihre Faust und schaffte es tatsächlich, in dem grauen Tageslicht zu glitzern. Sie warf es in einen Beutel. Dabei beschloss sie, einen Bergungsspezialisten zu rufen, um auch den Rest herauszuholen. Sparkys Nest kam ihr nicht wie etwas vor, das einfach im Müll landen sollte.

Ihre Gummientensammlung hockte auf ihrem Regalbrett und beobachtete sie. Die Enten waren von der Hitze verformt und geschwärzt, trotzdem brachte sie es nicht fertig, sie zurückzulassen. Anya stopfte auch sie in einen ihrer Beutel.

Sparky heulte im Schlafzimmer, und Anya rannte zu ihm. Er tapste in der Ecke des Zimmers herum, in der sein Salamanderkörbchen gestanden hatte. Seine Schlafstätte war nur mehr eine nasse Ruine, aber er hörte nicht auf, an ihr herumzukratzen wie ein Hund, der versuchte, ein Loch unter einem Zaun zu graben.

»Sparky ...«

Etwas schimmerte in den Überresten seines Bettchens, ein gelbes Licht, das im Takt zu Sparkys Pfotenhieben an- und ausging. Anya riss das Salamanderbett auseinander und legte den Leuchtfreund frei. Er war ein wenig verdreckt, aber intakt. Sein Engelsgesicht leuchtete auf, als sie ihn drückte, und Sparky gluckste vor Freude.

Anya packte ihn vorsichtig in einen sauberen Müllbeutel und lächelte. Dies waren Relikte eines früheren Lebens. Doch wie der Salamanderreif, der das Feuer im Zuhause ihrer Kindheit überlebt hatte, waren sie es wert, für die Zukunft bewahrt zu werden.

Die ultimative Schatzsuche quer durch alle möglichen Welten

Stephen R. Lawhead
DAS KNOCHENHAUS
Die schimmernden
Reiche, Bd. 2
Roman
Aus dem Englischen
von Dr. Arno Hoven
432 Seiten
ISBN 978-3-404-20670-4

Es gibt sie wirklich: die Ley-Linien. Pfade, auf denen man durch die Zeit reisen kann und die nur die wenigsten kennen. Kit Livingston kennt sie, denn er hat sie bereits benutzt. Mit seiner Freundin Mina ist er auf der Suche nach der Karte der möglichen Universen. Diese wurde zerteilt und in alle Welten zerstreut. Aber Kit ist nicht der einzige, der sie haben will ... Die abenterliche Schatzsuche führt Kit zu einem der seltsamsten Bauwerke des Universums: einem Haus aus Knochen, errichtet in der Steinzeit. Wer einmal dort gewesen ist, wird nie mehr sein, wie er vorher war. Und kehrt vielleicht nie mehr zurück.

Zweiter Band der fünfteiligen Saga

Bastei Lübbe Taschenbuch

Trau nicht deinen Eltern. Nicht deinen Freunden. Nicht einmal dir.

Walter Greatshell
GEFANGEN IN HARMONY
Roman
Aus dem amerikanischen Englisch von Michael Kubiak
368 Seiten
ISBN 978-3-404-20672-8

Maddy Grant ist aufgewacht. Nach einem schrecklichen Unfall hat sie über ein Jahr im Koma gelegen. Nun haben Wissenschaftler einen Teil ihres Gehirns durch Elektronik ersetzt. Maddy kann wieder klar denken. Sie ist wieder sie selbst.

In dem kleinen Ort Harmony soll Maddy lernen, wieder ein normales Leben zu führen. Doch Harmony ist kein normales Dorf. Es steht auf keiner Landkarte. Und es gibt da noch andere Details, die nicht ins Bild passen.

Denn Maddy ist mehr als nur geheilt. Sie verarbeitet Informationen wie ein Computer, und sie kann aus einfachsten Dingen tödliche Waffen bauen – in Höchstgeschwindigkeit.

Bastei Lübbe Taschenbuch